FEB 2 6 2016

LA DECISIÓN
de
BECCA

Lena Valenti

LA DECISIÓN
de
BECCA

El diván de Becca 3

PLAZA 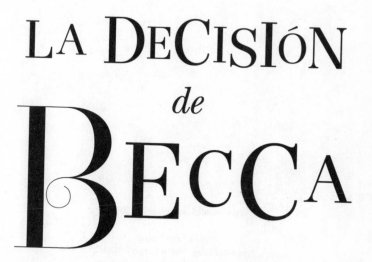 JANÉS

Primera edición: septiembre, 2015

© 2015, Lena Valenti
© 2015, Penguin Random House Grupo Editorial, S. A. U.
Travessera de Gràcia, 47-49. 08021 Barcelona

Printed in Spain – Impreso en España

ISBN: 978-84-01-01551-9
Depósito legal: B-15.821-2015

Compuesto en Revertext, S. L.

Impreso en Unigraf
Móstoles (Madrid)

L 015519

Penguin
Random House
Grupo Editorial

*La tercera dedicatoria va para Emi Lope, mi editora,
que ha llenado de energía positiva este proyecto.
¡Gracias por tu ilusión y tus ganas!
Y por último, toda esta historia de Becca al completo,
te la dedico a ti. Tú. Sí, tú, que has comprado este libro en digital
o en papel. Gracias por confiar en mi trabajo y apoyarme.
La literatura necesita muchos lectores como tú.
¡Un besazo y sed felices!*

1

 @eldivandeBecca #Beccarias Sé lo que siente Genio. Yo fui a un concurso de feos y me dijeron que no aceptaban profesionales @loquehayqueoir

¿Alguna vez os habéis tragado un trozo de hielo?

No me refiero a un cacho machacado previamente con vuestros dientes, sino ¿una porción del tamaño de una nuez que se haya deslizado de golpe a través de vuestro esófago? La sensación que recorre mi cuerpo ahora es parecida a la experiencia de engullir medio Polo Norte. Tengo frío, estoy destemplada, extrañamente dolorida en el centro del pecho, y un nudo de nervios replegados en la boca de mi estómago no permite que coma nada desde que he llegado a Tenerife.

El vuelo en el avión ha sido como una pesadilla borrosa de la que quería despertarme, sin éxito. Por un momento, unas felices horas de dicha mundana y corriente, creí que mi acosador me había dejado en paz; con la fulminante aparición de Rodrigo pensé que ya habían desenmascarado a mi perseguidor, y que por fin lo iban a meter en la cárcel. Mi paz mental se reinstauraría, me centraría exclusivamente en *El diván* y en mi carrera profesional, y comprendería poco a poco los mecanismos que han hecho que yo, la más controladora en temas de amor, haya perdido las riendas, la cabeza y parte del corazón por un hombre como Axel.

Sin embargo, mis objetivos han sido violentamente modificados. Otra vez.

Vendetta está vivito y coleando, y lo de Rodrigo ha sido un episodio psicópata y vengativo de un hombre despechado que no ha podido con la vergüenza de ser humillado en un programa de televisión, y ha focalizado toda su ira en mí, sin comprender que lo que le sucede es la consecuencia de sus actos.

Sigo sin conocer a mi acosador. Él sigue libre. Y yo estoy sola, en las Islas que colindan con África, y sin mi guardaespaldas personal.

Sin Axel.

La desazón que me recorre se refleja en la expresión de mi cara.

A Axel se le acaba de morir el padre, y no me ha dicho nada. No me ha llamado para explicármelo y decirme: «Oye, mira, no subo al avión porque mi padre acaba de fallecer. Ya, si eso, ve tirando tú, que luego te alcanzo», por ejemplo. En lugar de eso, ha mantenido el silencio, y me ha dejado en compañía de Roberto, un guaperas podrido de pasta y adicto al sexo en grupo, un tipo al que odia y que sabe que no tendrá reparos en seguir lanzándome puyas sexuales.

Pero ¿cómo puedo culpar a Axel de no pensar en mí? No debo ser tan egoísta, me avergüenza pensar de esta manera. Y por otro lado, nada me enfurece y me decepciona más que…, que una noticia como esta no la haya querido compartir conmigo. ¡Su padre ha muerto, por Dios! ¡Habría pedido que me bajaran del avión! Lo habría hecho por él, sin importarme si al día siguiente los de la MTV se sentían decepcionados conmigo al ver que no había nada preparado y que no estaba lista para grabar.

No lo comprendo. Sé que Axel es introvertido, más hermético que las bolsas zip de los congelados. Pero no puedo equivocarme cuando digo que creo que hay algo muy especial entre nosotros. Él mismo lo ha confirmado. Pero ¿cómo voy a creerle cuando se comporta así?

Lo conozco desde… Bueno, lo conozco desde la Caja del Amor, e incluso allí, sin saber que era él, ya saltaron chispas entre nosotros. Pero el tiempo nos ha ido pelando como a un plátano hasta descubrir nuestro tierno interior, y debo de tener algo muy atrofiado para equivocarme con él y con mis sentimientos.

Y por todas esas cosas apasionadas que me dice, él tiene que sentir lo mismo. Es imposible que no sienta nada por mí.

Hace no mucho tiempo, cuando tenía una pareja estable y mi vida era un poco más aburrida y monótona que la que tengo ahora, siempre pensé que el amor debía trabajarse día a día, y que los flechazos instantáneos, esos que te anudan a una persona de por vida, existían solo en mentes demasiado románticas, soñadoras y pasionales como las de Carla y Eli.

¿Y quién iba a creer en eso, cuando nuestro día a día y la mayoría de las parejas que nos rodean no reflejan ni una sombra de felicidad o bienestar en sus caras? Sin ir más lejos, solo en la calle donde vive mi madre, ha habido cuatro divorcios. Cuatro. Todos conocidos de mi madre. Si a eso le añadimos que el panadero de enfrente le hace el salto a su mujer con la que le compra las barras de pan italiano, y que el dueño del café de la esquina, que tiene sesenta años —no el café, sino él—, tiene a una nena de veinte como pareja, ¿en qué tipo de amor verdadero hay que creer? ¿De qué amor me hablaban Eli y Carla? ¿De qué amor me hablaban las películas y las novelas románticas? ¿De uno que no existe?

Mis Supremas siempre me han hablado de la necesidad de vivir una historia de amor desgarradora y lacerante, que tan buen punto te tiene riendo y dibujando corazones en cristales empañados, como te tiene llorando y desquiciada en fase *Alguien voló sobre el nido del cuco*. Yo era de las que pensaban que no hacía falta llegar a esos extremos de descontrol y vulnerabilidad. Y sé el porqué de cerrarme en banda a esa experiencia. Porque no me gusta sufrir y llorar. Supongo que a nadie le agrada. Pero yo decidí no pasar por eso más de la cuenta.

Y ahora, cuando cuento con más de cinco lustros sobre mis hombros, me psicoanalizo con frialdad y me doy cuenta de que me fui por la vertiente más segura, y elegí el camino fácil, el de David. Un hombre que siempre me trataría bien, y con el que me llevaría de maravilla toda mi vida; es decir, un gran compañero con el que caminar al lado.

Pero ese amor no era amor. Era un dulce de sacarina. Me iba bien, me mantenía en mi línea, no había bajones ni picos.

No como con Axel. Que es un postre de azúcar moreno, hipercalórico, que dispara mis triglicéridos y mi colesterol para que me obstruya las arterias. Y es verdad, es que es así, es un amor que hace daño al corazón. Lo expande y lo encoge a cada latido, y me deja sin argumentos y sin palabras. En mis días más tormentosos me llena de impotencia y frustración, pero en los momentos en los que él cede y me enseña esas partes ocultas que no muestra a nadie más, me convierto en un ser henchido de felicidad, y a veces, rebosante de luz, como si yo fuera un interruptor y él, el dedo que me enciende.

Ya no me cuesta admitirlo. Estoy enamorada de Axel.

Y me gustaría apostar por él, aunque pierda por el camino. Necesito que él confíe en mí y aprenda a contar conmigo. Tengo paciencia, sé tratar con personas así... Bueno, no exactamente como Axel, pero sé que si yo a él le gusto la mitad de lo que me gusta él a mí, si empieza a tener los mismos sentimientos locos y maravillosamente incongruentes que yo tengo hacia él, habrá un momento en el que yo sea su primera opción. No tendrá que esconderse, no tendrá que huir. Solo me buscará y yo seré su ancla para que se desahogue. Y deseo eso, o de lo contrario, no será fácil para mí continuar con él. Necesito confianza plena. Y Axel tiene problemas con eso.

Pero tengo aguante. Soy más pesada que un teleoperador llamando a la hora de la siesta. No me voy a rendir.

El diván ha hecho terapia conmigo para descubrirme a mí misma como una auténtica inconsciente en lo que a Axel se refiere. Y me vale. No voy a buscar más razones ni explicaciones a este despertar al amor que estoy viviendo con él.

Es así. Y ya está. Que se atenga a las consecuencias; si no, que nunca me hubiera arrinconado en la Caja del Amor. Que nunca se hubiera agarrado a mi pelo. Mi pelo es un problema enorme y rojo, y lo ha sido toda la vida.

Todo esto es culpa suya.

Por eso, cuanto más reconozco lo loca que estoy por él, más me entristece que siga manteniendo su corazón, sus miedos y sus sentimientos a buen recaudo, celosamente encerrados bajo llave.

Se me empañan los ojos, y me los froto con el antebrazo.

Hace un calor de mil demonios. Estamos en Tenerife, en el taxi que nos va a dejar en la casa que hemos alquilado. Hemos decidido que no iremos de hoteles, porque la caravana es difícil de aparcar y llamamos mucho la atención, y con mis antecedentes de persecuciones y demás, cuanto menos nos dejemos ver, mejor.

Voy en manga larga, con tejanos, deportivas y una camiseta de algodón de color negro, como una nórdica albina, porque no me ha dado tiempo de coger la maleta de verano que tengo en la caravana. Así que, con mi pelo rojo y mis mejillas a conjunto, parezco un desorientado Minimoy recién salido de una sauna.

Roberto va a mi lado, mirando el paisaje a través de la ventanilla. Lleva una camiseta negra de manga corta y unos tejanos oscuros. Calza unas Converse blancas.

No le veo los ojos, porque los tiene cubiertos con unas Gucci que le ocultan las cejas y parte de los pómulos. Antes he intentado gastarle una broma cuando le he dicho si iba a bucear con ellas. Ha tenido la gentileza de sonreír, pero no me ha contestado; supongo que se ha dado cuenta de que no tengo demasiada gracia y que estoy mal, realmente mal.

Me ha sorprendido que no haya querido meterse conmigo, después del chantaje al que le he sometido para que acceda a hacer la terapia.

Roberto es de esos hombres que detestan perder el poder. Y lo cierto es que, después de amenazarle con la publicación de sus vídeos y sus grabaciones de voz como material audiovisual de uno de los próximos programas de *El diván*, no ha tenido más remedio que aceptar mi soborno de continuar con la terapia de choque, o su reputación y su índice de popularidad dentro de la noche madrileña caerían en picado.

Y no le interesa, obvio.

Cuando una ha pasado por una experiencia traumática como yo, y vuelve al lugar de los hechos, las alarmas de nuestra mente se disparan. Los índices de adrenalina suben y es muy probable que me dé un ataque de pánico.

Pero nada de eso sucede conmigo. Sospecho que es porque estoy especializada en ansiedades y fobias y estudio con antelación mis reacciones para que eso no suceda. Sea por el motivo que sea, lo agradezco. Agradezco mucho no perder el control en el taxi, acompañada de Roberto.

Aborto la nueva llamada que le he hecho a Axel y cierro el Whatsapp al ver que no contesta a ninguno de mis mensajes.

La frustración tiene un nombre de mujer: Becca. Axel pide tiempo para mostrarse tal cual es, con todos esos recuerdos turbios y los secretos que le han desgarrado el pasado, y el presente.

Quiero darle ese tiempo. Y se lo voy a dar. Tiendo a preocuparme mucho de las personas que quiero. Y es muy difícil para mí estar enamorada de él y no tener acceso libre a sus cosas, no poder expresarme como quiero por miedo a que salga huyendo, o a presionarlo demasiado. Todo esto es nuevo para mí, porque tampoco sé muy bien cómo comportarme con él. Tengo mis sentimientos en modo ON todo el día.

Y aunque conozco la teoría y me consta qué debería hacer con personas con su perfil (ser todo lo comprensiva que pueda), algo muy poderoso y lleno de luz oscura sacude mi interior. Me ofende y me enrabieto, porque no ha querido hablar conmigo, ni me ha avisado de la muerte de su padre. Se ha esfumado, así, sin más. Y vuelvo a estar un tanto perdida y a expensas de cuándo volveré a verle.

No es justo. No es justo que me trate así. Y además, no creo que me lo merezca. Ahora me siento muy desprotegida sabiendo que Vendetta sigue suelto y que Axel no está conmigo. Quiero volver a sentirme bien y a salvo.

No lo negaré: estoy muy ofuscada.

—Madre mía, qué calor —murmuro despegándome la camiseta del cuerpo—. Aquí se muere una como Juana de Arco.

—No hace tanta. Pero estás histérica desde que te subiste al avión —señala Roberto mirándome a través del retrovisor del taxi. Nunca me había hablado así, a pesar de estar sentados el uno al lado del otro—. ¿Tal vez sudas porque te pongo nerviosa? —Sonríe pomposo.

Puede que a otro tipo de mujer, a una de esas que en su vida han estado con un ejemplar como este, sí les podría poner nerviosa. Pero a mí, que todavía noto entre mis piernas a la bestia de Axel, va a ser que no. Él solo es un príncipe, y Axel es el Rey.

—Sí, mira cómo tiemblo. —Levanto mi mano para que compruebe mi temblor inexistente.

—Y si no es por mí por quien estás así, ¿por qué es?

—La vida… —contesto con amargura—. Que es un cúmulo de absurdos infortunios.

—Déjame adivinar… —Pone cara de pensativo—. ¿Platón?

—¡Sí, qué listo eres! —Sonrío como una falsa—. Platón con tetas y disfrazado de una morena de ojos claros y con mi mismo apellido.

—Ah, joder. La bruja de tu hermana —concluye agriado, removiéndose incómodo en el asiento—. Qué buena está. Una pena que le gusten más las nécoras que los centollos —murmura como si no diera importancia a lo que acaba de decir.

—¿Cómo dices?

—Lo que oyes.

—Y tú ¿cómo lo sabes? —Mi cara seguro que refleja toda mi sorpresa.

—Tiene que ser así para que no se hayan interesado en mí. Creo que Eli y ella… —Hace el símbolo de dos tijeras entrecruzadas con los dedos de las manos—. Ya me entiendes.

—No. No te entiendo. ¿Les gusta el *Patching*? ¿Juegan a los recortes?

—Venga ya —resopla, incrédulo—. No me tomes el pelo; eres su hermana, tienes que saberlo. No tiene sentido que ninguna de las dos haya querido acostarse conmigo, y lo sabes.

—A ver, Julio Iglesias, a ti tu ego tiene que matarte de asfixia todas las noches, ¿no? Solo puede quedar uno.

Roberto se encoge de hombros, pero detecto una sonrisa divertida por debajo de la nariz.

—¿Quieres que te haga sentir mejor, Becca? Al fin y al cabo, el déspota del jefe de cámara te ha dejado tirada, sola, abandonada... —arquea las cejas rubias—, y conmigo. Tal vez quiere que...

—Cállate ya la boca. Voy a hacerte una terapia de choque —entrecierro los ojos y abro la boca con los dientes apretados, como un dóberman— que Walter Bishop parecerá un santo a mi lado.

—No sé quién es ese tal Walter. —Mira su reloj, tal vez aburrido del trayecto en taxi conmigo—. Pero acepto cualquier tortura que quieras hacerme.

Obvio. Un tío como él no sabría quién es Walter Bishop, el mejor científico de la historia de las series de televisión.

—Además de los gang bangs, ¿también te va el sado, Roberto?

—Me va, si eso te hace sentir mejor... Haría cualquier cosa por borrar de tu frente esas arruguitas de preocupación. —Guiña su espléndido ojo.

Se ha fijado.

Despierto un interés real en Roberto. No sexual. Bueno, eso también. Sin embargo, lo que percibo es que está angustiado por no poder cambiar mi estado anímico. Al final, hasta le caeré bien.

Recapitulemos: Roberto es adicto al sexo, pero no al sexo en sí; es, sobre todo, adicto a las mujeres, a darles placer y lograr que se sientan bien con él. Hay una clara adicción y retroalimentación en esa actitud. Si conmigo no lo logra, se frustra. Que es justo como está ahora. Por eso actúa como un león en una jaula de pájaro y dispara a traición.

—¿Crees que con el sexo se consigue todo? —Yo también sé disparar.

Se acerca a mi oído y susurra:

—Déjame bajarte las bragas, abrirte las piernas y comerte, y verás cómo con el sexo, una buena lengua y un buen orgasmo se consiguen muchas cosas.

—No, gracias —contesto amablemente—. Pero es un detalle que te prestes a hacerme guarradas en un taxi. Es tan bonito que creo que voy a llorar.

—Yo te haría llorar… pero de placer, nena.

—Ya te dije que ni apodos cariñosos, ni motes, ni diminutivos que te hagan creer que soy solo una vagina andante y abierta para ti las veintinueve horas como un colmado paquistaní.

Solo espero que el taxista sea alemán o mandarín, para que no entienda nada de lo que estamos diciendo. Pero por el tic de su ojo derecho, juraría que su cerebro está comprendiendo toda la conversación.

Fantástico.

—¿Disculpe? —interviene el taxista volcando su mirada negra en mí a través del espejo delantero.

—¿Sí? —pregunto. Roberto ha abierto la ventanilla y el aire está sacudiendo mi melena a lo loco.

—¿Es usted la *señoriña* que sale por televisión?

—Depende —contesto con toda la simpatía que el calor, la asfixia y la angustia me permiten. Me recojo el pelo con una mano—. Hay tantas que salen en la tele, ¿verdad?

—No hay muchas con su pelo —dice señalando su propia cabeza calva—. ¡Menuda mata! ¿Me da un poco?

Entrecierro los ojos.

Serdo. Fantaseo con darle una coz desde el asiento de atrás, traspasar la tela y la estructura del respaldo y golpear su nuca, hasta que tenemos un accidente. Sea como sea, él se come el airbag, sí o sí.

—Entonces, ya lo sabe todo sobre mí —comento con sarcasmo.

—Sí, mujeeer. Usted es la de los *fóricos*, que se santiguan por todo. —¿En qué idioma me habla? *Mí no entender*—. Y les hace *terpaias*.

Vale. *Mí no entender*… una mierda.

—¿Fóbicos quiere decir? ¿Terapias? —pregunto intentando adivinar lo que dice.

—*Esu he dichu.* —Sonríe feliz.

El señor no es ni de las Islas. Es gallego, claro está.

Tenemos unas lenguas maravillosas en nuestro país, ¿a que sí?

Una vez fui a Cádiz y fue como visitar Rusia, aunque con mejor clima y la gente muchísimo más simpática. Esos gaditanos ¡qué especiales son! Sé que ellos están muy orgullosos de hablar así. Y yo me entretuve mucho intentando descifrar palabras. Quien dice Cádiz, dice Girona o Lleida. El catalán más cerrado que te puedas echar a la cara está en esas dos comarcas, y no hablemos del menorquín. Aunque, bueno, tengo la teoría de que el menorquín tiene que ser una lengua antigua, como el arameo o el sánscrito. Y aun así, aunque hablen raro, me encantan.

A pesar de todo, creo que lo de este hombre no es un problema de que no controla el idioma, es simplemente que le encanta inventarse palabros.

A continuación, veo cómo saca el teléfono móvil y me lo enseña, girando su cabeza en un ángulo imposible, como hacen todos los muñecos inmortales de G. I. Joe.

—¿No le importará que nos hagamos una *fotiña*?

Un claxon procedente del carril de al lado avisa de que estamos a punto de colisionar lateralmente.

—¡Señor, por el amor de Dios! —exclamo señalando la carretera—. ¡Mire hacia delante!

—Vale, está bien —se excusa con una parsimonia envidiable—. Pero ¿y un *seflie*, *señoriña*? *Esu sí pudemos* hacerlo, ¿eh?

—No, después, señor... —Y señalo histérica un camión de frutas que pasa rozando el taxi—. ¡Mire la carretera! ¡Después!

El taxista levanta el brazo y conduce con la mano izquierda. No me lo puedo creer. El cretino hasta sonríe para quedar bien, y al final hace un selfie.

¡Puto tarado!

Me enseña el resultado para más inri.

Sale su cara partida por la mitad, Roberto de perfil y riéndose como si la situación le encantara, y yo como una salvaje de la selva, con todos los pelos en la cara y la boca desencajada.

No pienso dejar que repita la foto ni siquiera cuando hayamos aparcado.

Puerto de la Cruz

Nos refugiamos tras la fachada de una enorme casa de alquiler con piscina propia, jardín, más de seis habitaciones, y unas vistas envidiables del Puerto. La caravana está a buen recaudo en el aparcamiento privado del porche delantero.

Necesitábamos un lugar así para trabajar tranquilos, sin mirones, sin flashes de móviles y sin: «¡Becca, quiero hablarte de mi marido, que tiene fobia a limpiar!». O «¡Becca, tengo un novio que odia los profilácticos!».

Sin palabras.

Nos hemos instalado inmediatamente. Tengo la necesidad imperiosa de darme una ducha y cambiarme de ropa, y es lo primero que hago. Una vez aseada y con una indumentaria más propia del clima canario, aprovecho para reunirme con Ingrid y Bruno en el salón que goza de unas vistas admirables del Puerto. Roberto se está duchando y tarda más que una mujer, así que es mi momento para liberarme del marcaje al hombre que me está haciendo desde que nos subimos al avión, y centrarme en el problema real y el que más me preocupa ahora.

La ausencia de Axel.

Ingrid y Bruno escuchan con pesar y algo de estupefacción lo que les cuento sobre la muerte del padre del jefe de cámara.

La relación entre esta pareja parece haberse congelado. Después de lo que vi en Madrid, y de admirar el carácter que sacó Ingrid para que la dejara en paz, mucho me temo que Bruno tendrá que hacer unos esfuerzos titánicos para recuperarla.

—¿Y cómo está Axel? —me pregunta Ingrid, preocupada.

Su pregunta tiene mucho sentido. Yo, que soy la persona más cercana que tiene este hombre, y con la que comparte momentos tan íntimos, debería saber cómo se siente Axel, ¿verdad? Pero no lo sé.

—Fue Fede quien contactó conmigo para decírmelo —contesto sin rodeos. La expresión de Ingrid lo dice todo. Ella también conoce a Axel, y me conoce a mí. Está claro que está de mi parte—. De Axel no sé nada. Le he llamado un montón de veces y no me coge el teléfono.

—Aparecerá tarde o temprano. —Me pone una mano sobre el hombro—. Siempre lo hace.

Ya. ¿Y si no vuelve? No soportaría que no volviese. Madre mía, cómo ha cambiado el cuento para mí.

—Supongo. Hay que darle un tiempo para que se reponga —explico lo más serena posible, ignorando mi creciente ansiedad—. Tiene que pasar el luto para volver a trabajar.

—¿Y qué podemos hacer nosotros? —pregunta ella, sobrecogida.

—En realidad, lo único que nos queda es ponernos a trabajar. —Los miro fijamente.

—Yo me encargaré de todo hasta que él vuelva —dice Bruno mientras trastea una pequeña cámara entre las manos.

Ingrid le dirige una mirada de indiferencia por encima del hombro, y Bruno la advierte, pero decide no darle importancia. La tensión se masca con claridad.

—Mañana madrugaré para localizar planos. Saldrá todo bien, Becca —afirma como un adivino—. Los de Estados Unidos quedarán satisfechos. —Sonríe, y sus ojos negros brillan con determinación, aunque no ocultan sus ojeras. Este tampoco duerme bien, pobre.

—Gracias, Bruno. Espero lo mejor de todos. Es una gran oportunidad para daros a conocer —les explico—, y para ampliar horizontes. A pesar de que nuestro corazón esté con Axel, nuestra cabeza debe estar aquí. El formato de *Becca* es muy revolucionario y novedoso; si lo hacemos bien, seguro que todos podremos aprovecharnos de ello. Aunque nos cueste, tenemos que dar lo mejor de nosotros mismos.

Ingrid sonríe ilusionada. Ella está pensando en un puesto de alguna producción norteamericana como maquilladora de efectos especiales, y si los productores tienen contactos y están bien relacionados en el mundillo, verá sus puertas abiertas.

Bruno no sé lo que espera. Creo que ni él sabe lo que quiere. Pero no sé por qué me da que su decisión dependerá de la actitud de la pelicastaña de piernas interminables.

Y yo... Bueno, yo en estos momentos no sé dónde está el norte. En otro momento, como por ejemplo cuando estaba con David y mi objetivo era trabajar en Estados Unidos para estar junto a él, estaría dando brincos por la casa, decidida a aprovechar esta gran oportunidad que me brindaba la vida. Sin embargo, ahora mi objetivo profesional se ha difuminado, y en su lugar solo tengo el inmenso anhelo de ver a Axel y consolarlo.

Solo pienso en él.

—¿Y cuál es el plan hoy, jefa? —pregunta Bruno—. ¿Necesitas algo?

Sí. Necesito muchas cosas, pero Bruno no me las puede dar.

No obstante, hay algo que necesito de Bruno. Y en todo caso, Bruno es mucho mejor que Axel para este encargo, porque él no tendrá el instinto de arrancarle la cabeza al rubio. Y yo tengo la necesidad de seguir trabajando en su terapia para no pensar en nada más. Mi trabajo también supone un salvavidas personal, porque me obliga a centrarme en los problemas de los demás en vez de hacerlo en los míos, aunque eso no impida que por las noches, esta en especial, no pueda dormir pensando en él.

—Tengo que hablar con Roberto sobre su adicción y su compulsión —explico algo dubitativa—. ¿Crees...? ¿Crees que podrías grabarlo sin que él se diera cuenta? Necesito que vea con sus propios ojos cómo se comporta en realidad, cómo le vemos los demás. Y tengo que advertirle sobre lo que puede pasar mañana. Es de vital importancia...

Suena el timbre de fuera, que me sobresalta y me interrumpe.

Los tres nos miramos extrañados.

—¿Esperamos a alguien? —pregunta Ingrid.

Yo parpadeo algo perdida y el pecho me hace vacío.

—Axel.

No doy tiempo a que contesten.

Tengo el corazón en la garganta. De repente, se me humedecen los ojos. Me va a doler ver a Axel con su fachada dura, ocultando todo el dolor que sé que en realidad siente. Su padre ha muerto, y por muy mal que se llevaran, no deja de ser su padre. Los hijos nos sentimos atados, ya sea por el amor o el resentimiento a nuestros progenitores, a pesar del dolor que nos hayan causado.

Corro como una gacela hasta la puerta de la entrada, y salgo al jardín.

Dos hombres morenos y muy corpulentos sobresalen por encima de la valla colindante de la propiedad. Están hablando haciendo gestos con las manos, señalando cada orientación de la casa.

Mi decepción aumenta y mi esperanza cae en picado cuando reconozco quiénes son.

Gero y André. Los paracaidistas.

Sin embargo, ahora ya sé cuál es la auténtica relación que tienen estos dos con Axel, y todo gracias al cirujano tarado que está tratando a Eugenio.

La guerra une a las personas eternamente.

2

 @eldivandeBecca #Beccarias Dicen que de cría tenía muchos tics. Yo digo que la niñez es como estar borracha. Todos recuerdan lo que hacías, menos tú @tictac

—Hola, Becca —me saludan los dos, muy serios—. ¿Cómo estás?

—Bien.

A ellos no les pasa desapercibido el pequeño chichón con corte que me cubro con el pelo. Habrán visto miles de heridas. La mía es como un mal chiste, no es importante.

—¿Qué hacéis aquí? —pregunto, sorprendida.

André me estudia con atención, y después chasquea con la lengua.

—Axel nos ha llamado para que te cuidemos en su ausencia.

—¿Qué? ¿Cómo que os ha llamado? —Frunzo el ceño—. ¿Cuándo?

—Esta mañana. Nos ha dicho que el indeseable de su padre ha muerto.

Esas palabras son como un jarro de agua fría. Él habla con todos, menos conmigo, al parecer.

—Sabemos que te están acosando, Becca —asume André con responsabilidad—. Nos ha pedido que cuidemos de ti hasta que él llegue.

¿Están de broma? ¿Axel ha tenido tiempo de llamarles a ellos para contarles lo de su padre y a mí no, pero me envía a dos centinelas?

—Ah… —Mis ojos se pierden en la punta de los dedos de mis pies, pintados de verde oscuro. Hay revelaciones que arden. Y esa, el saber que eres el último mono, es una de ellas—. Así que Axel os ha llamado para decíroslo… Nada más supo la terrible noticia… —Apenas me sale la voz.

—Sí. Nada más saber lo de su defunción.

«Bien. Hurga, hurga más en la herida.»

—Vamos a quedarnos por aquí, ¿de acuerdo? —Gero señala su todoterreno aparcado a dos metros de donde ellos están—. Ahora nos encargamos de tu seguridad.

—Ah, claro… Bien —No me siento cómoda con esto.

Lo cierto es que necesito seguridad para mi día a día, al menos hasta que cojamos a Vendetta. Y espero que sea así, antes de que él acabe conmigo. El pensamiento provoca que se me erice la piel, y eso que hace un sol de escándalo.

Parece que los dos ex soldados lo advierten, e intentan tranquilizarme. Lo más curioso es que, aunque cada vez soy más consciente de que alguien quiere hacerme daño, no es mi bienestar lo que ahora ocupa mi mente, sino lo mal que me sienta que Axel se comporte así conmigo.

—No tienes nada que temer —asegura André—. Vigilaremos el perímetro de la casa y te seguiremos a donde vayas.

Me muerdo el labio inferior, y rodeo la muñeca que se me luxó en el accidente de tráfico con mi perseguidor, como si fuera un reflejo de mi mente ante el dolor y el miedo. Estoy contrariada y afligida por la situación.

—¿Cómo… cómo lo habéis notado?

—¿A Axel?

—Sí.

—Estaba bien —contesta Gero como si leyera a través de mí—. Ese cabrón debió morir hace mucho ya. Me alegro de que por fin…

—Gero, joder, no te pases… No es que Axel estuviera dando una fiesta —le recrimina André.

—No pienso retractarme. Tú piensas lo mismo que yo, pero

eres más diplomático. —Sonríe picándose con él—. El padre de Axel era un tipo mezquino.

Ellos también están al tanto de la relación traumática que había entre los Montes.

Ahora las palabras que Axel me dirigió la noche anterior me parecen un tanto vacuas: «Eres la persona más mágica que he conocido y todavía no sé si eres real… Hacía mucho que no me sentía así. De hecho, jamás me he sentido como me siento cuando estoy contigo…».

¿Cómo puede ser eso verdad? Pasan las semanas y Axel continúa siendo un rompecabezas para mí. Un libro cerrado a perpetuidad.

Es desesperante y decepcionante, al mismo tiempo, darme cuenta de que no puedo hacer que se abra la única persona que me muero de ganas de ayudar.

«Hay personas como yo que no sabemos dejarnos llevar por la marea», me dijo.

Cierro los ojos y trago la bola de angustia que se atraviesa en mi garganta.

Claro que no. Axel no sabe dejarse llevar por mi marea, porque no confía en mí.

—Será solo por un día. Axel estará aquí antes de lo que esperas.

André percibe mi aflicción, por eso me dice eso.

Pero yo sé que no es verdad. Tienen que enterrar a su padre, la ceremonia y todo lo demás… Es posible que acabe la terapia de Roberto y de la amiga de Fayna antes de que él pueda reunirse con nosotros.

—Al parecer, el padre de Axel era muy querido —ironizo intentando averiguar más cosas.

—Era un hijo de perra que le hizo la vida imposible —explica Gero con rabia—. No te imaginas…

—Gero —vuelve a censurarlo André, obligándole a callar y negando con la cabeza—. No nos corresponde a nosotros contárselo.

Intento sonreír, como si quisiera sacar hierro al asunto, pero la única verdad es que ese hermetismo me sienta como una patada en el estómago.

Ellos no son mis amigos, son los amigos de Axel. Tienen un pacto de silencio, y entre soldados eso es sagrado. No lo van a romper por mí, ni por mis ganas de saber más.

—No quiero que me contéis nada que no queráis. —Me encojo de hombros—. Sabéis más de él de lo que yo podré llegar a saber algún día. Todo lo que rodea a este hombre es muy secreto y… francamente, empiezo a estar agotada.

—Dale tiempo.

—Sí, ya… Tiempo —suelto con disgusto—. Puede que eso sea lo único que no tenga. En fin… —Observo el todoterreno. Es grande, pero dudo que sea cómodo para dormir o para comer—. Aún es pronto para pedir la cena, pero cuando llamemos a algún sitio de comida a domicilio, avisad si queréis algo.

—Claro. Muchas gracias —asiente André, que le da un golpecito a Gero para que entre en el coche con él.

Hay algo en los ojazos morunos de Gero que me indican que él sí querría hablar conmigo. Yo espero a que me diga alguna cosa, a que dé el primer paso, pero finalmente decide seguir a su hermano al interior del coche.

Abatida y decepcionada, doy media vuelta para regresar a la casa.

Axel no habla conmigo, no se abre. Pero respecto a mi delicada situación, sigue cumpliendo su contrato a rajatabla.

Mi seguridad por encima de todo.

Y eso, para mí, ya no será suficiente.

Ha pasado un rato desde que nos hemos instalado en la casa. Mientras pasa el tiempo, mi pena y mi enfado con Axel han subido bastantes enteros, así que apenas me asaltan los remordimientos por lo que voy a hacer en este preciso momento.

Le he llamado, porque estoy muy preocupada por él. Mucho. Pero sigue con el teléfono apagado. Y a cada intento fallido, peor me encuentro.

Así que he citado a Roberto en el pequeño chill out de la piscina. El atardecer cae con parsimonia en la isla, casi con la misma calma con la que viven todos los canarios.

Bruno ha colocado una cámara detrás de la pérgola que tengo a mi espalda, para grabar todo lo que acontezca a partir de ahora.

Roberto, que no es tonto, ya sabe que va a ser grabado, pero no le gustan las cámaras, así que lo haremos de un modo más intimista para que no se sienta tan agredido por el objetivo. Es el único modo que tengo para que él se abra y me cuente de dónde viene su problema.

No me queda más remedio que coger al toro por los cuernos. Porque aunque tenga un acosador persiguiéndome y el hombre que quiero no me tenga en cuenta ni siquiera para avisarme de que su padre ha muerto, continúo siendo una psicoterapeuta, y mi vocación es ayudar.

Estoy estirada en la hamaca, fingiendo un estado relajado que no es real, ignorando el hecho de que tengo a dos ex soldados haciendo un barrido de seguridad por toda la propiedad, solo para que el loco tarado que anda detrás de mí no consiga alcanzarme esta vez.

Las gafas de sol cubren mis palpables ojeras. Aun así, me he maquillado, a riesgo de parecer el Joker en *El caballero oscuro*, y me he puesto pintalabios, rímel y colorete. No lo he debido de hacer mal, porque Ingrid me ha dado el visto bueno al salir al jardín. Además, me he soltado el pelo, y lo he dejado reposado sobre el cojín blanco de la tumbona de madera, abandonado como el de una ninfa. Por debajo de mi camisa larga estilo Ibiza asoma mi biquini azul oscuro. Estoy descansando la espalda en un inmenso cojín de marajá de color violeta.

No soy ninguna beldad, pese a lo que digan. Pero soy una mujer, y sé el impacto que puede provocar una imagen así, tan pretenciosamente seductora, en un hiperactivo sexual como Roberto. Voy a provocarlo tanto como pueda.

Sobre la mesa redonda de madera que hay entre las tumbonas y los sillones de mimbre, he dejado una botella de Martini dentro de una cubitera, que he encontrado en la despensa de la casa. Además, he preparado dos copas anchas con limón, vacías, esperando a que el vermut las llene, y en un platito cóncavo he dispuesto unas aceitunas.

La excitación viene de la mente, pero conlleva también una sobrecarga emocional. Roberto responde a estos estímulos. Aprovecharé entonces, cuando más excitado esté, para hurgar en el foco de su trastorno adictivo. En lo bueno y en lo malo, no importa a qué extremo sensitivo y emocional se llegue, es en el precipicio donde una persona se muestra tal cual es.

No quiero agredirle, quiero que se dé cuenta de que él no es así, pero se ha hecho así para protegerse.

Roberto llega a la zona de la piscina con esas gafas de mosca como las que usan los famosos. Tiene el pelo rubio recogido en una coleta, y la camisa azul claro tipo lino de cuello Mao está parcialmente abierta hasta medio pecho. No lleva bermudas. Lleva uno de esos shorts ajustados, como el que llevaba Axel el día en que Carla se corrió al ver su foto. Creo que le haré una foto también a este, aunque puede que a mi hermana no le haga la misma ilusión ahora, ya que ha elegido a Eli. Y Eli, *oseaaún-nomelopuedocreer*, es una mujer. Mi mejor amiga, además.

En fin... Mientras veo cómo camina hasta mí, adopto una pose poco informal, más bien de mujer fatal. Apoyo una de mis piernas sobre la tumbona, que tiene un mullido colchón blanco debajo, y la otra la dejo completamente estirada. Mi buena madre me diría algo así como: «Nena, cierra las piernas». Pero esta vez no le haré caso. No me voy a espatarrar, pero sí voy a insinuar. Me parece escuchar la música de Martini de fondo, pero es solo mi imaginación, vívida y sobreestimulada por hombres buenorros como Roberto.

—Vaya. —Roberto desliza los ojos, picajosos y con algo de desdén, desde mi cabeza hasta mis pies—. Pareces relajada, señorita Becca.

Empieza mi actuación.

Me estiro como una gata remolona y le sonrío con intención de transmitirle comodidad.

—También hay tiempo para la relajación —le digo.

Él me devuelve la sonrisa y se sienta lentamente en la tumbona que hay a mi lado.

—Ya… —Mira a su alrededor, visiblemente en guardia—. ¿Me estás grabando, señorita Becca?

—Puede que sí. Puede que no.

—Puede que sí y puede que no… —repite acomodándose sin dejar de mirarme. Se relame los labios en un gesto absolutamente sexy y provocador—. ¿Sabes? Esas son las opciones que barajo cada noche. ¿Follaré con más de una? Puede que sí y puede que no —se responde a sí mismo.

Lo cierto es que una actitud como la de Roberto, tan machista, tan abusiva, con tan poco respeto por el sexo femenino, debería indignarme. No obstante, en tan poco tiempo, lo he conocido mejor de lo que se cree. Me han bastado unas cuantas horas intensas con él para darme cuenta de que no es tal y como aparenta ser. Sé lo que le ocurre.

Debo ser lista para no acorralarlo antes de tiempo, o de lo contrario, se irá sin más.

—Bien. ¿De qué quieres que hablemos? ¿Vas a hacerme preguntas sobre mi infancia y mis sentimientos? ¿Crees que tendré traumas a lo Grey? —Su tono es de burla.

—La verdad es que no. Quiero hablar contigo. Solo eso. Conocer un poco más de ti y de la razón por la que te has creado este álter ego.

—No es un álter ego —asegura—. Soy yo. Hago lo que me gusta. Mi manera de vivir no es una jodida patología.

—No digo que lo sea —aclaro—. Solo quiero comprender qué es lo que lo convierte en algo tan obsesivo y adictivo para ti.

—Joder —resopla rindiéndose al ver que yo no estoy dispuesta a dejar de insistir—. A ver, dispara.

—¿Siempre tienes sexo en grupo? —le pregunto sin más preámbulos.

—¿Por qué? ¿Acaso estás interesada? —Rota la cabeza hacia mí. Sé muy bien cómo me está mirando a través del cristal de sus gafas.

—Nunca lo he probado. No te puedo decir.

—¿Es una de tus fantasías, señorita Becca? Sé clara.

—¿El qué? ¿Que no dejen ni un orificio de mi cuerpo sin taladrar? No… No lo creo. Pero tengo un profundo respeto por las mujeres que se atreven a hacerlo sin prejuicios ni tabúes. Disfrutar tanto del propio cuerpo como de los cuerpos —lo digo en plural— de muchos hombres a la vez, tiene que ser…

—Liberador.

—Extenuante, quería decir. En serio —resoplo—. No debes de saber a qué lado mirar, ni en qué centrarte… Ni siquiera saber qué pene coger. —Muevo la cabeza a un lado y al otro, y hago aspavientos con las manos—. ¡Qué locura! ¡Qué estrés! Te vienen por la izquierda, por la derecha, y cuando te quieres dar cuenta, una te da en la barbilla.

—¿Una qué? No te dé vergüenza decirlo.

—Una porra.

—Una polla, ¿verdad?

—Sí, eso. Lo que te quiero decir es que, no, gracias. No podría hacerlo.

Roberto sonríe, pero su propósito sigue siendo tentarme.

—Podría mostrártelo. La otra noche en el Chantilly, vi un brillo en tus ojos. Vi interés. —Roberto se incorpora, se sienta sobre la cómoda y toma la botella de Martini de la cubitera.

—¿Un brillo en mis ojos? Por supuesto. Estaba a punto de echarme a llorar de la conmoción.

—No. Dime la verdad. ¿Te excitaste? —Mantiene inmóvil la botella de Martini blanco a medio camino de la copa. Sus ojos paralizan a los míos, aunque ninguno de los dos podamos vernos en realidad—. Quieres que sea sincero contigo. Quieres llegar a mí, ¿verdad?

—Quiero ayudarte.

—Entonces, señorita Becca, sé sincera conmigo también. Es lo justo.

Supongo que hasta cierto punto, el reclamo de Roberto me parece razonable. Me paso la vida psicoanalizando a los demás y ayudándoles a superar sus problemas. Ninguna de esas personas me ha psicoanalizado a mí. En parte porque yo no les dejo, ya que mi relación con mis pacientes debe ser estrictamente profesional.

Pero con Roberto… tengo que hacer una excepción. Me cae bien. Se lo ha ganado.

—Verás, a cualquier mujer que no esté acostumbrada a esos juegos tiene que intimidarle sobremanera darse de bruces con una escena sodomita como la que yo vi. Creo que es comprensible.

—¿Tú crees? —Me llena la copa hasta la mitad, y al mismo tiempo se mete una aceituna en la boca—. ¿Crees que no te gustaría que, mientras estás a horcajadas sobre un hombre completamente erecto, que te está penetrando hasta lo más hondo, por delante, haciéndote disfrutar como nunca, otro se acerque y empiece a mamarte los pezones?

Tomo la copa llena de mi vermut blanco y me obligo a controlar el ligero temblor de mi mano. Sé sobrellevar esta situación. Seguro.

Nunca antes había hablado tan abiertamente de sexo con un hombre adicto a él, pero esto es trabajo, y creo que puedo seguir el juego y estar a la altura.

—¿Tienes la garganta seca, señorita Becca? —pregunta con voz ronca.

—Tengo sed —contesto.

—Sed tendrías después de la gang bang. Después de que todos esos hombres, dedicados a ti —baja el tono de su voz—, te dejen sin líquido en el cuerpo. Piensa en ello. ¿Me vas a negar que no te gustaría que mientras disfrutas de la invasión en tu vagina, y los mordiscos y lametazos en tus pechos, otro hombre te abriese las nalgas y empezase a lamer tu ano?

Dios, Bruno va a tener que editar muchos trozos de este vídeo…

—¿Adónde quieres ir a parar, además de a mi recto?

—No seas hipócrita —dice, algo enfadado—. Te estás excitando con solo imaginártelo. No te hagas la fría.

Uy, no. No puedo perderle, pero tampoco quiero mentirle

31

para llegar al epicentro de todos sus males. Puedo lograrlo sin hacer el papel.

—Veo tus pezones duros a través del biquini —me instiga con acritud—. Y seguro que estás húmeda.

Miro hacia abajo, y domino la necesidad de cubrirme con la camisa blanca. Soy toda una campeona. Una titán.

—Roberto, la imagen que me has presentado no me desagrada del todo —concedo humildemente. Es la verdad. Siento un cosquilleo por la forma que tiene de explicármelo...—. Describes muy bien las sensaciones que una mujer podría tener en una gang bang, pero...

—No he acabado —me interrumpe. Toma un sorbo de su Martini y me mira por encima de la copa—. Hay más.

—Ah, claro. Perdón.

—Mientras te chupan por detrás y te follan por delante, dos hombres más se acercan a ti y te obligan a que los masturbes.

—No daría abasto... Y coordino muy mal.

—A cada uno con una mano diferente.

Me pongo roja como un tomate. Y parezco el topo de la cadena Cuatro.

—Y cuando crees que no puedes aguantar más el placer —prosigue—, cuando notas la punta de mi lengua en el agujero apretado de tu ano...

—Ah, ¿esa es tu lengua? ¿Estás tú en mi gang bang? —le suelto con un hilo de voz. ¿Cuándo se ha colado él en mi fantasía? ¿Esto puede contarse como sexo telefónico pero sin teléfono?

—Sí, claro. Soy yo el que te va a sodomizar. Yo el que te va a dominar y te va a destruir. —Sonríe y compruebo que tiene los colmillos blancos y afilados. Como los vampiros de las novelas románticas.

Algo que nunca he comprendido. ¿Por qué la necesidad de decir que están blancos? Ni que promocionaran los blanqueamientos dentales.

—¿Ese es tu papel en las gang bangs que organizas? —acabo preguntándole, alejándome de las divagaciones de mi mente con déficit de atención cuando a ella le interesa—. Te encargas de...

—Adoro las penetraciones anales. Es como más me gusta follar a una mujer. Por detrás.

—Curioso —murmuro.

—Está todo más... —su expresión cambia a una de puro placer—, apretado. Es puro placer.

Carraspeo y me remuevo incómoda.

—Ya... Y en estas prácticas, ¿nunca lo haces por delante?

—Hace años que no se lo hago a nadie por delante —contesta con un tenue aburrimiento en su tono.

—¿Años?

—*Sip*.

—¿Por qué?

—Para mí es más satisfactorio. Y soy el mejor en el sexo anal. Es lo que más les gusta a las mujeres. A veces suplican que se la meta de una vez.

—Eres un campeón.

—Sí. Si quieres, te puedo dejar que me pruebes un rato. —Se reacomoda el paquete, que está hinchado. Yo hago como que no lo veo, pero vaya si lo veo—. Aunque contigo —estira su mano y alcanza uno de mis tirabuzones— haría una excepción...

—No... Céntrate. —Le abofeteo la mano, apartándolo como a una mosca—. No quiero un trato especial. Házmelo como a las demás.

—Bien —asume más feliz que una perdiz—. Por detrás, entonces. Primero con dulzura —me explica bajando otro tono, acercándose a mí como el lobo a Caperucita—. Te podría doler la doble penetración, por eso tengo que ayudarte a que te relajes, a que te estires para que pueda meterme dentro de ti por completo. Porque a mí me gusta hasta el fondo.

—Claro. Tú no haces nada a medias.

—Veo que lo vas cogiendo... Y después, cuando ya te has acostumbrado a mí, empezaría a someterte con mi ritmo. Mucho más duro. Y mientras mi compañero te taladra, yo haría lo mismo por detrás, y te agarraría del pelo mientras lo hago, Becca. Mientras gritas, mientras tu ano se contrae alrededor de mi polla... No sabrías en qué sensación centrarte. El placer te iría

33

de delante hacia atrás, como un columpio, y tú lucharías por alcanzar algún tipo de liberación. Pero no te dejaría. Porque puedo notar cuando tu útero se contrae, y aumentaría el ritmo para que lo perdieras y lo recuperaras por el ano. Y cuando lo tuvieras concentrado detrás, sería mi compañero quien te lo arrebataría.

—Vamos, un festival —puntualizo, nerviosa.

—Sí. ¡Y tanto! Te volveríamos loca, señorita Becca. Loca de lujuria, loca de placer —susurra acercándose de nuevo a mí—. Estarías tan dilatada que después podría meterte hasta mi mano.

Dios mío. Trago saliva al notar un ligero espasmo en el clítoris. El tío es bueno.

—¿La mano? ¿Como a las vacas? No, por Dios.

—Y llorarías.

—No es para menos.

—Llorarías —continúa, apasionado—, suplicando que te diéramos lo que necesitas.

—¿Y qué necesito?

—Un orgasmo bestial. Y en ese momento…

Me quedo en silencio, esperando el final.

—Mis dos compañeros a los que no dejas de masajear y se están hinchando en tus manos, acabarían contigo y se correrían en tu cara y en tu cuerpo.

Abro los ojos de golpe al oír esa asquerosidad. Ni siquiera sabía que los tenía cerrados. Roberto está a pocos centímetros de mi cara, agarrado a mi tumbona, inclinándose hacia delante, como si quisiera echarse encima de mí.

Lo aparto con disgusto y me quedo sentada en la hamaca, reprobándolo con la mirada.

—¡¿En serio?!

Roberto frunce el ceño.

—En serio ¿qué?

—¿En serio se corren en mi cara?

—Sí.

—¡¿Qué dices?! ¡No! ¡Lo has estropeado! —protesto con una carcajada—. Pero ¡qué asco! Odio que hagan eso. A mí no me gusta, vamos —digo poniéndome una mano en el centro del pecho—. Me irrita los ojos. —Y los cierro en un gesto teatral.

—¿Te estás riendo de mí?

Los vuelvo a abrir, consternada, y niego con la cabeza.

—¡No! ¡Para nada! ¡Lo digo en serio! A ninguna mujer le gusta, por favor. Solo a las actrices porno, y porque les pagan por eso. ¿Qué te crees? ¿Que están ahí deseosas de que les pegues las pestañas con tu leche? No —murmuro, divertida, y al instante se me ocurre otra cosa—. Es como lo de tragarse el semen. —Pongo los ojos en blanco—. ¿A quién le gusta?

Roberto está cruzado de brazos, mirándome con interés, como si estuviera entretenido con mi discurso.

—Te podría enumerar a muchas.

—Pues tienen distrofia en las papilas o algo parecido. El semen no sabe bien. Vamos a ver, en el mundo sacan sabores de todo tipo, ¿a que sí? ¿Por qué crees que no han sacado nada con sabor a semen? —A mí me parece una pregunta muy razonable, hasta que la digo en voz alta y descubro lo obscena que es—. Porque sabe mal. Bueno, y como ese día hayas comido espárragos… ni te cuento.

—Vale. Eliminemos de la ecuación lo de que se te corran en la cara.

Admiro la facilidad con la que redirige la conversación.

—Eliminada.

—¿No te atrae la idea de te follen un equipo entero de fútbol?

Las fantasías sexuales y yo tenemos una relación cordial. Eso implica que hasta que llegó Axel, solo me veía haciendo guarradas con Henry Cavill, siempre y cuando me hubiera montado antes una historia de amor en la cabeza. Solo él estaba en mis fantasías. Bueno, y Jason Momoa también.

Lo que quiero decir es que follar por follar… pues no me va.

Pero desde la primera vez que me acosté con Axel, la cosa ha cambiado. Pienso mucho en el sexo. Pero no en tríos ni en sexo en grupo. Pienso en hacer lo siguiente al Kamasutra, pero solo con él. Así que esta es mi respuesta a su pregunta:

—¿Sabes cuál es el problema, Roberto?

—No.

—Que soy una mujer muy conectada con mis emociones. Y no sé follar si no hay sentimientos de por medio. Como no pienso enamorarme de once tíos a la vez, ni pienso en entregarme solo para que disfruten de mi cuerpo o solo para que me hagan disfrutar, no barajo la posibilidad de una gang bang, ni de un póquer, un trío, dobles parejas... Lo lamento. No está entre mis fantasías, rubio.

Roberto relaja los hombros e inclina la cabeza a un lado. Su mirada valora mis palabras y la expresión de mi rostro, como si quisiera verificar si soy de verdad, o si lo que digo es cierto.

—Eres muy peculiar, señorita Becca.

—¿Por qué dices eso?

—Las mujeres que he conocido no son como tú.

—Eso dice mucho a mi favor. —Sonrío—. Viendo la desafortunada relación que has tenido con ellas.

—¿Desafortunada? No. Esto nada tiene que ver con la fortuna, sino con la naturaleza.

Lo tengo. Ahí está. Debo aprovechar mi oportunidad.

—No tiene que ver con la naturaleza. No todas las mujeres somos como las que han estado en tu vida, Roberto.

—Deja que lo dude.

—¿No nos tienes ni un mínimo de respeto?

—Creo que servís para lo que servís. Cualquier intento de vinculación con vosotras es complicado y dañino.

Guapo, sí, pero ¡qué hijo de puta!

—No es cierto —protesto—. ¿No me estoy ganando un poco de tu respeto? —Esta vez soy yo la que se sienta en la tumbona y lo mira de frente.

—¿Quieres mi respeto? ¿Por qué? ¿No te basta con que quiera follarte?

—Deja de ser gilipollas —le suelto, incrédula.

—¿Por qué tendría que respetarte?

—Porque no cedo a tus tonterías. Y porque soy la única ahora mismo que te aguanta lo suficiente como para tratarte. Soy tu única oportunidad para que vuelvas a abrirte y a dejar de vivir como lo haces.

—Estoy feliz con mi vida. Tengo todo lo que quiero.

—Todo lo que quieres, pero no todo lo que necesitas.

—De eso me sobra.

—Y una mierda. A mí no me engañas. Hay muchos tipos de fobia, Roberto. Y tú no estás exento de sufrir sus efectos. De hecho, los sufres desde que la última mujer te traicionó. Desde que Bea se fue con Fede.

—Disparas a dar, ¿eh…? —musita sintiéndose atacado.

Se levanta dispuesto a dejarme sola.

—Esto es inútil. No soy uno de tus conejillos de Indias. Estoy aquí por obligación, no porque te haya pedido ayuda.

Yo me levanto con él y le agarro del antebrazo.

—Pero la necesitas.

Estoy saltándome muchos protocolos con Roberto. Pero él tampoco es un paciente común. Sé que puedo introducirme a través de esa dura coraza que se ha creado para que todo le rebote, para que nada más vuelva a herirle. Pero las cosas siguen doliéndole, y puedo entrar a través de esas heridas sin cicatrizar. No importa si mis métodos son algo agresivos ahora. Lo único que importa es la terapia de choque y cómo impactar contra esos duros principios que ha adoptado como un todo.

No es tan indiferente como él desearía, tal y como yo imaginaba.

—¿Sabes qué creo? Que eres un cobarde —Le señalo con el índice de la mano que sostiene mi Martini. Entrecierro los ojos y asiento—. Sí, amigo. Estás muerto de miedo. Y yo sé muy bien por qué.

—Tú no sabes una mierda —gruñe con los dientes apretados. Su hermoso rostro se convierte en otro lleno de ira.

No me va a amilanar. Así que levanto la barbilla y sigo disparando.

—Métete tus psicoanálisis por donde te quepan.

—Está bien, pero antes tienes que escuchar mi resumen.

—¿Y si no quiero?

—Se lo debes a Fede —le advierto—. Sabes que si él quiere, puede destruirte con todas las imágenes que tenemos del programa.

Sé que Roberto está luchando contra sí mismo, contra esa necesidad de irse y dejarlo todo atrás. Pero valora mucho su trabajo, lo ama, y no piensa abandonarlo.

—Te escondes en el sexo en grupo porque deseas acercarte a una mujer, para no ser el chivo expiatorio. Por eso las posees acompañado de más hombres, porque así tienes menos posibilidades de que te increpen en caso de que algo salga mal. En las gang bangs te sientes cómodo, tienes la situación controlada, y sabes que las mujeres que frecuentas quieren de ti justo lo que tú estás dispuesto a dar, no más. En ese momento te sientes imprescindible para ellas, sabes que jamás te dejarían de lado. En ese punto en el que su cuerpo y sus necesidades priman por encima de todo lo demás, tú tienes el poder. Te gusta sentirte así, poderoso, porque solo tienes que follar, y nada más. Adoras volverlas locas y que te supliquen.

El rictus de Roberto se vuelve de piedra. Está tan sorprendido por mis palabras que todavía no ha podido reaccionar.

—No hablas con ellas. No las conoces. Cada mujer a la que le ves la espalda y el trasero es una pequeña venganza que te satisface. Las sodomizas por una razón, no solo por lo placentero que pueda llegar a ser, sino porque, por muy burdo que suene, te gusta darles por culo, igual que las mujeres más importantes de tu vida te han dado por culo a ti.

Mi manera de ver las cosas, de actuar, de comprender a los demás, ha cambiado bastante desde que tengo *El diván* en mis manos. Ta vez sea por la cantidad de sucesos que me han pasado desde que empecé, no lo sé. Pero, sea por lo que sea, ahora soy más osada, más atrevida, más espontánea y cercana. Eso puede acarrear algún que otro problema de extralimitación laboral, pero si me ayuda a abrirle los ojos a mi paciente, no dudaré en cruzar esa línea de lo que es correcto y lo que no. Mi terapia de choque es dura, corta y sorprendente como una bofetada, lo suficientemente seca como para que al paciente no le dé tiempo de levantar sus murallas y de ponerse en guardia. ¿Cómo se saca a alguien de una trinchera? Con un ataque frontal.

—Mis gustos sexuales no son...

—Tus gustos sexuales... No, perdona: tu trastorno sexual obsesivo no tiene que ver con lo que te gusta. Tiene que ver con todo lo que no te gusta. Con todo lo que no te ha gustado que te hicieran.

—Es absurdo lo que dices. —Su voz es inestable, ligeramente temblorosa.

—No lo es, Roberto —le digo esta vez más suavemente—. Necesito que abras los ojos a la verdad. Dices que eres experto en el sexo anal, y que conste que no lo pongo en duda. —Levanto una mano en un gesto de aclaración—. Pero la realidad es que poseer a una mujer por detrás te garantiza dos cosas. La primera: que al no hacerlo por la vagina no implica una necesidad más vinculante y emocional. Para ti, no es hacer el amor. Y la segunda, consecuencia de la primera: no tienes que verles las caras. No tienes por qué conocerlas. Te las tiras y punto, y a otra cosa, mariposa... —Me echo el pelo loco hacia atrás—. Y nunca les haces el amor de frente, porque te aterra ver los rostros de tu madre biológica, de Merche, de Leyre o de Bea... Te mueres de miedo porque la historia se vuelva a repetir. Esa es tu fobia. Y ese es tu problema. —Le clavo mi dedo índice en el pecho—. Pero vivir así es hacerlo a medio gas.

—Cállate —me pide sin fuerzas.

—No pienso callarme. Es mi trabajo y sé que estoy en lo cierto contigo. Y hasta que no salgas de ese caparazón de soberbia y sexo en el que te has metido, te estarás perdiendo la increíble gama de colores que hay ahí fuera. Sabes convivir con el dolor, pero no siempre te harán daño. Las mujeres, las personas en general, pueden hacerte feliz. Aunque tengas que darte muchas oportunidades para ello.

—Estás equivocada —dice sin ninguna convicción ya, con la mirada perdida. Creo que es la primera vez que se ha dado cuenta de por qué hace lo que hace. Y creo que le suena a verdad.

—Tú sabes que no lo estoy. No voy a seguir diciéndote nada

más por ahora. No quiero avasallarte demasiado. Pero medita sobre ello esta noche, Roberto —le pido buscando una ligera tregua a su shock. Dejo el Martini en la mesa y le sonrío, agotada también por la energía de mis palabras—. Mañana seguiremos con tu terapia. Por hoy ya es suficiente. —Le pongo una mano en el hombro y se lo aprieto con gentileza.

—¿Y si me niego a seguir con esto? —me dice de sopetón.

Yo lo estudio con atención. Estoy plenamente convencida de que ahora, más que nunca, quiere continuar.

—Será tu decisión —digo, y me encojo de hombros—. No voy a apuntarte con una pistola para obligarte. Pero algo me dice que mañana seguirás aquí.

—¿Por qué estás tan segura?

—Porque sientes curiosidad, rubio. —Le guiño un ojo y me doy media vuelta camino de la casa—. ¿Vienes? —le pregunto desde el marco de la puerta—. Vamos a pedir la cena.

Roberto se frota la nuca, consternado por todo lo que acabo de decirle.

Sigo sus pasos y sonrío a gusto con lo que he hecho, porque, aunque ha sido duro ser tan franca y tan poco diplomática, eso es justo lo que necesitaba Roberto.

Cuando mis pacientes entraban en la consulta de Barcelona, mi primer análisis rápido era estudiar su actitud y su lenguaje corporal para saber qué tipo de trato necesitaba. La experiencia me ha enseñado que hay dos caminos para ayudar a una persona: la mano de seda o la mano dura. Está el que necesita mucho tiento y cuidado para que no se sienta mal y culpable. O el que necesita una paliza para sacarlo de los laureles de la autocomplacencia y la autocompasión en los que se había abandonado.

Roberto ha resultado ser de los segundos.

3

@eldivandeBecca #Beccarias Creo que estoy superando mi ruptura. Ahora mis lágrimas son un uno por ciento sal, y solo el noventa por ciento restante su puta culpa @atraccionfatal

Hemos pedido unos combos de hamburguesas con patatas para cenar. ¡Viva el colesterol y los carbohidratos! Pero ¿sabéis esos días que os importa poco cuidaros? Pues este es el día que tengo hoy. Así que me he metido una doble hamburguesa con queso entre pecho y espalda, que estoy convencida de que seguirá en mi cuerpo hasta el día del Armagedón.

Nos los han traído en menos de media hora. Me hubiera gustado darles yo los menús a mis dos hombres de seguridad, echarle un poco de orfidal en la bebida de André y aprovechar para hablar con Gero sobre Axel. Pero ha sido imposible, porque ellos han dado el visto bueno al repartidor, han pagado y recogido su propia comida para meterse en el coche de nuevo y cenar ahí mismo. No quieren desatender sus labores de vigilancia por nada del mundo.

Ingrid ha tenido que soportar el coqueteo descarado de Roberto. A mi maquilladora no le molesta en absoluto que le estén dorando la píldora; además, creo que le gusta bastante eso de tener a un tipo como él pendiente de ella. A quien no le hace tanta gracia es a Bruno, que está meditando la posibilidad de convertirse en Super Saiyan y empezar a repartir mamporros al rubio.

La verdad es que a mí no me engaña Roberto. Sé muy bien

que mis palabras de esta tarde le han tocado bastante, y estoy convencida de que medita sobre ello, aunque quiera disimularlo con todas esas miradas lascivas y veladas dirigidas a Ingrid. Su indiferencia no es real.

Ahora me dirijo a mi habitación. Me he retirado de esa pequeña guerra dialéctica que hay en el salón sobre si el sexo anal provoca almorranas. Sí. Está sucediendo tal cual os lo cuento. Tampoco voy a pensar demasiado en cómo hemos redirigido la conversación hasta ese punto, pero habiendo un tío como Roberto en medio, no debería de extrañarme. Así que me retiro a mi alcoba, sin hacer mucho ruido. Prefiero mediar con mi pequeña depresión a solas.

He vuelto a llamar a Axel, por supuesto. Y nada.

Mi teléfono vibra en el bolsillo delantero del pantalón. Lo cojo entusiasmada pensando que a estas horas solo puede llamarme Axel. Pero no es así. Aunque la llamada me hace la misma ilusión. Es Eugenio, mi adorable chef feo.

—¡¿Eugenio?! —lo saludo con alegría.

—*Eeeh…*

—¿Cómo es que me estás llamando? Creo recordar que Gabino te dio unas directrices para tu recuperación postoperatoria.

—*Hoba, Becca…*

—¿*Oba*? ¿*Obí, obá*, cada día te quiero *má*? —Me río.

Eugenio también se ríe, aunque hace un ruido extraño. Parece congestionado.

—*Gabino eb un sádico. ¿Con quén me has dejado?*

Frunzo el ceño y de repente temo por él. Gabino es un tarado, como la mayoría de los genios. Hace su trabajo muy bien, aunque sea difícil en el trato. Con eso debería de bastar.

—*¿Zabías que existen los des bod uno en opedaciones de estética?*

—¿Qué te ha dado Gabino para el dolor?

—*Do lo sé. Vida, be ha obedado la dariz, lad odejas y el labio lepodino, ¡dodo a la ved!*

Eugenio se está partiendo de la risa como un loco de los montes, de esos que se ríen de los chistes que les cuentan las ca-

42

bras. Me contagia su risa y me río con él, mientras acaricio las hojas de una planta que hay en el macetero del pasillo.

—¿Te ha operado todo a la vez? ¿En serio?

—*Dí.*

—Eugenio, por Dios, deja de reírte —le digo, aunque soy yo quien no puede parar al escuchar sus carcajadas—. No me imagino cuánto tiene que dolerte.

—*¡Do! ¡Do be duele dada! Doy dan fediz de habedte codocido, Becca. Dadto... Dadto...*

—Ay, Eugenio... La operación te va a cambiar la vida y también te va a ayudar. Yo también me alegro de que nos hayamos conocido. No me imaginaba que Gabino te hiciera una intervención tan completa.

—*De he bontado ud espectáculo. Vida... Voy a enviadte un delfie.*

—¿Que me vas a enviar un selfie de ti mismo? —Increíble. Recibo una imagen en el Whatsapp. Señor, Eugenio va tan colocado que solo se le ve la parte superior de la cabeza, vendada, con algún que otro pelo rizado y naranja suelto. Y también se ve la almohada de su cama.

—Vale, cariño. Deja de hacerte fotos, ¿de acuerdo?

—*Dí.*

—¿Por qué has montado un espectáculo, dices?

—*Bodque be da fobia lad agujas... Ayed itetó opedadme lad orejas, pero acabé clavádole la aguja a uda de lad enfedmedad...*

—¡¿Que has hecho qué?! —grito, consternada.

—*Dí. Y boy no had esperado a que me dedpiete. Me han pichado miedtras dodmía, como da pedícuda de Dandra Bullock.*

—Pero, Eugenio, ¡eso es horrible! ¡Es ilegal! ¡Ahora mismo le llamaré y...!

—*Do, do, cielo... Bucho bejod adí* —afirma seguro de sus palabras—. *Bucho... Buuucho bejod... Be daba ansiedad al pensad que dedía que entrad ahí tred vedes... Buuucho bejod...*

—¿Señorita Becca?

Una voz de mujer acaba de ocupar la línea por la que hablaba con mi paciente. Me aparto el auricular de la oreja y lo miro con gesto extraño.

—¿Hola? —pregunto.

—Hola. Soy una de las enfermeras a cargo del señor Eugenio. Él está bien, no se preocupe. Las tres operaciones se han realizado con éxito.

—Menos mal —digo, y respiro más tranquila—. Cómo me alegro. ¿Por qué ha dejado de hablar conmigo?

—La medicación para el dolor es muy fuerte. Las operaciones están todas localizadas en la cara y las migrañas son insoportables.

—Pero ¿él está bien?

—Sí, sí. La droga lo ha dormido.

—Ah, entiendo. ¿Sabe cuándo podré verle?

—El alta se la dará el señor Tabares. No obstante, todo ha salido muy bien, y si Eugenio hace caso a nuestras recomendaciones, en cinco días podrá irse de la clínica. Insisto en que hable con el señor Tabares. Buenas noches, señorita Becca.

—Muchas gracias y… buenas noches.

Cuando cuelgo, al primero al que quiero llamar y contarle lo que acaba de pasar es a Axel, pero tampoco tengo suerte esta vez.

Su teléfono está apagado.

Cómo odio escuchar la voz de la operadora. ¿Es que esa mujer no tiene hogar?

—Becca.

Levanto la cabeza de golpe al escuchar la voz de André. El imponente moreno parece un poco desorientado dentro de la casa.

—¿André? ¿Necesitas algo?

—¿Dónde está el baño? —me pregunta, un poco atribulado.

—Eh… En el pasillo, a mano derecha, hay uno. Pero si quieres, ve al de arriba, es más grande.

André asiente con la cabeza, pero se va al de abajo. No voy a desaprovechar esta oportunidad. Sin la supervisión de André, la lengua de Gero se soltará todo lo que necesito y podré hablar con él sin censura.

Salgo corriendo de la casa, cruzo el jardín cual gacela, piso la parte cementada de la calle y me estampo contra la puerta de copiloto de la furgoneta negra de vigilancia. Gero, que ni se ha inmutado al verme, arquea las cejas, oscuras como la noche, con curiosidad y esa soberbia que tienen todos los madelman. Sonríe y me dice con ese acento canario tan resultón:

—¿Qué se le ofrece, señorita?

Ni siquiera me tomo mi tiempo para coger aire. Debo aprovechar la ocasión y sacar tanta información como pueda.

—¿Has vuelto a saber de Axel?

El canario me mira de arriba abajo y vuelve a sonreír.

—No. Tú tampoco, por lo visto.

—Claro que no. Axel no suele hablar conmigo de sí mismo. Necesito que me hables de él y de su padre.

—No hay mucho de qué hablar, Becca. —Apoya un brazo sobre el cristal de la ventanilla, que está del todo bajada, y mira al frente con gesto adusto—. Simplemente, ellos no se llevaban bien.

—Ah, no, *mijito* —digo señalándole con el dedo, a mi estilo Reina de las Maras—. No puedes edulcorarlo ahora. Antes estabas bien dispuesto a hablarme de ello. ¿Acaso André es quien lleva la voz cantante de los dos?

Gero se ríe, el muy granuja.

—Ya entiendo por qué le gustas tanto a Axel.

—Déjame que ponga en duda eso, y más cuando me tengo que enterar por su hermano de la defunción de su padre.

—Axel no es como los demás, Becca. No intentes compararlo con otros hombres, no es de ningún estilo. Él es… diferente.

—¿Por qué?

—Porque no es fácil haber crecido con un hijo de puta que no le quería, como su padre.

Trago saliva y me sereno.

—Háblame de ello, por favor. Necesito entenderlo.

Gero niega con la cabeza.

—No puedes… Ni siquiera nosotros comprendemos por todo lo que pudo pasar… Mi hermano y yo crecimos en una familia llena de amor. Y no concebimos lo que le pasó a él, lo que su padre le hizo. Solo puedes prestarle su hombro para que un día, con cachimbas y bebida, te lo explique...

—¿Así os lo explicó él?

—Sí.

—¿En una noche de hermandad en la República Centroafricana, rodeados de bombas y metralletas? —pregunto, sabiendo perfectamente cuál es la respuesta.

Esta vez despierto un sincero interés en Gero, como si ahora me estuviese viendo de verdad.

—Lo sabes.

—Sí.

—¿Te lo explicó él? —pregunta, asombrado.

—No. MacGyver, alias Gabino Tabares.

—¿El cirujano? ¿Has conocido al cirujano? —exclama con una carcajada—. ¿Y cómo ha sido eso?

—Axel le pidió un favor para uno de mis pacientes.

—No me jodas —susurra, estupefacto—. Entonces es verdad. Le importas mucho. Axel nunca ha pedido favores a nadie.

—Sí. Eso mismo me dijo Gabino.

—¿Y qué más te contó?

—Me contó todo lo de vuestro destacamento. Y lo que hacía Axel allí, en el M.A.M.B.A.

—Vaya...

—Por favor, Gero... A riesgo de parecerte desesperada, que lo estoy —puntualizo—, necesito que viertas algo de luz sobre la figura de Axel. Sobre lo que le pasa...

—No puedo decirte mucho más, Becca.

La indignación que siento ante tanto hermetismo es como cianuro para mi organismo. Me quema y me mata a la vez. Pero respeto su postura.

Estoy a punto de retirarme con las orejas gachas y el rictus abatido, debo de dar tanta pena que Gero parece rectificar en su actitud y, compasivo, añade:

—Lo único que te puedo decir del Temerario es que es mi amigo. Que cualquier actitud que tenga con los demás está más que justificada. Es un compañero sobre el que siempre te podrás apoyar, aunque él jamás se apoye en nadie.

—Sí, eso ya lo sé. Pero quiero ayudarle.

—Antes te he dicho que entiendo por qué le gustas tanto y por qué te ha elegido.

—¿Y por qué crees tú?

—Porque tú no aceptas un no por respuesta. Salta a la vista.

—¿Me estás llamando pesada?

—No. Solo insistente. Y porque no le darás por perdido, a pesar de que intente alejarte de él con todas sus fuerzas. Axel es así. Cuanto más te acercas, más duro se vuelve. Ese es su modo de defenderse.

—Defenderse ¿de qué? —Sé que Axel guarda muchos secretos, que tienen que ver con su identidad y con su pasado, pero ¿qué daño podría hacerle yo?—. Yo nunca le lastimaría a propósito.

Gero se encoge de hombros, abre la guantera y saca un paquete de tabaco en el que luce el mensaje subliminal de FUMAR MATA, del tamaño de las letras grandes de la prueba del oculista, esas que indican si estás ciego o no.

—Pero eso es algo que él no sabe. ¿Cómo sabemos cuándo nos van a herir y cuándo no? No lo sabemos. Otorgamos nuestra confianza porque creemos que todo el mundo es bueno. Pero no es así… A Axel le han traicionado muchas veces. Le han hecho cosas imperdonables. ¿Por qué debería confiar en ti?

—Porque… —Me detengo y medito si decir en voz alta o no lo que gritan mis pensamientos. Antes de darme cuenta, ya lo he dicho—: Porque estoy enamorada de él. Y quiero… No —me corrijo—, necesito que confíe en mí.

Impresionada todavía por mi vehemencia, veo cómo los ojos negros de Gero se suavizan y una luz interior titila en su iris.

—Entonces, encárgate de dejárselo claro. No dejes de repetírselo, Becca. Si hay una persona que puede sacarle del agujero en el que está, esa eres tú.

—¿Cómo? No habla conmigo. Mira. —Le muestro mi teléfono con las más de quince llamadas que le he hecho.

—Eso no importa. Encontrarás el modo. Mientras tanto, lo

único que puedo decirte sobre él es que los conocimientos de defensa personal y seguridad que posee no se aprenden sobre la marcha en un destacamento. Él ya los había aprendido antes de ingresar en nuestro campamento —murmura llevándose el pitillo aún apagado a los labios.

—¿Qué quieres decir con eso?

Gero enciende el cigarrillo con el mechero, expulsa el humo que tanto asco me da, y fija sus ojos en el horizonte.

—Que antes de entrar en nuestro campamento, Axel ya era un soldado muy bien preparado. Su actitud, sus maniobras, sus amplios conocimientos... Se necesitan años para lograr su nivel. Axel ya era un arma de matar, y uno no nace así: lo aprende.

Gero no puede explicarme nada más porque André acaba de llegar al coche, tocándose la parte delantera de su pantalón militar. Se le habrá enganchado el *pitamen*. Esa manía que tienen los hombres...

Nos observa como si estuviéramos conspirando, y no lo hacemos, pero casi.

—Becca. ¿Necesitas algo?

—No —contesto aguantando la pose y disimulando—. Le he preguntado a Gero si necesitabais algo más, o si os habías quedado con hambre. También si queríais unas mantas para dormir aquí... —le sugiero—. La noche es fría.

—En nuestro cuatro por cuatro tenemos todo lo que necesitamos.

—Ya veo —asiento fijándome en la consola delantera. De hecho, tiene hasta teléfono por cable y un montón de pantallas con imágenes de la casa, incluso del balcón de mi habitación—. Supongo que ya habíais hecho esto otras veces...

—Supones bien —contesta el más serio de los dos hermanos.

—Pero te agradecería —dice Gero— que mañana por la mañana nos trajeses un termo de café bien calentito. Para despertarnos. Ya sabes...

—Sí, sí. —Aprovecho para alejarme y despedirme de ellos—. Ya sé. —La mirada algo desaprobatoria de André me coarta un poco—. Mañana os traeré algo para desayunar antes de partir hacia Santa Cruz.

—Gracias, Becca. —André se da la vuelta y mira de forma airada a su hermano—. ¿Qué le has contado?

Oigo lo que André le está diciendo. Y también la respuesta de Gero.

Tiene razón. Mientras entro a la casa y subo las escaleras para dirigirme a mi habitación y descansar, concluyo que no me ha dicho nada que yo no supiera. Aunque debo encajar esa nueva información sobre él.

Axel me había contado que estaba cansado de su vida entre cristales y algodones, que estaba tan aburrido que la guerra le pareció un escenario que encajaba con su realidad emocional. Si Axel ya tenía tantos conocimientos sobre el arte de la guerra y la seguridad personal, ¿qué se supone que había hecho antes de entrar en M.A.M.B.A.? Desde luego, nada relacionado con el aburrimiento o una vida demasiado relajada.

¿En qué lugar quedan las palabras que me dedicó?: «De alguna manera…, tú, tu programa…, lo que nos está pasando, lo que estamos viviendo…, me está ayudando a despertar».

A despertar… ¿de qué pesadilla?

Estoy agotada de no descansar, de no dormir, de estar preocupada, de sentirme vacía y de no contar para él.

Esta mañana he amanecido de tal modo, que cuando he bajado a desayunar, Ingrid solo me ha dicho: «Que Dios bendiga los antiojeras, y menos mal que tengo kilos de maquillaje en crema».

Sigo con mi sueño recurrente. Sigo sintiendo que me ahogo y que Axel me salva. Y el recuerdo de sus implorantes palabras pidiendo a Dios o a la vida que aquello no le pasara otra vez, es una señal indeleble de una experiencia real. No es invención mía. Él lo dijo. ¿Qué es lo que Axel no quería volver a vivir?

¿Acaso no pudo salvar a alguien de morir ahogado? Y si fue así, ¿a quién?

¡Tengo tantas preguntas! A cada hora que pasa, los enigmas a su alrededor son cada vez mayores. Lo único que no puedo olvidar es lo que ha pasado: su padre ha muerto, y ni siquiera sé si a él la noticia le ha afectado o no.

Subo a la caravana, que ya está lista para comenzar a grabar. Los norteamericanos nos esperarán en casa de Marina. Hacer el mismo recorrido que hice en coche el día que Vendetta chocó contra mi coche, el día que estuve a punto de morir, no hace que me sienta segura, a pesar de ir en la caravana acompañada de mis amigos, y seguida por el todoterreno de André y Gero.

Roberto tiene los auriculares puestos, aislado del mundo, tal vez pensando en lo que le va a deparar el día y en lo mucho que debe colaborar para que todos salgamos contentos, sobre todo él. Al fin y al cabo, él está inmerso en sus propias batallas mentales, exactamente igual que yo.

Como Ingrid es casi medio psicóloga y también goza de una acusada empatía, me ha agarrado por banda y me ha apartado de mi ofuscación llevándome frente al tocador y poniendo la música de Melendi —*Tocado y hundido*— más alto.

Está haciendo magia sobre mi cara demacrada. Base, antiojeras, corrector, colorete, lápiz de ojos, sombra, rímel y pintalabios, y de repente vuelvo a ser una super star preparada para ayudar a los demás.

Hablamos de cosas sin demasiada importancia. Banalidades varias que mantienen mi mente ocupada y me alejan del terror que supone cruzar el maldito puente por el que caí. Es como si mi cuerpo lo sintiera, como si percibiera que está sobre él, aunque mis ojos no lo vean. Por eso me tenso y los cierro con fuerza, obligándome a centrarme exclusivamente en mi respiración. La caída fue aparatosa; el dolor, demasiado punzante... El olor a río y a humedad... No. Tengo que alejarme de esa zona. Estoy a punto de sufrir una crisis de ansiedad.

—Déjame ver esas uñas. —La buena de Ingrid toma mis manos algo sudorosas por el pavor, y abre mis dedos, tensos y apretados, con suavidad. Me transmite tranquilidad, el contacto humano siempre lo hace—. ¿De qué color quieres que te las pinte?

Abro un ojo perplejo.

—¿Alguna vez he sabido combinar los colores? —le pregunto.

Ingrid se ríe.

—Tienes razón. No sé cómo se me ocurre preguntarte algo así.

—Puede que sea porque todavía tienes la esperanza de que se me quede algo de todo lo que estoy aprendiendo sobre moda y maquillaje contigo, ¿verdad?

Ingrid se muerde el labio y me mira con dulzura.

—Sí.

—Eres demasiado positiva. En ese aspecto, estoy perdida.

—De ti lo espero todo, Becca —reconoce mirándome con orgullo.

Ha elegido un pintauñas de color bermellón, que no sé si combina demasiado con la ropa que llevo. Tejanos Strech, una camiseta de algodón de manga larga, sutilmente ancha, negra con rayas horizontales blancas. En los pies, unas Converse blancas de doble suela. Hoy visto bastante discreta. Bastante como vestiría yo un día de cada día. Me gusta, me siento cómoda así. Es como si Ingrid decidiera esta ropa porque sabe que con ella me siento más yo. Cuando acaba de pintarme las uñas, toma mis manos y las levanta como si así las viera mejor.

—Ojalá pudiera pintarme las uñas así —reconozco—. Siempre que lo he intentado me veo como un niña en la guardería tratando de colorear una silueta de la plantilla de dibujos.

—Propóntelo, y seguro que serás una experta en pocos días.

—Ay, Ingrid… Tienes demasiada fe en mí —murmuro.

—¿Fe? No es fe —replica, sorprendida—. Fe es creer sin haber visto nada. Pero yo he visto todo lo que haces y el modo que tienes de adaptarte a todas las situaciones, como si fueras un camaleón. Sé lo que te ha pasado estos días. Yo estaría hundida; pero tú, lejos de amilanarte —se vuelve y abre un cajón del tocador de Cenicienta; de él saca un estuche donde pone «Ray-Ban»; cuando lo abre, toma unas gafas de ver, de pasta roja, que me enamoran nada más verlas—, le has echado un par de narices, Becca, y estás aquí otra vez. Con nosotros. Haciendo tu trabajo. —Resopla, incrédula—. Como si le dijeras a tu acosador que no va a poder contigo. —Abre las patillas de las gafas y me sonríe—. Por supuesto que creo en ti.

Cuando me doy cuenta, ya hemos pasado el puente hace rato, y mi adrenalina se ha rebajado considerablemente. Agacho la cabeza, vencida por su cariño, y sonrío agradecida.

Ingrid es sabia. Y está aprendiendo mucho de mis técnicas.

—Gracias —le digo.

—¿Por?

—Por distraerme y hacer que se me pase el miedo.

Ella sonríe e ilumina la caravana con su espontaneidad y su autenticidad.

—¿Ha funcionado?

—Ya lo creo.

—Entre tú y *El Mentalista* conseguiréis que me diplome.

—Seguro. En serio, Ingrid. Gracias. Sin ti, esto sería mucho más difícil.

—¡Bah! No hay de qué —dice mientras observa mi rostro buscando algo—. ¿Y si volvemos a esas gafas que no necesitas? —Sacude las lentes delante de mis narices—. Los americanos verán en ti a una intelectual, sensual y arrolladora mujer de melena indomable y pico de oro. Los pondrás cachondos con esto. Los tendrás comiendo de tu mano incluso antes de abrir la boca.

—Sí. Me encanta la idea. Me gustan las gafas —admito sin ambages; me las pongo y me miro al espejo.

Tengo mucho que agradecer a mi maquilladora. No solo que fuera creada por Dios para gobernar mis rizos, sino también que tenga la capacidad de hacerme parecer más guapa de lo que yo me veo. Y también por suministrarme inyecciones de energía y buen rollo.

Tal vez sea esto último lo que hace que me sienta mejor.

Cuando Fayna me dijo que la casa de su amiga Marina estaba un poco retirada en la montaña, no bromeaba. Está en Dos Barrancos.

Al bajarme de la caravana, admiro la casa, que es de estilo canario, y tiene vastas hectáreas a su alrededor, pobladas de huertas y árboles frutales que huelen de maravilla. Dispone de una amplia terraza rojiza, con tumbonas de madera clara, y una piscina enorme rodeada de piedras volcánicas. Estamos a unos cinco kilómetros del centro de Santa Cruz, y aun así parece que nos encontremos en un mundo ecuestre aparte.

En el porche hay aparcado un Land Rover negro de cristales tintados. Hemos llegado puntuales, justo a la hora que quedamos con los americanos y con Fayna. Cuando me acerco al coche, las puertas traseras se abren, y de él sale un japonés muy bajito parecido al de *Resacón en las Vegas*, y un hombre enorme y calvo, con gafas de sol, y tan obeso que parece que se haya comido a toda su familia.

Visten de manera informal: vaqueros y una camisa de manga corta remetida por la faja de los pantalones. Nunca me ha gustado eso. No sé por qué. Los dos llevan deportivas.

El japonés se ríe, o eso me parece. La expresión de sus ojos me engaña. El otro, que camina a su lado, me repasa de arriba abajo y esboza una amplia sonrisa.

—¿Miss Becca? —me pregunta el bajito—. Soy George Smart. Es un placer conocerla —me dice en inglés americano.

—El placer es mío.

—Este es Tom Giant, mi coproductor.

Les doy la mano a ambos, y me abstengo de soltar un chiste sobre su apellido. La verdad es que lo de Gigante le va que ni pintado.

—Teníamos muchas ganas de verla en acción. Su trabajo —explica George— es realmente bueno y novedoso.

—Muchas gracias. Me alegra que les guste. ¿Han tenido un buen viaje?

—Sí. No me he enterado. Ya sabe —se encoge de hombros—, un par de pastillitas y a dormir...

¿Acaba de cerrar los ojos y silbar?

—Ah, sí. —Me echo a reír—. Los viajes largos son muy pesados. A veces una ayudita..., ¿eh?

—Correcto. Bien. —George da una palmada y mira a su compañero, que sigue sonriente—. Nosotros no queremos robarle tiempo. La seguiremos como una sombra, pero, por favor, haga como si no existiéramos. —Suelta una carcajada—. Necesitamos que trabaje con naturalidad, como hasta ahora lo ha hecho.

—No lo dude. Así será.

—¿Conoce usted a la paciente? —me pregunta Tom.

—No. Sí conozco a su amiga, que ha sido el gancho para que pueda echarle una mano —contesto—. Pero hoy veré por primera vez a Marina, igual que ustedes.

Tom y George se miran y asienten. El japonés extiende el brazo hacia delante y me dice:

—Después de usted.

Voy a tener a los americanos enganchados como lapas. Necesitarán comprobar la fiabilidad del producto que quieren comprar. Tal vez hayan creído que todo es un montaje y que todo está pactado.

Si creen eso, les voy a echar por tierra su teoría.

Tengo un cámara menos, eso sí. Pero Bruno está ante su prueba de fuego, y seguro que lo hará genial.

Confiemos en que así sea.

Cruzad los dedos.

4

 @solaenVietnam @eldivandeBecca #Beccarias Yo no quiero que él me diga que me ama. Yo quiero que me dé su contraseña de Twitter y Facebook. Eso sí es amor de verdad #lasredessocialesacabarancontodo

—No me digas ni hola. Solo dime quién es el rubio que hay detrás de ti y de dónde carajo los sacas.

Fayna, con su camisa amarilla de flores rosas que hace que me salga glaucoma de golpe, parpadea atónita después de abrir la puerta de la casa de Marina. Sus ojos claros y grandes están clavados en Roberto, hipnotizados por su fuerza animal y esa energía alfa y petulante que la noquea a una.

—¿Te das cuenta de que te está grabando Bruno? —le pregunto entre dientes, arqueando las cejas.

—Bah. —Mi amiga mueve la mano como si apartara un bicho volador de su cara, y sonríe con sinceridad—. Eso lo dirán todas las mujeres de España en cuanto vean este capítulo —espeta al tiempo que abre los brazos para recibirme.

Me abrazo a ella; bueno…, más bien me dejo engullir. Os aseguro que no hay nada mejor que uno de sus abrazos, porque Fay solo tiene luz para dar. Aunque sea una bruta y esté para que la encierren.

—¿Quién es el chino enano? —me pregunta cuando lo ve por encima de mi hombro.

—Es americano —la corrijo en voz baja—. Por favor, Fayna, compórtate. Son los productores que te comenté por teléfono.

Los de Estados Unidos que vienen a ver en directo cómo trabajamos... Tiene que ser todo muy natural.

—Ah, sí. Antes he visto un todoterreno aparcado enfrente de la casa, pero no sabía que eran ellos, pensé que era Ildefonso.

Carraspeo incómoda. Hablar con una persona con tanta espontaneidad y tan poco filtro es como jugar al Monopoly, te puede buscar la ruina en un par de jugadas.

—¿Quién es Ildefonso? —me atrevo a preguntar, y me arrepiento al instante.

—Uno que me ligué hace un par de días y que se ha obsesionado conmigo. Dice que somos almas gemelas, porque él tiene un collar para hablar como Darth Vader, y como yo también tengo uno que me electrocuta, pues pensó que teníamos un mundo en común... Marina tiene una recortada que lanza perdigones. Estaba barajando la posibilidad de dispararles... pensando que era él, claro.

—Madre mía. —Cierro los ojos con estupor y me presiono el puente de la nariz—. Bruno, vas a cortar esto, ¿verdad?

Bruno niega con la cabeza, y sonríe de tal forma que sus dientes blancos destellan.

—Ni hablar.

—Joder —murmuro. Solo pido que los americanos no entiendan ni una palabra de español.

—Bueno, venga. —Fayna nos anima a que pasemos—. Entrad... Marina os está esperando en el salón. ¡Mari! —grita Fayna mirando al techo—. ¡Mi amiga Becca, la de la tele, ya está aquí! —Se da la vuelta mirando a Roberto, y añade—: ¡Y He-Man también!

Marina.

Paciente número X de mi carrera como psicoterapeuta.

Antes de enfrentarme cara a cara con uno de ellos, intento hacerme una imagen mental de cómo pueden ser. Marina está embarazada de ocho meses, pero el miedo atroz que le tiene al parto le está provocando malestar y pone en peligro al bebé debido a sus ataques de pánico.

Cuando veo a Marina, tumbada en el sofá del salón, con las piernas cubiertas por una manta y tres infusiones de algo que huele a valeriana —y no sé qué más— vacías sobre la mesa baja de madera envejecida, me doy cuenta de que es de las primeras veces que no he acertado con mi idea preconcebida.

Pensé que me encontraría con una amapola del campo, dulce y liviana, aterrorizada por sufrir algo de dolor. En vez de eso, me doy de bruces con una chica —muy mona, eso sí— rubia, con el pelo a lo champiñón, ojeras bajo sus ojos grises y gatunos, y la cara algo hinchada por su avanzado estado de gestación. Pero parece fuerte, y transmite elación y algo de arrogancia en su pose.

Lleva una camisa de manga larga enorme, de cuadros rojos y negros, estilo leñador, que cubren por completo su vientre abombado.

Roberto, que camina a mi lado, no se siente nada a gusto con la situación. Sé por qué. Conozco al dedillo su manera de pensar. Las mujeres embarazadas son como una especie aparte para él: nunca las ha tratado, le dan miedo.

Marina me mira y sonríe sin tenerlas todas consigo. Después, echa una ojeada a Roberto, y no sé si me lo invento o no, pero creo que ha siseado como un gato arisco. ¿En serio ha hecho eso?

—Hola, Marina —la saludo afablemente—. Soy Becca. —Le ofrezco la mano—. Encantada de conocerte.

Ella la acepta y asiente con la cabeza.

—Igualmente… —Echa un vistazo a Bruno y se coloca bien el flequillo rubio hacia un lado—. Qué invasivo, ¿no?

—¿La cámara? —digo señalándola con el pulgar—. No te preocupes, con el paso de los minutos te parecerá que no existe.

—Ya… —Marina agarra un cojín y lo abraza contra su barriga, en un gesto de protección. Está asustada, por el bebé y por ella.

—¿Me puedo sentar?

—Adelante. —Con la mano me indica el sofá de dos plazas que tiene al lado, haciendo forma de ele. El tapizado es de muchos colores. Me distrae.

Cuando tomo asiento, oigo una repentina bocina que hace que me levante de golpe.

Ingrid, que acompaña a los americanos, se tapa la boca para no dejar ir una risotada.

Busco el origen de ese estridente pito y entonces diviso un pato amarillo de goma, más pequeño que una pelota de tenis.

—Ups, perdona —dice Marina—. Es el juguete de Mío. Lo deja por todas partes.

—¿Mío? —pregunto tomándolo para dejarlo sobre la mesa. Me siento de nuevo.

—Sí. Mi gato persa. Ahora estará en el jardín. —Y comienza a buscarlo a través de la ventana que da al jardín—. ¿Tienes gatos?

—No.

—Haces bien —contesta—. Producen toxoplasmosis en las embarazadas.

Entrelazo los dedos de mis manos, y percibo el pavor en sus palabras. Tiene un alto grado de hipocondría. No sé qué demonios ha estado bebiendo, pero esas tazas huelen raro.

—En realidad, los gatos no transmiten la toxoplasmosis en las embarazadas. —Alarga la mano a una de las tazas vacías y la miro por debajo de mis pestañas—. ¿Puedo?

—Claro. Los gatos transmiten esa enfermedad, ya lo creo que sí. Seguro que yo la tengo.

Huelo el culo de la taza. Arrugo las cejas.

—¿Qué es lo que le has echado? —pregunto.

—Marihuana —contesta Roberto sin mirarla.

—Es marihuana medicinal —se defiende Marina—. Y no la echo en la taza. La utilizo en el vaporizador —contesta señalando el pequeño difusor que hay sobre la cómoda blanca del salón.

Lo miro estupefacta. Parece un objeto de decoración de color violeta, en forma de flor.

—¿Cómo puedes hacer eso en tu estado? —pregunta Roberto con tono de censura.

Marina relaja la espalda y se apoya completamente en el respaldo del sofá. Creo que está harta de dar explicaciones.

—Si dejaras las paredes de tu casa, cada maldita mañana y cada maldita noche, con un estucado digno de un cuadro de Pollock, harías lo mismo, créeme.

—¿Qué dices? —replica Roberto.

—¿Quién es esta nenaza? —Marina lo mira de arriba abajo, riéndose de él.

Vaya. Marina tiene un carácter bastante punzante. Puede que eso le vaya bien a Roberto.

—A ver, un momento. —Pongo paz entre ellos, y orden en mi cabeza—. Marina, este es Roberto. Haréis la terapia conjunta.

—Pfff… —bufa—. De acuerdo. ¿Qué le pasa, también está embarazada?

Roberto mira hacia otro lado, ignorándola, y yo pongo los ojos en blanco.

—Vale… —Me limpio el sudor de las manos en los tejanos—. Esto va a salir bien —me repito para tranquilizarme—. Leí no sé dónde que el cannabis vaporizado cesaba las náuseas y los vómitos de las embarazadas. No sé hasta qué punto eso es bueno, pero si te funciona…

—Sí —asiente Marina.

—Segundo, ¿tu gato está al día con las vacunas?

—Por supuesto.

—Entonces, no tienes toxoplasmosis. La toxoplasmosis la transmiten los gatos callejeros que no han recibido cuidados. Seguro que Mío está mejor cuidado que nadie.

—Es mi niño —se reafirma—. Claro que está al día de todo.

—Fabuloso. —Me inclino hacia delante para atraer su atención, y eso provoca que la esquiva Marina fije sus ojos en los míos—. Marina.

—¿Qué?

—¿Me puedes contar cuál es tu miedo? ¿Por qué lo estás pasando tan mal?

—Por esto, Becca. —Y se señala la barriga hinchada—. Porque… me da pavor no vivir para ver a mi bebé. —Se emociona y comienza a temblar.

Su miedo es tan real que hasta lo puedo tocar.

—¿Tienes miedo de morir en el parto?

—Sí. Hay antecedentes familiares. Mi prima —susurra, acongojada— murió en la camilla. Soy igual de estrecha que ella, me puede pasar lo mismo.

Bueno, eso lo complica todo un poco más. En la actualidad, son muy pocas las defunciones por complicaciones en el parto, porque hoy en día todo está muy controlado.

—Lo siento de veras.

—Pasó hace mucho. Murieron los dos. El bebé y ella.

—¿Está tu marido en casa? También me gustaría poder hablar con él…

Marina dibuja un mohín disconforme con los labios.

—¿Marido? No, por favor. Voy a tener a mi bebé sola. —Levanta la barbilla, orgullosa.

—Ah… —Busco a Fayna con la mirada—. No lo sabía.

Fayna sonríe y se encoge de hombros, como si fuera lo más normal del mundo.

—¿In vitro? —le pregunto a Marina.

—Sí. No necesito a los hombres para nada.

Debo respetar su opinión, aunque no la comparta.

—Hablemos de tu miedo al parto… ¿Cuáles son tus sensaciones?

—Mis sensaciones… —Se ríe ácidamente—. Las peores. Odio las inyecciones, la sangre me marea, y la sola idea de que tengan que cortarme me provoca taquicardias… Ojalá pudieran dormirme y sacarme al bebé naturalmente.

Asiento, sin dejar de prestarle atención. No es momento de intervenir, solo de escuchar.

—Podría romperme por dentro, se me pueden desplazar las caderas… O morirme del esfuerzo. Y si me muero, ¿quién va a cuidar de mi bebé?

—Asumo que tu principal miedo es dejar al bebé solo, en vez de la muerte en sí.

—Y el dolor. No llevo bien el dolor. Nada bien. —Niega con la cabeza, vehemente.

—Muchas mujeres pasan por tu situación… ¿Has hablado de ello con tu madre? Ella ha pasado también por esto, si no tú no estarías aquí.

—Mi madre se fue a Holanda a trabajar, y me dejó aquí tirada cuando cumplí la mayoría de edad. Me dijo: «Marina, ahora te toca hacerte cargo de ti misma. Yo ya he cumplido con mi trabajo. Te he criado y te he ayudado a crecer. Ya eres adulta, espabila». Así que hace como catorce años que no nos hablamos.

Algo del relato de Marina llama la atención de Roberto, que ahora está activo, mirándola de reojo, estudiándola de arriba abajo.

—Tuvo que ser duro para ti. —Hay madres despreocupadas.

—Sí, lo fue.

—¿Y tu padre?

—Cuando tenía cinco años, mi padre se metió en una secta de contacto extraterrestre. Está en algún lugar del mundo hablando con el capitán Spock.

Roberto sonríe, igual que yo.

—Has salido adelante tú sola —asumo con mi empatía a flor de piel.

—Sí. Gracias a Dios soy muy inteligente. Mi madre me guardó en una cuenta de ahorros parte del dinero de una indemnización, y con eso estudié y me monté mi propio negocio de catering a domicilio. Y bueno, todo empezó a funcionar económicamente para mí. —Tuerce la cabeza a un lado y cruje el cuello—. Dios, el embarazo me está matando… Tengo la columna y las cervicales fatal.

—Marina, cuando te hiciste la in vitro, ¿sabías que podías reaccionar así?

—No. Jamás. Para mí tener un bebé debía ser algo hermoso, algo maravilloso y único. Siempre he sido autosuficiente, nunca he pedido ayuda a nadie. Sabía que iba a poder sola con esto, y me moría de ganas de vivir esta aventura. —Se pasa las estilizadas manos por el pelo lacio y de corte moderno—. No sé qué fue lo que detonó mi cambio de humor al respecto. No sé en qué punto empecé a actuar así… Siempre he sido fuerte, no una debilucha hipocondríaca con miedo a dar un paso para no ver asomar una cabeza entre las piernas…

—No debes atacarte —le sugiero suavemente—. Todo el mundo está en su derecho de tener sus propias fobias. No somos de piedra.

Ella oscila las pestañas tan rubias como su pelo y continúa hablando con la mirada gacha. Señal de que se siente avergonzada por un comportamiento que intuye lejos de poder controlar.

—Solo sé que me ha superado. No hay minuto del día que no piense en todas las terribles complicaciones que habrá el día del parto. Es agotador… Extenuante. —Deja caer la cabeza hacia atrás y la apoya en el enorme cojín verde que hace las veces de respaldo—. No puedo seguir así.

—Está bien. —Poso mi mano sobre la de ella, fría y temblorosa—. Vamos a trabajar en ello, Marina. Voy a ayudarte.

—¿Cómo? No creo que puedas. Mi cabeza es más fuerte que yo, te lo aseguro.

—No digo que no lo sea. Pero siempre hay estrategias que uno puede usar cuando le atenaza el miedo. Para empezar, te diré que muchas personas sufren tu fobia —le explico y le doy un golpecito en el dorso de su mano—. Se llama tocofobia. Pánico al parto. En griego, *tocos* es «parto».

—¿Tiene diagnóstico? ¿No es locura? ¿Hay más taradas como yo? —pregunta, estupefacta. Por primera vez, un brillo de esperanza cruza sus ojos. A Marina le gusta saber que no es un bicho raro, que no es la única.

—Sí. Hay mujeres que le temen tanto al parto que no se quedan embarazadas, y algunas incluso lo interrumpen porque el miedo las supera.

—¿Interrumpir? —Horrorizada, se cubre el vientre con una

mano y lo acaricia de forma circular—. Jamás haría eso. Mi bebé, pobrecito…

—Te lo digo para que veas que hay casos extremos. No obstante, detrás de una fobia irracional, o de un pánico extremo, siempre hay un motivo, siempre hay una razón. Tengo poco tiempo para desengranar la raíz de tu miedo, pero haré lo posible para ayudarte. Si me dejas, claro.

A pesar de haber ayudado a Fayna, Marina no demuestra tanta confianza en mí para que mi terapia tenga éxito también con ella.

—De acuerdo —asiente—. ¿Y él va a estar con nosotras siempre?

—Sí —le confirmo, y luego sonrío a Roberto.

—¿Y por qué?

—Porque creo que os podéis retroalimentar mutuamente —contesto con tranquilidad. Debo demostrar que lo tengo todo bajo control. Roberto también padece una fobia que superar, aunque él crea que no.

Marina analiza al Adonis rubio con la profesionalidad de alguien que sabe valorar un buen producto para vender a los demás.

—¿Y también hablará? ¿O solo hablaré yo?

Uy. La primera puya. Sí. Ya sé que no es buena idea juntar un hombre que tiene cero confianza en las mujeres con una mujer que no necesita a los hombres para nada, pero siempre hay una primera vez.

—Lo de hablar o no, déjamelo a mí —replico guiñándole un ojo—. Por lo pronto, quiero que los tres juntos hagamos una salida. ¿Cómo llevas la visita a los hospitales, Marina?

Santa Cruz

Nos encontramos en el Hospital Universitario de Nuestra Señora de la Candelaria, en Santa Cruz. Hemos accedido a la planta de Neonatología con el permiso del director del hospital.

Roberto está tan tenso con Marina que se cuida hasta de no rozarla, como si creyera que puede romperla o hacerle daño en algún momento.

Su reacción es muy normal. Nunca ha tratado a una mujer de verdad, en su máximo esplendor, embarazada, con la capacidad de dar vida. Solo utilizaba a las hembras para darles placer, para que le rogaran y le pidieran más, y así sentirse querido e importante; imprescindible. Pero, lejos del sexo, el pobre no sabe cómo actuar con una mujer que ni siquiera lo mira con interés, y que además tiene algo tan titánico entre manos como es un bebé, a pesar del pánico que la pueda sobrepasar. A veces, mientras íbamos en los coches (hemos dejado la caravana aparcada en el porche, para no llamar la atención demasiado en el centro de Santa Cruz), lo he cazado mirándola, estudiándola, valorando las diferencias entre Marina y todas las tipas que se ha beneficiado. Seguro que hay tantas, que lo desconcierta.

Marina, en cambio, no ha estado pendiente de él ni un segundo. ¿Cómo iba a hacerlo, si su pánico a moverse o a ir a un hospital la tiene tan entretenida que no puede pensar en otra cosa? Sufre una crisis de ansiedad aguda, y solo se siente bien y a salvo en su casa. Todo lo que sea salir de ahí, en su estado, es una amenaza contra su vida. Es un tanto agorafóbica, como lo es Eugenio. Me imagino la cantidad de pensamientos que le deben de estar cruzando por la mente: «Quiero huir de aquí. ¿Y si me pongo a correr? Dios, me estoy quedando sin aire. ¿Y si me olvido de respirar? ¿Y si voy al hospital y cojo alguna enfermedad? ¿El Ébola? ¿Ha llegado a las Islas? Mira que estamos al lado de África…». Y así, en un sinfín de «Y sis» inseguros e hipocondríacos que hacen de su vida una aventura al límite.

Sin embargo, siempre he dicho —y seguiré diciendo— que admiro a cada uno de mis pacientes fóbicos, ansiosos, depresivos, obsesivos… Porque siguen adelante. La mente es el músculo que más debe trabajarse y cuidar para llegar un día a comprendernos nosotros mismos. Todos mis pacientes están en el camino de autoencontrarse, pero para ello tienen que perderse más que Adán en el día de la Madre.

He permitido a Fayna que acompañe a su amiga, agarrada a su brazo, como dos abuelitas. Mi loca del collar de perro no deja de señalar a todos los bebés que ve detrás del cristal. Señala a aquellos que tienen gorritos con orejas de animales, y no lo hace porque estén adorables, sino porque quiere esos gorros. Me parto de risa con ella.

Una vez estamos dentro, le pido a Fayna que nos deje a solas. Ella, que es muy protectora con su amiga, accede a regañadientes.

Marina, por su parte, no quiere ni mirar a los bebés, y deseo averiguar por qué.

Roberto, en cambio, se mantiene alejado del cristal de la sala de neonatos, con las manos metidas en los bolsillos, una pierna cruzada sobre la otra, apoyado en la pared de enfrente.

Bruno revolotea a nuestro alrededor con la cámara.

Mantengo el pinganillo bien presionado a mi oído, por si quiere darme alguna indicación especial. Me he acostumbrado ya a la presencia de un objetivo y estoy familiarizada con todo el argot y los procedimientos de una grabación, hasta el punto de que me siento en casa y ya no me incomodan en absoluto.

—Bien. —Agarro a Marina de la mano, que camina arrastrando los pies, y doy un paso al frente.

Veo nuestro reflejo en el cristal que separa la sala de bebés del pasillo de visitantes y observadores. Ella tiene un cutis limpio y claro, aunque eso hace que la sombra debajo de sus hermosos ojos sea más pronunciada. Mi pelo está todo lo ordenado que puede estar, y me gusta cómo me sientan mis gafas de montura roja. Pero quien me conozca de verdad notará que mis ojos azules claros no están luminosos, señal de lo disgustada y triste que me tiene la indiferencia y el apartheid que demuestra Axel por mí. Me centro en los bebés, porque me ayudan a sonreír y a no pensar en el pobre diablo.

Roberto no deja de observar a las parejas que se acercan a ver a sus hijos. Algunas mamis en silla de ruedas acompañadas por sus maridos, emocionados y felices por haber traído una nueva vida al mundo. Una vida de la que son responsables, y a la que deben colmar con muchísimo amor.

—Quiero irme de aquí —me pide Marina—. Empiezo a encontrarme mal.

—Sí, lo sé —asumo, y le ofrezco la seguridad que ella no tiene—. Pero no puedes irte. ¿Sabes por qué te he traído aquí?

—Porque quieres atormentarme.

—No. Lo que quiero es que veas que cada día esta planta se llena de bebés recién nacidos. Que en todos los hospitales del mundo nacen bebés a diario. Que millones de mujeres tienen hijos como si fuera lo más natural de la vida. Porque lo es.

Ella traga saliva y deja caer la mirada a la primera cunita de cristal que tiene enfrente. Pero la aparta rápidamente.

—No seré capaz de tener el bebé, Becca —reconoce, perdida en sus pesadillas.

—Cuando llegue el momento, lo serás.

—Estoy pasando por la peor época de mi vida. Mi cabeza puede más que yo. —Marina abandona toda reserva conmigo, y decide decir la verdad—. Siempre fui una mujer fuerte e independiente. Me reía de las personas que tenían crisis de pánico y cosas de esas… Pero nunca me imaginé que me pasaría a mí, porque me consideraba preparada e inteligente como para no creer en las trampas de mi cabeza. Pero ahora… —Se mira las manos y cierra los dedos formando puños—. Ahora, mira cómo estoy… Aterrada por la posibilidad de parir y víctima de pensamientos absurdos que me afectan como si fueran reales. —Su voz tiembla y se resquebraja.

Levanto una mano y la apoyo en su espalda. Las palabras se graban más en el subconsciente cuando hay contacto de por medio. Yo llamo «ancla» a mi necesidad de tocar a mis pacientes.

Desde fuera, nadie podría comprender a ninguno de mis chicos. La gente tilda de locura cualquier cosa que tenga que ver con desórdenes de la mente. Pero la mente es un músculo que enferma por igual, y hay que normalizar los trastornos de nuestra cabeza, como enfermedades comunes. La ansiedad, por ejemplo, es la enfermedad del siglo XXI. Muchos la padecen, y la gran mayoría lo hacen en silencio por vergüenza a reconocer lo que les pasa. Yo jamás me compadecería de Marina por lo que me explica, ni tampoco sería capaz de juzgarla y decir algo como «Se le ha ido la cabeza». Me dedico a esto, y hay que comprender los mecanismos de nuestra mente para aceptar que a veces el exceso de trabajo, la dureza de la vida y la fragilidad de nuestras emociones pueden fastidiar nuestro disco duro.

—¿Sabes? Lo que te pasa no es tan difícil de comprender... Tienes un miedo recurrente a una incapacidad de dar a luz —le explico sin retirar mi mano de su espalda—. Tuviste una prima que murió en el parto, y eso fue traumático para ti.

—Sí.

—Ahí se plantó la primera semilla para que tu miedo floreciera en algún momento. ¿Cuántos años tenías?

—Era joven. Quince.

—Quince... —repito, pensativa—. La edad en la que una chica empieza a ir con chicos y a interesarse por el sexo. ¿Cómo fueron tus relaciones sexuales? ¿Las has disfrutado?

Marina vuelve la cabeza hacia mí, con el gesto traspapelado.

—¿Quieres que hablemos de sexo aquí? —pregunta con aire perdido.

—No, no... Solo necesito datos. Si no quieres contestar, no lo hagas —la animo a que se vuelva a relajar—, pero apuesto a que las relaciones con hombres te dolían, a que nunca te relajaste con ellos, y a que los métodos anticonceptivos que utilizabas te daban grima.

La cara de Marina es un poema. Se inclina hacia mí y me susurra en voz baja, ignorante de la alcachofa que pende sobre nuestras cabezas:

—¿Cómo diantres sabes tú eso? ¿Fayna te ha dicho algo?

—No. La tocofobia se puede dar por muchas razones, Marina. No aparece porque sí. Como te he dicho, todo tiene una raíz. —Arqueo mis cejas y me subo las gafas por el puente de la nariz—. Así que...

—Así que... ¿Qué?

—¿Tengo razón respecto a tus experiencias sexuales?

Ella asiente nerviosa y su cutis blanquecino se tiñe de rojo intenso.

—Nunca... —se cuida de que Roberto no la oiga—, nunca he estado cómoda en la cama con ningún hombre. Tampoco es que haya tenido una experiencia dilatada... Cuando vi que no era lo mío, dejé de practicarlo.

¿Que no era lo suyo? Madre mía, seguro que hasta le ha vuelto a crecer el himen.

No es mi intención avergonzarla, pero no puedo controlar las inseguridades o vergüenzas de las personas con las que trabajo. Es un trago por el que tiene que pasar.

—De acuerdo. —Sonrío de nuevo—. Ahí tienes la segunda semilla. Si te das cuenta, tu aversión al sexo está íntimamente relacionada con tu aparato reproductor y tu vagina. Con total seguridad, en tu mente hay muchos amarres que relacionan tu miedo con lo desagradable que era para ti que alguien hurgara en tu...

—Vale, sí —me corta rápidamente—. Ya lo entiendo.

—Tu padre está jugando a *Star Trek* en una secta, y te dejó de lado, con lo que tampoco te fías de los hombres lo suficiente como para relajarte. No son amigos tuyos.

—Es cierto. Nunca acabo de relajarme.

—Ya llevamos tres semillas. —Alzo la mano con los tres dedos abiertos—. También creo que tienes alguna cicatriz en el cuerpo, una herida aparatosa en algún lugar... O puede que vieras a alguien hacerse mucho daño.

—Pero ¿quién eres tú? —me pregunta abriendo mucho los ojos, a caballo entre la estupefacción y el respeto.

Me defiendo echándome a reír.

—Me dedico a esto, Marina. Tengo que estudiar a la gente y ver lo que no enseñan —digo mientras me encojo de hombros—. Odias los hospitales y te niegas a que te corten o te hagan una cesárea. Puede que lo veas como un riesgo a tu salud, pero creo que hay algo más... —Carraspeo y la miro de reojo—. ¿Verdad?

—Joder. Me pones los pelos de punta. —Ha claudicado. Entonces se acaricia el vientre, pensativa—. Cuando tenía diez años, mi madre me llevó al hospital porque tenía un dolor muy fuerte en el vientre. Se creían que era el apéndice, y cada dos por tres venía el médico a toqueteármelo para ver si me dolía, en plan: «¿Te duele? ¿Te duele?». —Imita el gesto de presionar incisivamente con los dedos—. Al final, acabaron por inflamarme el apéndice y me lo tuvieron que extirpar, cuando lo que tenía eran gases. La cicatriz se infectó por culpa de un trozo de gasa que me dejaron dentro, y me puse tan mal que estuve a punto de morir.

—Dios… Menuda torpeza —digo, atónita.

—Sí. Mi madre los denunció por negligencia médica.

—¿Esa es la indemnización que guardó en tu cuenta de ahorros? —Empiezo a atar cabos: con ese dinero pudo estudiar y luego montar su negocio de catering.

—Exacto. Pero no te creas que me lo dejó todo. Ella se llevó gran parte —contesta agriamente.

Como sea, esa es la cuarta semilla.

—Ahí tienes el motivo por tu fobia a los hospitales, las cicatrices y la sangre. Cuatro semillas, y sé que hay más.

—¿Por qué me hablas de semillas?

—Porque han esperado a crecer justo en un momento importante y trascendental de tu vida, para ponerte a prueba. Y hay una quinta… La semilla jefe. Pero de ella hablaremos más tarde. —Tengo ganas de dar saltitos y canturrear: «¡Soy buena, soy buena, so-so soy buena!», pero me aguanto porque soy una profesional—. No quiero que te maltrates por estar así, Marina. Es normal después de todo lo que te ha pasado y has vivido. Quiero que dejes de juzgarte. Esa es mi primera recomendación de hoy.

Sé el esfuerzo que está haciendo por hacerme caso, por tomar mis palabras como verdaderas.

Marina aún no lo cree, pero hemos dado un paso adelante, porque ha podido reconocer todo esto en una sala de Neonatología, en un hospital que ella jamás habría pisado, rodeada de bebés vivos recién nacidos… Su mente empieza a crear nuevas sinapsis y pensamientos. Y puedo trabajar desde ahí. Marina es fuerte, todos mis pacientes lo son, y sé que su necesidad de caminar hacia delante puede más que el miedo que los paraliza.

—¿Nos vamos ya? —me pregunta, más tranquila que cuando ha llegado.

—No. Aún no. Roberto, ¿puedes venir aquí?

Marina se tensa y mira al frente.

Él se coloca a mi lado, de modo que yo quedo en medio de ambos. Por Dios, parecen elfos, y yo una hobbit de la Comarca. Son altos y rubios, y bien parecidos. Y yo… En fin, dejémoslo.

—¿Qué quieres?

—¿Te gustan los bebés, Roberto?

—No he cogido uno en mi vida. Pero reciclo para dejarles un mundo mejor y eso…

—¿Nunca has cogido un bebé? —pregunta Marina de repente—. ¿Dónde has vivido todo este tiempo? ¿En el Infierno?

—¿Cómo dices? —Roberto la mira por encima de mi cabeza.

—No sé… ¿No tienes amigos con hijos o sobrinos o…? ¿Nunca has querido coger uno?

Roberto hace una mueca con la boca, como si jamás se lo hubiera planteado.

—Nunca he tenido esa necesidad ni esa curiosidad. Y el círculo de amigos que tengo no… —Sonríe y me mira de soslayo—, no están por la labor de tener hijos.

—¿Y qué tipo de amigos tienes? —insiste en preguntar Marina—. ¿Qué círculo es ese? Todo el mundo conoce gente con bebés.

—Yo no.

Los dos se quedan callados. Espero paciente a poder continuar con mi ejercicio, y entonces Marina mira a Roberto por encima de mi mata de rizos, y le suelta:

—¿No estarás en una secta satánica?

A Roberto la acusación le divierte, a mí no tanto, porque estas cosas me ponen la piel de gallina.

—¿Por qué dices eso? —contesta Roberto con curiosidad.

—No sé. Mi padre tiene la esperanza de contactar con los tripulantes extraterrestres del *Enterprise*… No digo nada que sea tan disparatado.

—¿Y por qué tengo que ser de una secta satánica?

—No tienes pinta de hacer nada bueno —murmura para sí misma.

—Tal vez no sea bueno —sugiere queriendo tomarle el pelo.

—Puede que no. Venga, va... No me gustan los misterios. Tú ya sabes que tengo un negocio de catering a domicilio y que soy obsesiva a tiempo... —Sacude la cabeza—. Todo el tiempo. ¿A qué te dedicas tú?

—Soy desatascador —contesta con una risa diabólica.

La madre que lo trajo.

—¿Desatasca...?

—¡Vale! ¡Alto! —Me interpongo entre ellos como el árbitro de un combate de boxeo. La curiosidad de Marina nos va a llevar por derroteros que no deseo. No creo que sea buena idea que Roberto le diga ahora que desatasca tuberías traseras... Eso rompería, seguramente, la frágil tregua que hay entre los tres—. Ya hablaremos luego de nosotros. Antes tenemos que hacer una última cosa.

Marina es obsesiva con sus pensamientos, y también con sus propósitos. Sé que no cesará hasta que descubra a qué se dedica Roberto. Y, de hecho, yo quiero que hablen entre ellos, pero no en este momento. Ahora los necesito con el ánimo abierto y accesibles.

—¿Qué cosa? —pregunta Roberto. Sus ojos azules arden de perversión.

Es una pose. Todo en él es una pose. Ese pelo, ese aspecto de soberbio por el que las mujeres desfallecen... Cuando se dé de bruces con la verdad, tendrá que dejar el disfraz a un lado.

—Marina, me he dado cuenta de que te refieres a tu hijo como «el bebé» —le digo, y ella se pone en guardia, aunque no retrocede; no piensa ocultarse—. Las mujeres con miedo a morir en el parto intentan despersonalizar al hijo que llevan en su vientre para que el dolor ante una posible pérdida no sea tan devastador. De ese modo intentan desvincularse emocionalmente de ellos.

—No es por eso...

—¿Ah, no? Y entonces ¿por qué es?

—Es porque… Porque no sé qué sexo tiene. El miedo a…
a todo esto —mira a su alrededor— ha hecho que sea incapaz de
hacerme una ecografía.

—Pero Marina… Entonces ¿cómo sabes si el bebé está bien?
—advierto, estupefacta—. Hay muchas pruebas que debieron
hacerte, y…

—Lo sé. Pero Fayna conoce a Socorro, una matrona con
experiencia de más de treinta años que ha venido a visitarme una
vez cada tres semanas, para palparme y ver cómo evoluciona mi
embarazo.

No pienso decir ni una palabra sobre el nombre de la matrona.

—Además —prosigue—, como he decidido tener al bebé en
mi casa…

—¿En tu casa…?

Esto cada vez se pone más esperpéntico. Hay muchos riesgos que Marina no ha tenido en cuenta. Va a la aventura, sin
saber si el bebé que traerá al mundo está bien o no. No sé si eso
es responsable ni tampoco creo que yo sea la persona adecuada
para hacérselo ver. Mi propósito es que Marina venza su miedo
y comprenda a qué es debido, no juzgarla, aunque su comportamiento haya sido más propio de una amish, pero en su caso,
rodeada de tecnología que podía haberla ayudado.

—Verás, Becca, a mí la tecnología y toda la instrumentación
—indica como si me hubiera leído la mente— hace que me convierta en un bicho bola, ¿comprendes? —Observa por el cristal
a uno de los bebés con un gorrito de oso panda, y su grisácea
mirada se llena de melancolía—. No sé si el bebé será niño o
niña, ni tampoco sé si voy a sobrevivir a ello…

—¡Claro que lo harás! —exclamo agarrándole la mano—.
Tú no vas a ser de esa decena de mujeres al año que mueren en
la camilla por dificultades en el parto.

—¿Diez? ¡Diez son muchas!

—¿Diez entre decenas de millones de partos? —replico con
mi tono más nihilista—. ¿Hablas en serio?

Marina baja la cabeza.

—Quiero tener a mi bebé y cuidar de él —dice, ahora más tranquila—. Pero también puedo ser de esas diez.

—No vas a ser de ese cero coma cero cero uno por ciento. Estás sana, fuerte... y la matrona te ayudará.

—Ojalá tuviera tu convicción.

—Pero no la tienes, por eso estoy aquí, para que te des cuenta de lo que te pasa.

—¿Y tú? ¿Tú estarás conmigo cuando llegue el momento?

Sus pupilas se dilatan. Su mente acaba de trasladarse a ese momento, y le está provocando ansiedad. Le sostengo la mano con suavidad, para hacerle ver que estoy ahí. El solo hecho de que me lo proponga me intimida y, al mismo tiempo, me honra.

Ya he asistido a un parto. El de Carla. Ese día el mentecato de su pareja llegó tarde por culpa de una partida online de *Warcraft*. Así que entré yo en su lugar. Aguanté como una campeona los gritos, los tacos y las coces que soltaba, la pobre... Y lo hice por amor. Por esa razón, Iván, mi adorable sobrino, mi camello de pokémons y bolas del amor, es casi tan mío como lo es de su madre.

—Marina, no habrá nada que temer —le repito.

Noto que está luchando por creerme. Inspira por la nariz, cediendo a mis últimas palabras, y entonces se lleva las manos a la barrigota.

—¿Estarás a mi lado, por favor? —vuelve a preguntarme.

Si ella me lo propone es porque conmigo se siente más a salvo, más segura, y ese es el puente que quiero construir entre nosotras.

—Sí. Si es lo que deseas, ahí estaré —le aseguro.

—Gracias —me dice con sinceridad—. De verdad.

—Y ahora, lo que hay que hacer es darle una identidad a ese bebé cuanto antes. No puedes seguir llamándolo así.

—Pero... —Estudia la mano posada sobre su protuberante vientre—. Es que no sé lo que va a ser...

—Buscaremos dos nombres, para niño o para niña. La idea es que tu mente cree una imagen positiva del bebé, y que te imagines cómo será contigo, a tu lado, en un futuro...

—Lo veo haciendo una ouija para contactar conmigo.

Roberto frunce el ceño, aunque la ocurrencia vuelve a hacerle sonreír. Y no son de esas sonrisas frías y distantes. Estas son de verdad.

Madre mía, esta chica tiene la idea de la muerte muy arraigada.

—Pues vamos a dejar de ponerte cara de tablero con letras. Tenemos que potenciar otro modo de pensar. Por lo pronto, si fuera niño… —la animo a que imaginemos juntas—, ¿qué nombre le pondrías?

Marina fija la vista al frente, entre la cantidad de cunitas de cristal ocupadas por recién nacidos durmientes. En realidad, nunca se planteó darle una identidad a su hijo o hija, y sé que no lo hizo, no porque no supiera el sexo, sino porque el solo hecho de imaginarse una vida feliz junto a él o ella la destrozaba, ya que estaba absolutamente convencida de que no iba a sobrevivir al parto.

Pero es tan fuerte para una madre admitir semejante cosa, que comprendo que no quiera mostrarse tan sincera conmigo, y menos con una cámara grabando. Ahora bien, a mí no hace falta ni que me engañe ni que me deje de engañar. Soy altamente empática. Reconozco las emociones que la otra persona siente, y sé el motivo real que la obliga a comportarse así. Con todo, su secreto está a salvo conmigo.

—Lo llamaría Airam, si fuera niño —anuncia con una voz que parece un bisbiseo.

—¿Airam? ¿Qué nombre es ese? —pregunta Roberto—. ¿Es un nombre de las Islas?

—Significa «libertad» —explica ella—. Era el nombre de un príncipe guanche.

—¿Y si fuera niña? —insisto.

—Si fuera niña… Idaira. —Sonríe—. Es el nombre de una princesa guanche.

—Idaira… —murmura Roberto, pensativo—. ¿Quieres ponerle un nombre canario a tu hija?

—Sí. ¿Qué pasa? —replica ella a la defensiva—. ¿Le pongo Roberta? A ver, Becca. —Se cuadra y lo señala con el índice—.

Yo aún no entiendo qué hace él aquí. Voy a tener un bebé, no necesito un desatascador.

—Bueno —dice Roberto, que parece entretenido y relajado, como si estuviera en su salsa—. Según cómo se mire, pueden ser las mismas cosas.

—De acuerdo. —Vuelvo a colocarme en medio de los dos; bajo el índice de Marina y le suelto una reprimenda a Roberto con mi mirada mortal—. Tenéis muchas más cosas en común de las que os imagináis. Esta noche las averiguaremos. Mientras tanto... —enlazo el brazo con Marina y la retiro del cristal de la sala de neonatos para salir ya del hospital. El trabajo que tenía que hacer con ella y Roberto en la planta de Neonatología ha concluido.

Era preciso que Roberto viera esa cantidad de bebés que van a recibir el cuidado y el amor de sus padres, que no van a ser abandonados como, desgraciadamente, le ocurrió a él.

Y Marina, por su parte, debía familiarizarse con su futuro hijo o hija, y creer en que puede ser una realidad; primero, hablando de ello en el lugar que más miedo le generaba, y segundo, dándole un nombre al bebé, sea del sexo que sea.

5

 @testosterman @eldivandeBecca #Beccarias
Solo hacéis que llorar. Lloráis por amor, por
desamor... Pero el 90% del resto del tiempo
no sabéis ni por qué lo hacéis

Madera. Aire. Agua. Tierra. Y fuego.

Siempre he creído en los elementos mágicos y en sus propiedades curativas, tanto para el alma como para el cuerpo y la mente.

Eso no quiere decir que vaya a hacer un hechizo en esta noche de luna llena, ni que haya comprado ancas de rana ni sangre de dragón... Es, simplemente, que creo en el misticismo de estos componentes básicos y esenciales para cualquier reunión nocturna en la playa. Es por esa razón por la que parte de la terapia del día la vamos a hacer en el exterior, en una playa que, por alguna extraña razón, me fascinó la primera vez que la vi: la playa de los amantes. Y no quiero admitir que el besazo de tornillo que Axel me dio cuando lo cacé borracho cantando a las estrellas, tiene algo que ver con mi predilección.

Anochece en las Islas. En el horizonte, el cielo del atardecer se funde con la oscuridad del mar. Y a pocos metros de la orilla de la playa yace una hoguera. Ingrid ha tenido que pedir los permisos pertinentes para hacerla, y nos los han concedido. Lo que no consiga esta chica...

La temperatura desciende al caer la noche en Tenerife. No hasta el punto de ponernos chaquetones, pero sí para colocarnos sudaderas; la mía es negra, con capucha y unos labios de lentejuelas rojas en el pectoral, y en la espalda tiene la cara de Marilyn estampada. De todas las que había, era la que menos le gustaba a Ingrid, y la que más me encantaba a mí.

Marina y Roberto ya se han sentado alrededor del fuego.

Bruno prepara los micros de solapa para mis dos rubios, ya que el grande de alcachofa cogerá mucho ruido exterior debido a la marea y al aire que de vez en cuando se levanta y azota nuestros rostros con alevosía.

Ingrid, por su parte, está acabando de preparar los cuencos de cristal repletos de nubes de chucherías, que iremos quemando una a una con las llamas que prenden la leña, como si fuéramos boyscouts.

Hay una razón para esta escenificación. Cuando entré en la casa de Marina, fui lo suficientemente observadora como para fijar mi atención en un marco en forma de árbol con las ramas peladas colgado de la pared. Cada brote era un recuerdo, una foto de Marina con las personas que han estado alrededor en su vida. Fayna era la que más cromos repetía en su colección particular, señal de la fuerte amistad que las une.

Creí divisar una de su madre, en tono sepia, con una pequeña Marina recién nacida entre sus brazos. La mujer, de pelo negro, a diferencia del bebé, se veía agotada y forzaba una sonrisa.

Había muchas fotografías que analizar, pero entre tantos momentos pasados, uno me atrajo más que los demás; uno en el que Marina estaba sola, plenamente satisfecha de sí misma, conforme con quien era y feliz con su vida.

Marina, de niña, con dos trenzas rubias, una sonrisa tan grande como su cabeza, una paleta caída y haciendo con los dedos el símbolo de la victoria. Tal vez nada de esa imagen debería haberme estimulado demasiado, pero lo hizo, porque en ella estaba vestida con un uniforme de girlscout.

Creo saber distinguir una risa auténtica de la que es solo una pose fotogénica, y pondría la mano en ese fuego que ilumina los rostros de mis pacientes a que Marina era realmente libre en esa época, entre excursiones y campamentos; la chica aventurera que nunca debió dejar de ser.

Como necesito que ella se sienta relajada y vuelva a conectar con esas sensaciones confortables, considero que una fogata playera, bajo la luz de las estrellas, puede darle la paz mental que necesita para que se vuelva accesible a mis palabras.

—Oye, Becca, el chino está acabando con todo el mojo picón de esta parte de las Islas —me dice Fayna. Se ha colocado a mi lado, cruzada de brazos como yo—. Cuando el pobre infeliz vaya al baño va a echar fuego igual que un dragón.

Se ha cubierto la cabeza con la capucha de la sudadera amarilla Adidas, y bebe una Coca-Cola de lata.

—No es chino. Es norteamericano. Y te dije que no le ofrecieras más —le recuerdo.

—Sí, claro, ahora va a resultar que el señor Smart come así por mi culpa. Además, sé que no te gusta que te agobien mientras trabajas. Cuanto más lejos los tengas, mejor obrarás.

Sonrío y niego con la cabeza. A Fayna no le ha hecho falta pasar años a mi lado para conocerme. Ella ha conectado conmigo como un vendaval.

—Gracias por tratarlos tan bien. Estás ayudando mucho. Me sacas mucho trabajo de encima —reconozco.

Es cierto que los norteamericanos no pueden hablar conmigo ni distraer a Marina y a Roberto, pero están presentes en toda la terapia, escudriñando el trabajo de Bruno, estudiando qué tipo de marcos usa, los planos, todo… Además, Fayna, que es bilingüe, les va traduciendo algunas de las frases que les digo. Giant y Smart, a pesar de contemplar varias veces los espasmos que hace cuando el collar le da las descargas, están encantados con ella, y yo me siento muy agradecida por no permitir que se sientan incómodos o excluidos del grupo. Fayna jamás permitiría que una persona se sintiera aislada de los demás, tal vez porque ella ha padecido ese aislamiento durante mucho tiempo, y la mayor parte en silencio, y no quiere que nadie pase por lo mismo.

—De nada, amiga. —Sonríe orgullosa—. Es un placer ayudarte. Además, estás echando una mano a Mari, y no sé cómo pagártelo.

—No tienes que pagarme nada. Es mi trabajo y lo hago con gusto.

—¿Sabes qué percibo? —dice, y con la barbilla señala a mis dos pacientes, que hablan entre ellos, sin mirarse a la cara.

—¿Qué?

—Que estos dos se van a entender muy bien —afirma sin rodeos.

—Apoyo la moción.

—¿Tú también lo crees? —Se vuelve hacia mí y me mira sorprendida.

—Por supuesto. A pesar del miedo reticente que siente Roberto por Marina, y de los recelos que despierta Roberto en ella, son dos personas que tienen muchísimo en común, y que están destinadas a entenderse. Sus vidas son muy paralelas, aunque aún no lo sepan. Pero no pueden ignorar ese detalle.

—Es imposible que hayas hecho esto a propósito —murmura Fayna—. Tú no conocías la historia de Marina. No te la conté.

—Es cierto —asumo ocultando mis manos en los bolsillos de mi sudadera—. La fortuna me ha sonreído con estos dos casos. Y si superamos la terapia de choque de esta noche —vaticino con gesto instigador—, pueden empezar a sanar sus heridas antes de lo previsto. —Que no quiere decir que se sanen por completo, porque eso solo lo puede lograr el tiempo y el trabajo—. Ya ves —le guiño un ojo a mi amiga—, a veces los golpes de suerte también ayudan.

—Entonces, por los golpes de suerte. —Fayna alza la lata de Coca-Cola y brinda por ellos—. ¿Cuándo me vas a contar lo que te pasa con el diablo de ojos verdes, Becca?

Así, sin más. Fayna hace quiebros cuando habla, y tú solo puedes recuperarte del crujido de tus propios huesos al cambio tan brusco de dirección de la conversación. Antes de poder contestarle, ella prosigue con su investigación carente de tacto y subterfugios.

—Que me doy cuenta de todo, *mijita* —deja caer una mirada de soslayo sobre mí—, que te sientes más desgraciada que un pájaro con vértigo.

—¿Qué?

—Lo que oyes. Venga, habla conmigo. Has llegado y te has puesto a trabajar, apenas me has contado nada.

Ya debería saberlo. Fay no se va a cansar.

—Es todo muy largo. —Es lo único que puedo decirle, totalmente desganada.

—A ver, tú y él tenéis una relación, ¿no?

—Ni siquiera sé si vale la pena hablar de ello, porque ahora mismo me encuentro un poco perdida en lo que se refiere a mi lugar en esa relación. No la llamaría así después de que ayer me dejara tirada en el avión sin decirme nada, y yo me tenga que enterar por su hermano de que su padre ha muerto y de que Axel está desaparecido. —Suspiro sometida por las circunstancias—. Justo en el instante en el que vienen los americanos a interesarse por los derechos de *El diván*, nos falla nuestro jefe de cámara. Estamos todo el equipo esperándolo.

Fayna parpadea desconcertada por la información, al tiempo que se bebe toda la Coca-Cola que le queda de un trago. Cuando ya no queda ni gota, dibuja una morisqueta con los labios y niega con la cabeza.

—No sé ni qué decirte.

—Gracias.

—El único consejo que puedo darte es que no saques conclusiones hasta que no hayáis hablado.

—No es fácil hablar con Axel.

—Me lo imagino —supone Fayna—. Pero tú eres defensora de causas imposibles. ¿Vas a rendirte ahora con ese demonio que tan tonta te pone? No deberías. Serías una cobarde si lo dejaras ir…

No me gusta escuchar esas palabras. No es que no haya pensado en ello, pero reconocerlas en boca de otra es duro.

No quiero ser cobarde, pero hay actitudes que me obligan a dar pasos atrás. A ver si me explico: estoy muy enamorada de él, nunca he sentido lo que siento desde que él está en mi vida, pero no soy una suicida. Sé que me va a hacer daño. Tiene el poder de hacérmelo.

David también me lo hizo, y mi relación con él fue muy fácil y llana. Con Axel todo es arriesgado, terriblemente ardiente, peligroso en ocasiones y con muchos secretos. Y lo que más me asusta es que, aunque sé todos los contras que hay, me cuesta mucho alejarme de esto y ser objetiva. Sé la teoría, pero no la práctica.

—Solo intento conservar un poco la razón y no cometer demasiadas locuras que luego puedan dejarme en una posición exponencialmente vulnerable —contesto.

—Becca, no hables conmigo como la psicoterapeuta que eres —me regaña—. Puedes aceptar que estás cagada de miedo, que odias no tener el control, y que asumes que estás en manos de Axel lo quieras o no. A todas nos pasa cuando nos enamoramos.

—A mí no, Fay —digo a la defensiva. Claro que no—. No me gusta sufrir gratuitamente.

—Hay amores que no son amables, Becca. —Me observa como si fuera un animal raro para ella—. Te pone a prueba, te machaca, te provoca y te tiene arriba y abajo como un electrocardiograma… Hay amores que no son ni paseos por la playa ni excursiones por el campo; son amores de espeleólogo.

—¿Qué dices? ¿De qué amor hablas?

—Escucha. —Me agarra del brazo y se coloca ante mí—. Esos amores son los que te llevan a las entrañas de uno mismo, hacen que te arrastres como un gusano, y que escales abismos. Te llenan de barro y ponen a prueba tu sentido de la vergüenza, y tu supuesto orgullo o dignidad. Pero ¿sabes qué? Esos son los mejores. —Sonríe iluminada por su sabiduría—. Porque en el amor real no hay dignidad ni orgullo. Se ama y se quiere con todo, a pesar de las consecuencias. A Axel, ese hombre tan enorme y hermoso como introvertido, tienes que amarlo así, de ese modo. O nunca llegará a abrirse.

—Becca, está todo listo.

La voz de Bruno me aleja del embrujo de Fay. El moreno me señala la hoguera y se recoloca los auriculares que le cubren las orejas.

—Cuando quieras, empezamos a grabar.

—S-sí —contesto aún aturdida por la charla de mi amiga.

—Ande, vaya —me empuja hablándome de usted y me hace burla—, antes de que le dé una patada en el culo para que espabile. Yo voy con el señor Smart, a controlar esa úlcera estomacal que le va a salir por el picante.

—Fay.

Ella se detiene, con ese rostro tan afable y lleno de vida que hace que tenga ganas de abrazarla y cargarme de energía.

Me sonríe, y yo le devuelvo la sonrisa. Sabe que la he escuchado y que me hará pensar.

—Gracias.

—No las merecen. Es mi trabajo, ¿no?

Se echa a reír y se da media vuelta para acompañar a los productores americanos en la nueva secuencia de la terapia con Roberto y Marina.

Mientras tanto, sigo a Bruno hasta la hoguera, al tiempo que pienso en su arenga.

Amores de espeleólogo.

¿En serio?

Las llamas calientan mi rostro, parcialmente cubierto por la capucha de mi sudadera. Enfrente, Roberto y Marina, también con jerséis de manga larga, el uno sentado al lado del otro, en un banco bajo de madera que hemos traído de atrezo, esperan expectantes a que sea yo quien rompa el silencio.

Gero y André están sentados varios metros alejados de donde estamos nosotros, vigilándome. Sonrío al imaginar su reacción si les dijera que parecen una pareja de tortolitos.

Las estrellas, firmes testigos de lo que va a suceder, titilan sobre nuestras cabezas a un ritmo discordante. De pequeña creía que si las miraba fijamente, tenían el poder de subyugarme. Y aún lo creo, por eso no me canso de contemplarlas y de poner a prueba mi fortaleza.

Axel brilla tanto como esas estrellas, a veces ciega y otras veces hipnotiza. Y me temo que soy altamente influenciable a su brillantez, o a su ausencia de luz en ocasiones. A pesar del vacío que mi celoso interior retiene desde ayer por la mañana, y más pronunciado ahora por la charla con Fay, debo sobreponerme a mi estado anímico.

—¿Qué hacemos aquí? —pregunta Roberto.

Me sorprende el cambio de actitud que ha habido en él desde que se ha encontrado con Marina. Ha cortado de raíz su comportamiento chulesco y seductor, y lo ha dejado en punto muerto, como si el respeto que siente por la embarazada sea mucho mayor que sus deseos de follar. Y eso es maravilloso.

—Me gustaría —comienzo a explicarle mientras cojo un pincho y lo clavo por el extremo en una nube— que hablarais entre vosotros. Que os hagáis las preguntas que os queréis hacer delante de mí. Quiero ver cómo os habláis el uno al otro.

—¿Por qué? —pregunta Marina, a la defensiva.

Me encojo de hombros, concentrada en mi labor, quemando ligeramente el dulce rosado.

—Es un ejercicio de la terapia —contesto sin más, ofreciéndole la nube.

Marina la estudia con dudas, y después acepta mi ofrenda, sujetándola por el palo. Se la lleva a la boca cuidando de no quemarse los labios. Sus ojos grises se relajan al contacto con el azúcar, y los cierra abandonada al placer.

—Mmm… Hacía siglos que no comía esto —comenta Marina—. Cuando era pequeña me encantaba.

Le ofrezco otra a Roberto, y también la acepta, como si fuera una tregua.

—¿Conocéis las constelaciones familiares? —Los dos niegan con la cabeza, así que continúo—: En realidad, deberían hacerse con más personas, pero dado que sois dos desconocidos que tenéis vidas bastante parejas, creo que uno se puede poner en el pellejo de otro. Ni siquiera voy a intervenir —les advierto—. Quiero que habléis entre vosotros. Yo solo seré una testigo de vuestra conversación, pero mediaré cuando crea conveniente. Marina, Roberto conoce tus fobias, pero él no te ha hablado de las suyas. ¿Por qué no juegas a adivinar lo que le sucede? Intenta ponerte en su pellejo y averiguar qué problema tiene.

La brisa marina mece el pelo de Roberto, y Marina lo observa penetrantemente.

Roberto hace un gesto de indiferencia, un claro movimiento de defensa.

La joven embarazada muerde la nube y entrecierra los ojos.

—¿Se supone que voy a adivinar lo que le sucede?

—Puede —contesto yo haciéndome la enigmática. Necesito que el ejercicio les llame la atención lo suficiente como para que quieran participar. Para que me alejen y desaparezca ante sus ojos.

—Veo veo —dice Marina, divertida, probando a Roberto.

—¿Qué ves?

—Veo a un hombre cuyo aspecto es importante para él, porque…, tal vez me equivoque…, creo que trabaja con su cuerpo. Míralo: musculoso, atractivo…

—Gracias.

—De nada.

—Continúa —digo yo como una voz en off.

—Creo que su trabajo no le da la felicidad, a pesar de que quiera aparentar lo contrario. Creo que su imagen de… —duda al querer encontrar la palabra— seguridad es una falacia.

—¿En qué supones que trabaja? —pregunto.

Marina mira la nube y después le obsequia con una caída de ojos pilluela.

—Es algo relacionado con las mujeres —contesta dando en el clavo—. Estoy segura. Por el modo que tiene de mirarlas, de hablar a Fayna, de flirtear abiertamente… Para él es como si fuera un trabajo.

—¿Y todo eso lo sabes solo pasando un día conmigo? —pregunta Roberto en tono cortante.

—Roberto, no puedes intervenir —le censuro tajantemente—. Deja que ella diga lo que ve, y al final valoraremos.

Él resopla hastiado, pero permite que Marina siga con su labor de desentrañar su personalidad.

—Se siente bien cuando gusta. Por el modo que ha tenido de bromear con Fayna y de mirarla, creo que es una necesidad vital para él saber que se convierte en el centro del universo de una mujer.

Las constelaciones me encantan. A veces funcionan mal porque la gente se deja llevar por los prejuicios, pero cuando se trata solo de percibir la vida de una persona, sin máscaras, sin farsas, y cuando se está casi en la misma sintonía en la que están ellos dos, se puede llegar a hacer grandes cosas con este ejercicio.

—Pero… nunca da más. Nunca quiere dar más a las mujeres. Solo quiere que lo necesites, para un momento —aclara—. Diría que es stripper, pero con la ropa tan cara que lleva, su reloj de marca y su educación, dudo que se dedique a eso y que pueda mantener un estilo de vida acorde con sus gustos. Tiene que ser algo más… Tiene pinta de empresario, pero parece que le vayan las cosas más sórdidas o elitistas.

Roberto se está incomodando, y ahora la fuerza y el tormento de sus ojos azules recaen sobre la embarazada, que vuelve al ataque con otra nube entre los dedos.

—No sabría decir… Pero lo ubico en mitad de escenas de Sodoma y Gomorra.

Con una mano, cubro la sonrisa de mis labios y espero a ver la reacción de Roberto, que no llega, estupefacto como está por lo que acaba de escuchar de boca de la tinerfeña.

—¿Por qué crees que Roberto hace eso? —le pregunto, interesada.

—Creo que al tipo duro le han hecho mucho daño —apunta— y no está dispuesto a pasar por más dolor. Le gustan las mujeres para su propio placer, pero no quiere tener nada que ver con ellas. Por eso yo le doy miedo. A mí no me tocaría ni con un palo, ¿eh, machote? —suelta a las bravas. Ha tirado a dar—. Con mi bombo le intimido.

—No es por eso —advierte él, muy serio.

—¿Ah, no? ¿Y por qué es? —pregunta Marina, atrevida.

—Es porque estás embarazada de un bebé que no quieres.

Y estoy asqueado de madres que como tú abandonan a sus hijos o los dejan solos porque no son capaces de cuidarlos.

Marina traga la nube de golpe y se queda en silencio, cortada por la acusación de Roberto. Cuando la ira asoma a sus ojos, y su rostro se tiñe de rojo, ya nada puede detener sus palabras.

—¡Mira, capullo! ¡Ojito con lo que dices! —grita señalándole con el dedo—. ¡Por supuesto que quiero a mi bebé! ¡Pero tengo miedo!

—No es verdad —continúa Roberto, asombrosamente calmado—. Decidiste tener el bebé sola, pensando que sería un juego, un deseo concedido, un capricho; pero te rajaste en cuanto viste que ese capricho te engordaba el vientre y te cambiaba la vida.

—¡No es cierto! ¡Estoy dispuesta a morir por que mi bebé viva! —exclama, cada vez más alterada.

—¡Deberías decir que estás dispuesta a luchar por ver crecer a tu bebé! ¡Y no rendirte así de fácil! ¡Pero en tu cabeza solo está la idea de dejarle solo! ¡Como todas!

No disfruto de esta lucha encarnizada de emociones. Aun así, me froto las manos cuando compruebo que mi plan sale bien y que estamos tocando justo los puntos a tratar.

—¡Majadero hijo de puta! —grita Marina levantándose del banco y lanzando el palo de la nube a la arena. Mantiene los puños tensos y apretados a cada lado de sus caderas—. ¡Jamás dejaría abandonado a mi bebé! ¡Nunca por propia voluntad! Seguro que tu madre hizo eso contigo, ahora entiendo por qué eres un cínico sátiro —intuye la tinerfeña con saña.

—No te equivocas. Aunque es normal que sepas de lo que hablas, ya que tu madre también te dejó tirada cuando cumpliste la mayoría de edad.

Marina alza la barbilla temblorosa, aguantándose las ganas de llorar.

—Por eso odias a las mujeres. Has debido de tener muchos desengaños.

—No te equivocas, guapa.

—Por eso me odias a mí.

—No te odio.

—Me desprecias —insiste Marina— porque soy la imagen de las personas que has odiado. Soy madre y mujer. Me odias porque te recuerdo a ella. Y la odias por abandonarte —prosigue decidida—. Y seguro que hay alguna mujer que decidió dejarte también…

—Sí. Las mujeres sois una fuente inagotable de sorpresas y decepciones.

—Por eso solo te las follas. No creas ningún otro vínculo con ellas.

Madre mía. Un dardo detrás de otro, y todos dan en el centro de la diana. Debí imaginarme que dos personas tan parecidas se reconocerían mutuamente.

—Solo sexo, ¿a que sí? Es muy aburrido hacerse pajas solo. Y muy de cobardes tratarnos así solo porque has tenido la desgracia de dar con las pocas malas que hay de nuestro género.

—Sí, ya… Y también es muy de cobardes acojonarse y tener pavor a parir por el miedo que te da ser tan mala madre como lo fue tu madre contigo.

—¡Desgraciado!

¡Zasca! Terapia completa. En pocos segundos, el carácter fogoso de ambos —puede que inconscientemente avivado por el fuego— ha explotado. Y se acaban de decir las verdades de sus problemas a la cara.

Bruno ha colocado tres cámaras a nuestro alrededor —una para cada uno de nosotros— y así no se pierda ningún movimiento durante la grabación. Controla las imágenes registradas con un monitor con la pantalla partida en tres. Los ojos le van locos ante la calidad y la intensidad de las secuencias tomadas. Tanto, que se le ve igual de agitado y nervioso que ellos. Cuando las emociones son tan devastadoras, acaban salpicando a todos.

Antes de que se hagan sangre, me levanto y los detengo para calmar los ánimos.

—Está bien. Ya es suficiente —pido, serena—. Callaos los dos. Hemos acabado con el ejercicio.

Marina y Roberto no se miran a la cara. Siguen sentados el uno al lado del otro, agotados por el esfuerzo de la discusión, cabizbajos, asombrados por todo lo que se han dicho a la cara sin apenas conocerse.

En este momento el vínculo se ha creado. El uno se ha convertido en el espejo del otro. Las constelaciones familiares dejan un regusto empático que afecta al ánimo, más aún cuando han sido conexiones tan potentes como esta.

Una vez, mediante una constelación con una pareja, descubrí que la mujer había tenido un aborto y que el marido no lo sabía. Fue un shock.

Uno debe estar preparado para este tipo de actividades, y sin embargo salen siempre mucho mejor las improvisadas, las espontáneas, porque estás expuesto y abierto, y no recelas de lo que sabes que puede pasar.

—¿Estáis bien? —pregunto sabiendo de antemano la respuesta.

—No —contestan los dos a la vez.

—Es normal. No es del agrado de nadie que otro le lea con tanta facilidad —les aseguro, y admiro cómo la luz de las llamas cincela sus rostros tan hermosos—. Cuando nos descubren, nos quedamos desnudos —explico dando vueltas a la nube que tengo pinchada en el palo—. Desnudos de alma y de corazón, desprovistos de coraza. Nuestros miedos, ocultos como vergüenzas, salen a la luz y se exponen al juicio de los demás, aunque no tengan derecho a juzgarnos. Como ahora os ha pasado a vosotros. Tú, Roberto —le miro sin rencores—, has desnudado a Marina, y ella lo ha hecho contigo. Ambos habéis señalado cuáles son vuestros traumas más profundos y cuál es el miedo más clamoroso, esa fobia que os impide mirar hacia delante y que os deja inmóviles ante la vida.

Ha llegado el momento de la verdad. Ahora las sentencias que suelte por mi boca serán imborrables para ellos. Pero no me inventaré nada, todo será verdad. La recuperación total de mis dos pacientes dependerá de cómo encajen la realidad de lo que les voy a decir.

—Marina, tu miedo no es dar a luz —le informo mientras observo el azúcar quemado de la nube.

La tinerfeña tiene todos los sentidos puestos en mí, como si yo tuviera la piedra filosofal en mis manos. Y no la tengo, pero sí puedo hacer alquimia con ella.

—¿Y cuál es mi miedo, Becca?

—El que te ha dicho Roberto. Tienes un miedo atroz a tener a tu bebé, porque estás aterrorizada de convertirte en tu madre. Ese es tu miedo real. Pero para esconderlo, tu mente ha creado muchas fobias. Barreras que no permiten que te relajes con el embarazo, y que a cada momento te crean ansiedad. ¿Miedo a los cortes? ¿Miedo a morir en el parto? —Hago las preguntas con un tono nada creíble—. No, Marina. Tienes miedo a morir tú como persona. Miedo a dejar de ser quien eres para convertirte en el clon despreocupado que fue tu madre. Así que, hasta que no comprendas que tu miedo y tus problemas te vienen de ahí, no podrás seguir tu propio camino, y esos miedos persistirán incluso después de dar a luz. Porque cuando hayas superado el parto, tu mente querrá crear otros miedos más, para mantenerte en guardia. Sin embargo, si entiendes qué te pasa y por qué te pasa, podrás dejar el terror atrás.

Marina ni siquiera oscila las pestañas. Los ojos le brillan por las lágrimas contenidas, hasta que empiezan a derramarse, deslizándose por sus mejillas como un río superado por su propio caudal.

—Odio a mi madre por cómo fue conmigo —susurra Marina, afligida—. Por tratarme como una mera transacción, como un producto que, cuando tuviera la mayoría de edad, dejaría atrás. Ella... Ella nunca compartió nada conmigo. Siempre me llevaba a los sitios, pero nunca se interesaba por lo que hacía. No quería traer a mis amigas a casa porque temía que ellas se dieran cuenta de que mi madre no me quería. —Sorbe por la nariz, y se seca las lágrimas con el puño de la manga—. Y cuando me quedaba a dormir en casa de ellas, fantaseaba con que mi madre era también la de ellas. Como ella dice: me crió, me alimentó y me ayudó a crecer. Pero nunca me dio el cariño que se suponía que debía darme una madre. Jamás. Quiero tener este bebé —añade tocándose la panza, y detiene sus palabras para llorar a gusto. Agacha la cabeza para cubrirse de mí y de Roberto, pero no hay nada de lo que avergonzarse—. Porque tengo mucho amor que dar, un amor que mi madre rechazó. Y estoy deseando formar una familia de verdad. Me avergüenza sufrir tanto por estar embarazada, por culpa de mis miedos absurdos.

—Los hombros le tiemblan descontrolados.

—No tienes nada de lo que avergonzarte… —Le digo lo que es para mí una evidencia, y alargo mi mano hasta coger la suya—. Nada en absoluto. Somos víctimas del trato que nos dan las personas que más queremos, de aquellos que son importantes para nosotros. Nos forjan, crean una personalidad, plantan sus semillas en nuestro ser. Tu madre plantó en ti la semilla del miedo y de la inseguridad, Marina.

—Pero no quiero ser como ella —protesta cubriéndose el rostro con la mano que no le aprieto.

—No lo serás —le aseguro—. Tú debes confiar en ello.

—Amo a este bebé, sea lo que sea. —Descubre su rostro y, esta vez, se dirige a Roberto—. Le amo con todo mi corazón, y nunca sería capaz de dejarlo. Él me necesita para que lo cuide, y yo lo necesito a él, para quererlo y para darle todo el amor que se merece, ¿comprendes? Lamento que tu madre te abandonara, Roberto. Pero la mía también lo hizo. Porque a pesar de tenerme, se desvinculó de mí por completo. Eso también es abandono. Y aquí estoy… Queriendo tener un bebé por mi cuenta, muerta de miedo, pensando cosas horribles, pero amándolo con todas mis fuerzas.

Las palabras de Marina afectan a Roberto a unos niveles que no soy capaz de valorar, pero mi empatía se despierta y arraiga en sus emociones. Está avergonzado, está despertando de su letargo, dándose cuenta de su problema.

—Las mujeres de mi vida nunca se quedaron conmigo —explica Roberto, serio al tiempo que alicaído—. Siempre tenían algo mejor que escoger antes que a mí. Por eso luché por crearme una identidad como la que tengo. Quería aparentar poder, despertar deseo, mostrar seguridad y fortaleza, porque quiero ocultar mis carencias. A mí… —Clava sus ojos claros en Marina; su nuez sube y baja al tragar saliva—. A mí tampoco me quisieron mucho. Sufrí y lloré demasiado, y no quiero volver a pasar por esto.

Hago un gesto a Fayna para que se acerque con la bandeja de galletas que he pedido que traiga. Es tarde y no hemos cenado. Hay hambre, y también hay una sorpresa en la bandeja. Será la última ficha que juegue hoy.

Cuando mi amiga se acerca sonriente, Marina y Roberto se afanan en secarse los ojos con diligencia. Ambos tienen reparos a mostrar sus debilidades ante los demás. Roberto se cubre con la capucha de su sudadera azul oscura Tommy, y se abraza los hombros, fastidiado por haberse derrumbado.

Tomo la bandeja de galletas y despido a Fayna, que regresa a su sitio, al lado de Smart y Giant. Les ofrezco galletas a mis dos pacientes, al mismo tiempo que me dispongo a coger una, pero detengo mi mano al ver que cojo la quemada.

—Oh, maldita sea —protesto, enfadada—. Esta galleta está quemada. —Retiro la bandeja de sus zarpas y hago el gesto de tirar las galletas al aire.

—¿Qué haces? —pregunta Marina, que se muere de hambre—. ¡No las tires!

—¿Por qué no? Esta galleta está quemada. Ya no sirven.

—¿Que no sirve el qué? —Roberto me mira como si estuviera loca—. Estoy canino. Anda, trae.

—No. —Vuelvo a alejar la bandeja de ellos, yo en mis trece…—. Ni hablar. Van todas a la basura.

—Solo hay una galleta quemada. No las puedes tirar todas porque una esté quemada —razona Roberto con la intención de arrebatarme la bandeja.

—Sí, sí… Las voy a tirar todas. Porque esta galleta de mantequilla —señalo la galleta chamuscada— pondrá malas a las demás.

—¡No digas tonterías, muchacha! —exclama Marina—. Una no hará que las demás se quemen.

Arqueo mis cejas y pongo cara de satisfecha y de sabionda. Sonrío, me subo las gafas por el puente de la nariz, y asiento conforme. Dejo la bandeja a mis pies.

—Vosotros hacéis lo mismo que iba a hacer yo, solo que aplicado a vuestras vidas. Como tu madre fue mala contigo, Marina, crees que tú también lo harás mal con tu hijo o hija. Eso te bloquea de tal modo que prefieres pensar que te vas a morir antes que vivir una vida plena al lado de tu bebé. Y tú, Roberto, como tu madre te abandonó y tu novia te engañó, crees que todas las mujeres son malvadas y prefieres tratarlas como objetos antes que crear vínculos con alguna que pueda volver a destrozarte. Vosotros dos habéis sido víctimas, pero podéis dejar de serlo. Con vuestros miedos y credos, estáis tirando millones de galletas ricas, solo porque tuvisteis la mala suerte de encontraros con unas pocas quemadas.

Marina y Roberto se miran el uno al otro, comprendiendo a la perfección lo que quiero decir.

—Si queréis superar vuestras fobias, tenéis el poder de lograrlo, cortando de cuajo la raíz de vuestro pavor. Yo no hago magia, no sano a la gente de golpe —digo chasqueando los dedos—; son ellos los que lo consiguen cuando abren su cabeza para entender cómo piensan. Os acabo de señalar vuestro problema, he dado de lleno en la raíz para que comprendáis qué sucede. —Muerdo una de las galletas y les sonrío—. Solo ilumino el camino. La pregunta es: ¿cómo vais a actuar a partir de ahora?

6

 @tucaramesuenalosmocos @testosterman
@eldivandeBecca #Beccarias ¿De qué estercolero
has salido tú, mamarracho? #Hitlereraunamujer

¿Cómo van a actuar a partir de ahora?

Por lo pronto, mañana tendremos que seguir unas pautas. Iremos a comprar ropa para el bebé, porque quiero que Marina salga de su encierro y haga cosas normales, que se familiarice con todas esas actividades que emocionan tanto a las primerizas. Y también llamaremos a Socorro para que le haga un nuevo chequeo. Está de ocho meses y no podemos jugar demasiado con su estrés.

Por otro lado, voy a obligar a Roberto a que forme parte de cada una de las decisiones que tome Marina; quiero que se involucre.

No obstante, sé que hoy he conseguido algo increíble con ella. Fayna también me lo ha señalado. He logrado que durante el día de hoy, con tantas distracciones, tantas charlas, tantas observaciones y demás, Marina no pensara en el miedo que la paraliza. Por momentos ha olvidado incluso que estaba embarazada. Ha podido ir al hospital, ha podido estar en una playa, en un espacio abierto, sin ataques de pánico de por medio.

Y Roberto... Roberto ha creído en el testimonio de Marina. La ve como una mujer especial, como alguien que puede valer la pena, y siente curiosidad por ella. Se reconocen, porque ambos están muy heridos. De repente, él tiene fe. Porque ella no tiene nada que ver con ninguna de las mujeres que ha frecuentado en años. Ella es más... como él.

Es un *rara avis*. Y creo que él también lo puede ser para ella. Aún no sé bien en qué sentido, pero sí sé, por Fayna, que después de la terapia en la playa, al acompañar a su amiga a su casa, Roberto y Marina se han quedado hablando largo y tendido en el sofá del salón, hasta el punto de que, cuando Fayna se ha ido a dormir a la habitación de invitados, ellos aún hablaban de sus inquietudes, del futuro, del pasado y de su infancia.

Y eso es maravilloso, porque cuando reconoces abiertamente la cantidad de mierda que has tenido que tragar en tu vida, de repente todo cobra otro valor, y la presión desaparece, igual que desaparece en mí la ansiedad de tener que peinarme los rizos con el pelo seco. Por eso me he duchado, y ahora me acabo de secar el pelo con el difusor.

Estamos en la casa de alquiler. Después de comernos todas las galletas y cenar unos perritos calientes, ha llegado la hora de retirarse.

Bruno está trabajando con los vídeos, entusiasmado con la calidad de las grabaciones. Ingrid supongo que estará durmiendo ya, o metiéndose en una cámara de criogenización para conseguir ese cutis tan liso que tiene.

El señor Smart y el señor Giant se han ido, por lo visto, muy satisfechos del primer día de terapia, y con unos labios tipo frankfurt gracias al picante que han estado ingiriendo todo el día. Me han dado la enhorabuena por la jornada de trabajo, aunque creo que esperan algo más de mí. No sé qué más quieren. Igual se creen que siempre van a estar pasándome cosas bizarras que grabar... Perros que me atacan, saltos al vacío, collares con descargas, carreras nocturnas... Mi vida no es así. Nunca lo ha sido.

Excepto cuando Axel ha estado a mi lado. Pero en su ausencia, todo es más normal. Más tranquilo. Aburrido hasta que quiero cortarme las venas.

Resoplo y miro mi reflejo en el espejo del amplio baño de mi suite.

94

—¿Cómo? ¿Cómo? ¿Cómo? —repito en el espejo—. ¿Cómo he permitido que me pase esto con él? ¿Es que acaso no has aprendido nada en tus terapias, Becca? —me recrimino a mí misma—. La gente acaba hecha polvo por sus conflictos emocionales... ¿Así vas a acabar tú? —Uno de mis rizos rojos se posa sobre mi ojo derecho.

Estoy agotada. Tengo presión en la cabeza de tanto como pienso en Axel. ¿Estará bien? No estará haciendo ninguna locura, ¿verdad? Me asaltan los miedos y las dudas, propias de una mujer insegura que no soy, y de repente pienso en lo peor. Con lo autodestructivo que es, me lo imagino empinando el codo en un bar de mala muerte, con una mujer sobre sus piernas, para luego follársela sin pensar en las consecuencias, o en si eso acabaría devastándome o no. ¿Por qué iba a pensar en mí, después de todo?

¿Se creerá el mentecato que enviándome a Gero y a André ya ha cumplido conmigo y con mi seguridad? Eso es lo de menos para mí. Lo que me gustaría es que se hubiera apoyado en mí, que al menos se hubiera puesto en contacto conmigo en estos dos días. Pero en lugar de eso, es como si se lo hubiera tragado la tierra.

Me froto la cara con las manos y salgo ofuscada del baño. Apago la luz y me dirijo con pasos lentos y arrastrados hasta la cama, como un alma en pena.

La parte de arriba de mi pijama es de manga larga, pero la de abajo es tipo short. No hace nada de frío en mi habitación, y pasaría calor si durmiese más abrigada.

Echo un último vistazo al móvil y... Bolita del desierto.

Me cubro con la colcha y cierro los ojos en un vano intento de fingir que tengo sueño, cuando soy como una maldita lechuza hasta las cejas de taurina.

No lo puedo maldecir más. Me siento tan impotente y ninguneada que me entran ganas de llorar.

—Becca.

Doy un salto cual niña de *El Exorcista*, así... ¡zas!, y fijo mis ojos al frente, a los pies de mi cama.

Parpadeo repetidamente incrédula ante lo que contemplo.

—¿Axel?

Es él. Dios mío, es él de verdad.

Su camisa blanca de manga larga, arremangada sobre sus antebrazos, perfila sus anchos y voluptuosos hombros, sus mangas se amoldan a sus codos, y mantiene esos brazos marcados reposados a cada lado de su cuerpo. No lleva pantalones.

No estoy tan tarada como para pensar que se ha olvidado de ponérselos. Mi cerebro racional llega a la conclusión de que se los ha quitado hace nada. Y es cierto. Sus pantalones de vestir, de color negro, están en el suelo, arrugados, junto a sus zapatos Gucci, cuya hebilla brillante refulge por la luz de la luna que entra por la puerta del balcón.

Venía trajeado, como el que viene de un solemne entierro, y que ahora, después de la angustiosa y desoladora agitación de ver cómo sumergen a alguien en una caja bajo tierra, necesita paz.

No obstante, la posición de sus piernas, abiertas, como si estuviera preparado para desenfundar una revólver imaginario, me demuestra que no se siente relajado, sino más bien agitado y nervioso. Puede que inseguro.

Sea como sea, con esa pose puedo visualizarlo mascando tabaco con un sombrero de cowboy en la cabeza.

—¿Cómo…? ¿Por dónde has entrado?

—Por la puerta —contesta—. Estabas en el baño, duchándote, y…

—Ah, ya. —Claro, qué tonta soy. Me siento incómoda porque quisiera decirle muchas cosas y echarle en cara otras, pero las marcas oscuras bajo sus párpados, pronunciadas por la curva de sus tupidas pestañas, me indican que no ha dormido nada en estos dos días—. ¿Cuándo has llegado?

—Ahora mismo, en taxi. He saludado a Gero y a André antes de venir directamente a tu habitación.

—Ah. Y no has tardado en quitarte los pantalones, por lo que veo.

Él no contesta. Solo alza la comisura de su labio, queriendo sonreír, supongo, pero su cariz parece grotesco, nada benévolo.

—Ya veo.

—Les he pedido que sigan ayudándome en tu seguridad mientras estemos aquí.

—¿Crees que quiero hablar de eso ahora? —pregunto, irritada, agarrando el cojín como si quisiera estrangularlo. En un arrebato, se lo lanzo a la cara, pero mi puntería es como la de Cupido completamente borracho, así que pasa un metro por encima de su cabeza.

—Yo no quiero hablar de nada —contesta avasallándome con sus intensas radiografías.

—Ajá.

Joder. Mi conversación es rica, fluida y con muchos matices, ¿eh? Me cubro con la colcha porque no sé qué esperar de esta repentina visita.

Ese gesto no le pasa desapercibido, aunque su rictus permanece inmutable, me atrevería a decir que carente de emoción; y aun así, eso no sería del todo correcto, porque sus ojazos repletos de un verdor que roza lo inhumano están teñidos del color del dolor, un gris boira que empaña su luz. Un gris tormenta.

Nos quedamos en silencio, mirándonos; valorando hasta qué punto esta separación nos ha afectado a uno y a otro. A mí mucho, desde luego. ¿Y a él?

Recibo las oleadas de su frustración y de toda la aleación emocional que le sacude. Me azota como si fueran fuertes ráfagas de aire.

Está asustado, enfadado, perdido… Pero lo oculta con una imperturbable frialdad, que en realidad es la gran incapacidad que tiene para hablar de sí mismo y de sus sentimientos. Anhela que lo calmen, y esta noche necesita un puerto seguro al que amarrarse. Me mira como si fuera yo, como si solo me necesitara a mí.

Y me cuesta creerlo después de no haber contado conmigo para nada.

—Aunque no quieras, creo que tenemos que hablar —señalo con voz temblorosa.

Él niega con la cabeza.

—Ahora no.

Me enervo. No sé muy bien cómo tengo que reaccionar ante eso. Después de relegarme al indiferente olvido, no me va a poner normas.

—Entonces ¿cuándo? ¿Cuando le dé la gana al señorito?

—No.

—¿Qué quieres, Axel? —le pregunto con menos dureza de la que me gustaría—. Llevo dos días sin saber nada de ti. Dos. Tu padre se muere y eres incapaz de decírmelo... En vez de eso, me dejas tirada en el avión, con un adicto al sexo y cuando además tengo a un tío acosándome y libre esperando el momento ideal para crujirme... —Sé que esa puya le va a molestar, por eso se la suelto.

—Nunca te dejaría desprotegida. Gero y André hacen muy bien su trabajo y...

—¡Gero y André no son tú! —grito sin control.

El verde de sus ojos se convierte en musgo y me dirige una mirada fulminante que, de creer en los superpoderes, diría que tiene la capacidad de inmovilizar. Pero a mí no. A mí ya nadie me deja de piedra.

—Ahora no, joder —gruñe. Introduce sus manos por debajo de la colcha, hasta que agarra mis pies desnudos por los tobillos. Tira de ellos y me deslizo en cámara lenta por debajo de la colcha, hasta que la corva de mis rodillas reposa en el extremo del colchón. Retira el cobertor y me deja expuesta ante él—. Te he dicho que ahora no.

Se coloca encima de mí, situando una mano a cada lado de mi cabeza, encerrándome entre su cuerpo y el angosto colchón.

Mi respiración empieza a acelerarse. Sus emociones y las mías se trenzan, entretejiéndose las unas con las otras. Percibo su desesperación con intensidad. Me duele. Me duele lo que siente, sea lo que sea. Retiro mi rostro para morder mi labio inferior y controlar mi mueca, señal de que estoy a punto de lloriquear. Y es que no me da la gana ser así de flojucha... Pero lo soy.

No soporto que Axel me afecte de esta manera, y en cambio tampoco lo puedo controlar. Se me humedecen los ojos por él y por mí. No es justo ni tantos secretos ni tanto hermetismo entre dos personas que conectan como nosotros.

Él exhala, liberándose poco a poco de su constricción afectiva, que indica lo poco o nada que ha podido desahogarse en estos días.

Y entonces lo sé. Ya lo entiendo.

Se le ha muerto el padre y no ha dejado ir ni una lágrima, pobre desgraciado.

—Becca... —susurra en mi oído con desazón. Posa su nariz en el lateral de mi garganta y hunde los dedos de su mano izquierda en mi pelo, enredándolos con mis rizos, como si tuviera miedo de arrancarlos por la fuerza de sus emociones.

No dice nada más. Noto sus labios jugando sobre mi piel, y después percibo la punta de su lengua jugando sobre ella.

Cierro los ojos y trago compungida. Dios, ¿es así de fácil? ¿Me tiene solo con un beso? ¿Eso es lo que significa estar loca por alguien? ¿Permitir que sus necesidades pasen por encima de tus propios principios?

Ya ni siquiera lo sé. Lo que me gustaría sería negarme, gritarle y decirle que no puede tratarme de esta manera, y que no soy el último mono. Me ha hecho daño otra vez. No deja de hacerlo. Sé que yo lo permito, sé que al lanzarme en esta aventura con él debo asumir las consecuencias, porque Axel no es un hombre sencillo. Pero aunque asumo mi parte de responsabilidad, me cuesta aceptar que esto vaya a ser así siempre, porque no lo puedo permitir, porque acabaría conmigo. Me dedico a hablar con las personas, soy empática, y sé cuánto oculta Axel. No puedo estar enamorada de alguien así. No podría ser feliz así... ¿A que no? No obstante, Fayna me ha dicho que en el amor verdadero no hay orgullo ni dignidad... Justo como me siento. Como si tuviera que tragarme el daño que me hace, solo porque sé que él está más herido y destrozado de lo que yo lo puedo estar. ¿Se trata de esto? ¿Amarlo hasta sobreponer sus necesidades a las mías?

—Becca… —repite exigiendo atención.

Sus manos se deslizan por mi cuerpo hasta que consiguen bajarme el pantalón corto del pijama y dejarme desnuda para él. Está temblando por la necesidad. En su voz percibo anhelo y mucha ansia por conseguir su objetivo.

—Becca… Te necesito —susurra contra mi mejilla al tiempo que cubre toda mi vagina desnuda con su manaza.

«Te necesito.»

¿Me necesita? Vuelvo la cabeza y lo miro a los ojos, que se muestran febriles y hambrientos por el alimento que yo le pueda dar. Y no sé si son las ganas que tengo de creerle o de pensar que quiere lo mismo de mí que yo de él, pero resulta que entiendo que me necesite, que me necesite de verdad.

Estos dos días separados el uno del otro han abierto su apetito por mí, o por lo que sea que él cree que yo le puedo ofrecer. Pero no importa: se lo voy a dar; principalmente, porque soy una especie de juguete en sus manos, porque se ha grabado tan a fondo en mi ser que no puedo dejar que sufra. Y después lo voy a alimentar, para que entienda que es a mí a quien debe recurrir cuando se sienta perdido y abatido. Porque no puede volver a omitirme de ese modo. Si me quiere a su lado, tendrá que aceptar mis condiciones.

Le tomo el rostro entre las manos y acaricio sus pómulos con los pulgares, mientras el silencio y las parcas palabras dicen más de lo que me gustaría.

—Axel…

Y entonces le beso en los labios con ternura y aceptación.

Sin embargo, enseguida me deja claro que no quiere mimos ahora. Solo fuego. Calor. Algo que lo haga salir de la apatía. Algo que le hierva y le haga herida, solo para volver a sentirse vivo, aunque sea a través del dolor y la pasión.

Él torna el beso en llamas. Me introduce la lengua y la acaricia con la mía, con intensidad, empujando, dibujando círculos.

Me muerde el labio inferior y sujeta mi cara justo en el punto donde a él le va bien para su invasión.

Está desenfrenado, se lo noto en la fuerza que no oculta en sus manos ni en el arrojo de sus movimientos.

Y yo me rindo.

Los empotradores.

Una raza extinguida de hombres, aniquilados por cremas faciales, repeticiones y pesas, colonias caras, rayos uva y una terrible horda de espejos que les llevaron a la aniquilación…

Por suerte, todavía quedan supervivientes con genes salvajes y depredadores, y soy la afortunada de disfrutar de uno de ellos.

Rodeo las caderas de Axel con mis piernas, pero él me las baja de golpe, y al mismo tiempo me come la boca sin demora. Sus besos me marean y me extravían en un universo de sabores y sensaciones que me abruman. Su lengua es como un rodillo por mi boca. Yo la intento sujetar con mis dientes, deseo succionarla, pero él no me lo permite, ansioso por llevar el control, por no dar tregua a su dominación.

Porque sí.

Axel ha entrado en mi dormitorio con ganas de marcar terreno, de grabar sus dedos en mi piel, y de demostrarme algo… O tal vez solo quiera demostrarse a sí mismo que aún lleva las riendas en todo lo que tiene que ver con su vida. Y es cierto: en el sexo, él manda. Por mucho que quisiera pelear en la cama con alguien tan poderoso como Axel, yo solo llevaría el timón si él se dejara vencer, o si se rindiera por completo. Algo, desde luego, que no hará, porque está en plan peleón.

Así que permito que me haga lo que quiera. Sus manos me apresan las nalgas desnudas, las aprieta y las masajea hasta que dejo ir un gemido de placer, que él secuestra con su boca.

Le rodeo el cuello con los brazos y me abro para él, porque no conozco otro modo de hacerle ver que estoy ahí para que cuente conmigo, que puedo ser su desahogo, no solo físico sino también emocional.

Le miro a los ojos, que él mantiene cerrados con fuerza. Su beso es largo, me tiene la cabeza cogida de un modo teñido de desesperación, que flagela mi corazón.

Es tan frustrante darme cuenta de que necesita ayuda, de que yo puedo ser su solución, y que él no me utilice para eso...

—Axel...

—Chis.

Hace dos segundos le miraba a la cara. Ahora estoy boca abajo, comiéndome la sábana. Me ha dado la vuelta como si fuese una pechuga de pollo, con el culo en pompa.

—Necesito esto —susurra contra mi nuca, haciéndose hueco entre mis piernas, manteniéndome inmóvil con solo una mano—. Te necesito...

Hay algo que no me está gustando, y sé muy bien lo que es. Axel está desbocado por dentro, sus emociones le han sobrepasado y necesita serenarse. Pero sabe que no puede hacerlo conmigo si le miro directamente a los ojos, porque le leo. Es así de sencillo. Por eso quiere hacérmelo de espaldas, para que yo no le observe y no descubra lo perdido o lo vacío que se siente.

Para su desgracia, yo ya lo sé. Así que no pienso seguir haciendo esto solo para que él se sienta mejor.

—No, Axel. Así no.

Me doy la vuelta como una culebrilla de agua, y ese gesto le sorprende tanto que no sabe cómo actuar. Le tiemblan las manos; está nervioso, ofuscado y necesitado de refugio. Por eso prueba otra vez, para colocarme como él quiere. Pero no se lo permito.

Me quito la camiseta por la cabeza, se la tiro a la cara con rabia y me quedo desnuda delante de él.

Axel respira agitado, agotado por el estrés de los últimos días, por su ansiedad y sus nervios. Yo he estado igual por su culpa. Y me voy a cabrear mucho si cree que va a hacerme lo mismo que me hizo en el hotel en Nou Barris.

—¿Me necesitas, Axel? —Le tomo de la barbilla con decisión y furia, a pesar de que me duele ver lo desorientado que está por mi rebeldía—. Pues si me necesitas, vas a tener que verme la cara. —Le agarro de la corbata negra y floja que rodea su garganta, estiro de ella hasta deshacérsela y luego la tiro al suelo—. Porque me niego a no sentir ni una pizca del dolor que te embarga solo porque no me dejas mirarte a los ojos. Porque tú no quieres que yo esté ahí. —Me dejo llevar por la ira, y mis movimientos se hacen bruscos cuando le abro la camisa de golpe, y los frágiles botones salen volando y caen desperdigados sobre la cama. Yo soy como uno de esos botones en sus manos: frágil y volátil.

Axel entreabre la boca, como si quisiera decirme algo que finalmente muere en la punta de su lengua, apresada por ese dios del Miedo que tanto le mengua. Frunce el ceño y agacha la cabeza.

Lo tengo ante mí, moreno, musculoso, atormentado... e irresistiblemente hermoso. Su tatuaje en latín asoma por entre la tela abierta de la camisa blanca de ejecutivo. Me incorporo y poso mis manos en sus caderas. Lo atraigo, y mi boca queda a la altura de su esternón. Apoyo la frente en él y paso la punta de mis dedos por el tatuaje.

—Déjame ser tu ancla en la tierra, Axel —le ruego, tragándome las palabras que juré que nunca diría a nadie. No rogaría nunca nada. Y aquí estoy, pidiéndole a un hombre que me permita estar a su lado.

Maldito sea este amor que siento por él, que a pesar de saber que nunca se mordería la lengua y que puede hablar por los codos y bromear conmigo como un jodido humorista, también comprende que Axel tiene más oscuros que claros, y que solo ofreciéndole parte de mi luz llegaré a conocer al hombre que quiero y que yace justo ahí, detrás del Misterio.

Respiro hondo, preparándome de manera consciente para un rechazo. Si me dice «Así no quiero hacerlo», o «No quiero anclas, marinera», me dejará tocada y casi hundida, como la canción, o como el juego de *Hundir la flota*. Y entonces me encogeré como un calcetín en la secadora: triste, solo y desparejado, de esos que abundan por los cajones de mi casa.

Él se separa de mí para bajarse los calzoncillos negros, que le marcan el tremendo paquete que tiene. Cuando por fin se queda desnudo, está tan erecto que la cabeza le llega al ombligo, e incluso lo sobrepasa.

—Ven aquí —me ordena, y sin decir nada más, me agarra de los glúteos.

No es momento de hablar, eso está claro. Pero me vale. Me vale que quiera hacer el amor conmigo así, cara a cara.

Axel tira de mis caderas hasta colocarme de modo que las nalgas se quedan al borde del colchón. Toma mis piernas y sitúa sus manos por debajo de las rodillas, apoyándolas en sus brazos, mientras me abre y se dispone a penetrarme.

Quisiera poder abrazarle, que no me expusiera tanto, que me dejara hacer, que me dejara expresar con mis manos y mis palabras lo mucho que lamento la muerte de su padre. Él me diría que no lo sienta, porque él no lo siente. Y yo no le creería. Tan solo le abrazaría y dejaría que se desahogase.

Pero las cosas con este hombre nunca son como una las espera.

Me preparo para soportar su invasión, que será tan desesperante y dura como lo es su tormento.

Sin embargo, cuando creo que me la va a meter de golpe, noto su boca sobre mi vagina y me pierdo por completo en el tacto de su lengua, y en cómo resbala arriba y abajo, humedeciéndome inmediatamente.

Percibo mi sexo hincharse y palpitar cuando frota ese brote de loco placer y éxtasis, o cuando sumerge su lengua en mi interior, como si fuera su polla. Es una sensación increíble y totalmente mágica. Me está comiendo con mucha determinación; tanta, que me incorporo para verlo con mis propios ojos, a pesar de que el gusto que estoy sintiendo casi me impide moverme. Está tan concentrado en trabajarme, tan concentrado y tan ido, que por un momento creo intuir que le está gustando demasiado. De nuevo los ojos se me llenan de lágrimas por la situación, porque sé que no tiene modo de explicar lo que le sucede, y en vez de desahogarse, de gritar, de romper cosas, de descargar el peso que soporta su alma y su conciencia, en vez de destruir, Axel prefiere volcarse en mí y hacerme el amor, como si yo fuera su salvavidas en un mar bravío.

Introduce dos dedos mientras me come el clítoris, y yo dejo caer mi cabeza hacia atrás, de un modo lascivo y disoluto, abandonada a él.

Me voy a correr, y Axel lo sabe. Por eso su siguiente movimiento me deja completamente perdida. Saca los dedos de golpe, sin dejar de lamerme por todos lados, y el orgasmo reposa entre ligeros espasmos y una tremenda hinchazón. Tengo toda la sangre de mi cuerpo concentrada entre mis piernas, a punto de estallar.

Axel aprovecha sus dedos húmedos para llevárselos a su pene y embadurnarlo con mi propio lubricante. Vuelve a cogerme de las piernas y las tira hacia atrás, como si yo fuera una contorsionista del Circo del Sol, cuando a lo máximo que puedo llegar es a comérsela haciendo el puente. No obstante, me doy cuenta de que hace con mi cuerpo lo que le viene en gana, cuando coloca mis gemelos sobre sus hombros y se deja caer sobre mí.

¡Zas! Me penetra de golpe, y yo veo las estrellas, porque en esa posición lo siento brusco, y muy ancho, rozando lo grotesco.

Pero él acalla mi grito con un beso. Apoya sus manos sobre el colchón, por encima de mis hombros, y empieza a follarme sin perder un segundo, sin descanso.

Solo puedo disfrutar, a pesar de que cada envite es más profundo que el anterior, y que la punta roma de su sexo es lo único que impide que me horade la cerviz. Siento el ardor en mi vientre y cómo las paredes de mi matriz se intentan acoplar a su extrema invasión.

—¿No te has puesto condón? —le digo con un hilo de voz, luchando por coger aire.

Axel no me contesta. Me acalla con otro beso, hundiendo sus dedos en mi cabeza, mordiéndome los labios con furia. Sus movimientos se vuelven veloces, rítmicos, no hay pausa entre uno y otro; es como un émbolo percutor.

No lleva condón. No se va a correr dentro. No pasa nada porque me tomo la pastilla, pero...

—Becca, agárrame.

De mi cabeza desaparece todo pensamiento vano. No me ha dicho que me agarre a él, sino que me ha pedido que le agarre, que le sostenga. Así que me cojo a sus hombros como puedo, y entonces él se sube a la cama y se coloca de rodillas, conmigo en la misma posición. Es tan fuerte que me mueve a placer, solo usando los brazos y las caderas.

Dios de mi vida y de mi corazón... ¡Esto es demasiado para mí!

Enfebrecida por la pasión y el frenesí del momento, oigo cómo sus testículos golpean contra mi trasero, justo sobre el ano, y mi cerebro fantasioso se pone a trabajar imaginando que él también intenta penetrarme por ahí. Es rocambolesco, pero así son las fantasías.

Me la mete tan adentro que sé que el orgasmo va a ser escandaloso. Su cuello se convierte en lo único que me impedirá salir disparada hacia la luna cuando me corra. Lo noto, está ahí, está temblando, estimulándose con las estocadas de Axel, disfrutando de cómo se frota en ese punto imposible de mi interior.

—Axel... —murmuro asustada, convirtiéndome en fuego entre sus brazos.

—Tranquila. Tú agárrame bien.

Mueve las caderas colocándome en un ángulo perfecto para su propósito. Le oigo gemir, con su boca pegada a la mía, clavando sus dedos en mis nalgas y jugando con mi parte de atrás. Y esta vez es de verdad. Me está acariciando el ano con uno de sus dedos.

—Me voy a volver loca —le digo mientras me muerdo el labio.

Pero él me lo apresa con un gruñido, y aprovecha para introducirme un poco su dedo por detrás, justo cuando él se hincha, y entonces empiezo a contraer el útero, dejándome llevar por el orgasmo, que está creciendo por los dos lados.

Cierro los ojos y grito, pero mi estallido perece dentro de su boca. Axel me toma de la cabeza y saborea mi sollozo abandonado. Me estoy corriendo y él no deja de moverse, de besarme, de introducirme el dedo.

Nunca había sentido algo así. Es demasiado extraño para mí, y tan liberador, tan loco, tan maravilloso…, que mientras sigo eyaculando, me acongojo.

Me acongojo y lloro, afectada por una avalancha de emociones extrañas, hasta que me doy cuenta de que no solo vienen de mí, sino también de él.

Siento su orgasmo y el mío, su necesidad y la mía. Y, sobre todo, siento su miedo y su desesperación.

Y mientras tiemblo entre sus brazos y permito que él siga haciéndome el amor…, o follando como un salvaje sobre la cama con mi total beneplácito, mi llanto se hace silencioso, porque me doy cuenta de que ese miedo —racional o irracional— que él tiene a perderlo todo, por primera vez en mi vida también lo siento yo.

7

@Phoebefobia @eldivandeBecca #Beccarias
Tengo tres miedos: 1. La muerte. 2. Que se me caiga
el iPhone. 3. Y el «tenemos que hablar».
#lopeorquetepuedepasar

Es como si dejara de ser yo misma. Aunque esta yo, insegura, vulnerable y llorica, también sea una parte de mí que había ocultado a ojos de los demás.

Sé por qué estoy llorando. Sé por qué sorbo por la nariz, en silencio, vigilando que Axel no se despierte. O lo que es peor, imaginándome que está durmiendo cuando sé que no duerme desde hace dos días. Queriendo creer que lo que sea que le atormenta, lo he aplacado con mi entrega y mi amor.

Mis ganas de fingir que todo entra dentro de la normalidad han llegado a su fin cuando ha aparecido Axel en mi habitación, ansioso por dejarme hecha un flan, sin fuerzas, pasada por una túrmix emocional y física que me deja sin argumentos para defender mi postura, construida con tanto sacrificio durante años de control y superación de los miedos.

Él la ha demolido. Mi fachada, mi autoconfianza en mi empatía y en mi capacidad para ayudar a los demás, se ha desvanecido como lo hizo la casa de paja del cerdito que el lobo sopló.

Ahora estoy cagada. Cagada de verdad.

Porque, por primera vez, me he enamorado hasta el tuétano. Y lamentablemente, no tengo ningún poder que pueda conseguir que este hombre me explique qué le pasa, a qué le teme. Y lo que es peor: si está dispuesto a dejarse llevar por lo que siente por mí, sea lo que sea, y confiar en alguien por una vez en su vida.

Axel sigue dentro de mí. Se ha corrido tres veces, lo hemos hecho tres veces, o dicho en otras palabras, una vez de casi dos horas.

Le he permitido que se corriera dentro, sin condón, en un momento de locura arrolladora y de pasión... Y al cuerno con las consecuencias. Soy una descerebrada. Una groupie del amor, una fan más de Axel.

Me limpio las lágrimas que caen por las comisuras de mis ojos, mientras apoyo la mejilla sobre su cabeza, que reposa encima de mi hombro. Mis dedos fluctúan sobre su columna, acariciándolo, calmándolo, porque el movimiento y el vaivén también me tranquilizan a mí.

Tengo tanto que preguntar, y sé que habrá tanto a lo que no responderá, que ya me duele su más que probable resistencia a mi interrogatorio. Tal vez ahora no sea el momento. Puede que Axel solo necesite descansar, y yo también. Porque es maravilloso quedarme así con él. Aunque sea un sueño a medias por vivir, me gusta y me aferro a él, con las piernas y los brazos, como un torniquete alrededor de su cuerpo.

Soy adicta: al olor de su piel, al calor de su cuerpo y a la tristeza de sus ojos de ángel o demonio, según se mire. Me tiene completamente subyugada. ¿Dónde quedaron todas mis teorías sobre el amor enfermizo? ¿Dónde los «yo nunca...»? Pues ahí están. Entre mis piernas, bien ancladas.

Dios, qué desastre.

¿Cómo puedo permitir que de pronto venga, me folle, me devaste, y siga sin decirme ni una palabra de lo que le pasa? Fácil. Porque si no le dejara hacerlo, el dolor que siento no menguaría. Ahora, al menos lo tengo conmigo. En mis manos. Y a pesar de la separación y del silencio, puedo percibir cómo mis heridas se cierran a su contacto.

Está conmigo y todo lo demás sobra.

—Nunca lo había hecho así... —murmura en voz baja, tan agotado como pensativo.

—¿Qué dices? —pregunto tragándome las lágrimas.

—Sexo sin condón. Yo nunca... —Se incorpora sobre los codos y coloca su rostro melancólico frente al mío, estudiándome como si fuera un puzle—. ¿Te he asustado?

—¿A qué te refieres? —Me tiene confundida—. ¿Al hecho de presentarte en mi habitación como si fueras el pervertido de la gabardina, o a que no te has puesto el gorrito para nadar?

—Estás enfadada.

«Mucho. Pero no por lo que acabas de hacer.»

—No exactamente —digo, sin embargo—. Pero ha sido una temeridad por tu parte. Puedes no tener ninguna enfermedad, pero te acabas de correr dentro y...

—Sé que te estás tomando la píldora, Becca. Las vi en tu neceser hace tiempo, en Cangas, cuando entré en tu habitación para comprobar que estuviera todo bien. La puerta del baño estaba abierta. Habías dejado el neceser sobre la pica, y ahí estaban, asomando entre la cremallera. Supuse que te acababas de tomar una.

No sé qué me ofende más, si el hecho de que sea tan observador y lo lea todo con tanta facilidad, o que se crea que porque me tome la píldora voy a dejar que todo Dios se vacíe dentro.

—Lo que me dices sí que me asusta —musito fijando mis ojos en los suyos—. No se te escapa nada.

—Joder... No he podido controlarme. —Bueno, al menos tiene la decencia de parecer arrepentido. Sacude la cabeza y después une su frente a la mía—. Solo necesitaba sentirte así. Necesitaba tocarte... así. Lo siento.

Detengo el movimiento de mis dedos sobre su ancha espalda. Eso sí es sincero, como si se hubiera agrietado la coraza que suele llevar puesta y le hubiera dado un ataque de sinceridad. Parpadeo, porque lo que escucho me deja descolocada, y de repente siento los pulgares de Axel limpiando mis pómulos húmedos.

—Tenía ganas de hacerlo contigo, sin plástico, desde aquella noche en la Caja del Amor.

—Hace casi un mes y medio de eso.

—Sí. —Pero fue después de lo de las cabezas de ganado cuando me obsesioné de verdad con la idea.

—¿Por qué?

Axel se encoge de hombros, entretenido jugando con mis rizos que amenazan con convertirse en rastas. Por el movimiento de sus ojos estoy segura de que está buscando la respuesta correcta, como si él mismo necesitara escucharla para acabárselo de creer.

—Necesitaba comprobar si eras tan cálida y tan de verdad como parecías. Quería sentirte como eres en realidad.

Bah. Me tiene loca. Por mucho que quiera anteponer mi razón a mis sentimientos, no puedo, porque me habla así y pierdo el mundo de vista.

Lo abrazo en el silencio de la noche, en la calma de la habitación y en la intimidad de esa cama en la que no se aceptan reproches, solo placer y un poco de honestidad, la suficiente para calmar mi angustia y mi ignorancia de todo lo que Axel es.

—¿Y qué tal te ha ido por ahí abajo? ¿Todo bien?

Axel sonríe y apoya la cabeza en la almohada, al lado de mi cara. Le miro, esperando una respuesta, que no sé si llegará, porque se está quedando completamente dormido.

—Más que bien.

—Me alegro.

—No sabía que podía echar tanto de menos algo que nunca he tenido. —Cierra los ojos.

—Axel...

—Mañana, rizos. Mañana hablaremos.

Su confesión encoge mi estómago. ¿Cómo un hombre tan emocionalmente introvertido puede hablar así? No sé ni qué contestar. Tampoco serviría de nada hacerlo, porque el pobre ha perdido el conocimiento y se ha quedado en coma, a mi lado, en mi interior. Otra vez.

No ha habido reproches. No le he echado en cara por qué no me ha llamado, por qué no me ha dicho nada, ni le he preguntado cómo se encuentra... Todo eso está de más, porque ha vuelto a mí.

Y eso me da esperanza. Puede que lo nuestro no sea ni tan disparatado ni tan imposible como todo indicaba.

Le cubro con la colcha. Ambos estamos sudados de tantas guarradas como hemos hecho, por eso mejor lo tapo para que no se enfríe.

A mí ya me tiene cubierta con su cuerpo. Y no necesito más.

—No tienes que hacer nada más —susurro sabiendo que no me escucha. Le acaricio la nuca, dándole el consuelo que necesita—. Yo ya te he entregado mi corazón, Axel. Hagas lo que hagas con él…, ya he saltado al vacío.

La claridad del amanecer me molesta en los ojos.

Estiro mi brazo buscando el cuerpo cálido de Axel, pero la cama está fría a mi lado. Fría y vacía. Abro los ojos con dificultad, y me lo encuentro sentado sobre el colchón, de espaldas a mí. Parece tener la vista fija en el horizonte brillante de fuera, un maravilloso lienzo que me regala la panorámica desde mi habitación.

El sol recorta su perfil, clarea levemente su cabello oscuro, y dibuja sombras sobre cada músculo de su cuerpo.

¿Sinceramente? Me lo comería.

Salgo del calor de debajo de las sábanas y gateo hasta él como una demente. Desnuda, sin un gramo de vergüenza. Rodeo sus hombros, beso el lateral de su cuello, y pego mis pechos a su espalda. Está caliente, como yo.

Axel permanece en silencio, cavilando algo, o puede que disfrutando del modo en que el sol sale del mar. Toma mis muñecas y se las lleva a la boca, para besarme el interior. Sus gestos me embelesan, y me dejan sin argumentos para no derretirme. Apoyo mi barbilla sobre su hombro derecho y le acaricio el mentón con los dedos. Su piel pincha por la barba incipiente.

Tenemos mucho que decirnos, pero poco tiempo para hablar de nuestras cosas. Habrá que sacarlo de donde sea.

Esto no puede seguir así… Yo no puedo seguir así. Pero no quiero romper la tregua que hay entre nosotros. En silencio y con caricias, nos comunicamos de maravilla. El diálogo es lo que falla.

—No me has dicho nada —le medio recrimino en voz baja, de un modo comprensivo y nada agresivo, mirando fijamente la cicatriz de su mentón. Me enseñaron que hay personas que se ponen a la defensiva y en guardia cuando les das órdenes o utilizas con ellas un tono juicioso. Axel tiene ese perfil. Al principio pensaba que pasaba de todo. Hoy entiendo que todo le afecta más de la cuenta—. No sé cómo estás. Me has tenido en la inopia durante dos días. No es justo. ¿Quieres que hablemos de lo de tu padre? —le pregunto.

—Quiero que me acompañes a un sitio.

—¿Ahora?

Axel me mira fijamente.

—Sí. ¿Puedes? ¿O nos tenemos que poner en marcha muy pronto?

—Puedo.

Ya es un principio. Lo doy como bueno.

Me importa poco que no me haya dado ni los buenos días. Me vale que cuente conmigo, y que quiera que lo acompañe.

Yo asiento, decidida a ir con él hasta el fin del mundo.

Hemos cogido el coche tipo nave especial de Gero y André, que han pasado a la casa para estirarse a descansar. Axel es un jefe benévolo y considerado; él les ha sugerido lo de echarse un rato, y en la casa hay habitaciones de sobra para eso.

Personalmente, no me gustan las playas de arena negra; manchan la ropa y los pareos, y en general es muy molesta. Pero en Tenerife, al ser tierra volcánica, la mayoría de las playas son así. Por tanto, ajo y agua.

Llevo unas New Balance de muchos colores, unos tejanos desgastados Salsa que me levantan el culo a lo J. Lo y una sudadera Calvin Klein negra, con capucha. Me encantan las capuchas. Cuando digo que soy la Reina de las Maras, lo digo de verdad.

Por desgracia, esa arena va a dejar mi calzado hecho un cristo.

Estamos en la playa Martiánez, famosa por su complejo de lagos y sus piscinas. No son ni las ocho de la mañana, y Axel me ha obligado a venir aquí, con la cara recién lavada y los pelos a lo Jackson Five.

Tengo una anécdota. Recuerdo que mi madre me contó que una vez fue a los Lagos con mi padre. Se colocaron debajo de una especie de cascada. El agua caía con tanta fuerza que a mi padre se le bajó el bañador sin darse cuenta, y estuvo como cinco minutos enseñando todo el ciruelo. Le echaron por exhibicionista.

Qué cosas hacen los padres, ¿eh?

Axel agarra mi mano. Me sujeta con firmeza, como el que sostiene un amuleto de la suerte que no quiere perder. Igual que mi pokémon del amor, que pende de mi cuello y del que no me puedo deshacer, ni aunque me obliguen a ello.

Puedo estar en silencio mucho rato. No, joder. ¿A quién quiero engañar? Lo estoy cuando me hablan, cuando tengo delante a alguien que quiero escuchar. Pero Axel no habla.

Sé que debo respetar su intimidad (ridículo, lo sé; he contado cuántas venas tiene su pollón, pero no sé cómo se siente…); aun así, no se me escapa que desea hablarme de algo, y el trayecto hasta la playa se me ha hecho eterno. No obstante, no soporto morderme tanto la lengua, porque la intriga me mata, y porque él me importa demasiado como para fingir normalidad, como si fuéramos una pareja de enamorados caminando por la orilla del mar.

A mí me están acosando.

A Axel se le ha muerto el padre.

Y no hemos hablado de ello.

Por lo tanto…, normal, lo que se dice una pareja normal, no somos.

—Axel, ¿me vas a decir qué estamos haciendo aquí o no?

—Sí. Espera.

Se detiene a pocos metros de un hombre que acaba de sentarse en la orilla, en una de esas sillas de playa para viejos, a rayas blancas y azules. Es rubio, con canas, de piel curtida y morena y está afinando a oído las cuerdas de su guitarra española toda negra. Lleva unas bermudas de color caqui y un jersey de manga larga. Aunque tiene pinta de ser un sin techo, no lo es. En su bolsillo delantero asoman las llaves de un Nissan, señal de que habrá aparcado cerca de los Lagos Martiánez.

—¿Qué hacemos aquí?

Axel se quita las Ray-Ban y entrecierra los ojos para acostumbrarse a la claridad. Viste como es él. Dockers, bambas tipo Vans, y un jersey gris de manga larga. Guapo hasta decir basta.

Hoy ha amanecido con nubes, y ahora el tiempo está tonto, no sabe si reír o llorar. Más o menos como yo.

—Ayudas a tus pacientes a superar fobias —empieza.

—Sí.

—Y a reemplazar recuerdos desagradables por otros mucho más positivos, ¿verdad?

Frunzo el ceño, queriendo adivinar por dónde van los tiros.

—Lo intento.

—Conmigo ya lo has hecho una vez.

—¿Ah, sí?

—Sí —afirma seguro de sus palabras—. Lo hiciste la noche que me encontraste borracho en la playa, en Costa Adeje. No muy lejos de aquí. No lo sabes, no te lo dije… —me explica con ese tono de voz carente de emoción, aunque sus ojos estén impregnados de fuego—, pero esa noche me rescataste.

—Me imagino… ¿Bebías para olvidar?

Axel asiente y aprieta mi mano con más fuerza.

Y entonces, todo lo que intuyo, todo lo que sé sobre el dolor de Axel, sobre sus reservas y sus cicatrices, las que están muy ocultas y las que se ven a simple vista, confirman mis sospechas, y me da un miedo terrible escucharlas.

Le han roto el corazón sistemáticamente. Muchas personas. Aunque la principal ha sido una mujer. Es muy obvio para mí. Y ojalá esté equivocada, pero me temo que no.

Ya no nos movemos de donde estamos. Uno al lado del otro, cogidos de la mano, contemplamos el mar y escuchamos con una serenidad que no siento la canción que tocan los acordes de esa guitarra negra, casi tan negra como mi miedo.

El hombre, para mi sorpresa, empieza a cantar:

> *En la terra humida escric,*
> *Nena, estic boig per tu*
> *Em passo la vida esperant la nit...*

Un tinerfeño cantando en catalán, por increíble que parezca. Una guitarra, una letra histórica, la playa, Axel y yo. Recuerdo que estuve en el concierto de SAU cuando su cantante aún vivía; la emoción que sentí al dar palmas con los miles y miles de personas que le escuchábamos al cantar el «Loco por ti», dista mucho de la zozobra que siento ahora.

—Estoy muy hecho polvo, Becca. Muy jodido —susurra buscando en el ligero oleaje del mar un puerto seguro al que arribar. Pero no hay ninguno. Porque la vida es una putada, una locura salvaje. Y la seguridad que todos buscamos es una blasfemia—. ¿Alguna vez te has sentido caer en el abismo por otra persona? ¿Que te perdías estando con ella? ¿Que te volvía loco hasta el punto de trastornarte?

«Sí. Es lo que siento estando contigo», pienso amargamente.

Dios mío. Cómo me va a doler esto. Asiento, porque si hablo, sé cómo sonará mi voz: estrangulada por el nudo que atenaza mi garganta. Mi mano se queda fría dentro de la suya, como la de un muerto.

—Ese hombre —señala al cantante con la barbilla—, viene aquí cada mañana.

—¿Cómo lo sabes?

—Porque yo vengo aquí una vez al año. El mismo día. A la misma hora. Y le veo siempre.

—¿Que vienes aquí una vez al año?

—Sí. Él me contó su historia...

—¿Y cuál es? —pregunto, desubicada.

—Está loco de amor. Pero su amor nunca fue correspondido. Viene aquí todas las mañanas —repite—. Nunca falla.

—¿Desde cuándo haces este ritual, Axel? —Quiero saber cuánto hace que Axel se cerró en banda a todo.

—Desde hace cuatro años. Me lo encuentro siempre —contesta con un rictus adusto—. Le canta al desamor. Se llama Abelardo.

—¿Hace cuatro años que te rompieron el corazón, Axel? ¿Es eso?

Cuatro años. Casi mil cuatrocientos días ofuscándose y muriendo de un mal de amor. ¿Eso será todo? ¿Habrá más?

—Sí. Abelardo también...

—Me da igual Abelardo. Háblame de esa chica, maldita sea —le ordeno. ¿Qué queréis que os diga? Me importa un bledo a quién le cante ese pobre desgraciado con pinta de surfero desenfadado. Me importa Axel. Nadie más—. La que te destrozó. Háblame de ella.

Estudio su perfil y compruebo que la pregunta le pone tenso, por el modo en que se mueven los músculos de su mandíbula. Axel va a hacer un esfuerzo por hablar conmigo de algo que le ha hecho daño, y yo haré un esfuerzo titánico para que lo que vaya a decirme no me afecte demasiado.

—Victoria, ese era su nombre.

«Puta, puta, más que puta...»

—Trabajó un par de veces aquí, en los Lagos Martiánez.

—Ya veo. —Estoy rodeada de un montón de piscinas naturales y un entorno idílico y no tengo ningunas ganas de disfrutar de ello. Mi paisaje actual es gris, y yo estoy en medio, como un dibujo de anime, con una nubecilla lluviosa sobre mi cabeza—. ¿Qué pasó? ¿Te dijo que se había acabado y no lo asumiste?

Axel vuelve la cabeza hacia mí y sonríe hipócritamente. Sé que me va a dar un corte.

—Soy reservado, Becca. Muchas cosas me han hecho ser así. Enterraron a mi padre ayer, pero el muy hijo de puta, muerto incluso, ha desenterrado cosas que estaban mejor bajo tierra, al menos para mí. Te estoy pidiendo ayuda a mi manera. Te hago partícipe a mi manera —repite—. No me trates como un pobre dependiente que no superó una ruptura. No soy uno de tus pacientes. Deberías saber que para que yo esté así, tiene que haber algo más. O, de lo contrario, no eres tan buena psicoterapeuta como crees.

¡Zas! Mocazo al canto, y bien merecido que lo tengo. Los celos y el despecho no me pueden cegar de esta manera. Soy imbécil.

—Lo siento —me disculpo con sinceridad—. Entenderás que esto no es sencillo para mí. A nivel personal, no me gusta escuchar según qué cosas. Pero soy una profesional —levanto la barbilla— y quiero que me lo cuentes todo. Si hay algo que puedo hacer para ayudarte a salir de la niebla, lo haré.

Axel inclina la cabeza a un lado, y esta vez sí sonríe más afablemente, con cariño. Sostiene mi mano y me la aprieta dos veces, como si fuera un lenguaje secreto entre nosotros. Uno que dice: te perdono. Aunque la amargura en mí no desaparece, tengo que escucharle como Becca, la de *El diván*, y no como la mujer que se acuesta con él y que quiere algo más.

—Victoria… —continúo. Buf, es que solo pronunciar su nombre hace que me salga una llaga en la punta de la lengua—, ¿era de aquí?

—No —contesta él—. Vino a trabajar aquí dos veranos.

—¿Y tú la acompañabas?

—Sí. Siempre venía con ella si podía.

Claro. El espíritu guardaespaldas de Axel. ¿Cómo no? Debí imaginar que no era solo conmigo.

—¿Cuánto tiempo estuvisteis juntos?

—Casi tres años.

Tres puñaladas. Una por cada año que este hombre, que ya considero una parte de mí, compartió con esa mujer. Si hace cuatro años que Axel viene aquí para fustigarse, o para recordar el mal que le hicieron, y estuvo tres años con la tal Victoria, estamos hablando de un margen de tiempo de siete años en total, desde que empezó todo, hasta el día de hoy.

—Tienes treinta y tres años, ¿verdad?

—Sí.

—Entonces, corrígeme si me equivoco.

—Lo haré, no lo dudes.

—Hace siete años que empezaste a salir con ella.

—Que empezamos con nuestro juego, sí —me corrige.

Parece que él no le da el sentido abierto de relación, con todo lo que esa palabra implica. ¿Fue solo un juego?

—¿Un juego que duró casi tres años? Demasiado, ¿no crees? —Mi ceja derecha sale disparada hacia arriba.

—Para mí no lo fue —asegura—. Para mí era una relación. Tenía planes para nosotros. Ella... —Aprieta los labios—. Yo la quería.

Trago saliva y parece que sean puñales.

—Pero para Victoria —continúa, muy serio—, lo nuestro... Digamos que no le daba la importancia que yo le daba. Victoria era... intermitente, consentida y caprichosa. Una caja de sorpresas.

—Ya... Y ese dechado de virtudes hace cuatro años te dejó. Justo aquí. —Señalo la arena negra que piso y que, tal como me temía, está manchando mis bambas. Pero eso es lo de menos. Lo más importante es la velocidad con la que mi cabeza soluciona criptogramas y crea sus propias cábalas—. Continúa, por favor. ¿Por qué te dejó?

—Porque, según ella, las cosas sencillamente se acaban.

—Y entonces... Tú caíste en una depresión.

Axel descarga su mirada sobre mí igual que el hacha de un verdugo.

—Hacía pocos días que le había pedido que se casara conmigo. Y había aceptado.

Un alud.

Creo que un alud de nieve espesa y congelada, de esos que te pillan por sorpresa y de los que no puedes escapar a no ser que tengas alas, me ha arrollado y me ha dejado sin palabras. Porque yo no tengo alas, soy una mujer de carne y hueso, que puede sufrir como cualquiera cubierta bajo un manto de polvo blanco y frío. Me conservaría con el tiempo, pero eso haría que mi sufrimiento fuera perpetuo.

La revelación de Axel me deja muy tocada.

Iba a casarse con otra mujer, una dama que le pisoteó el alma. ¿Quién demonios era esa Victoria que lo cegó y consiguió que él lo diera todo por ella? ¿Quién?

La curiosidad me mata, pero la aflicción es aún mayor. «Hacía pocos días que le había pedido que se casara conmigo»... Por Dios, ¡que alguien me arranque el corazón ahora mismo!

—Me dejó una semana antes de casarnos.

—¿A ver si adivino dónde le pediste que se casara contigo...? —le suelto, y como me llamo Rebecca que sé perfectamente dónde fue.

Axel no deja de mirarme, y tampoco abre la boca. Ambos nos medimos, comunicándonos como telépatas.

«Sé muy bien dónde le pediste matrimonio, Axel.»

—En la playa de Troya, ¿verdad? —me aventuro—. La noche que te fui a buscar y te encontré borracho como una cuba, estabas celebrando el cuarto aniversario de vuestra pedida, ¿cierto?

—Sí. Es verdad.

—Entonces ¿fue una casualidad que viajáramos a Tenerife? —Siento rabia. Y también impotencia al ver que sigue anclado en un pasado al que no puede regresar—. ¿O me acompañaste porque la hoja de ruta coincidía con tus días de trastorno? ¿Por eso te uniste a *El diván*?

—No, joder. Me uní porque quería el trabajo. Que viajáramos a Tenerife fue solo una sincronía.

—Una sincronía idónea —musito con sarcasmo—. Porque cuando se acercan los días tormentosos necesitas trabajar —le digo, y me abrazo por los hombros, intentando mantener la compostura. No puedo dejarme llevar por lo que siento. No así—. Quieres tener tu mente ocupada. Por eso Fede... Aquel día que te fuiste solo a las playas de Troya, me pidió como loco que fuera a buscarte. Sabía qué día era ese. Sabía lo que te pasaría. Incluso ahora, después de todo, creo que te metió en *El di-*

ván porque conocía de tus crisis cuando las fechas de tu ruptura se acercan. Y creía que yo podía rescatarte. Todo cuadra.

—No me hables de Fede ahora, por favor —zanja el asunto—. Lo único que ha hecho bien ha sido obligarme a aceptar este proyecto.

—¿Por qué?

—Porque esa noche que viniste a buscarme y me encontraste cantando «This girl is on fire»…

—Me sorprende que te acuerdes de la canción que cantabas.

—La recuerdo. La canto siempre que vengo.

—¿Ah, sí? —murmuro con desgana—. No me lo digas. ¿Era la canción que sonaba cuando le pediste matrimonio a Victoria?

Él no me contesta, y no hace falta que lo haga. Es la verdad.

—También recuerdo que esa noche te besé por primera vez —sentencia.

—Me robaste un beso porno —contesto, serena—. ¿Por qué me besaste, Axel?

—Porque me moría de ganas de hacerlo…

—Pero pensabas en ella, ¿no? La llorabas. La llorabas a ella y me besaste a mí.

—No la lloraba a ella. Me lloraba a mí mismo —explica, taciturno. Sus movimientos reflejan impotencia por no saber llevar la conversación por donde él quiere—. Lloraba el hombre que fui y que creo que nunca podré volver a ser.

—¿Por qué? Y qué ganas recordando esas cosas, ¿eh? Te hacen daño, te duelen —le increpo—. Una persona que se autodestruye sistemáticamente cada año, en fechas señaladas, da a entender que no tiene ninguna esperanza.

—Puede que no la tuviera. —Agacha la cabeza.

—¿Y ahora?

—Ahora tengo algo —me corta tajante, colocándose frente a mí—. No sé qué coño es. No sé si es esperanza… Pero tengo algo. —Me agarra de la nuca y me acerca a él de un tirón—. No te estoy contando todas estas cosas para que te sientas mal, o para que te pongas a la defensiva. Te las cuento porque necesito decírtelas. Porque confío en ti lo suficiente como para explicarte las desgracias de mi vida. Lo cual, en mi caso, ya es mucho. Solo te pido... Te pido paciencia.

—No puedo competir con un recuerdo que todavía te duele, Axel. ¿No lo entiendes?

—No tienes que competir con ella.

—No pienso hacerlo —le aseguro con la barbilla temblorosa, intentando apartarme—. He aprendido que si alguien no quiere superar su pasado, difícilmente se fijará en nada de lo que tenga en el presente. Y no pienso jugar si tengo la partida perdida de antemano. Soy competitiva.

—Entonces, rizos —junta su frente a la mía y besa mi nariz con una ternura que me desmonta—, ayúdame a exorcizar mis demonios.

—¿Cómo, Axel? Tendrás que contármelo todo. Porque hay algo más que solo el hecho de que te dijera que no se quería casar contigo. Y no sé si estás dispuesto a hacerlo... Te cuesta mucho abrirte.

—Estoy dispuesto, Becca. —Me toma de las mejillas—. Pero voy a mi ritmo. Te estoy pidiendo ayuda como mejor sé. Y lo estoy haciendo porque no puedo continuar así. No es el método ortodoxo —admite—, pero es el único que conozco.

—¿Y qué quieres que haga?

—Acompáñame. No como psicoterapeuta. Sino como mi amiga.

—¿Amiga? Creo que somos algo más que eso, ¿no crees? —le pregunto con una tristeza que raya la depresión.

—Sí. Eres más que eso —me jura—. Te pido que me acompañes como la única persona que quiero que vea hasta dónde estoy enterrado de mierda. Hasta qué punto la mentira y la traición me han dejado devastado. Eres la única a la que se lo quiero enseñar.

Me lo está pidiendo de un modo que, aunque parezca lo contrario, no es imperativo. Es un ruego. Axel me está suplicando que lo ayude.

El cantautor destrozado ha dejado de cantar el «Boig per tu», y ahora se ha pasado a otra todavía más deprimente. Una canción de Aerosmith titulada «Crying». El día de hoy empieza como para cortarse las venas.

Trago saliva, pues tengo la garganta seca y dolorida, porque siento su dolor y su pérdida, y me muero de pena por él. Y también por mí.

El camino que quiero recorrer con Axel tiene más espinas de las que me imaginaba. Cuando hay otras mujeres de por medio, todo se complica. Y más aún cuando hay traiciones y mentiras.

Aun así, no voy a dar a Axel por perdido. Mi moreno de ojos verdes y cicatrices me necesita. ¿Cómo voy a demostrarle que le quiero si me alejo a las primeras de cambio? Solo espero que el esfuerzo que hagamos los dos sea para bien, y no para dejarnos desangrados en la cuneta.

—¿Me coges? —me pregunta con tono neutro. Sin embargo, su mirada me enseña la inseguridad que reina en él y que cree que no muestra. Pero yo la veo y la siento.

Me pongo de puntillas, lo sujeto por la nuca y le digo:

—Te cojo. Pero te cojo, Axel, para no soltarte. —Lo acerco a mí—. Cuando todo acabe, y te desnudes por completo ante mí, no me obligues a hacerlo, ¿de acuerdo?

—Lo intentaré —me dice, y me da un beso en los labios.

Siempre que nos enganchamos, es para rato. Y ese beso no es diferente. Sí, tiene el sabor de las lágrimas sin derramar, y del miedo que provoca dejar las riendas a otro. Pero Axel confía en mí por primera vez, y no voy a hacer que nos desboquemos.

De todos mis pacientes, él es el más complicado.

Mientras me besa, me abraza y mece mis caderas con las suyas, ante mi asombro, al ritmo de la canción de ese músico tarado, me doy cuenta de que es la primera vez que bailamos juntos. Y es tan mágico, y parece tan correcto, que no comprendo cómo lo primero que hicimos nada más vernos, no fue unirnos como dos piezas de puzle, y movernos al son de una canción.

—Salga lo que salga de esto... —murmura sobre mi cabeza—, y por si se me olvida, gracias por estar ahí.

Levanto la barbilla de golpe y lo miro. Su rostro tiene tanta belleza y tanta franqueza que duele verlo. Carraspeo emocionada.

—Todavía no sabes cómo va a salir. No sé si llegaré al final de tu túnel —le aseguro sonriendo con una disculpa en mis labios.

—Lo harás. Porque ya no puedo seguir viviendo así. No, si quiero seguir compartiendo momentos contigo. Tú no mereces pasarlo mal. Por eso necesito que me ayudes a superar esto. Arréglame.

Su confianza ciega en mí me deja sin palabras, y provoca que las alas en mi espalda se expandan. Floto hasta el cielo entre sus brazos, aunque el peso de saber que hay una mujer que le tocó lo suficientemente hondo como para hundirlo, quiera mantenerme con los pies en el suelo.

—¿Por qué estás tan seguro de que voy a arreglarte?

Axel besa mis labios de nuevo, y susurra sobre ellos:

—Porque tú nunca has dejado a nadie por perdido.

Mientras acepto el beso y se lo devuelvo con ganas, pienso: «Cuánta razón tienes…». Por supuesto que no le voy a dar por perdido.

Axel es mi mayor desafío.

8

 @Chan-Pú @eldivandeBecca #Beccarias Somos demasiado confiados. El único que conoce cada parte de mi cuerpo es el jabón. #¿Quemequiereshacerque?

En el coche, de vuelta a la casa, solo un pensamiento en forma de bucle ronda por mi cabeza. Axel me mira de reojo, queriendo leer lo que oculto tras mis gafas de sol. Pero no puedo mostrárselo. Es un talón de Aquiles para mí, y debo aparentar fortaleza.

Victoria.

Victoria es un nombre de Tango.

Sí, me he tomado la licencia de cambiarle el nombre de Malena por el de la susodicha. Se me ocurren muchas cosas para ese nombre, pero solo me viene a la mente que todas las Victorias son malas. Como la guapísima de *Crepúsculo*, de la primera parte, a la que dicen que me parezco, y yo creo que solo me parezco en el blanco de los ojos.

Después de bailar pegados a lo Sergio Dalma, en la orilla del mar, Axel bailando en su volcán, y yo a dos metros de él, bailando en el Polo, tan fría como me siento, hemos pedido cafés y pastas para llevar y alimentar a toda la prole de *El diván*. He pensado en Gero, André, Ingrid y Bruno.

Se me hace extraño saber que Roberto ha pasado la noche en casa de Marina. Aunque sé que no la tocaría jamás por su avanzado estado de gestación y por el miedo que le tiene a una mujer embarazada, no dejo de pensar en que para lo pervertido que es, se le pueden ocurrir miles de cosas.

En fin. Comprobaré si se ha portado bien cuando los vea. Si tiene los ojos morados como un oso panda, sabré que se ha intentado sobrepasar y que Marina le habrá dado un cabezazo. La prueba del algodón no engaña.

Escucho en la radio *Los 40* de Tenerife, y pienso que con Axel no me importa estar en silencio. Me gusta. No necesitamos hablar siempre.

Axel anhelaba desahogarse hoy. Hay muchas cosas que están por contar, demasiados detalles sobre su vida y sus relaciones que permanecen cubiertos por un velo de misterio y vergüenza que deseo que caiga con los días, pero por ahora me conformo con lo que me ha contado sobre ella.

No es que se haya abierto como un libro, pero sí lo justo para comprender cómo piensa él respecto al amor. Si hay algo que me hace ser positiva sobre lo nuestro es saber que Axel, a pesar de estar tres años con Victoria, nunca hizo el amor con ella sin protección. Cosa que no comprendo, pero averiguaré a qué es debido.

También me he dado cuenta de que Roberto y Axel no son muy distintos el uno del otro. Y si Roberto, el guapo rubiales adicto al sexo, puede cambiar, y está dispuesto a tratar a Marina con el mismo respeto y cuidado que ayer, también espero que Axel vea en mí a esa mujer que va a rescatarlo del laberinto. Que se apoye en mi hombro. Y para ello necesitaré total sinceridad, aunque me duela.

No me ha contado mucho más, excepto detalles que me sirven para hacerme una idea de cómo era esa mujer a sus ojos.

Victoria era hermosa; atraía a la gente, por lo visto. Sabía usar bien sus armas y conocía a Axel mejor que él mismo. Se aprovechó de ello, para tenerlo siempre comiendo de su mano, la muy perra. Nunca le dio más, solo lo justo para mantenerlo interesado, famélico de sus atenciones.

Aunque me da rabia, no puedo culpar a Axel, porque cuando uno se obsesiona y se hace dependiente, como se hizo él de ella a niveles emocionales, no es dueño de sí mismo. De repente, esa persona que mantiene tu mente ocupada, también se cuela de lleno en tu realidad y en tus sueños. Solo quieres complacerle, y Axel, como hace Roberto con las mujeres, solo quería satisfacerla hasta que la vil Victoria se hiciera sumisa de él, como él lo era de ella. Hasta que lo quisiera como él creía que la quería, aunque eso nunca llegase.

En psicología se le llama el síndrome de Wendy. Una conducta inconsciente que se produce por el miedo al rechazo y al abandono.

Roberto tiene eso. Marina también. Y ahora descubro que Axel ha sufrido una de sus variantes en una época de su vida. Tres casos que se entrelazan como por obra de las Hilanderas del destino.

Si lo pienso detenidamente, lo de Axel es más que comprensible: se crió sin una figura paterna. Su madre murió, lo dejó solo, y su padre, un hombre frío y autoritario, lo recogió más tarde. Me imagino a un Axel necesitado de cariño, intentando agradar a su hermano mayor y a su progenitor. Creo que Alejandro Montes, el rey de la dinastía de comunicaciones Montes, fue un padre duro e inflexible de verdad, como me dijo Fede.

Axel no me ha hablado de él, pero todo tiene que ver con su persona. Si ahora está tan afectado, es porque la muerte de su padre Alejandro acaba de reavivar las llamas de su pasado y de toda la aflicción vivida. Y aunque se creía fuerte y pensaba que su muerte no le afectaría, le afecta. Porque no somos máquinas, somos personas, con corazón, sentimientos y remordimientos.

La fecha en la que Alejandro ha muerto está relacionada, con tan mala suerte, con la fecha en la que acabó todo con Victoria. Y ahora veo a mi jefe de cámara superado por la situación, y se me parte el corazón.

Mientras bailábamos en la orilla, y yo lo mantenía fuertemente abrazado, Axel me ha dicho que estos días lo soltaría todo para siempre, que quería dejar atrás su desasosiego.

Le he prometido que no voy a presionarle. Y no lo haré.

Aunque cada momento que paso con él pienso que ayudarle va a ser complicado, no va a ser imposible. No hay nada imposible para mí cuando hay amor de por medio.

Al final, estoy tratando temas que conozco; las conductas alteradas, las depresiones, las ansiedades y las fobias aparecen siempre por un detonante en común: el miedo.

Miedo a sufrir, casi siempre.

Con Axel no sé muy bien cómo proceder; debo saber más, porque durante años ha actuado como si no tuviera miedo a nada, como si todo le diese igual. Un rottweiler me ataca, él se mete en medio; se tira por aviones, se pelea en una discoteca, se mete de cabeza en una guerra, me salva del ex de Lolo… Ha asumido esa pose y esa actitud como verdaderas, como parte de su forma de vivir y de ser. Se ha envalentonado con la vida porque cree que ya no tiene nada que perder. Debe pensar en que ya lo ha perdido todo.

Pero él no era así, lo que pasa es que le dieron una puñalada tan trapera que dejó de sentir. Como un toro bravo que cree que va a salir a la plaza a trotar y a campar libre y se encuentra con una encerrona en la que tendrá que sangrar y pelear para sufrir y morir. Porque pocas veces le perdonan la vida a uno por valiente, como al toro.

¿Cuál fue la estocada final? ¿Victoria? ¿Su padre? ¿Fede? Cuando comprenda cómo encajan esas tres personas en el abismo que tiene bajo sus pies, podré reconstruir su historia y averiguar cómo cubrir sus heridas.

Mientras tanto, recibo la información en cuentagotas.

—Murdock me envió la foto que captó la cámara de la tienda —me dice mientras mira por el retrovisor para cambiar de carril.

Eso me saca de mi mundo interior a la velocidad de un rayo.

—¿Tenemos la foto?

—Sí. La tengo en mi móvil. Ahora te la paso.

—¿Se le ve la cara?

—No. Lleva una gorra negra que le cubre el rostro. La cámara de vigilancia enfoca de arriba abajo, con lo cual no se le ve. Va vestido de negro, y tiene una complexión fuerte, no demasiado alto. Pero hay un elemento diferenciador.

—¿Cuál?

—Tu acosador tiene la mano derecha escayolada. Seguramente, se hizo daño cuando mi coche impactó contra el suyo, y después huyó.

Apoyo la cabeza en el asiento y cierro los ojos, con cuidado de que la bandeja llena de cafés no se me caiga. Esto me supera. A nadie le agrada ser el objetivo de un puto tarado. Pero gracias a Dios, y por una extraña razón, tengo la habilidad de abstraerme y de pensar cada cosa en su justa medida. Menos en Axel. En Axel pienso siempre.

—Ese tío no se acercará a ti —sentencia Axel, con soberbia—. Le he pedido a Murdock que averigüe si en los días posteriores a tu accidente se registraron en los hospitales ingresos de varones con fracturas o heridas en las manos. Voy a encontrarle —me asegura—. No se va a escapar. Ahora soy yo el que va detrás de él.

—Gracias, de verdad…

—Porque… —me interrumpe—, Becca, ¿seguro que no estás dispuesta a coger la otra opción?

—¿Qué otra opción? —pregunto, extrañada.

—La que me dejaría más tranquilo. Esa que consiste en pasarte unos días fuera de España, para que yo pueda dar con él con más tranquilidad.

—No. Ni hablar. Ya te lo dije. No estoy dispuesta a cambiar mi vida por un desgraciado con psicopatía y trastornos obsesivos. No soy una cobarde.

—Se trata de ser cauta. —Cubre mi mano con la suya y me da un beso en el dorso. Las mariposas revolotean en mi estómago, hechizada por la delicadeza que es capaz de mostrar.

—Está bien que quieras protegerme —intento tranquilizarle—, pero ni siquiera sabes si ahora nos está siguiendo. Donde está el cuerpo está el peligro, y vivir es de por sí una amenaza. Que tenga un acosador es un hándicap añadido a mi profesión. Además, ser popular, como tú bien dices, implica tener una diana en el culo, para los que te quieren bien y para los que te quieren mal. Cuando cojas a este loco que me acosa, porque doy por hecho que lo vas a coger —le miro como si fuera un superhéroe—, aparecerán otros. Siempre habrá detractores.

—Tienes razón —claudica entrando en razón y llevándose a la boca una de esas pastillas Tic Tac de colores que guardan Gero y André en el lugar de las bebidas—. Pero tú me tienes a mí, y este trasto que conduzco detecta todo tipo de dispositivos explosivos a un kilómetro a la redonda. No morirás por una explosión.

—Me alegra saberlo. Es muy tranquilizador —digo con sarcasmo.

Axel sonríe y se encoge de hombros mientras mastica las grajeas.

—¿No querías sinceridad absoluta?

—Tanta como para saber que no voy a hacer un Picasso con mi cuerpo, pues no. Pero gracias.

Él se ríe; yo no me río ni pizca.

Al tiempo que su sonrisa le cambia la cara, haciéndolo parecer más joven y accesible, recuerdo lo que me dijo el bocachanclas de Gero.

Cuando Axel entró a trabajar en su destacamento, ya poseía muchos conocimientos sobre armas, defensa personal, seguridad, etc. Eso no lo enseñan en una carrera de audiovisuales. Ya lo tenía aprendido de antes. Y no le quito razón. El modo de pelear, tan agresivo, tan feroz, con esos golpes salvajes y precisos, con su saber sobre explosivos y demás... Es una carrera de por sí.

¿A qué se dedicaba antes?

Además, quiero preguntarle algo, pero si lo hago, descubro la carta que estoy guardando y que como psicoterapeuta me ayuda mucho a saber cosas que él todavía no me quiere decir.

He estado haciendo cálculos sobre estos últimos siete años en su vida. Me dijo que se sacó el título como camarógrafo en dos años, que aceptó irse a M.A.M.B.A. en la República Centroafricana nada más obtener el título, y según me salen las cuentas, desde que se licenció hasta hoy han pasado dos años más. Dos y dos son cuatro.

Ergo... Cuando Victoria lo abandonó, que sería a los veintinueve años, fue el momento en que él decidió vivir la aventura de ser reportero gráfico de conflictos bélicos. Si estuvo casi tres años con ella, se conocerían cuando él tenía veintiséis. ¿A qué se dedicaba entonces?

Además, ya le he cazado en una mentira. Axel me dijo que estaba aburrido de su propia vida y que necesitaba ver que había más cosas a parte del lujo y de la comodidad en la que él vivía. Que por eso se fue a grabar reportajes a la guerra.

Y yo ahora sé que eso no es verdad. La verdad es que Axel sentía tanto dolor por lo que le hizo esa mujer, que necesitaba rodearse de gente que viviera al límite, que sufriera como él sufría. Quería vivir un horror todavía más duro del que a él le tocaba vivir cuando se levantaba y se miraba al espejo. Se especializó en cámara de guerra y se metió en M.A.M.B.A.

Está claro que las rupturas siempre son dolorosas, sobre todo cuando es a ti a quien han dejado, pero mi guardaespaldas ya me ha dicho que siempre hay algo más. Que no es todo tan simple, y miedo me da saber lo que pasó en verdad. ¿Cómo de grande es la pelota?

Aun así, que una mujer lleve a un hombre a ese límite me parece un argumento troyano, propio de las novelas, o peor aún, de la realidad más atroz y egoísta.

La envidia y los celos me corroen. Sí que era poderosa esa Victoria...

—¿Cómo fue el entierro? —le pregunto para cambiar de tercio—. No me has hablado de eso.

—Eso es porque no asistí.

—¿Cómo que no asististe? —Abro los ojos tanto que están a punto de salirse por los laterales de las gafas.

—Me vestí. Estaba resuelto a ir —explica masticando los caramelitos—. Pero en el último momento decidí que no iba a darle el gusto de presentarme en su entierro. Iban a estar los medios de comunicación y no me apetecía que me enfocaran al lado de Fede. Yo soy el anónimo de la familia, ¿recuerdas? Fede es el lameculos y el personaje público.

Las palabras suenan vacías y huecas, pero el eco que rebota en el coche está lleno de rencor y despecho. ¿Cómo no va a ir un hijo al entierro de su padre?

—Lo que dices es horrible. Si Fede lo llegó a querer, ¿por qué tú no?

—Becca, mi hermano es un perro convenido. ¿Cómo no va a querer a la mano que le da de comer y tiene todos los poderes que él quiere? Conociéndole, seguro que se ha echado espray de pimienta en los ojos para simular que llora.

—No seas tan capullo. ¿Tanto le odias, Axel? —le pregunto, atónita por su beligerancia—. ¿Qué demonios te hizo ese hombre?

Axel no contesta, sumido en sus recuerdos, seguro que más amargos que el pomelo. Las arrugas de expresión de su boca se agrian y se pronuncian ante el rictus que dibuja. No me va a contestar. No es el momento. Será cuando él quiera, no porque yo le presione. Y aunque me resulta exasperante, estoy obligada a respetar su decisión.

—Supongo que hay padres que solo ponen la semilla. El mío es uno de esos hijos de puta —contesta sin más.

—Axel…

—Dejemos de hablar de mí, Becca —me ordena, un poco disgustado—. Cuéntame cómo ha ido todo desde que llegaste. Espero que ese cretino de Roberto no se haya propasado un pelo contigo.

—Eh… No, para nada.

—¿Y los americanos?

—¿El señor Giant y el señor Smart? Son como el punto y la i. O mejor, como un orco de Mordor y un hobbit. Se quedan en un segundo plano viendo cómo trabajo, atiborrándose de papas con mojo picón, y no intervienen para nada. Ayer, en cuanto acabé la terapia por la noche, se fueron sin decir ni mu. No sé si les estamos convenciendo…

—No te preocupes, rizos. Tu *Diván* será un éxito. Comprarán la idea, ya verás.

—¿Tú me comprarías? —Sonrío coquetona.

—Yo te compraría. —Me guiña un ojo—. Pero para comerte después.

—Sátiro.

Cada vez siento más calor entre mis piernas.

Que quieran ficharme es todo un halago a mi profesionalidad. Sin embargo, si al final lo hacen, eso comportará cambios drásticos en mi vida. Dejar atrás muchas cosas. Y no sé qué pasaría con Axel… Lo único que sí sé es que si me quieren, pondré condiciones que tendrán que acatar. O no firmaré nada.

—Estoy deseando montar los cortes de vídeo de Bruno y ver qué has estado haciendo con *El diván* —anuncia girando el volante con precisión. Esas manos, masculinas y fuertes, son precisas en todo.

—Lo haces por controlador, no porque te interese de verdad —bromeo.

—En absoluto. Soy un gran admirador de tu trabajo, Becca. Me has convencido por completo.

—Cuidado, Power Ranger. Ya tengo a un tarado acosándome. No irás a acosarme tú también, ¿no?

—Hay muchos modos de acosar.

Los cristales de sus gafas hacen efecto reflectante, y yo caigo en sus redes como una trapecista con problemas de psicomotricidad.

—Creo que te va a gustar mucho lo que hay grabado —aseguro con segundas.

Axel asiente, y yo aprieto los labios para no decirle que tuve que tontear con Roberto, y seguirle el juego sobre el sexo anal, para llevarlo a mi terreno y someterlo a la terapia. Pero mejor no aguarle la fiesta al hombretón.

Que lo descubra por sí mismo.

Mientras Axel está en la caravana, revisando el gran trabajo que ha hecho Bruno, e Ingrid prepara sobre la mesa del salón los cafés y las pastas que hemos traído, yo aprovecho para llamar a Eugenio y ver qué tal va todo.

Desde que me llamó con un colocón de órdago, no he vuelto a saber nada más de él. La señal del teléfono no deja de sonar, pero nadie descuelga.

En fin, llamaré más tarde.

Subo a la habitación y me cambio las zapatillas NB por otras más limpias y decentes, aunque sé que al final será Ingrid quien decida qué me debo poner para el día de hoy. Elija lo que elija, siempre me hace quedar estupenda. Cuando lo elijo yo, parezco un mono de feria.

Aparte de mi archiconocida poca gracia para combinar ropa, que he solventado convirtiéndome en la visitante más asidua de mi amiga Pau, estoy orgullosa de mí misma, porque, con todo lo que me está pasando, mi cabeza no deja de trabajar en mis terapias.

Tengo un plan.

Voy a llevar a Roberto y a Marina a comprar ropa de bebé, y también a una clase de preparto. Quiero que Marina vea a mujeres como ella, que aunque le tengan miedo al Día D, se enfrentan con alegría y optimismo al hecho de dar a luz. Y necesito que Roberto compruebe por sí mismo la ilusión de esas futuras mamás, de cuidar de sus bebés y de hacerlo lo mejor que saben.

Ambos vienen de familias disfuncionales. Roberto nació en una casa de adopción y tuvo muchas familias; Marina solo tuvo a su madre, que la trató más como una obligación que como la hija que era.

Necesitan ver las cosas tal como son. No todos tenemos una vida tan desgraciada y con tan mala suerte. Al fin y al cabo, la vida se rige por rachas, y hay que verlas venir y coger al vuelo las que mejor te convengan. Si la vida te da limones, ponle tequila y sal, ¿no? Pues esa es la idea que quiero que mis dos pacientes absorban como haría Bob Esponja.

Mis pies tuneados y yo volvemos al piso de abajo, donde Ingrid está sentada, leyendo el periódico en su iPad, esperando a que todos vengan. Los cafés aún humean, pero no tardarán en enfriarse.

Ingrid, que lleva un moño en todo lo alto que se le tuerce con mucha gracia, levanta la cabeza castaña y revisa mi indumentaria, como siempre hace. Suspira y después niega dándome por perdida.

—Después iremos a la caravana a vestirte, cari —musita con tono afable.

Me miro de arriba abajo. ¿Qué pasa? No voy tan mal, ¿no? Tejanos, sudadera y bambas. Pongo mi cara de «no entiendo».

—Los diseñadores de las bambas horteras hacen el mes contigo —apunta, divertida.

Sonrío como una niña con zapatos nuevos.

—¿A que son bonitas? —Levanto un pie y presumo de mis Adidas Tech Super W, de leopardo, cantonas a más no poder.

—Sí. Son muy tú —murmura poniendo la misma cara que el gato de Shrek a los donuts y las muffins de la caja que hay encima de la mesa—. Cómo te gustan unas zapatillas…

—Es el calzado con el que me siento más cómoda. Son el método antijuanetes definitivo.

Y no me digáis que no. Que si hay callos, juanetes y más deformidades es porque estamos locas poniéndonos taconazos.

Ambas nos miramos, hipnotizadas por el olor a café, y sonreímos.

—Yo no sé tú, pero no pienso avisarles más —me advierte—. Voy a acabar con todo.

—Que les den. Ellos se lo pierden —añado yo, tomando asiento a su lado y atacando a los donuts de chocolate.

Nos ponemos a comer como dos gordas en potencia.

—¿Sabes qué? Mi hermana Carla tiene una teoría sobre los donuts. Dice que en realidad los crearon dos hombres holandeses muy salidos que adoraban hacer pajas a las mujeres con el dedillo. El agujero del medio es la entrada de la felicidad. Es… Bueno, pues eso.

—¿El conejo?

—Lo dejo a tu imaginación.

—¿Bromeas?

—No —digo encogiéndome de hombros—. Es una barbaridad más de esas que mi querida hermana con incontinencia verbal suelta por su boca. Puede que no esté tan desencaminada.

Ingrid se muere de la risa; tanto, que está a punto de escupir el café por la boca. La risa de Ingrid es contagiosa hasta decir basta. No porque sea una risa hermosa, pues se ríe como una hiena loca, pero abre mucho la boca, lo hace con ganas, y es tan graciosa que me contagia su risa.

—A mí me da igual quién los haya inventado —asegura recuperando el aire—. Lo único que me interesa es comérmelos todos.

Estoy de acuerdo con ella.

—Somos unas «comeconejos», y a mucha honra —anuncio levantando el donut para chocarlo con el de ella—. Mira, hemos hecho unas tijeritas...

—Eres una guarra —suelta con la boca llena de comida, y se la tapa con la mano para que no salga de ahí.

Dios, el café de buena mañana es como una bofetada sado. De esas que pican, pero te ponen cachonda y te despiertan de golpe.

—¿Cómo está Axel? —me pregunta tanteándome—. ¿Ha ido todo bien?

Mastico la deliciosa masa y hago el gesto de *fifty fifty* con la mano.

—Estamos mejorando. Pero es lento —explico sin poder dar más detalles—. Tiene mucho que aceptar aún.

—Debe de ser muy duro para él. Sobre todo si lo quería mucho. Que es lo normal, claro. —Pone los ojos en blanco—. Era su padre, ¿no?

—Sí. —Ingrid ni se imagina.

—Bueno. Al menos ya está aquí. ¿Podemos ayudarle a que se sienta mejor, Becca?

—Tratadle con normalidad —resumo. Axel no se va a poner a llorar cuando le den el pésame; de hecho, creo que lo sienten más los demás que él.

—De acuerdo.

—El trabajo le ayudará a no pensar demasiado —prosigo—.

Pero Bruno también lo ha hecho muy bien en su ausencia —añado, y la miro de soslayo—. ¿Qué tal te va con él, por cierto? —le pregunto como quien no quiere la cosa.

—Pues como el culo, por cierto. —Resopla—. No sabe lo que quiere. Va detrás de mí, pero piensa obedecer ciegamente a sus aristócratas padres, sin saber que no se pueden tener las dos cosas a la vez. No tiene ningún sentido lo que hace conmigo. —Se recoloca un mechón de pelo castaño que le ha caído sobre la cara—. Ninguno. ¿Sabes qué es lo más triste? —dice rodeando el café con las manos para que su calor la impregne.

—¿Qué?

—Que por un momento me lo creí todo. Aunque quisiera dar esa imagen de «está todo bajo control y no me voy a enamorar de ti», caí como una palurda. Y me caigo muy mal por eso.

—No seas tan dura contigo misma, Ingrid. Ilusionarse y enamorarse es gratis. No hay que pagar por ello. Por lo que sí hay que pagar es por el peaje de después en caso de que estemos equivocadas. Nos pasa a todas.

—¿Te ha pasado a ti?

—Sí. A mí y a todo el mundo —le aseguro. Me pasó con David, cuando creía que mi vida y mi pareja eran de una manera completamente distinta a la que eran en realidad. Las decepciones hay que saber gestionarlas, y yo gestioné como pude la mía. Hasta que apareció Axel para pasarme por la cara lo equivocada que estaba respecto al amor.

—A ver, se supone que es un tío hecho y derecho —continúa Ingrid, cada vez más enervada—. ¿Cómo es posible que deje que sus papaítos controlen su vida? ¡Han elegido hasta a la mujer con la que tiene que casarse! ¿Es que no tiene personalidad? Es un cobarde. Un... un niño de papá. Un faldero. Y encima va con el cuento ese de que su carrera es su vida, y de que le encanta lo que hace y no piensa dejarlo cuando llegue el momento. Y es un falso. Porque en cuanto su padre chasquee los dedos y ponga fin a esta aventura que le está dejando vivir, tendrá que hacerse responsable del legado familiar. Y ese trabajo no tiene nada que ver con el suyo ahora: ni es creativo ni es libre. Se rajará, ya verás. Porque es un gallina. Es un esclavo de su apellido.

Desde que Ingrid ha empezado a despotricar, he intentado hacerle gestos con los ojos para advertirle que Bruno está justo detrás suyo. Pero ni me mira, la tía, porque lo ve todo rojo.

—Y yo no soy segundo plato de nadie. ¿Qué se ha creído…?

—Ingrid —la corto de golpe y carraspeo. Arqueo las cejas y miro por encima de su hombro, sin dejar de sorber mi taza de café con leche.

Un jarro de conciencia cae sobre ella. Pero ni por esas cambia su semblante de enfado.

—Perdón. —Bruno, con el pelo mojado de recién duchado y los ojos oscuros, como opacados y sin vida, alarga el brazo entre las dos. El olor a aftershave nos rodea.

Ingrid enrojece, furiosa. No por la vergüenza de que la haya pillado hablando de él. Sino porque, a pesar de estar tan decepcionada con Bruno, sigue afectándola.

El ayudante de cámara toma en silencio uno de los cafés y se agencia un par de cruasanes. Ni siquiera mira a Ingrid. Lo ha escuchado todo. Aunque me da que eso mismo ya se lo habrá dicho ella a la cara.

Se puede palpar la tensión entre ellos. Es espesa y eléctrica. Muy incómoda.

—Buenos días, Becca.

—Hola, Bruno —le contesto, mirando a uno y a otro, en plan «si yo veo a Ingrid, ¿por qué tú no?».

—Axel ya está al día de todo —me explica—. Me he reunido con él en la caravana.

—Ah, perfecto —digo, animada—. ¿Ya ha empezado con el montaje?

—Bueno… —contesta maliciosamente—. Digamos que por ahora está viendo todas las secuencias. Cuando me he ido estaba con el corte de la piscina. Ya sabes… Tú y Roberto y esa maravillosa conversación sobre las penetra…

—Sí, sí. Ya sé —aseguro cortando el tema de raíz.

Bruno se ríe y asiente.

—¿A qué hora tenemos que marcharnos?

Levanto la muñeca y miro mi reloj Baby G negro con las esferas de color rosa palo. Desde que grabo secuencias de riesgo y me pasan desgracias, prefiero un reloj de los sumergibles, antiimpacto y antimuerte. Hice una prueba con Eli, porque fue uno de sus regalos. Le pasamos la rueda del coche por encima, y el reloj no sufrió ningún daño. Resistente, lo que se dice resistente, es.

—En media hora deberíamos estar listos —contesto—. Los productores, Roberto y Marina nos esperan.

—Hecho. Me prepararé, entonces. Nos vemos en la caravana.

Bruno se da media vuelta y sale de la casa.

Ingrid le clava su mirada en la espalda, estudiando cómo cruza el jardín con sus andares pausados.

—Será cretino…

—¿Por?

—Me ha hecho un Bruce Willis. —Me mira de golpe, asombrada, con el donut en la mano.

—¿Un Bruce Willis?

—Sí. Como en el *Sexto Sentido*. Nadie le ve al pobre porque está más tieso que la mojama. Solo me ves tú, al parecer. —Deja el café sobre la mesa—. Porque tienes un don.

Me arranca una carcajada.

¿Un Bruce Willis? Me meo.

Ya debéis imaginaros lo que ha pasado antes de subir a la caravana de *El diván* para dirigirnos a Santa Cruz. ¿O no?

Axel ha visto el vídeo en que Roberto y yo hablamos sobre sexo anal. No creo que le haya hecho mucha gracia, como viene siendo habitual en los hombres con la testosterona concentrada en el entrecejo.

Por eso, mientras Ingrid me maquilla los ojos y me los delinea con la precisión de un pintor, la pobre no deja de darme collejas porque miro a Axel de reojo, lo que provoca que me haga una línea en plan Cleopatra que no apetece para un look televisivo de día.

—¿Te quieres estar quieta? Pareces una cabra en el monte, con tanto movimiento.

—Sí, perdona. —Me coloco en posición y miro hacia arriba.

Bruno conduce con la misma cara de perro con la que ha salido del salón, y Axel me observa fijamente; noto como si sus ojos me quemaran. Y por primera vez no sé leer en su mirada. No sé qué está pensando. No para de mirarme, primero de arriba abajo, luego de lado a lado. Sonríe ladinamente, sin mostrar cuál es su verdadero estado anímico.

Parece que algo le divierte, pero no sé qué es.

¿Sabéis cuando estás segura de que has hecho algo mal y el

otro se la guarda para devolvértela cuando menos te lo esperas? Pues así me siento yo ahora, como cuando hace años le pegué un moco en la cara a mi hermana, y dos días después, ella hizo lo propio con una boñiga de nuestra cacatúa. Me la pegó en la mejilla y a mí me entraron arcadas. Aquello fue el inicio de una sucesión de perrerías entre nosotras, a cual más asquerosa, que culminó con el episodio de la bolsa de caca de perro. No pienso entrar en detalles.

En general, aquella fue una etapa traumática para mí, porque me levantaba por las mañanas con miedo; miedo a tener la cara llena de Colgate, a beber leche con pis o a recibir una bofetada con la mano abierta sin ton ni son en lugar de los «buenos días» tan demodé.

Pero eso sirvió para unirnos más. Las dos nos reímos mucho al contarlo.

Es obvio que Axel no va a comportarse de una forma tan infantil, no me cabe duda. Pero sé que lo que le está pasando por la mente en estos momentos está prohibido en más de un centenar de países.

Y aquí estoy yo, con mis nervios, sentada en mi supertocador de la caravana, vestida como me ha recomendado Ingrid y sorprendida porque ha respetado mi calzado de leopardo. Llevo un pantalón Strech negro y una camiseta negra de manga corta y muy pegadita que pone algo tan increíble como «Culpo a Disney por mis altas expectativas en cuanto a los hombres».

A Ingrid le parece muy buena idea que, siendo un escaparate andante, aproveche para lanzar mensajes subliminales. Además, hay un acuerdo de patrocinio con Seta Loca, la marca de estas camisetas, así que no será la última vez que las lleve.

—¿Hoy quieres tus gafas de no ver? —me pregunta mientras acaba de ponerme brillo en los labios.

—No sé si pegan mucho con el mensaje que doy entre mis bambas y la camiseta.

—Cari, todo lo estrafalario y llamativo pega contigo. Solo hay que combinarlo con buen gusto.

—Que yo no tengo.

—Solo es un desorden —matiza—. Pronto darás con la tecla. ¿Te puedo poner las Ray-Ban sin graduar con estampado de leopardo? —No me lo pregunta a mí, sino a ella misma. Ha llegado a un punto en que ya ni me consulta—. O podría ponerte las Dolce doradas... ¿Qué te parece?

—Eh... ¿Y las rojas de ayer?

Ingrid se me queda mirando como si yo tuviera alguna tara mental o fuera simplemente una cenutria.

—Sí, las doradas —sentencia—. Te pueden combinar con el tono de las zapatillas que llevas.

Me echo a reír por el modo que tiene de ignorarme, sin sutileza alguna, cuando hablamos de moda y accesorios.

Oigo a Axel carraspear de nuevo. Sigue escrutándome.

Una parte muy mía arde de ganas de huir, pero otra parte más deliciosa y morbosa desea quedarse para ver cuál es el castigo que ese hombre me tiene reservado. Si es que tiene alguno o solo quiere que me dé una crisis de ansiedad.

Menos mal que Bruno lo distrae un poco hablándole sobre las grabaciones y la metodología que ha utilizado para grabar los planos en solitario. Porque a mí me pone histérica cuando me presta tanta atención, y empiezo a hacer tonterías, como dar palmas y cosas de esas.

Veinte minutos después, la caravana ha entrado en la parcela de la casa de Marina.

Después de coger todo el equipo audiovisual, mi primer impulso ha sido ir a buscar a Roberto para comprobar si continuaba con los pantalones puestos. Imaginaos que me lo encuentro desnudo con el culo al aire y aquello haciéndole tolón tolón. Me dejaría sin argumentos.

Pero antes de ir en busca de mis dos pacientes, me he visto en la obligación de presentar a Axel a los productores norteamericanos. Mi jefe de cámara habla por lo menos cuatro o cinco idiomas; es como si hubiese nacido en la Torre de Babel. Y el inglés perfecto (porque hay muchos tipos de inglés hablado) es uno de ellos.

Como era de esperar, y debido a esa gran aura soberbia y poderosa que irradia, aquí, mi amigo el nazi, Giant y Smart lo tratan como si fuera el jefe, con un respeto absoluto.

Y lo es. Y me encanta. No solo porque él decide cómo se graba el programa, sino porque, nada más llegar, ha echado un rápido vistazo al perímetro con su radar antivillanos para contar las salidas de emergencia, los accesos para un francotirador y si hay o no cristales en el suelo, de esos que yo, con mi torpeza y mi mala suerte, soy muy capaz de clavarme en el dedo gordo del pie. Solo cuando se ha convencido de que todo estaba controlado, se ha acercado a saludar a los productores, después de hacerles esperar los minutos de rigor. Supongo que ese tiempo de espera les ha hecho comprender que Axel se acerca cuando él quiere, no cuando los demás ordenan.

Qué tonta me pone.

—Señorita Becca —me saluda Smart. Le saco casi una cabeza y media a este buen señor—. ¿Está preparada para el día de hoy? —Sonríe.

Ambos, el japonés y el nórdico grande y alto, todavía lucen unos labios rojos y morcillones como los de Carmen de Mairena. El mojo picón de ayer debió de hacerles reacción…, una mala reacción. No sabía yo que les gustaba tanto el picante.

—Sí, señor —respondo.

—¿Hoy es el último día de terapia?

Afirmo con la cabeza mientras les explico cómo acostumbro a proceder.

—Mis terapias de choque son de cuarenta y ocho horas. Cuando acabe el día, mis dos pacientes deben comprender lo que les sucede, y disponer de herramientas para combatir sus miedos.

—¿Y usted asegura que las fobias desaparecerán?

—Lo único que aseguro es que sabrán cómo combatirlas. Una fobia de años no desaparece en dos días —le dejo claro poniendo énfasis en que yo no hago magia—. Pero mi método es de choque. Eso quiere decir que aprieto en la llaga inmediatamente, y les digo todo lo que ellos no quieren escuchar, pero no de un modo destructivo, sino constructivo. Les señalo sus zonas erróneas, por qué se han creado, y después les ilustro sobre cómo exonerarlas. Mi labor consiste en indicarles el camino para volver a ser ellos mismos, señor Smart, con sus defectos y sus virtudes.

Los dos americanos se miran asintiendo según van asimilando mis palabras. No sé si comprenden lo que les digo, pero me vale con que me escuchen.

—¿Y cree que Marina, cuando llegue el momento, seguirá adelante con su embarazo? —pregunta Giant, incrédulo—. Esa mujer está muerta de miedo.

—Como ayer concluimos, a Marina no le da miedo dar a luz. Lo que le da miedo es la responsabilidad de tener que criar un niño, el proceso de educarlo. Teme hacerlo mal. Pero yo tengo fe en mis pacientes —aseguro levantando la barbilla sin ánimo de desafiarle. Pero quiero que vean mi convicción. Y que también crean en Marina como yo creo en ella—. Y sé que, cuando llegue el momento, Marina será valiente.

Percibo que no acabo de convencer al calvo gordo, pero me da igual. Eso me estimula para dar lo mejor de mí en el día de hoy.

—Vaya, por favor, a hacer su magia —me anima Smart, sonriente.

—Gracias.

Me doy la vuelta, con Axel siguiendo mis pasos hasta el interior de la casa, con la cámara sobre el hombro.

—¿Te has colocado el pinganillo?

—Sí —respondo mientras me lo toco.

—Ya estás hecha toda una profesional, ¿eh?

—Exacto.

Entramos en el descansillo de la casa, en el que una gran alfombra circular de color rojo y marrón cubre parte del suelo. Hay un espejo alto en la pared, y en otra unos percheros metálicos dorados, para dejar bolsos y chaquetas.

Axel me detiene por el antebrazo antes de abrir la puerta que nos lleve al amplio salón, y me dice:

—Les vas a dejar sin argumentos para reprocharte nada.

Ha sentido mi contradicción después de la charla con los americanos. Estamos conectados. Me giro y le miro cabizbaja.

—Sí, lo sé —afirmo un poco enfurruñada—. ¿Sabes qué les pasa?

—Tú ya lo sabes.

—Claro que sí —digo, apasionada—. Esperan espectáculos como los que hasta ahora he tenido con todos mis pacientes de *El diván*. Quieren acción. Pero no siempre mis terapias van a ser así. Es de locos pensar que con cada paciente voy a vivir situaciones excéntricas y descontroladas.

—Son yanquis. Buscan el show por encima de todo. —Y me tranquiliza deslizando su mano hasta mi muñeca, y luego hasta mis dedos, que aprieta con ternura—. Lo haremos bien.

Es un gesto reconfortante por su parte.

—Estás muy guapa con esas gafas.

Me las recoloco con un movimiento arrítmico y nervioso. Sus ojos rebosan intensidad, y algo más que me deja bien claro que me la tiene jurada. Por lo de Roberto.

—No están graduadas —digo con la boca pequeña—. Pensaba que no te gustaba que llevara gafas. En Costa Adeje, antes de que me besaras, me las quitaste y las lanzaste por los aires.

—Sí me gustan cómo te quedan —contesta inclinando levemente su cabeza a un lado. Esas pestañas tan largas y negras oscilan débilmente, mientras sus iris se clavan en mis labios—. Me gusta cómo te quedan la ropa y los accesorios. Pero me gusta todavía más quitártelos.

Trago con dificultad y me muerdo el labio inferior. Axel alza su mano y me acaricia el pelo alborotado, jugando con mis rizos.

—Axel...

—Sí. He visto el vídeo, Becca. Y no. No pienso reventarle la cara a Roberto por tontear contigo de un modo tan descarado, aunque ganas no me faltan. Pero... —desliza su pulgar hasta mi mejilla, y de ahí hasta mi labio inferior—, ya hablaremos sobre vuestra conversación.

—¿Estás enfadado?

—No me gusta que otros pretendan algo que solo yo puedo tocar.

—¿Estás cabreado?

—Joder, no —murmura casi sobre mis labios. Levanta mi barbilla con un movimiento sutil de su dedo índice y me da un suave beso en la boca—. Me pone cachondo verte tan sexy por televisión. Estabas increíble en esa hamaca... La cámara te quiere.

«¿Y tú? ¿Tú me quieres?» Como soy una cobarde, no me atrevo a preguntárselo en voz alta. Axel tiene una herida enorme por culpa de una mujer, una por la que siento unos celos inhumanos. Eso le pondrá en alerta a la hora de volver a querer a alguien, y yo camino sobre una cuerda floja e inestable. No quiero escuchar nada que me rompa el corazón antes de grabar, por eso me guardo la pregunta para mí.

Me aparto rauda y veloz como Perdigón, rápidamente para desengancharme de él. Hoy hay mucho que hacer. Antes de que me muerda el labio, me retiro y le sonrío.

—Vamos, moreno mío. Fayna se muere de ganas de verte, y tengo que presentarte a Marina. Verás qué bombo enorme tiene...

—¡Becca!

Mi cabeza se vuelve de golpe ante el grito de auxilio de Fay. No es un grito de loca que te saluda. Es una exclamación propia de alguien que tiene problemas.

La tengo enfrente, con las mejillas coloradas, el pelo rizado recogido con una diadema amarilla, y los ojos azules abiertos como el emoticono de Whatsapp.

—¿Qué te pasa?

—¡Es Marina!

—¿Marina?

Fayna parece tan desasosegada que ni siquiera saluda a su hombre tipo, aunque a Axel eso le da igual.

Desvío la mirada hacia él. Axel no pierde un segundo y enciende la cámara que tiene en el hombro, dispuesto a grabar lo que sea que acontezca en ese preciso momento. Y si es lo que me imagino, no es nada bueno.

Esto no me puede estar pasando a mí.

No puede ser. Es exactamente lo que me imaginaba.

¡Jodida suerte, la mía!

Roberto está en el sofá, sentado al lado de Marina. Tiene el rostro descompuesto y se encuentra totalmente desubicado, porque no sabe qué hacer.

Normal. Un hombre como él nunca se hubiera imaginado en una situación como esta. Sabe de Scalextrics, de dinero, de tetas y culos… No de embarazos.

Marina se encuentra hecha un ovillo en el sofá, llorando, intentando coger aire, perdida de dolor, temerosa de moverse. Cierra las piernas con fuerza y se agarra a la mano de Roberto como una descarriada de la vida que no tiene salvación.

—Por Dios… —Corro a arrodillarme delante de ella—. ¿Son contracciones? —pregunto, ansiosa.

—¡No lo sé! —grita de puro miedo.

—No ha ido a ninguna clase de preparto —me explica Fayna, agarrándose las manos con angustia—. Yo nunca he tenido un hijo. —Espera encontrar en Axel una respuesta a sus dudas, supongo que por eso lo mira así. O tal vez sea porque quiere un hijo suyo. A saber…

—Hay que contar cada cuánto le vienen las contracciones —digo, muy seria—. Te quedan dos semanas para los nueve meses, ¿verdad?

Marina vuelve a asentir.

—Se ha adelantado… —murmuro.

—¿Has tenido algún hijo, Becca? —me pregunta Fayna con sorpresa.

—¡No, joder, Fay! ¡Claro que no! —le grito, espantada—. Pero mi hermana sí… Y recuerdo que las contracciones eran muy seguidas llegado el momento... ¿Cuánto rato hace que está así?

—Se ha encontrado mal toda la noche, desde que llegamos de la playa —contesta Roberto.

Estudio la indumentaria de uno y de otro. Visten igual que ayer, con la misma ropa, como si no se hubieran acostado.

—¿Qué demonios habéis estado haciendo? —No es que quiera pensar mal, pero el currículum de Roberto es para hacerse caquitas—. ¿Has intentado algo, Roberto?

—¡No! —exclaman Marina y él a la vez.

—¡Está embarazada, joder! —protesta él.

—Ah, claro... —Pongo los ojos en blanco—. Olvidaba que para ti las mujeres canguro son asexuales.

—Marina no es asexual. Es solo que... —Está realmente ofendido por lo que he dicho. Algo digno de ver—. ¿Y si le doy en la frente al niño y lo dejo tonto?

Axel frunce el ceño y retira el ojo del visor de la cámara. Supongo que lo hace para asegurarse de que eso lo ha dicho un tío que parece inteligente.

—Tú estás muy mal, tío —murmura, estupefacto.

—¡Me importa una mierda, capullo! —Continúa al borde de un ataque de nervios, sin soltar la mano de su amiga—. ¡Hemos estado toda la noche hablando! Hasta que, más o menos a partir de las seis, ha empezado a sentir dolores! Le he traído una manta eléctrica para los calambres, pero no le ha hecho efecto.

—¿Se ha tomado algo?

—No. Hace un cuarto de hora que los dolores son más intensos.

—¿Llevas la cuenta? —le pregunto con interés—. ¿Cada cuánto le están viniendo?

—¡Por todos los Santos! —Fay se cubre la boca, estupefacta por algo que está viendo en el sofá—. ¡Está rompiendo aguas!

—¡Mi madre...! Tenemos que llevarla al hospital —digo, convencida—. Ha llegado el momento, Marina.

—¡No! —grita con lágrimas en los ojos. Le duele tanto que apenas puede hablar—. Al hospital no... Al hospital no. Rober... —Levanta la cabeza y le busca con la mirada—. Al hospital que no me lleven.

¿Rober? Una de mis cejas se arquea tanto que creo que va a salirse por la coronilla. ¿Acaba de llamarlo Rober? ¿Diminutivo? Pero ¿qué ha pasado esta noche entre estos dos?

—Pues sí que os habéis hecho amigos... —susurro con agrado.

—No irás al hospital, tranquila —le asegura él para tranquilizarla.

—Pero ¿no veis que es lo más seguro? —insisto.

—Socorro... —musita Marina contra el cojín.

—¡Haced el favor de decidir algo! —Fay está en modo melodramático, sufriendo igual que su amiga—. ¡¿No veis que nos está pidiendo ayuda?!

—No está pidiendo ayuda —rectifico a mi amiga mientras le retiro el pelo rubio y corto de la cara a Marina—. Cariño, ¿quieres que llamemos a la matrona? ¿A Socorro?

Ella asiente repetidamente con la cabeza.

En eso que entran en tromba Ingrid, Bruno con otra cámara, y los dos americanos. Qué bien, ya estamos todos. Giant y Smart buscaban algo así, y son tan condenadamente afortunados que lo van a tener.

—¿Qué pasa? —pregunta el japonés.

—La paciente está de parto —le explica Axel con su inglés máster de Oxford.

Puedo oír cómo Giant y él se frotan las manos.

—Fayna. —Ella debe de tener el teléfono de Socorro—. Llama a la matrona y dile que venga aquí lo más rápido que pueda.

—Sí... Sí... —Se mueve de un lado al otro sin saber hacia dónde ir. Los nervios son muy traicioneros—. ¡Tú prepara la tina! —me suelta.

—¿La tina? Pero ¿qué tina? —repito.

—Bruno. —Axel agarra al chico de la nuca—. Por tu padre o por lo que tú más quieras, pero no dejes de grabar. Hay que hacer una cobertura total de esto.

—S-sí —contesta Bruno, que corre con la cámara para encontrar los mejores ángulos.

—¡Me muero! —grita Marina—. ¡En el jardín! ¡La tina está en el jardín!

—¡Cállate y concéntrate en no echarlo antes de tiempo, «animala»! —le exige Fayna con determinación—. Te dije que yo me encargo de la logística. Becca.

—¡¿Qué?! —Me estoy contagiando del mal de madre que reina en la casa. Debo tranquilizarme o no seré capaz de ayudar a mi paciente.

—¡Que me muero! —continúa gritando Marina con sus devaneos—. ¡Traigan a un cura, jodidos por culo!

—*Odidos or quiulo?* —se pregunta Giant en voz alta—. *What the hell?*

Me quiero pegar un tiro. Esto va a ser lo más complicado que he hecho en toda mi vida.

—La tina de madera está en el jardín —me explica Fay a destiempo—. Llénenla con agua caliente, pero que no queme. —Y se aleja del salón—. Ah, no se olviden de encender unas velitas y el incienso… Y pongan música. Voy a por Socorro.

—¡No te puedes ir! —le ordeno, a punto de rebasar el límite de mi autocontrol. Estoy a un paso de beberme un frasco entero de Flores de Bach, o una botella de brandy, que viene a ser lo mismo—. Ni se te ocurra irte.

—Tengo que hacerlo —se excusa cogiendo las llaves del coche y colocándose el móvil en la oreja—. Socorro vive en el pueblo de al lado y siempre viene en bici. No tiene coche. Pasaré a buscarla y la traeré.

Hay personas que nacen con estrella, y otras que nacen de por sí estrelladas. Parece que soy de las segundas.

Giant y Smart esperan una reacción por mi parte. Bruno está grabando el sufrimiento de Marina. Ingrid se abanica sin cesar con una revista de catering que había encima de la mesita. Y tengo el foco de Axel dándome en la frente como si quisiera calentarla para freír un huevo en ella.

Es uno de esos momentos en los que, aunque no corro ningún peligro, mi vida pasa por mi mente en rápidos y sucesivos fotogramas de cine mudo. Y me da por pensar que los americanos solo comprarán mi programa si demuestro que puedo reconducir la locura desatada de una paciente a punto de parir y ayudarla a traer su bebé al mundo, como si hubiera salido de la serie *Llama a la comadrona*.

Pero os confieso una cosa: no tengo ni puñetera idea de cómo se hace. Vi parir a Carla, y lo único que hice fue permitir que me rompiera un dedo mientras me cogía la mano.

Sin embargo, es lo que me toca. Porque mi equipo tiene fe en mí. Ingrid quiere trabajar en producciones americanas y caracterizar a hombres planta y hombres lagarto; Bruno... Bueno, él no sé cuál es su sueño, pero seguro que querrá poder decir a sus padres con mucho orgullo que se va a trabajar a Estados Unidos. Y Axel... Él tiene que venir conmigo, porque ahora mismo no me veo capaz de separarme otra vez de mi guardaespaldas personal.

Si compran los derechos de *El diván* será un éxito, un braguetazo tipo *Operación Triunfo* exportado a muchos países. Y es un honor ver que cuatro personas hemos logrado algo así.

Ese es el último aventón que necesito para despertar y darlo todo.

—¡Llamad al cura, insensatos! —grita Marina.

De acuerdo. Me toca a mí.

—Marina. —Pongo mis manos en sus mejillas para que me preste atención a mí y solo a mí, no al atajo de monos locos que tiene alrededor—. Voy a llamar al cura pero solo para complacerte. Roberto. —Miro al rubio que está a punto de echarse a llorar. Menudas conexiones cósmicas han tenido que hacer estos dos en mi ausencia—. Ayúdame a llevarla hasta el jardín. El agua caliente le calmará el dolor. Ingrid... —La maquilladora echa una caída de ojos de esas que solo dicen «a mí no me mires que me cago», pero la necesito—. Échame una mano para llenar la tina. Y vosotros dos —les digo a los americanos—, tendréis bandejas enteras de papas con mojo picón si echáis una mano.

Giant y Smart asienten por automatismo, porque ven que la situación es crítica. A mí me da igual por qué lo hagan, solo necesito manos que colaboren.

Hemos seguido las instrucciones de Fayna.

Ingrid ha puesto la casa patas para arriba buscando velas e incienso, hasta que ha encontrado una bolsa en la que había una frase bordada: «Kit para un parto sin dolor».

Me han entrado ganas de reír como una cabra del monte, rayando el desquicie. ¿Quién ha sido el cínico que le ha regalado eso? No creo que haya sido Mr. Wonderful. En la bolsa había una madera para morder, un rollo de papel de váter, velas aromáticas y un CD de Julio Iglesias. No digo más. ¿El rollo para qué? No entiendo nada.

Giant y Smart no lo saben, pero Axel les ha grabado un par de veces cargando cubos de fregar llenos de agua caliente. Se van a hacer famosos, porque si este vídeo sale a la luz, será uno de los virales del año, y quedarán, ellos y sus labios de chupones, para la posteridad.

Después de encender las velas y colocarlas alrededor de la tina de madera, que no es otra cosa que un jacuzzi, Roberto ha sido el encargado de meter a Marina dentro, muy lentamente.

Lo ha hecho con tanto cuidado que parecía que Marina llevase en su vientre a su propio hijo. Pero una conciencia tan certera no puede venirle a un hombre de golpe, solo por un par de días de terapia. ¿O sí? Ya no sé ni qué pensar. A veces los desbloqueos de la mente cruzan senderos misteriosos, como los caminos del Señor.

—Roberto —dice Marina clavándole las uñas en los hombros—. Quema.

—Joder, perdona —se disculpa él cogiéndola de nuevo con esos brazos de Hulk que el gimnasio y una dieta rica en proteínas le ha dado—. ¿Así mejor?

Marina dibuja un puchero, mueve la cabeza de un lado al otro, y rompe a llorar.

—No… —balbucea—. No voy a poder. Me está matando… Está… —Gime por lo bajo y aprieta los dientes—. Este bebé es una piraña. Me está comiendo por dentro…

—No es verdad. —Toco el agua con mis dedos y compruebo que la temperatura es idónea para ella. Calentita pero no hasta el punto de quemar—. Los dolores son normales.

—No voy a poder —repite, pesimista—. Me voy a morir… como mi prima.

—Claro que puedes —dice Roberto con pasión.

Esta es una actitud que me gusta en él. La imagen del Roberto follador no se refleja ni en sus palabras ni en el modo que tiene de sostenerla. Está preocupado por ella, como si le importara de verdad. ¿Por qué?

—Te he dicho que no…

—No digas tonterías —la corta él, más serio de lo que le he visto en todos estos días—. ¿Qué hemos dicho esta noche?

—¿Qué hemos dicho? No te has callado, maldito… Hablas demasiado —le increpa ella apoyando la frente en su hombro, sosteniéndose en él para soportar la agonía.

Roberto sonríe. Y es una sonrisa real y certera que le cambia el rostro. Como si de pronto tuviera fe. Me parece surrealista que diga que Roberto habla, cuando es una especie de clon de Axel, más metido para dentro que un calcetín.

—Hemos dicho que tú y yo somos de otra pasta —se sincera Roberto—. Nadie ha podido con nosotros, ni los que nos han querido tumbar, ni los que quisieron enterrarnos… Nadie. Aquí seguimos, ¿no?

—Yo no. No por mucho tiempo.

—Si yo sigo aquí, tú también —le dice, tajante—. Aguanta los empujones, no seas flojucha.

—Claro, como no es a ti al que un cabezón le está abriendo las caderas para salir…

Muy gráfica. Sí señora.

Marina se pone a llorar con ímpetu, no es capaz de aguantar su congoja y su terror. En plenas contracciones puede llegar a sufrir un ataque de ansiedad. Y eso puede complicarlo todo.

Porque su corazón se acelerará, su tensión subirá… Y todo unido al dolor puede provocar que pierda el conocimiento, o que su salud se resienta.

—Métete con ella en el agua —le pido a Roberto, suplicándole con la mirada, hasta que compruebo que no tengo que rogarle demasiado, porque el tiarrón ya está quitándose los pantalones para entrar.

—Increíble —dice Axel por el pinganillo—. Ver para creer…

Yo lo miro maravillada. Sea lo que sea lo que ha pasado esta noche, está teniendo unas consecuencias fascinantes en el desarrollo de su conducta con respecto a Marina. También se ha quitado la camiseta, y se ha quedado gloriosamente en calzoncillos.

Toma ya. Las mujeres que vean este vídeo van a tocar las palmas sin las manos. Roberto se recoge el pelo en una pequeña coleta con una goma que tiene en la muñeca.

—¿Qué hago?

—¡Sácame al alien! —le grita Marina—. ¡Que no soporto el dolor!

—¡¿Hay que poner el CD de Julio Iglesias?! —me pregunta Ingrid desde el salón.

—Pero ¿de qué estás hablando ahora? ¡Esta mujer va a tener un bebé! —Me esfuerzo por concentrarme en Marina, en cómo debo tratarla, y no en oír cantar a Julito—. ¡Utilízalo como frisby!

Marina palidece. Se sujeta a la tina como buenamente puede, y con Roberto a su lado, que no suelta su mano ni muerto, empieza a abrir la boca, hasta que de ella sale un sonido, un grito demoníaco que emana de sus cuerdas vocales.

—¡Ya viene otra vez! ¡Ya viene otra vez! —grita para prepararnos para lo que sea que tiene que venir.

—¡¿El qué?! —Si esto fuera una película de terror, me cubriría la cara con un cojín.

—¡Ooohhh!

—Vale, vale. —Levanto las palmas para relajar el ambiente—. Son las contracciones… Deben de serlo ¿no? Marina, sigue mi respiración. Inspira… Espira… Inspira…

—¡Oooohhhh!

Ni siquiera es un grito. Es como una especie de mantra interminable, como si estuviera poseída. Fija la vista en mí como si fuera su punto sin retorno, hace ese sonido durante unos veinte segundos y sin coger aire. Me sobrecoge tanto que tengo ganas de echar a correr.

—¡Haz el favor de respirar! —le grito, angustiada.

—¡Ni se te ocurra moverte! —dice apuntándome con el dedo índice con cara de psicópata sin medicar. Está tan roja que creo que le va a salir por la boca un ramillete de tomates de ensalada—. Quédate ahí. So-Socorro me dijo que... durante el parto... tenía que fijar la vista en un punto de referencia.

—¡¿Y yo soy ese punto?!

—¡Sí!

—Está bien. Entonces, hazme caso. Mírame.

Marina traga saliva y levanta la cabeza, agotada por tantos esfuerzos.

—Becca, la voy a palmar... Esto es imposible... Mi prima...

—¡Tú no eres tu prima, maldita sea! —Tiene que comprender que sus dolores son naturales. Un parto no es como hacer ganchillo. Las mujeres tenemos que pasar por esto—. Elegiste no ir al hospital, no hacerte pruebas... Querías parir en el agua, ¿verdad? Te dan miedo las agujas, odias los hospitales y te chirrían las cicatrices... Pues ahora asume las consecuencias de tus decisiones. No te vas a morir por tener un bebé, pero no va a ser coser y cantar.

La pobre llora desconsolada como una niña pequeña. Roberto apoya sus manazas en los hombros más delgados de ella y le dice algo al oído en voz baja:

—Marina, no me imagino cuánto te tiene que doler. Pero tú puedes con esto.

—Soy una cobarde... Soy incapaz —musita.

—No eres una cobarde. —Las reprimendas de Roberto son tiernas, extrañas en un hombre como él. Es como si esa joven embarazada lo hubiera desenmascarado en unas horas—. Ni eres incapaz. Has logrado muchas cosas en tu vida, y lo has hecho sola, como yo. Sin ayuda de nadie. Te admiro por querer tener un hijo. Por quererlo aun a pesar de creer ciegamente que no vas a vivir para verlo. Te admiro por luchar por él, por no rendirte. Por pensar en él por encima de ti misma. Pero ¿sabes qué? Lo vas a tener. Lo vas a tener porque yo lo quiero ver. Y porque no sirve de nada traer un bebé al mundo si se va a quedar solo. Tenemos experiencia en eso, Rina. No hagamos lo mismo.

—¡Tengo mucho miedo!

—Y yo —asegura él—. Pero una amiga me dijo una vez que ser valiente no es no tener miedo. —Focaliza su atención en mí y me sonríe—. Lo que es valiente es aceptar que se tiene miedo y afrontarlo.

—Eso es —digo para apuntalar sus palabras, sintiéndome agradecida por ello. Me alegra que algo de todo lo que le he dicho se le haya quedado grabado en esa cabezota.

—¿Me ayudarás, Rober? —le pregunta Marina.

—Te lo he prometido. —Asiente con la cabeza y le da un beso en el dorso de la mano—. Puede que haya sido un egoísta enfermo y desgraciado toda mi vida, pero te aseguro que nunca rompo una promesa. Si me dejas estar a tu lado, te ayudaré.

—¿Prometido?

—Prometido.

Me parece tan bonito lo que le dice, que un bofetón de orgullo por él me sacude el corazón. Un bofetón de orgullo y humildad por haber pensado que Roberto jamás sería capaz de dar con su lado benévolo y compasivo.

¿Será que Roberto ve en Marina y en su bebé la posibilidad de sanar sus propias heridas? ¿Será que de repente quiere la familia que nunca tuvo, que ese es su deseo? Marina necesita esa familia, necesita un hombre en quien confiar y volcar toda su fe. Y Roberto está deseando ser tan importante para alguien. ¿Acaso estamos ante un caso claro de retroalimentación? ¿Se han visto tan reflejados, y las constelaciones les han dicho tanto, que de repente, en pocas horas, han creado un vínculo tan fuerte y verdadero como el que se puede lograr con el paso longevo del tiempo?

Hay muchos casos parecidos. Desconocidos que se abren tanto el uno al otro, que conectan de un modo eterno e irrompible, porque han sido la terapia de su par, su auténtica medicina.

Y me temo que eso es lo que ha pasado entre Roberto y Marina. Sabía que había muchas probabilidades de que fueran afines, pero no me imaginaba que se necesitaran con tanta urgencia como para desbloquearse tan rápido.

Algunos lo llaman magia; otros, flechazo. Teniendo en cuenta que el amor a primera vista se forja en un lapso de tiempo de treinta segundos, y habiendo controlado las reacciones la primera vez que se vieron, dudo que esté ante uno de estos casos. Tampoco sé lo que sintieron, no estoy en sus cuerpos para averiguarlo. Son guapos, normal que sintieran atracción, pero la dopamina es la causante de este tipo de enamoramiento súbito, y se da cuando, además, no se trata en exceso a esa persona de la que estás enamorado.

No obstante, a ellos no les ha hecho falta conocerse demasiado, porque son iguales, una versión muy similar de caracteres en chico y en chica. Es como si uno fuera un reflejo del otro, o como si fueran muletas. Tenían dificultades para caminar por lesiones crónicas, pero ahora Marina es el apoyo de Roberto, y viceversa.

Pasa pocas veces en la vida. Y de esas pocas, se cuentan con los dedos de la mano las relaciones que serán de verdad, para siempre.

Marina y Roberto se acaban de encontrar.

Mucho mejor para mí. De hecho, mucho mejor para todos.

—¡Ya estamos aquí! —grita Fayna.

Ya ha llegado la caballería.

@yoyluegoyo @eldivandeBecca #Beccarias
El amor es efímero. Por eso he decidido que solo
me pueden hacer sufrir los tacones. Nadie más.
#choppininmanolos

Como todo en la vida, las cosas nunca son como una las imagina.

La entrada de Fayna en el jardín ha sido cuando menos apoteósica. Con su cinta amarilla casi en la frente para sostener sus rizos menos rebeldes que los míos, su collar eléctrico de perro y una cara de mística que no puede con ella, se ha puesto a hacer cantos parecidos a los de los indios, y a tocar un tambor de percusión.

Yo todavía no entiendo nada.

Fay se dirige a mí con una sonrisa enorme.

—¿Recuerdas que te dije que me gusta hacer percusión tibetana con timbales y cristales?

—Sí, ya me acuerdo.

—¡Pues aquí estoy! —exclama, resuelta—. Las vibraciones harán que el bebé se relaje.

Inmediatamente después de decirme esto, deja caer la cabeza hacia atrás como si tuviera un botón de descoyuntamiento, abre la boca y de ella emana un sonido que ni la abuela de Pocahontas podría entender.

Axel se está meando de la risa, cómo no. Parece ser que le divierte ver cómo las personas se vuelven completamente locas. Y para lo serio que es en según qué aspectos, me maravilla que para otros tenga tan buen humor.

Mi tic en el ojo me está diciendo: «Hola, aquí estoy».

De repente, oigo una voz tímida y sosegada, típica de quien se acaba de fumar un porro, y me deja perpleja con lo que dice a continuación:

—Que fluya la energía. La energía kármica está aquí muy espesa. Que fluya, que fluya… La energía que fluya —canturrea inspirando, abriendo los brazos para abarcar todo su entorno.

Estupefacta me hallo. Si esa es Socorro, la partera, yo me pego un tiro aquí mismo. Es una señora de mediana edad, puede que unos cincuenta añitos o así, y me recuerda muchísimo a la Hierbas de *Aquí no hay quien viva*. Viste como una hippy, con pantalones anchos, una camisa ibicenca de color malva, y lleva por encima un chal de muchos colores. Va descalza. O sea, va descalza igual que Rosario cuando canta «*Mi gato hace uy uy uy…*». Yo tengo los pies helados dentro de mis Adidas y esta mujer ni siente ni padece, le da igual. Tiene el pelo liso castaño y sonríe con sus ojos pardos.

Socorro se detiene al ver el color del agua de la tina.

—Uy, ¿por qué está el agua naranja? —Se acerca al ritmo de la música de los tambores tibetanos de Fayna, dando saltitos y meciéndose de un lado al otro.

Ya entiendo. Creo que ella siente que ese ruido es magia musical. Pero a mí me está entrando una migraña de aquí te espero.

—He teñido el agua con colorante —explico un tanto insegura.

—¿Perdón? —Pone cara de no comprender nada.

—Colorante —repito.

—¿Como el que le pones a una paella?

—Sí.

—¿Y por qué has hecho eso, hermana? —pregunta con dulzura.

—Porque a Marina la sangre le marea y si ve que el agua se empieza a teñir de rojo, le puede dar un ataque de pánico en pleno parto. Es una técnica de atenuación del miedo…

—No, cariño. —Me coge de la mano y me da unos golpecitos tranquilizadores—. Con la energía que vamos a crear no existen los ataques de pánico. ¿A que no, Marina? —Se vuelve y le lanza un beso, ignorando la cara de descompuesta que tiene la pobre—. Dialoga con tu miedo, hermana. Dile: «¡¿Qué quieres de mí?! ¡Ya no más!» —grita como una histérica en plena obra de teatro. Después se calma de golpe, y palpa el agua con la punta de los dedos para comprobar la temperatura—. Bien. La temperatura es perfecta para tu bebé calabaza. —Y se echa a reír de su propio chascarrillo.

Media hora después aún seguimos aquí: Fayna cantando y dándole al tambor, yo soportando los insultos y los gritos de Marina, y Socorro animándola a que siga sus respiraciones, acompañándola en sus contracciones, que cada vez son más seguidas. Le habla de misticismo, de hacerse uno con la tierra y con el aire que respira…

Sé que hay personas así. Que sufren de posesiones esporádicas y más fenómenos paranormales. Eso lo acepto. Discrepo, pero lo respeto. Sin embargo, no creo en la energía porque sí. Creo en la psicología y también en mi empatía, porque la experimento y la percibo. Pero creer por creer… Digamos que soy bastante contraria al modo de pensar de Socorro.

Y en esta media hora, no hemos hecho otra cosa que esperar. Marina ha tenido que aguantar el dolor sin epidural y sin nada; es un gesto muy estoico y primitivo por su parte. Las mujeres tenemos una capacidad para aguantar el dolor inusual. Somos heroínas.

—¡Socorro! ¡Ayúdame! —grita Marina dejando caer la cabeza hacia abajo. Estira los brazos hacia mí y me coge del antebrazo izquierdo, mientras grita como ha estado haciendo las diez últimas veces, como un asno con gonorrea—. ¡Hiiiaaa!

Ay, madre de Dios. ¡Que me está estrujando el brazo como si fuera una bayeta!

—Eso es, cariño. Eso es… —la anima Socorro—. ¿Quién es el hombre que está contigo?

Parece que la emporrada acaba de ver a Roberto, y eso que es grande y corpulento. Pero en los mundos crísticos en los que Socorro se encuentra, solo percibe a los seres de luz, no a los pervertidos reconvertidos en personas normales.

—Es Ro-Rober… —contesta gruñendo para adentro—. Me va a ayudar.

—La llevo ayudando desde hace media hora —incide él, tan alucinado como el resto ante la observación.

—Oh, qué bonito —contesta Socorro. Da la impresión de que nada la altera y de que es extremadamente flexible a los cambios. Eso es bueno—. Rober, transmítele su cariño y apóyala.

—Eso hago —contesta él, más pálido que un gelocatil.

—Piensa en ella alumbrando feliz… Visualízala —insiste Socorro.

Me dan ganas de decirle que se vaya a hacer una ruedita de energía al monte, o a recoger María con las hadas, pero, claro, sé que a veces puedo ser un poco ofensiva, y no me interesa romper la buena «vibra» que se supone debe de haber en un parto acuático como este.

—Socorro, ¿puedes explorarla, a ver qué tal va la cosa? Lleva mucho rato así… Desde la seis de la mañana que empezó con los dolores, hasta ahora. Lleva en la tina una hora y media.

—¿Y eso es mucho rato? No, querida. El otro día tuve un parto acuático que duró cinco horas. La mujer se iba a pasear y todo, y luego volvía. ¡El marido se durmió en la tina y por poco se ahoga! Marina va a parir pronto, no será un parto largo. Está preparada.

—Mejor, compruébalo. Nos quedaremos todos más tranquilos.

—Déjame ver. —Socorro estira los brazos y examina con el tacto el vientre de Marina. Sus labios se estiran en una curva sonriente y después asiente—. El bebé está cerca. Ya viene…

—¡Me voy a morir, Diooos! —exclama Marina cogiéndome y sacudiéndome con violencia—. Rober… Becca… ¡Seréis los padrinos del bebé!

—¡Cállate, Rina! —le grita él, con el pelo húmedo por el sudor y el vaho del agua caliente de la tina—. A mí no me jodas. Cojo el pack con los dos. ¡Uno solo ni hablar!

¿Que coge el pack con los dos? ¿De qué leches habrán estado hablando esta noche?

—Pero ¿qué dices, Rober? —le pregunto aguantando el tirón de Marina.

El rubio me devuelve la mirada pero no me contesta. Es como si no quisiera admitir que la rubia le ha conmocionado hasta el punto de que es capaz de cambiar su estilo de vida por ella. Así, tan rápido como se chasquean los dedos.

Fayna no deja de dar vueltas alrededor de la tina, tocando el tambor tibetano y cantando con esa voz…, esa voz… de urraca estrangulada. Me preocupa. Me preocupa que le dé un fujitsu cerca de la tina. A ver si se va a caer en la cuna de agua y a electrocutar la buenaza pavitonta.

—¡Por favor, centrémonos! —suplico. Marina no me suelta el brazo, que se me está amoratando.

—Es el momento de apretar, Marina. Empieza tu período expulsivo… ¿Quieres salir del agua?

—No puedo ni mover las cejas, maldita tarada, ¿cómo crees que puedo levantar una pierna para salir de aquí?

—Está bien. —Socorro sonríe amablemente—. Bueno, el agua te ha dilatado, el olor a incienso nos envuelve… —Ha llegado el momento de que demuestre su valía—. Coge aire, cierra los ojos y…

—¡Que lo coja tu madre! —le espeta Marina.

Claro. Es que es normal. Sufriendo esos dolores, a ver quién es el guapo que actúa con calma, cierra los ojos y se visualiza en un prado verde lleno de margaritas…

Socorro menea la cabeza en señal de contrariedad.

—No, no, no… —dice con voz calmada—. Rober, sostenle el estómago y ayúdala… Dile cosas bonitas al oído.

—Sí. Que de eso sabes mucho, Rober —le increpo en tono irónico—. Marina, me vas a romper el brazo.

—Tú no te muevas, panocha. —La rubia me enseña los dien-

tes como un dóberman—. Eres mi ancla. Ahí viene otra vez…
¡No lo soporto!

¿Panocha? ¡Será hija de puma! Me dan ganas de decirle que
tengo el pelo rojo, no naranja, y que al menos no parezco un
flemón en remojo, pero no soy violenta ni ofendo con las palabras.

—Pero ¡¿qué es eso…?! —lloriqueo en voz baja, con el rostro demudado, al ver una cosa negra flotando en el agua.

—La naturaleza, querida —me explica Socorro—. Tú, la del
pelo castaño —señala a Ingrid—. Trae un colador, corre.

Ingrid corre a la cocina y sale de nuevo con un colador me-
tálico del tamaño de un vaso de Coca-Cola.

—Venga, recógelo y tíralo.

Fayna sigue con su tambor.

Ingrid aún no sabe lo que va a recoger, y yo aún no me creo
que vaya a recoger eso.

—¿Es una…? —pregunta con una gota de sudor como un
puño de gorda en la frente.

—Sí —responde Socorro con naturalidad, sin darle importancia—. Normal; al hacer fuerza, los agujeros se relajan.

Vamos, que se ha cagado. Marina se ha hecho caca.

Ingrid la recoge con esa cara de comer limones que en ella
hasta queda bien. Sé que esto no lo va a superar. Estoy a punto
de decirle que plante el pino en el jardín. Pero es un chiste ina-
propiado por mi parte.

Y también sé lo que está pensando Roberto. Solo me ha hecho falta mirarle para comprenderlo; está pensando que el truño
le ha rozado la pierna.

Estoy a punto de echarme a reír, presa de los nervios y la
adrenalina. La situación es tan rocambolesca y tan propia de mi
Diván que no comprendo qué tipo de energía irradio para atraer
a estos personajes.

—Marina, recuerda lo que hemos hablado. —Socorro coloca las manos sobre las de Roberto, que está haciéndole masajes
como le ha indicado la partera—. Tú y tu bebé sois una simbiosis. Una sola persona. Si no te relajas, tu bebé tampoco lo hará…

—¡Mi bebé no puede relajarse porque quiere salir del agujero negro en el que está! —replica, furiosa.

—Marina —le digo al tiempo que observo mi brazo con preocupación—. Cuando haya pasado todo esto, tu miedo desaparecerá. Hazme caso… Es solo un proceso. Ten al bebé y todo acabará. Solo necesitas dar un empujón cuando ella te diga.

—¿Dar un empujón? —me repite Axel por el pinganillo—. Acaba de soltar un cagarro. Eso sí ha sido de un empujón. Ahora tiene que sacar un ser humano de tres kilos por la vagina… No es lo mismo.

—Gracias, Axel, por ser tan explícito —murmuro asegurándome que solo él me escucha.

—No te creo, Becca —me dice con vehemencia Marina, llorando a lágrima viva, presa del angustioso dolor—. No me veo capaz de sobrevivir a esto. Cuando salga el bebé, yo…

—Empuja ahora, Marina —le ordena Socorro con cara de concentración.

—¡Oh, por todos…! —Se calla de golpe, su rostro se torna escarlata, y la muy «animala» me agarra del pelo como si quisiera salir del jacuzzi barra tina improvisada de parto. Sus ojos grises se abren tanto que creo que se le van a caer en cualquier momento. Intenta coger aire como puede, y cuando lo expulsa, veo que entre las piernas aparece una pelota con pelo rubio que se mece con el agua.

—¡Dios mío! —grito con la cabeza inclinada a un lado, a punto de partirse, y veo a Marina con un mechón de rizos rojos entre sus dedos.

—¡La cabeza, la cabeza! —Fayna empieza a dar saltos señalando el cráneo rubio que aparece entre las piernas de su amiga—. ¡Dios mío, es pelirrojo! —grita Fayna, emocionada—. Como yo. —La muy tonta se pone a llorar.

—No es pelirrojo —puntualizo—. Es el colorante naranja…

—Da igual. —Fayna le pone una mano sobre el hombro y niega con la cabeza, abrumada por sus sentimientos—. ¡Tendrás un bebé nadador, Marina!

—Ooohhh… ¿Cómo Michael Phelps? —Y rompe a llorar de nuevo.

Pero vamos a ver: ¿qué demonios está pasando? ¿Qué línea absurda y paranoide estamos a punto de cruzar? ¿Y por qué no la veo?

—¡Empuja, no dejes de empujar! —Socorro la espolea animada, metiendo las manos dentro del agua para aguantar la cabeza—. ¡Empujaaa!

—¡Iiiaaarggghhh!

Pero de repente, mi realidad se convierte en una pantalla confusa y naranja en la que no puedo respirar. Y lo sé. Voy a morir.

¡Maldita tarada! Me acaba de meter la cabeza en la tina. ¡¿Me está ahogando?! Y lo peor es que la oigo gritar desde debajo del agua, un sonido distorsionado y terrorífico.

De repente, unos brazos me sacan del agua y me liberan de las tenazas de mi paciente. Salgo de ahí con el pelo pegado a la cabeza y a la cara. Los chorretones naranja se deslizan por mis mejillas y mi barbilla. Abro los ojos y me encuentro a Ingrid sosteniéndome y mirándome sin parpadear.

Yo la miro a ella, sin saber qué decir. Me apetece echarme a llorar, humillada por lo que acaba de sucederme. Una mujer a punto de parir me ha sumergido en sus aguas fecales, como si fuera un bebedero de patos… El agua de la tina. Hago un puchero, porque sé que solo el llanto puede limpiar mi honor, purgar mi vergüenza. Pero ni con esas…

—Becca, ¿estás bien? —me pregunta Axel, preocupado.

—No quiero hablar —contesto en voz baja.

—¡Es una niña!

Fayna deja de tocar el tambor.

Giant y Smart, espectadores de lujo de toda esta locura, aplauden contentos, como si el esfuerzo también fuese de ellos.

Todos los miembros de mi equipo nos quedamos embelesados contemplando a la madre y a su hija.

Roberto sujeta a Marina, que tiene los ojos llenos de lágrimas y se deja caer en el agua, sentada, agotada por el esfuerzo.

—Toma, Rober. —Socorro le da la bebé—. Yo me encargo de Marina.

Rober no sabe ni qué decir, pero creo que en ningún momento se le cruza por la cabeza negarse a sostenerla.

Socorro coge las toallas oscuras y los albornoces que habíamos preparado previamente, y se apresura a comprobar que todo esté bien. El bebé tiene el cordón umbilical colgando, y parece que los tres —Marina, Roberto y él— estén conectados no solo por vínculos invisibles que aún no comprendo, sino por un cable más físico y real.

Marina apoya la frente en la tina y llora de emoción, mirando a Rober y a su hija por encima del hombro, feliz por seguir viva.

El rostro de Roberto refleja la magia de este momento y, quizá también, lo mucho que va a cambiar su vida la presencia de ese bebé que ahora tiene en brazos. Lo mucho que va a cambiarles la vida a ambos.

—Se va a llamar Idaira —le dice Roberto a Marina—. Sí. —La mira embrujado por la inocencia de la pequeña rubia, manchada de naranja—. La niña de ojos grandes —explica, visiblemente acongojado—. Como su madre, ¿eh, Rina? —Y le guiña el ojo a Marina.

¿Cuándo ha mirado Roberto nombres de niña, por el amor de Dios? Es como si Marte y Venus se hubieran conjugado esta pasada noche para crear el nexo que ahora mismo une a mis dos pacientes.

Marina asiente y busca con sus ojos los míos. Cuando conectamos, mi empatía se entrelaza con las de los cuatro, y sé, sin temor a equivocarme, que ellos, incluso la bebé, me ven como una más de la familia.

Habrá muchas trabas por superar, pero la principal ya la han solventado con nota. Sobrevivir para presenciar un milagro como ese. El nacimiento de una criatura pura a la que ellos tendrán que cuidar. Esto les dará fuerzas para continuar peleando. Y yo les ayudaré siempre que me lo pidan.

—Gracias —susurra Marina, y estira la mano hacia mí.

Entrelazamos los dedos y me emociono al ver que su guerra, su miedo, acaba de desaparecer. Vendrán otros, porque siempre vienen otros, pero este ya ha quedado atrás. Y si vences uno, eres capaz de vencerlos todos.

—No he hecho nada, todo lo has hecho tú —le aseguro, impresionada por lo que acabo de vivir.

—No es verdad. Tú has estado ahí. Casi te ahogo… —Está arrepentida, pero no la voy a culpar ni a pedir explicaciones—. Me he apoyado en ti.

—No ha sido para tanto.

—Gracias de verdad —repite con humildad.

En realidad, solo he estado a su lado. Y si he hecho algo más que haya podido ayudarla, me alegro. Me alegro mucho.

Soy feliz de poder hacer lo que hago.

Tres horas después, Fay, Axel y yo estamos sentados en los escalones del porche, bebiendo una cerveza. En silencio. Yo sigo traumatizada.

He tenido que grabar una escena con el rostro teñido de naranja… hasta la raíz del pelo, mis dientes blancos Licor del Polo, las pestañas rojas y mis rizos… Lo de mis rizos, mejor dejémoslo, porque no quiero hacer sangre de mí misma. Y todo ello sin perder la compostura, emocionada hasta el tuétano por lo sucedido, a pesar de saber que mi piel luce como si me hubiera hecho un tratamiento de barro.

Como fondo de imagen, se veía a Roberto y Marina, como Jesús y María, esta vez en la cama, descansando del duro trabajo que es traer un bebé al mundo. Marina lucía las típicas ojeras de alguien que se ha abierto, en muchos sentidos, pero feliz de haber sobrevivido a ese parto que tanto temía. Es más, después de sacar a Idaira, tuvo que salir de la tina para expulsar la placenta. Lo hizo sin ninguna dificultad, centrándose en la visión de su hijita en los brazos naranjas de Roberto.

Más tarde, los dos se fueron a la habitación y Socorro les proveyó de todas las atenciones que necesitaban.

La cara del rubio era digna de análisis, todo un poema. Parecía el padre. De hecho, tengo que aclarar con ellos a qué acuerdo han llegado estas dos almas gemelas como para decidir, así de sopetón, que querían vivir esa aventura de criar a una niña juntos.

Son personas obcecadas, de ideas muy fijas, por eso son también obsesivos, y sé que tal vez no comprenda las razones que me den para haber tomado ese camino, pero sea el que sea, sé que será un camino de sanación. Vale, soy consciente de que estoy hablando como Socorro, pero hay una cosa clara: Roberto mira a Idaira como si nunca hubiera visto una maravilla igual, y Marina ha decidido que dará su vida por ella. Tienen la oportunidad de coser sus heridas abiertas y permitir que empiecen a cicatrizar, tratando a la pequeña como les hubiera gustado que les tratasen a ellos, y dándole lo que nunca recibieron.

No tengo ninguna duda de que Idaira será una niña muy amada.

Por otro lado, Giant y Smart me han citado a media tarde, sobre las seis, para cenar en un restaurante del centro. Las seis es una hora propicia para cenar, ¿verdad? Antes, a esas horas me preparaba bocadillos de Nocilla para merendar. Pero he decidido respetar su horario americano.

Socorro le está indicando a Marina cómo darle el pecho a la pequeña rubia; la partera la ha limpiado echándole por encima una agüilla templadita con una toallita y sin colorante. De vez en cuando me mira de reojo, todavía incrédula por mi pequeña técnica de distracción de teñir el color del agua. Lo que no sabe es que si no hubiera hecho eso, a Marina seguro que le habría dado un desmayo dentro de la tina. La mujer me cae bien; en los momentos complicados ha demostrado ser muy competente y todos hemos agradecido su asistencia.

Socorro le explica también que el pecho juega un papel muy importante inmediatamente después del parto, no solo para establecer el vínculo entre madre e hija, sino para detener la hemorragia. Y eso es lo que está haciendo, desde hace un rato ya. Idaira se ha cogido al pezón como una pequeña hiena.

Por otro lado, Ingrid se ha encerrado en la caravana. Lleva una hora metida ahí. Supongo que está intentando comprender cómo una maquilladora de efectos especiales ha acabado recogiendo heces humanas con un colador. Eso es muy duro.

Y Bruno está hablando por teléfono, y se le ve muy enfadado. No sé quién es la otra persona, pero desde luego no están llegando a ningún acuerdo, por lo que veo desde mi posición.

Sea como sea, lo importante es que Marina se encuentra bien. Idaira también, y lo mismo Roberto.

Y todos seguimos vivos y maravillosamente zanahorios.

Miro a Axel, orgullosa y agradecida por experimentar algo así junto a él. Es un profesional como la copa de un pino. No le tiembla el pulso, graba lo que tiene que grabar y lo hace de un modo que apenas parece invasivo. Marina ni siquiera percibió que él le estaba enfocando el pepe.

Sin embargo, ahora está muy serio mientras bebe de su lata, mirando a un lado y a otro, como si nada realmente le llamara la atención. Hasta que vuelve su cabeza hacia mí, y en ese momento sus ojos verdes se aclaran y adquieren un brillo luminoso.

Adoro cómo me mira. Lo hace de un modo que parece que acabe de descubrirme. Mis sentimientos por él se abren en el centro de mi pecho, como una flor que recibe rayos de sol. Es asombroso que esté tan enganchada a él, que lo necesite tanto para sentirme bien y completa, cuando es un hombre que no me ha enseñado ni la mitad de sus cartas. Y cuando sé que nada de lo que me enseñe me gustará. Pero he accedido a hablar con él y a escucharle, a pesar del dolor. Porque le quiero. No importa qué pueda contarme a partir de ahora; seré fuerte y le ayudaré a sanar. Su pasado no puede hacerle más daño del que ya le ha hecho.

Así me siento con respecto a Axel, y no me lo voy a negar más.

—Has estado increíble —admite él lanzándome un piropo.

—Bah —digo como restándome importancia, y estiro las piernas sobre los escalones—. Todos hemos hecho un buen trabajo. Pero la que mejor lo ha hecho ha sido Marina. Se ha portado como una campeona.

Fay asiente con la cabeza. Tiene el dichoso tambor oculto entre las rodillas, y los ojos anegados en lágrimas.

—¿Estás bien? —Le paso la mano por la espalda. Fay me hace sonreír. Es un personaje. Un personaje que adoro.

—Joder, Bec... —Ya me ha cambiado el nombre—. Llegué a un punto en el que creí a Marina cuando decía que iba a morir durante el parto... Me estaba preparando para perderla.

—¿En serio?

—Te lo juro. Hace siete meses que le estoy oyendo decir que la iba a palmar dando a luz. Y tú... Tú has conseguido retenerla.

—Yo no he hecho nada —insisto.

—No te quites méritos —me regaña Axel.

—No lo hago.

—Sí lo haces —me reprende Fayna, enfadada—. Acepta que haces cosas por los demás, que les ayudes y les calmas. Es un don, *mijita*. Deberías enorgullecerte de ello.

—Creo que exageráis.

—Que no, te digo. Durante el parto he tenido dos fujitsus.

—¿Qué dices? ¿En serio? —Ni siquiera lo he notado.

—¿Os habéis dado cuenta? —Sabe que nadie se ha enterado de eso—. ¿A que no? Ni me he caído, ni he hecho nada raro... Solo un redoble de percusión un tanto largo, que he acompañado con un gritito melódico.

¿Un gritito melódico? ¡Venga ya! No he notado nada porque desde el principio hasta el final me ha parecido un gato ahogándose.

—Y eso te lo debo a ti —sentencia.

—Y a Axel y a Murdock —añado. Yo no hago nada. Son los demás los que aportan sus métodos.

—Pero sobre todo a ti, amiga. —Me guiña un ojo—. Tú atraes a personas que pueden ayudar a los demás. Y esa es tu energía, lo que te hace especial y brillante a mis ojos. No solo tus palabras, sino tus acciones y lo que tienes alrededor. —Sonríe a Axel como una gatita.

—Y a los míos —admite Axel, que me observa con un aire lascivo.

Le ignoro, y paso el brazo por encima de los hombros de Fay para darle un beso en la cabeza.

—¿Eso lo dices por Axel, *perrimeison*?

—Claro, amiga. —Se echa a reír—. Axel embellece el entorno, es como un paraje natural. Te hace más guapa. Y me hace más delgada. Es una verdad y hay que aceptarlo.

Axel sonríe y choca su lata de cerveza con la de ella.

Sentada entre los dos, pienso que puede que tenga un imán para gente especial o friki, con problemas de lo más variopintos e insoportables para la mayoría; pero benditos sean todos, por ser diferentes y tan únicos como lo es Fayna. O Axel, una personalidad tan compleja e introvertida como mágica.

Compruebo estupefacta que mi vida no sería la que es si ellos no estuvieran ahí, y me da pena comprender cuánto me he podido llegar a perder por acomodarme. Me entristece darme cuenta que elegí trabajar en *El diván* para superar la ruptura de David, sin ver todas las posibilidades reales que tenía. Creía que un tiempo en *El diván* me abriría la puerta para trabajar en Estados Unidos y recuperar a mi ex. Esa era mi motivación.

Pero el día a día en este excéntrico y magnífico reality me ha dado un bofetón de realidad tras otro, demostrándome que el caramelo era esto, y que si lo tomaba y lo empezaba a saborear, disfrutaría de momentos únicos en mi vida, que me han ayudado a comprenderme y a encontrar algo que solo creía que existía en las cabezas de Eli y Carla, y en *Friends*.

La gente normal es aburrida. A la gente normal no le da miedo casi nada, y si temen algo, procuran callarlo para que no les conviertan en parias. Están tan ocupados pensando en otras cosas, en mantener su trabajo, su status, su imagen…, todo lo que les hace estar más dentro que fuera de la sociedad, que no se plantean ni por un momento la posibilidad de pensar en la poca seguridad que tienen en general.

Mis pacientes frikis viven fuera del sistema, porque piensan diferente, son raros, se han alejado de todos y de todo y han creado su propia realidad. Y dentro de esa realidad, me piden ayuda.

Pero a mi modo de ver, eso no les convierte en marginados. Eso les convierte en personas maravillosas y excepcionales.

Ellos son mi regalo, y no al revés.

Y los regalos se aceptan y se cuidan.

Nunca he sido de devolverlos.

11

@colacaosmatutinos @eldivandeBecca #Beccarias
Becca, ¿el médico puede decirme que confundo
los colores con los números? #carvayfea

Al final, los americanos nos han citado más tarde.

No nos habría dado tiempo a llegar allí a la hora convenida al principio. Teníamos que ducharnos, arreglarnos y darnos unos arrumacos; pocos, a mi parecer.

Mientras me cambiaba y Axel entraba en mi habitación como el dueño de todas las paredes que me cobijan, ha estado cariñoso pero esquivo, como si no quisiera tocarme demasiado. Me ha dejado claro con un besazo de tornillo y una caricia superficial en las nalgas que no dejaba de hacerlo por falta de ganas, sino por falta de tiempo, porque somos como las Pringles, que cuando hacemos pop ya no hay stop. Ninguno de los dos quiere llegar tarde a la reunión con los productores.

He creído su excusa, casi al noventa por ciento. Tal vez porque le comprendo, ya que a mí también me pone ansiosa la reunión y no sé qué nos deparará el futuro a partir de ahora.

Él también está ansioso. Puede que no sea por lo mismo, pero noto sus nervios; mi empatía percibe cuándo algo no va del todo bien, por mucho que por fuera aparente una calma absoluta. Hoy está siendo un día muy movidito para todos nosotros.

Son las ocho y media de la tarde.

Axel y yo acabamos de aparcar cerca del Kazan, el restaurante en el que nos han citado Giant y Smart. A Axel los taxis no le gustan, prefiere conducir él, y como no podíamos traer la caravana y no hemos tenido mucha suerte que digamos con todos los vehículos que hemos alquilado, les ha pedido prestado el coche a Gero y André, para estar más seguros. Aunque Axel les ha liberado de mi guardia, los dos hermanos no se han quedado tranquilos y nos siguen de cerca, vigilando que nada raro pase.

Honestamente, tener a tres armarios como ellos cuidándome las espaldas es abrumador, pero me hacen sentir femenina, delicada y valiosa. Por una vez, me gusta que otros llevan las riendas.

Para la cena, me he vestido yo sola y he escogido mi propio modelito, sin preguntarle nada a Ingrid, que duerme como un lirón después de lo que ha tenido que hacer esta mañana. Recoger boñigas de un jacuzzi. Sí. Es muy duro.

He elegido un vestido túnica de color negro, con escote redondo, con tacto sedoso y estampado floral de Ted Baker. Además, he elegido mi bolsito de mano Michael Kors de color negro y unos zapatos de tacón del mismo color y del mismo diseñador, modelo Jaira. No sé si pasaré frío o no, pero sé que El Kazan está cubierto y es interior, así que no me enfriaré.

Llevo una sombra de ojos ligeramente ahumada con tono azul oscuro, y la línea de los ojos marcada pero sin exagerar. Es una reunión para impresionar. Porque el trabajo ya lo he hecho y han tenido que quedar más que satisfechos con los resultados de la terapia de Roberto y Marina. Aun así, este encuentro es de negocios, y quiero dar una imagen seria y profesional, pero también atractiva. Hoy he grabado planos luciendo un tono mandarina que hasta Naranjito tendría celos, y me da vergüenza que ellos me hayan visto así. Una tiene sus propios pudores.

Ahora que estoy limpia y me he peinado el pelo como buenamente puedo, creo que estoy capacitada para mirarles a los ojos y escuchar lo que sea que me tengan que decir, tanto si es un sí como si es un no.

Bueno, el no me da miedito.

—¿Estás nerviosa, rizos?

—Un poco. —Tengo que ser sincera.

—Sabes que es imposible que no te quieran, ¿lo sabes, no? —Su mirada me traspasa y agarra mis inseguridades por el cogote hasta destruirlas. Axel tiene mucha energía. Una parte es oscura, pero él es tan fuerte que se sobrepone a ella, y de algún modo hace un poco lo que yo: es empático conmigo, y gracias a eso, con una palabra o un gesto, puede cambiar mi estado de ánimo.

Me muerdo el labio inferior y saco de mi bolsito de mano mis gafas de no ver. Él me toma la muñeca y me detiene.

—Déjalas en su estuche. No te las pongas.

—¿Por qué no?

—Te las pones para dar una imagen más seria de ti misma, porque no quieres llamar la atención de ningún otro modo. Pero tú llamas la atención lo quieras o no, Becca. Así que deja de ocultarte tras ese cristal que no está graduado. Permite que vean lo increíblemente bonita que eres.

No hay ninguna duda. Si yo fuera un archivo ePub, él sería mi lector por excelencia. Me lee, sin más. Me conoce. Y en ocasiones es abrumador.

—No tengo ni idea de lo que me van a ofrecer. Tal vez no les interese.

—No. Eso no va a pasar. Cualquiera querría tenerte en su cadena. Solo hay que ver si la oferta es buena.

—¿Sabes negociar? ¿Sabes cómo se venden los derechos audiovisuales? Eres medio propietario de la Productora Montes, ¿no?

—Sí. Sé cómo van estas cosas.

—Entonces ¿podrás actuar como representante de *El diván* y mío? Necesito a alguien que sepa de cláusulas, porque yo no tengo ni idea.

—Si te quedas más tranquila, puedo valorar las condiciones e indicarte cuál es la mejor. Pero al final es Fede quien tiene que estampar la firma definitiva. No yo.

—Lo sé... Pero ellos quieren hablar conmigo y yo les escucharé. Y te agradezco que me acompañes en calidad de representante, porque yo no me sé vender.

—Yo tampoco te vendería, nena. ¿Me tomas por tonto?

Y me lo dice tan confiado de sus palabras que me estremezco de pies a cabeza.

—Tú ya sabes a lo que me refiero...

—Sí, relájate. Escucharemos esas ofertas juntos.

Suspiro y asiento conforme.

—Bien.

Cuando Axel termina de aparcar el tanque de Gero y André, veo cómo la pantalla de su teléfono se ilumina. Es Fede. Le está llamando. No he hablado con él desde que llegué a Tenerife.

—¿No se lo vas a coger? —le pregunto con curiosidad.

—No.

—¿Por qué no?

—Porque no.

—Tal vez quiera saber cómo estás.

Axel sonríe, pero no es un gesto sincero. Es más bien frío e incrédulo.

—¿Por qué insistes en pintar a Fede como alguien bueno? —Tiene las manos sobre el volante, que ya no mueve. Me estudia como si no me comprendiera—. Él no piensa en los demás como tú crees.

No sé, para mí no es una evidencia que Fede sea tan malo. Me contrató a mí para ayudarle.

—Pues yo creo que a su modo se preocupa por ti, Axel.

—Mi hermano solo se preocupa de sí mismo, Becca.

—¿Cuántas veces te ha llamado?

—No las cuento.

—Si una persona insiste en llamarte más de una vez, será por algo, ¿no?

—Solo quiere saber si hay o no hay trato con los americanos.

—Para eso, listillo, también podría llamarme a mí, y no me ha llamado.

—No tardará.

—Eso no lo...

Mi teléfono empieza a sonar y me calla de golpe. Observo la pantalla y compruebo contrariada que es Fede. Me tengo que morder la lengua, pero no lo haré si me pregunta primero por Axel.

Descuelgo y contesto mirando de reojo a mi nazi particular. Él me sonríe y se encoge de hombros, sabedor de que lleva la razón.

—Hola, Fede.

—¿Becca? —responde, ansioso.

—¿Sí?

—¿Cómo que sí? Cuéntame cómo va con los americanos. Ingrid me ha dicho que os ibais a reunir a las seis y media.

¿Ingrid? Claro, ella le informa de todo, por eso se ahorra mi llamada, para que no le atosigue a preguntas personales que no creo que me responda. Estoy decepcionada, pero le contesto.

—Al final se ha retrasado, Fede. Nos reunimos con ellos ahora. A las ocho y media. Por cierto, tú deberías estar aquí. Eres el productor.

—Coproductor. Axel también tiene sus derechos como Montes. Tenemos el cincuenta por ciento de las acciones de todo. Ya lo sabe. Axel puede hacer de coproductor en funciones.

Detalle interesante, del que Axel no se jacta en absoluto.

—¿Solo llamabas para eso, Fede?

—No entiendo.

—Para ver cómo va con los productores.

—Claro. ¿Para qué, si no?

—Joder, Fede —gruño dejando caer la cabeza. Vaya par de hermanos más inexpresivos—. ¿Podrías preguntar qué tal ha ido todo en las Islas con Roberto y Marina?

—Ingrid ya me lo ha contado, y me ha dicho que ha recogido una mierda con un colador.

—Sí, es verdad. —Sonrío, pero rápidamente me centro en lo importante—. ¿Y…?

—Y también que Roberto ha sufrido una metamorfosis total. Sabía que no fallarías, Becca. Sé que contigo las cosas siempre salen bien.

—No he tenido oportunidad de decirte cómo iban las cosas con tu amigo… Bueno, tampoco es que me hayas cogido el teléfono cuando te he llamado. Supongo que eso viene de familia.

—Lo siento. No he tenido tiempo. Han sido muchas cosas…

—Ya. Quiero que sepas que siento mucho lo de tu padre. ¿Cómo estás? ¿Todo bien?

—Sí. Muchas gracias —responde sin más, en un tono monótono e impersonal—. Llevaba demasiado tiempo enfermo. Ya lo esperábamos.

Me quedo callada, quiero comprobar si es capaz de preguntar por Axel sabiendo que lo tengo al lado.

—Por cierto, dile a mi hermano que mi padre está enterrado en San Isidro. Que cuando quiera, puede ir a verlo.

Doy un respingo y dejo caer mis ojos sobre Axel, que está escuchando disimuladamente lo que dice su hermano.

—En San Isidro. Vale, se lo diré.

—Y que también, cuando él quiera, puede reunirse conmigo para hablar de su herencia. Hay que hacer las particiones. Que si eso le preocupa, no la pienso tocar.

—Eh, vale… —Demasiada información—. Se lo puedes decir tú mismo si quieres, lo tengo aquí al la…

Axel acaba de salir del coche, y me ha dejado con el brazo colgando y el móvil agarrado, en la misma pose que el fresco de la Capilla Sixtina de *La creación de Adán*.

—Se ha largado, ¿a que sí? —me pregunta Fede por teléfono. Suspira cansado de sí mismo y de la situación.

—Sí. Yo estoy en el coche y él fuera.

—Es gilipollas.

—Él piensa lo mismo de ti.

—Tarde o temprano tendremos que hablar. Y él lo sabe. Sé que la herencia le importa una mierda, pero es suya, y no la puedo tocar. Tampoco pensaba hacerlo.

—Creo que si hay algo por lo que tu hermano no se preocupa, es precisamente por el dinero. —Axel se apoya de espaldas en la puerta del piloto—. Me ha dicho que no fue al entierro.

—No. Pero ya sabía que no iría. No veo a Axel desde que le di la noticia.

—Y entonces ¿qué ha hecho estos dos días?

—Seguramente nada. Se emborracharía en su apartamento, o conduciría como un desesperado, o puede que haya ido a ver a su amigo gay, ese que se casó hace poco.

—¿El de Barcelona?

—Sí. Si hay alguien en quien Axel confía es en él.

Bien. Tenemos un nuevo personaje que entra en escena: «el amigo gay»; otra pieza del puzle. No me imagino a Axel abriéndose con nadie, ni llorando, ni explicando sus historias. Sencillamente, creo que si no me las puede contar a mí, no creo que sea capaz de contárselo a nadie. Tal vez peque de soberbia. Y ese no es mi estilo. Con él ya he patinado muchas veces, debería ser más cauta.

—¿No te ha dicho dónde fue? —me pregunta Fede.

—No. Me dijo que estuvo a punto de ir al entierro, pero que cambió de opinión. Que no iba a darle ese gusto a tu padre.

—¿Eso dijo?

—Sí.

—Entiendo.

El silencio que invade la línea se me hace pesado hasta a mí. Cada vez estoy más convencida de que el día que me entere de todo lo que pasó entre Fede, Axel y el padre de ambos, será como si me arrollaran con un tractor: demasiado duro, tosco y cruel. Por eso no puedo obligar a nadie a hablar. Solo esperar y ser receptiva el día que todo salga a la luz.

—Bueno, Fede, tengo que dejarte. Ya hablaremos luego.

—Consigue ese contrato, Becca. Sé que los norteamericanos quieren el formato, pero también te quieren a ti. No puedo retenerte, pero si te llevan con ellos, haz que valga la pena. Tú decides qué hacer.

—Gracias. Me has quitado mucha presión —digo con ironía.

Fede se ríe y cuelga.

Es Axel quien me abre la puerta del coche como un perfecto caballero. Su rostro sigue serio, vigilante y con las alertas activadas. Cuando salgo, con mi bolsito en la mano como una perfecta señorita, le tomo de la barbilla y, a pesar de mis taconazos, me pongo un poco de puntillas para darle un beso en los labios.

—Axel, mírame.

—¿Qué?

—Me importa un bledo lo que pasara entre tu hermano, tu padre y tú. Es cosa vuestra. ¿Entendido?

—No me gusta que meta las narices y que hable tanto contigo para venderte algo que no es.

—Axel, no soy estúpida. Conozco a la gente. Algunos me pueden engañar la primera vez, pero no la segunda. Sé lo que es tu hermano. —Le acaricio la mejilla para calmar su bravura—. Cuando quieras contármelo todo, solo búscame y yo estaré ahí para ti. Igual que has hecho esta mañana con lo de Victoria. —Le sonrío y le doy otro beso con cuidado de no mancharle de carmín.

En toda esta partida de ajedrez sé que no quiero jugar el papel del peón. Por eso tengo que tener paciencia y demostrarle que puede confiar en mí, igual que en su mejor amigo. Aunque lo de Victoria me cause acidez estomacal.

Él asiente, más relajado; tanto, que hasta esboza una de esas sonrisas que de lo tiernas y vergonzosas que son me provocan una implacable compasión. Cuando paso por delante me acaricia el culo con aire vicioso, y emite un ronroneo de gusto.

—No puede ser… —murmura.

—¿El qué? —Lo miro por encima del hombro.

—Que me pongas tan caliente, Becca. —Pasa por mi lado, me huele el pelo y me susurra al oído—: Que tenga ganas de comerte siempre. Eso es lo que no puede ser.

A estas alturas de la película, aún es capaz de hacerme sonrojar de vergüenza, y no sé por qué, pues me ha dicho cosas peores, pero su franqueza me parece terriblemente sexy y sin complejos. Me gusta que me hable así, como un cromañón de taberna que ha aprendido modales de caballero. Aunque en el fondo sigue siendo un macho dominante y salvaje.

Me pongo caliente solo de imaginar lo que haremos esta noche al volver a la habitación. Porque mucho nos hemos aguantado ya hoy.

El Kazan es un restaurante japonés-nikkei de Santa Cruz. Por lo visto, acaban de darle una estrella Michelin, porque nada más entrar veo la placa que lo celebra. Además de dos soles Repsol. Casi nada.

Me encanta el japonés. Y supongo que a Giant y a Smart también, porque lo han elegido ellos. Este sería uno de esos restaurantes a los que iría por placer, para poder disfrutar más de su gastronomía. Pero en una cena de negocios, los nervios pueden hacer que la comida se me atragante.

Axel va tan elegante a mi lado que me cuesta no sacar pecho y decir: «¡Fuera lagartas!». Viste con unos pantalones negros Dockers y una camisa blanca que resalta su moreno y esos dos ojos que el dios de la Belleza le dio para hipnotizar a los demás. Otros necesitan ponerse americanas o corbatas para parecer atildados en una ocasión especial. A él no le hace falta.

Podría dar una conferencia en calzoncillos, si quisiera. Y ese olor suyo... Me vuelve loca.

Los productores nos divisan y se levantan de la mesa en la que nos esperan para saludarnos con cordialidad. Es la primera vez que los veo vestidos como los altos ejecutivos que son y no como típicos guiris americanos, con tejanos, calcetines con chanclas o sus inseparables zapatillas de trial.

Ha disminuido la inflamación de sus labios, pero no lo suficiente como para no pensar que acaban de darse un morreo por debajo de la mesa. Porque les conozco, que si no...

—Señorita Becca. —A Giant parece que le gusta lo que ve, y asiente—. Está muy guapa.

—Gracias, señor Giant —contesto.

Axel retira la silla de la mesa para que me siente. Ambos nos cruzamos una mirada de las que te desnudan. Me gustaría hacer que le muerdo con la boca, como en el Tragabolas, pero quedaría muy mal, por eso me contengo.

—Espero que les guste la comida japonesa. Esta del Kazan es tradición japonesa y fusión nikkei. —Smart sonríe un poco inseguro—. Me apetecía mucho comer algo así.

—No me extraña. Después de los atracones de papas con mojo picón que se ha dado...

El japonés se echa a reír.

—Sí. Están muy ricas. No había venido nunca a Tenerife. Me gustan estas islas... Aquí la gente es más tranquila. Más relajada. No como en América. Hay demasiado estrés.

—Los tinerfeños están hechos de otra pasta —aseguro—. Solo tienen que ver a mi amiga Fayna. Su mejor amiga estaba de parto, a punto de sufrir una crisis de pánico, y ella se pone a tocar el tambor como en una procesión.

—¿Una procesión? No he estado en ninguna —me dice mientras el camarero se acerca para servirnos el vino—. ¿Son bonitas?

—Muy emotivas.

—Ajá. Me he tomado la licencia de pedir vino espumoso y sake. ¿Les gusta?

Axel y yo movemos la cabeza en gesto afirmativo.

El camarero, que nos estaba esperando, procede a dejar la bebida sobre la mesa. Smart llena nuestro vaso de sake y alza el suyo para hacer un brindis.

—Por una cena provechosa para los cuatro.

Mientras el sake se desliza por mi esófago, solo pienso en una cosa: espero que no tengan mal beber. Porque yo sí lo tengo.

Carraspeo. Temo que si abro la boca lance una llama estilo dragón. Este sake quema. Aún no me he repuesto del ardor de garganta cuando Smart dice muy alegre:

—¡Qué bien! Puede que hoy tengamos mucho que celebrar.

Eso espero.

Antes de que nos sirvan la comida, y durante nuestra charla inicial en la que nos felicitamos por las grandes secuencias que hemos grabado, el trabajo serio y profesional de Axel y mi increíble don —así lo han descrito ellos— para relajar el estrés, mi particular trastorno de ansiedad generalizada hace que me fije en el restaurante.

Las sillas del Kazan están tapizadas en color avellana, y las mesas son de madera clara. Frente a los comensales reposan platos blancos rectangulares con los palillos al lado. Toda la sala luce decorada con colores mostaza, la madera es el material dominante, que crea un escenario cálido y cómodo para comer y pasar una velada muy agradable.

Pedimos un poco de todo para compartir. Una bandeja de piedra gris repleta de sushi variado, un pak choi de ibéricos, makiroll témpura, y yakitori de pollo de corral. Con eso yo ya estaría más que lista. Pero Giant come por cuatro, y Smart, aunque es pequeño, tiene un buen saque también. Así que además piden tempura de ostras, omakase y algo que nunca he probado y que se llama daifuku.

—En mi familia me enseñaron a hablar de las cosas serias con buena comida delante —me explica Giant mientras engulle el primer makiroll—. ¿Son pareja?

Mi cerebro intenta reconstruir la frase, y no acabo de encajar esa pregunta en su introducción. Axel bebe de su copa de vino y vuelve a sonreír.

—Ese es un tema muy serio, sin duda —murmura.

—Bueno, eh… —digo yo.

—Oh, perdone que me inmiscuya —se disculpa Giant inmediatamente. Es listo y ha visto que nos ha roto un poco la cintura—. Es que me fijo mucho en el lenguaje corporal de las personas. Desde que nos interesamos en su producto y en su forma de trabajar me dio por leer muchos libros sobre psicología y el idioma del cuerpo… Y ustedes dos emiten constantes señales de que están emparejados.

Smart pone los ojos en blanco.

—Tom, eres muy indiscreto. No son animales.

—Sí, lo siento —admite.

—¿Y está leyendo en nuestro lenguaje corporal que este señor y yo tenemos una aventura? —No sé mentir. Me pica la punta de la nariz. Se van a dar cuenta.

Menos mal que Axel sale en mi rescate.

—Entiendo su pregunta —dice Axel, inclinándose hacia delante. Su tono es de una seguridad total, incluso su pose. Para darle un toque más desenfadado a lo que va a decir, coloca su brazo apoyado en mi respaldo, de manera impersonal—. Quiere saber si entre los miembros del equipo hay relaciones sentimentales. A ninguna empresa le gusta que sus trabajadores se líen entre ellos, ¿verdad?

—Rotundamente, no —afirma con contundencia—. Las relaciones en el trabajo siempre traen problemas.

—Entonces, pueden estar tranquilos —dice encogiéndose de hombros y haciéndome un mohín—. Becca es una excelente profesional, pero el hombre que la aguante tiene que ser poco más que un santo.

Los dos americanos sueltan una carcajada, y yo lo mismo. ¿Por qué no? Puedo ser igual de cínica y gamberra.

Lo que ninguno de los dos sabe es que Axel me está acariciando el tobillo con el pie; es decir, Axel es un mentiroso desvergonzado. Y me encanta.

Así que yo le sigo el juego.

—No, por favor —añado con la convicción de que lo que acaban de decir es un auténtico disparate—. Axel es el jefe de cámara de *El diván*. Solo eso, que no es poco. Es un profesional muy meticuloso y estricto. Yo necesito en mi vida a alguien más… relajado.

—Oh. —Giant sonríe y saca pecho—. Yo soy la relajación personificada.

Pasan los segundos. Bolita del desierto.

Smart y Giant nos estudian mientras mastican otro maki con paciencia. Después acompañan el maki con sake, para que pase mejor.

El japonés vuelve a llenarse la copa. Me la llena también a mí, aunque estoy tentada de cubrir la copa con la mano, pero no quiero hacerle ese feo.

—¿Vino? —pregunta Axel, ofreciéndoselo a todos los comensales.

Sé que me observa de soslayo y que sabe que el sake es demasiado fuerte para mí. Seguro que no quiere que acabe diciendo sandeces. Y hace bien, porque la última vez que me emborraché acabé en una discoteca de ambiente en una especie de cuarto oscuro. Y le conocí a él. Así que no tentemos a la suerte.

—¿Y su ayudante de cámara y la maquilladora? ¿Ellos sí tienen una relación? —Menudo lince está hecho Smart.

—¿Bruno? —Axel niega con la cabeza. Después de servirnos, deja la botella de vino espumoso sobre la mesa—. Ya tiene pareja. Además, le gustan las rubias.

Dios mío. Nos van a encerrar por mentir tanto.

—En ese caso, me alegra saber que han llevado con dignidad un programa como este, sin líos entre todos los miembros del equipo —nos felicita Smart—. Los realitys en los que se viaja tanto, y se comparte un espacio tan pequeño como una caravana, suelen crear este tipo de vínculos entre los trabajadores. Y a la larga es complicado de gestionar.

—Ufff, ni que lo diga —atino a admitir bebiendo de mi copa de vino y mirando al techo.

—Puede estar tranquilo. —Axel se lleva a la boca un yakitori de pollo—. Entre nosotros no hay más pollazos de los habituales.

Whaaat?! El vino me acaba de salir por la nariz, como un aspersor.

¡¿Qué acaba de decir?! ¡Pero ¿este hombre está loco?! Dios, me escuecen hasta los ojos.

Axel me presta la servilleta para limpiarme las lágrimas y la boca, y yo respondo clavándole el tacón en su pie para que aprenda. ¡Toma, capullo!

Giant da un respingo y se agacha para sujetarse el pie. Rojo como un tomate.

Mierda. Le he pisado a él.

—*God!* El callo…

Hago como si no supiera de lo que me está hablando, mientras palpo por la mesa buscando desesperadamente la servilleta, como si fuera Susan. No veo, porque tengo los ojos salpicados de vino.

No. No hay posibilidad de que salga de esta cena sin la reputación por los suelos, y con la etiqueta de «hecha polvo» en la espalda.

—¿Está bien? —Smart se inclina hacia delante, preocupado. Mira de un modo muy raro a Giant. No comprende qué le pasa.

—Sí, sí... No es nada —respondo—. Se me ha ido el vino por el otro lado.

Lo estoy pasando peor que el día que vomité en la cena de mi licenciatura, y saqué por la nariz un espagueti de quince centímetros de largo. Hay fotos de ese terrible momento de mi vida, y espero que a nadie se le ocurra colgarlo en Twitter.

—¿Qué es lo que ha dicho, Axel? —pregunta Smart como si no le hubiera entendido bien.

—Que entre nosotros no hay rollazos de esos habituales —contesta el sádico de mi jefe de cámara—. No nos interesan. Solo venimos a trabajar. ¿Verdad, Becca?

El tipo está como pez en el agua. Por dentro se está descojonando de la risa, aunque por fuera parezca que es el tipo más serio y normal del mundo.

—Sí —digo con voz ronca, carraspeando—. Somos completamente asexuales en horas de trabajo. Como Severus Snape.

—Oh... Mi hijo es fan de *Harry Potter* —interviene Smart, animado— y el otro día me contó una curiosidad sobre la saga.

—¿Ah, sí? —pregunto fingiendo un total interés—. ¿Cuál?

—Al parecer, J. K. Rowling siempre vio a Dumbledore como un personaje homosexual. ¿Se lo pueden creer?

—¿Y qué tipo de hechizos invocaba? —Axel llena de sake los vasos de Smart y Giant—. ¿*Filchus Boludus al bañus a darme por culus*?

A Smart le ha hecho tanta gracia que se está riendo con la boca abierta y descoyuntada. Y parece que Giant se está recuperando del pisotón. Sus mejillas pierden gradualmente ese color rojo tacón, como si le fuera a dar una subida de tensión. Se incorpora poco a poco, algo desorientado. Cuando sientes un dolor repentino y fuerte, esa es la reacción de después: perdido y extraviado en Kazán.

—¿Está mejor? —le pregunto.

Él frunce el ceño.

—¿No me ha pisado?

—¿Yo? No, para nada. Igual tiene el síndrome de la pedrada.

—¿Eso no es en el gemelo?

—Y en los callos —sentencio, rotunda—. En los callos también.

Seguimos hablando de películas y temas de actualidad. La crisis, la corrupción, el deporte como el opio del pueblo, y los realitys. Los que son basura y los que se salvan.

No volvemos a mencionar el tema de las relaciones en el trabajo. Y lo agradezco. Otra salida de tono de Axel como la anterior, y puede que me reviente una vena del cerebro.

Cuando llega el postre, me duele la cabeza de tanto vino, tanto sake y tanta risa histriónica de Smart ante las ocurrencias de Axel. Es increíble que alguien como él se convierta en el alma de una cena de trabajo como ésta.

El menú que hemos pedido estaba realmente rico. Me siento llena y en plenas facultades para escuchar la propuesta que tienen que ofrecerme y que llegará en cuanto nos traigan los cafés.

—Me alegra comprobar que eres una persona normal, Becca.

A estas alturas ya nos tuteamos.

—Gracias. —Pero normal, lo que se dice normal… No soy.

—Y como ya sabrás, nos fascina el toque que le das a tu *Diván*. —Smart habla con seriedad y cabalmente. Como si no se hubiera pimplado un litro de vino él solo—. Queríamos comprobar en persona tu manera de trabajar. Y sobre todo, asegurarnos de que no había actores ni pactos entre pacientes y terapeutas para crear atmósfera o falsos gags.

—Por supuesto que no —me defiendo—. Jamás haría algo así. De hecho, fue una de las condiciones que impuse al productor para embarcarme en este proyecto. No quería interpretaciones. Quería a gente real.

—Sí, sí… Lo sé. —Smart alza la mano para tranquilizarme—. Por eso tiene magia y por eso es especial. Un chihuahua que le muerde un dedo, un piloto con miedo a las alturas que le obliga a que se tire por un avión con él, una mujer con narcolepsia y con un collar de perro… Un chef con agorafobia al que anima a correr en una carrera nocturna y los pilla una tormenta eléctrica en plena nieve… No son casualidades, mi querida Becca. —Sonríe afablemente—. Estás tocada con una varita.

—Que me sucedan esas cosas no es exactamente lo mismo que me toque la lotería. No es fácil para mí salir airosa de esos… sucesos desafortunados.

—No lo son.

—Sí lo son.

—En televisión, por supuesto que no. Y eso es lo que quiero para mi cadena. Vengo de un mercado en el que casi todo tiene truco. Los realitys cada vez son menos auténticos y los concursantes tienden a exagerar sus emociones para obtener mayor *share*. Tú huyes de esas cosas, y en cambio el éxito te persigue. La espontaneidad va contigo. Nada es falso. Al contrario, todo es tan auténtico y empático que no podemos hacer otra cosa que creer en lo que haces y en todo lo que dices.

—Muchas gracias por tus palabras, George.

—No las digo para ganarme tu agradecimiento. Te lo aseguro. Las digo porque lo creo de verdad. Esto que te vamos a enseñar —Smart le indica a Giant que saque el maletín negro que hay debajo de la mesa; el gigante lo abre y toma unos papeles para dejarlos sobre el tapete, entre los cafés que nos acaban de servir— sí que tiene el propósito de ganarte.

Axel y yo clavamos la mirada en las hojas que tenemos enfrente. Pero justo cuando Axel las va a coger para estudiarlas juntos, yo le detengo sujetándole de la muñeca.

—¿Becca? —me pregunta a la expectativa.

Cuadro mis hombros, trago saliva y digo con toda la seguridad que poseo y que el sake ha ayudado a serenar:

—Antes de ver el contrato y las condiciones, quiero dejar una cosa clara.

Smart y Giant me miran sin comprender, como si eso no entrase en su guión.

Pero sí entra en el mío.

—Tú dirás.

—*El diván* no soy solo yo. Si hago mi trabajo tan bien es por los tres profesionales que me acompañan: Axel, Ingrid y Bruno. Por tanto, la oferta que me hagáis se extenderá inmediatamente a los miembros de mi equipo. No pienso grabar con nadie más. Solo con ellos.

12

 @quemalasuerte @colacaosmatutinos
@eldivandeBecca #Beccarias Becca, ¿el médico puede
decirme que confundo los colores con los números?
#carvayfea joder qué marrón

—No pienso grabar con nadie más. Solo con ellos.

Axel repite mis palabras en el coche, riéndose, orgulloso de mí y de mi carácter a la hora de negociar. La verdad es que no he dicho mucho más, pero esa frase ha cambiado bastantes cláusulas de la propuesta de los americanos. Axel se ha quedado un buen rato callado, mirando la cifra de compra de los derechos y la que me iban a pagar a mí por comprarme. Yo en cuanto he empezado a ver ceros, lo he dejado estar, porque me estaba mareando. Estos gringos lo hacen todo a lo grande… Quiero dejar constancia de que eso lo ha dicho mi parte Reina de las Maras.

La cuestión es que me quieren a mí. La intención inicial de los productores era comprar los derechos de *El diván de Becca* por una millonada, pero con la condición de que fuese yo la presentadora y ellos añadieran a su propio equipo. Giant y Smart incidían mucho en la necesidad de contar conmigo, por mi *punch*. Me querían a toda costa, y yo quería a toda costa a Ingrid, a Bruno y a Axel a mi lado.

El diván es de los cuatro. Puede que yo sea la imagen del programa, pero hay mucho más detrás. Sin olvidar que no pienso ir a ningún lado sin mi domadora de rizos particular. Me da más pánico grabar sin ella que esos momentos en que los chicos con los que salía me acariciaban el pelo y yo rezaba para que no se les enredasen los dedos.

Lo cierto es que dudo que Ingrid, que tiene el síndrome Bella Swan, se vaya a ningún lado sin Bruno, pues, aunque no lo quiera admitir, no puede vivir en un mundo en el que él no exista. Por eso Bruno también entra en el pack. Es un buen ayudante para Axel.

Y ante todo, faltaría más, lo que no quiero es seguir mi aventura divanesca sin Axel. Con él empezó esta locura, y no quiero continuarla sola en tierras americanas. Será todo más sencillo si lo tengo a él conmigo. Bueno, en definitiva, si los tengo a los cuatro.

Por eso les he obligado a reconducir su propuesta, pero siempre contando con los cuatro, no solo conmigo. Y negociando también sus precios.

Ahí Axel ha sido el que ha hablado, siempre en nombre de Ingrid y Bruno. Creo que les ha sacado un buen pellizco para cada uno, y también para él, aunque él debería cobrar mucho más, por ocuparse de más cosas y tener más responsabilidades. No obstante, no es la primera vez que me demuestra que el dinero no le importa lo más mínimo, por eso no ha insistido demasiado en su «ficha».

—¿Y qué pasará ahora? —le pregunto, nerviosa.

—¿Ahora? Poco más. —Coloca su mano sobre mi muslo desnudo y la desliza arriba y abajo, acariciándome lánguidamente—. Trasladarán los cambios que les hemos señalado para redactar un nuevo contrato para todos. Le pasarán la copia a Fede con su propuesta final, y para que se cierre el acuerdo solo faltarán nuestras firmas. Y ya está.

El avión de Giant y Smart sale a las seis de la mañana, dirección a Estados Unidos. Pero antes han exigido que, una vez hayamos firmado el contrato, viajemos a América para reunirnos de nuevo con ellos. Solo nos quedan dos semanas para dejarlo todo listo.

Estamos acostumbrados al ritmo estresante de *El diván*, y teniendo dos semanas de vacaciones de por medio, creo que nos podremos preparar para lo que venga. Además, el formato allí no variará; solo las distancias y el tiempo en los viajes. Estados

Unidos es enorme, comparado con España, que parece un mosquito insignificante.

Cuando lleguemos allí, grabaremos un programa piloto para emitir en directo y ver la reacción del público estadounidense. Así mediremos el interés que generamos.

Será tan emocionante que la idea dispara mi adrenalina.

—No me creo que te vengas a Estados Unidos conmigo así como así —No. Aún no me lo creo.

—Por supuesto —asegura Axel sin dilación—. Es una gran aventura. Aquí no tengo nada que me motive lo suficiente. ¿Por qué debería quedarme? Además, me gusta mucho lo que hago en *El diván*. Es muy… refrescante para mí.

—Ah, solo por eso… —Me acabo de desinflar como un globo.

Axel sonríe por lo bajini y aprieta mi muslo para llamarme la atención.

—Y no me gusta pensar que estás sola por ahí sin mí. Eres un imán de problemas, rizos. Y mientras tu acosador siga suelto, no pienso dejarte ni a sol ni a sombra.

—¿Porque es tu trabajo? ¿Porque te sientes responsable?

—No. Porque me preocupas y no quiero que te pase nada. No voy a dejar que ese tío, sea quien sea, vuelva a hacerte daño. No me lo perdonaría jamás si te sucediera algo.

—¿Esta es tu forma de decirme que estás empezando a enamorarte de mí? ¿Me *ailovias*?

Él se ríe, pero calla como un bandido.

Axel no lo quiere decir, pero tiene que ser eso. Supongo que le da miedo admitir que vuelve a sentir cosas profundas por alguien, porque no quiere ponerse en manos de ninguna mujer, de ninguna persona en general.

Es reticente a abrirse. Y por esa razón, cada vez que lo hace, aunque sea con fórceps, me enamoro más de él y hace que me sienta afortunada de ser yo la elegida. Porque es un tío duro, pero también es flexible a su manera, y creo que busca el modo de cambiar.

—¿Te importa que paremos en una gasolinera? —me pide cuando comprueba el indicador de combustible.

—¿A mí? No.

—Este trasto está seco. Hay que llenarlo para devolvérselo a Gero y a André.

Hemos parado en una gasolinera llamada Oroteanda, en la calle Eduardo Zamacois.

—No te muevas del coche —me ha ordenado.

Ha salido para indicar a la chica en qué surtidor estamos. No hay cola y la gasolinera está vacía.

Axel no pide las cosas nunca por favor. Él ordena. Supongo que hay aspectos de su personalidad que son infranqueables.

Mientras me deleito con su manera de caminar y me asombro de lo ancha que se le ve la espalda por detrás, dibujando un cuerpo perfecto en V hasta la cintura, pienso en lo segura y lo a gusto que estoy con él. Y en lo mucho, muchísimo, que me gusta.

Con él siempre hay riesgos, y soy consciente de que me puede hacer mucho daño, pero más daño me haría no intentar demostrarle que yo sí le puedo ayudar. Porque le quiero.

Lo estoy esperando, apoyada en la puerta del copiloto. He salido para comprobar si hay algún cajero cerca, porque tengo poco efectivo encima. No diviso ninguno, así que, como refresca, abro la puerta de nuevo para meterme dentro del coche.

Tenerife puede encontrarse cerca de África, pero estando a las puertas de diciembre como estamos, uno se enfría con rapidez. Las chaquetillas son un accesorio indispensable para salir de noche por aquí, y yo no llevo ninguna.

Voy a meter mi taconazo en la repisa para subir al todoterreno, justo cuando oigo una voz a mi espalda que me dice:

—Vaya culito.

Será algún memo que está de pasada.

Voy a ignorarle, porque nunca me ha gustado contestar a ese tipo de provocaciones. Cuando me dispongo a meterme dentro del vehículo, cerrar después la puerta y bajar los seguros, el tipo me impide que la cierre y cuela su cabeza en el coche, como un pavo real.

Tendrá unos veintitantos, lleva el pelo afeitado, y también una de las cejas. Su aliento huele a alcohol y sus ojos están inyectados en sangre. Señal de que no solo va bebido, sino que también va drogado. Viste como Eminem, y le acompañan dos tíos casi iguales a él; solo se distinguen porque uno de ellos lleva un pañuelo en la cabeza y el otro una gorra blanca de Air Jordan.

Son matones. Delincuentes.

—¿Qué hace una piva como tú en un coche como este? —me pregunta mientras echa un vistazo al cuatro por cuatro por dentro. Silba y después sorbe por la nariz. Supongo que todavía tiene polvo de coca en las fosas nasales—. ¿Quieres que te dé lo tuyo en el asiento de atrás?

Miro a mi alrededor, buscando ayuda. Pero no hay nadie más.

—No. Quiero que te vayas y que tú y tus colegas me dejéis en paz —contesto buscando a Axel con la mirada. Sigue en la cola. Y no mira hacia aquí.

—Venga, échate a un lado —me ordena empujándome un poco para desequilibrarme.

—¿Qué haces? ¿Estás loco?

—¿Loco? Loco me volverás tú cuando me la chupes —contesta mientras intenta entrar en el coche a la fuerza. Se mete la mano en el bolsillo y saca una navaja—. Como grites, te rajo. Muévete al asiento del piloto y arranca el coche.

Había oído hablar de este tipo de atracos y agresiones en gasolineras. Los ladrones entran en el coche aprovechando que en la mayoría los pestillos están abiertos. Amenazan a la persona que lo ocupa con un arma blanca, que casi siempre es una mujer, y las obligan a salir. En muchos casos las llaves siguen dentro, así que consiguen un coche gratis sin muchos esfuerzos.

—Hazla bajar —le dice el compañero del pañuelo, vigilando que nadie se acerque, y cuidando de no llamar mucho la atención. Visto desde fuera, parece que el coche sea de ellos, o que conozcan al copiloto. Se ríen y hacen que hablan con normalidad, los hijos de perra—. Date prisa.

—Esta no se baja —replica el tipo que me está apuntando al vientre con la navaja—. Esta se viene con nosotros. Nos la vamos a tirar. Venga, entrad. Daos prisa.

Estoy temblando. Tengo tanto miedo que apenas puedo moverme. Ya he vivido situaciones de estas, pero nunca sé cómo reaccionar. Supongo que lo más cabal es hacerles caso.

Estoy a punto de moverme a un lado, pálida, y bloqueada por dentro.

Y entonces, salidas de la nada, veo dos manos rápidas y letales entrando por la ventanilla del copiloto, que cogen la cabeza del ladrón que tengo al lado. La golpea dos veces, con fuerza, contra la parte interior de la puerta. La navaja se le cae de las manos por el dolor y la impresión. Los golpes le han provocado una brecha muy fea en la sien, pero Axel, no contento con eso, lo saca del coche por el hueco de la ventanilla. No pierde el tiempo abriendo la puerta. Es impactante ver cómo el cuerpo de un tío tan grande sale por un espacio tan pequeño.

El tirón que le da es tan fuerte, que lo deja caer al suelo, y el delincuente vuelve a impactar con la cabeza por delante. Los otros dos pintas, amiguetes del cabecilla, intentan ayudarle para que se ponga de pie.

Uno de ellos saca otra navaja y se va directo a por Axel, pero este la esquiva, lo agarra de la muñeca y la retuerce hasta conseguir que suelte el arma. Oigo un crec que suena a hueco. Le acaba de romper la muñeca, por el grito que ha soltado el chaval.

Después lo golpea en la cara, una, dos, tres y hasta cuatro veces, con el puño cerrado. A continuación, lo toma de la nuca y lo inclina hacia abajo hasta que se encuentra con su rodilla, que impacta de lleno en la nariz. Desde el coche oigo otro crec que indica que ahí también se ha partido algo.

El último golpe se lo da de abajo arriba e impacta en la barbilla. Por el modo que tiene el cuerpo de caer hacia atrás, sé que ha perdido el conocimiento antes de tocar el suelo cementado de la gasolinera.

Dicen que el león es el rey de la selva, y que es una máquina de matar perfecta. Si hay un hombre que posea una letalidad y una gracia felina parecida a la del felino, ese es Axel. Su rostro apuesto se torna en una máscara de rabia y brutalidad, carente de compasión.

Les está dando una paliza a los tres. Él solo.

Ahora se está encargando del tercero, al que estampa contra el capó del todoterreno. Los cortes en la cara que le provocan sus puñetazos salpican la chapa oscura del vehículo, y parte de la luna delantera. Al amparo de los cristales observo el horror en primera persona.

—Lo va a matar... —susurro cubriéndome la boca con las manos—. ¡Para, que lo vas a matar...!

Axel continúa, ignorando mi grito y mi aversión por la escena que veo delante de mí. En sus movimientos hay mucho odio, mucho escondido, demasiada impotencia y un exceso de brutalidad que nada puede excusar. Al menos, yo no puedo excusar lo que estoy viendo.

Esos tipos iban a robar el coche y me habrían hecho cosas peores, no digo que no. No los disculpo, por Dios. Pero la brutalidad con la que Axel los está tratando lo convierte en un agresor violento e inclemente. No le diferencia de ellos demasiado.

No puede ser así.

—¡Axel! ¡Detente! —le grito agarrándome al volante, dándole al claxon—. ¡Los vas a matar!

Pero él no me oye. Tiene los agujeros de la nariz dilatados, abiertos igual que los ojos, que no muestran ni una de las debilidades que creo que tiene. Ahora es una máquina de guerra, un vengador.

Empieza a darle patadas en las costillas al primero que me ha señalado con la navaja y que yace en el suelo mareado por los golpes en la cabeza. Le da con tanta fuerza que lo alza del suelo. El tipo intenta levantar la mano para suplicar que pare, mientras escupe sangre por la boca. Axel no lo ve, y si lo ve, le da igual.

No puedo más. No puedo ver esto.

Salgo del coche corriendo, envuelta en mi Ted Baker y piso con mis preciosos zapatos Michael Kors los charquitos rojizos que Axel ha ido dejando a su paso La sangre no es suya, por supuesto.

Me da pánico mancharme, me da pánico ir a detenerle y ver que él no me reconoce.

Axel levanta el pie para pisarle la cabeza a mi agresor. Es pura furia, pura potencia. Si le da de lleno, lo mata.

Antes de que lo haga, lleno de aire mis pulmones, aprieto los puños y grito su nombre con todas mis fuerzas.

—¡Axel!

Lo han tenido que oír en todas las Islas. Y por suerte para mí, también lo ha oído él. Axel se vuelve, respirando como un salvaje, con ese rictus que refleja que nada le importa, excepto acabar con la vida de esos tres tipos. Tiene las pupilas dilatadas, el ceño fruncido y los dientes blancos apretados.

En algún momento, la misión de protegerme pasó a un segundo plano, para centrarse solo en el objetivo de castigar y eliminar. En algún momento dejé de ser la víctima, y ese papel pasó a los tres chicos que están tirados en el suelo y que apenas respiran.

Axel ha cruzado la línea roja, y ha pasado de ser el defensor al agresor. Sé lo que es. Sé lo que me han contado que era en M.A.M.B.A. No es la primera vez que le veo defenderme. Pero en esta ocasión, me ha asustado de verdad. Estaba absolutamente fuera de control.

Lloro desconsolada, en silencio, porque he pasado miedo cuando me han atacado, pero más aún al darme cuenta de en qué se convierte Axel cuando se ciega; hay cosas de él que no entiendo. Sus sombras son espesas y oscuras. Difíciles de disipar.

Una reacción tan visceral es la prueba de que hay algo dentro de él que le corroe, que dispara su ira. ¿Es impotencia? ¿Es miedo? ¿Qué es? Y lo más importante, ¿quién es y qué le ha hecho así?

—Sube al coche —me pide con voz ronca, destrozado al ver lo deshecha que estoy.

—No. Sube co-conmigo... —Ni siquiera me salen las palabras—. Vámonos.

—Sube al coche —me repite.

—¡Te he dicho que no! —le grito sin ningún miedo.

Él jamás me haría daño, pero sí se lo puede hacer a los demás. Y lo peor es que eso también le hace daño a él. Lentamente, doy un par de pasos hacia el héroe demoníaco que tengo enfrente.

Axel no se mueve de su sitio. Sus cejas ya no están fruncidas, sus pupilas han vuelto a su tamaño original. Su camisa blanca está salpicada de la sangre de los tres chavales..., muy posiblemente violadores si Axel no hubiera intervenido. No olvido que me ha salvado. Pero no me gustan sus métodos.

—Axel, por favor... Ven al coche conmigo. Vámonos. —Estiro los brazos y tomo su mano entre las mías, tirando levemente de él.

—Querían hacerte daño... —murmura, aún tenso.

—Sí, pero estoy bien —replico—. No han podido hacerme nada... No les has dejado.

—Son unos mierdas. Se merecen...

—Ya no se merecen nada más.

—Tenían una navaja. Podrían haberte rajado. Te habrían matado si hubieran conseguido llevarte con ellos. ¿Lo comprendes, Becca?

Tengo la garganta seca y me cuesta tragar. Asiento agitada y llorosa, presa del tembleque del shock.

—Sí, lo sé. Pero vámonos. Vámonos, te lo suplico. Déjales. Ya les has dado su merecido...

—No.

—Sí, Axel... —balbuceo acercándolo a mí—. Sí. No se van a levantar ya. La policía se encargará de ellos. Y no quiero estar aquí para verlo, ni tampoco para hacer declaraciones.

Él me mira consternado, como si yo fuera una criatura extraña a la que no puede entender porque hablamos idiomas diferentes.

—Sube al coche conmigo, cariño —le repito con dulzura.

Él estudia a cada uno de los tipos desmadejados en el suelo, inconscientes y con algún que otro hueso roto. Sé que no está satisfecho. Que si se lo permitiera, los mataría. Pero no voy a dejar que cruce más líneas rojas esta noche.

—Estoy asustada, ¿no me ves? —le digo, temblorosa—. Sácame de aquí.

Axel les echa una última mirada, y permite que lo lleve hasta el todoterreno, obedeciendo a mi última orden.

La pobre cajera, que lo ha visto todo detrás de los cristales de la tienda, se ha quedado en shock, con el teléfono a medio camino de la oreja. La miro compasiva, como si me disculpara por haberle manchado el suelo de su casa. Es una chica joven, y seguro que ni le ha dado tiempo a llamar a la policía. Mejor para nosotros. No quiero más líos.

Entramos en el vehículo, los dos en silencio.

Él no quiere hablar.

Yo tampoco.

Y no pienso hacerlo mientras le siga viendo los nudillos empapados en sangre.

Una vez en la casa, me he dado toda la prisa del mundo para entrar en la habitación. Ni siquiera sé si Ingrid y Bruno están despiertos o qué narices estarán haciendo a estas horas… Tal vez estén en el salón, esperando a que les saludemos y les contemos cómo ha ido todo. Pero no me apetece nada.

Quiero cerrar la puerta, ducharme y meterme en la cama para cubrirme con las sábanas hasta la cabeza, escondida de esa violencia repentina y fugaz que tanto me ha afectado.

Axel sigue impasible, caminando tras de mí, en silencio. No le veo arrepentido; es más, si volviera a suceder lo mismo, sé que se comportaría exactamente igual, y eso es lo que más me asusta, que no sepa diferenciar lo que está bien de lo que no cuando la rabia le ciega. Que no sepa rectificar.

Entro en la habitación como un vendaval, tiro el bolso de mano sobre la cama y me descalzo los taconazos con brío, dejándolos desperdigados por el suelo. No sé si estoy a punto de echarme a llorar otra vez, o a punto de gritar como una mujer ida de la cabeza. Necesito lavarme; me siento sucia. Sucia porque ese tipo me ha tocado, y sucia también por haber visto tanta perfidia en los ojos de esos tres chavales; pero nada comparado con la abyección latente en la mirada oscurecida de Axel.

Me doy la vuelta, preparada para encarar a mi brutal segurata y empezar a quitarle la ropa manchada de sangre a él también. Hay que limpiarlo. Hay que curarle las heridas de los nudillos… Pero me lo encuentro parado en el marco de la puerta, con el rostro sombrío, rozando lo inánime, y la cabeza gacha.

Le pesa el alma. Esa pose es de agotamiento. De luchar contra unos demonios que no le dejan ni a sol ni a sombra, y ya no lo soporto más.

—¿Qué haces ahí? —le pregunto. Tengo la voz raspada, por lo mucho que me duele la congoja que atraviesa mi garganta, como un nudo que no me deja respirar.

—No sé si quieres estar sola.

—¿Sola? —replico, incrédula—. ¿Crees que quiero estar sola?

—Sé cuánto desprecias lo que he hecho —confiesa alzando el rostro y fijando sus ojos en los míos—. Lo he leído en tu cara. Lo he visto. No tienes que disimular tu rechazo hacia mí.

—Axel… —Me presiono el puente de la nariz y niego con la cabeza—. ¿Tienes idea del miedo que me has hecho pasar?

—Sí. Lo siento.

—No me vale con que lo sientas. No rechazo lo que has hecho porque haya estado mal; sé que los malos eran los otros. Aunque, si lo quieres saber, te diré que no me ha gustado un pelo. Rechazo lo que has hecho porque ellos eran tres.

—Eran unos mierdas. Unos matones subiditos…

—¡¿Y qué?!

—¡Querían hacerte daño! ¡Pierdo el mundo de vista cuando te veo en peligro! —grita, y me calla de golpe.

Cojo aire, valorando la agitación que ambos sentimos.

—Dos tenían navaja —le señalo—. Dos. Y te dio igual… Te

dio igual que te hicieran daño. —Abro los brazos, rendida—. Y podrían habértelo hecho. No eres invencible.

—Tampoco ellos. Yo sé lo que me hago.

—Con más razón. Sabes cómo matar con un solo dedo, y ni siquiera sé por qué razón dominas esas artes.

—Te repito que lo tenía controlado, Becca.

Está tan seguro de lo que dice, que me cuesta creer que no se dé cuenta de la enajenación que le invade cuando se propone castigar a alguien.

—No es verdad. En esos momentos, tú no oyes nada. Eres sordo y ciego, y solo te importa destruir, hacer daño. ¿Y si nos han grabado con una cámara?

—No tenían cámaras. Cuando te he visto en peligro es lo primero que he buscado.

—¿Por qué? ¿Para asegurarte de que podías darles una paliza y salir indemne?

—Sí. Y porque a ellos no les hubiera importado clavarte la navaja en el vientre, y retorcértela, después de haberte violado. Por eso.

Se me pone la piel de gallina de solo imaginármelo. La imagen es demasiado gráfica.

—Pero no ha pasado, Axel… Podrías haberte detenido y haberlos dejado en paz con un buen escarmiento. Podríamos haber cogido el coche y habernos largado de ahí. Pero en vez de eso, te has ensañado.

—Me he encargado de que no se puedan levantar y de que se les quiten las ganas de hacer lo que hacen —responde entre dientes—. Están vivos.

Él cree que no lo ha hecho. Para él, ensañarse es matarlos e impedir que una purria como esa vuelva a respirar otra vez. Pero no es juez de la vida de los demás. No puede decidir quién vive y quién muere.

—No tienes ni idea, Becca —murmura mirándome incrédulo—. Ese tipo de gente siempre vuelve. A ti no te han hecho nada porque yo les he detenido, pero se lo harán a otros, y quizá estos no tengan la misma suerte que tú.

Analizo sus gestos, sus palabras, su pose y esa vehemencia tan controlada que lo caracteriza. Cree en sus palabras con una fe ciega, como si para él fuera una verdad universal. Me parece tan relevante, tan revelador, que de repente vislumbro qué pudo pasarle en otro tiempo.

—Perdiste a alguien.

—Sí —contesta con una obviedad defensiva—. A mucha gente.

—¿En los conflictos de África central? —Ahí todo es más violento, más traumático. Las muertes se suceden de formas similares: por bombas, balas, machetes o navajas. Como sea, la gente muere así en la guerra. Y él ha estado en varias.

—He perdido a muchas personas, Becca. No solo en la guerra —contesta—. Y no quiero perder a nadie más.

—¿Te culpas de esas muertes?

—Simplemente, no quiero que me vuelva a pasar.

Por supuesto que sí. Se culpa de esas muertes. Esa es su losa. ¿Por qué?

—Pero ¿no te das cuenta de que hay cosas que escapan de tu control, Axel? No puedes responsabilizarte de todo lo que suceda a tu alrededor. Y no puedes imponer tu ley de ese modo. No es sano ni para ti ni para los que están contigo —le echo en cara, permitiendo que las lágrimas se deslicen por mis mejillas.

Estoy tan nerviosa y, al tiempo, tan acongojada, que me da igual parecer una *psicokiller* en serie, con mi pelo hecho un cristo por la humedad y el rímel corrido por el llanto.

—Deja de llorar, por favor —me suplica, impotente—. No soporto verte llorar.

—Te aguantas. ¡Soy emotiva! ¡No lo puedo evitar!

—Becca…

—No, Axel. —Lo detengo con mi típico gesto de «Stop in the name of love». Aunque me muero de ganas de que me abrace y me toque, tengo que marcar los límites—. Dime que comprendes lo que te digo. —Quiero asegurarme de que me entiende y de que coge el concepto de «no pegar hasta matar». Eso, como diría una paciente turca que tuve, «no es bien»—. Tienes que aprender a controlarte. No puedes dejarte llevar por... por la ira o la venganza que te mueve. Son móviles que se retroalimentan. Y siempre quieren más, nunca tienen suficiente. Prométeme...

—Becca, no lo comprendes...

—¡No! —lo corto en seco—. ¡Y no quiero comprender algo así! Prométeme que vas a pensar en lo que te estoy diciendo. Conmigo no vas a volver a comportarte de este modo nunca más.

Él exhala el aire por la nariz y mira a todas partes, con incomodidad. Sé que es superior a él, que sus instintos de cazador y guerrero están muy desarrollados; aun así, me niego a ser comprensiva con ciertas cosas, y la violencia gratuita es una de ellas.

—Acepto tener un guardaespaldas —le digo haciendo pucheros, secándome las mejillas húmedas con mis manos temblorosas—. Y quiero que seas tú. Pero no quiero a un violento a mi lado. Quiero a un protector. No a un castigador. ¿Lo entiendes? No quiero otro episodio como el de esta noche.

No añado nada más. Solo espero que el cambio de luz en sus ojos sea para bien; una muestra de que su cerebro está filtrando lo que le digo.

—De acuerdo. Lo intentaré —acepta finalmente.

No sé si creérmelo o no. Al menos, he dejado mi postura muy clara en este aspecto. Me gusta que me defiendan, pero no me gusta que lo hagan a lo *Kill Bill*. Es así de sencillo.

—Está bien —insiste.

—Bien —repito.

Parezco una estatua en medio de la habitación. Estoy esperando a que entre, pero Axel todavía permanece inmóvil bajo el marco de la puerta, como un guardián amenazador.

—¿Qué eres? ¿Un vampiro que necesitas que te den permiso para entrar? —le pregunto con aire faccioso.

Las comisuras de Axel se levantan dibujando una sonrisa indolente.

—No, Becca. Esta noche, mejor no.

—¿Qué? —No será tan capullo de dejarme sola ahora. Su negación ha sido como cuando te estampas contra un cristal tan limpio y transparente que no habías visto que estaba ahí.

—Mejor me voy a mi habitación.

—¿Es porque te he regañado?

—No, joder. —Me mira de arriba abajo—. No me provoques más de la cuenta, Becca. Mis niveles de paciencia están bajo mínimos.

Sonrío con dureza, envalentonada por haberle dicho lo que pienso sin dulcificarlo demasiado.

—Uy, qué miedo.

—Hay partes de mí que te dan miedo.

—Igual te crees que me asustan tus amenazas, matón. Eres malo con los demás, pero conmigo no. Y de eso sí estoy segura.

Axel levanta esa ceja partida y que tanto me calienta.

—Hace rato que estoy deseando entrar. —Apoya las manos a cada lado del marco, balanceándose hacia delante y hacia atrás—. La pelea me ha disparado la adrenalina y tengo muchas ganas de cogerte.

—¿De cogerme? —Levanto la barbilla.

—Me voy a saciar.

—¿Y a qué esperas? —le digo igual de ansiosa—. No quiero pasar la noche sin ti.

—¿Estás segura?

—Por supuesto. Yo también tengo ganas de guerra, Axel. Estoy totalmente destemplada. —Me bajo la cremallera del vestido y me comporto como la libertina que sé que puedo llegar a ser; la misma a la que solo este hermoso hombre puede provocar.

Lo dejo caer todo al suelo, hasta que rodea mis tobillos, y me quedo solo con el tanga negro y el sostén palabra de honor del mismo color. Después, me quito el sostén y deslizo las braguitas por mis piernas contoneando las caderas, sabiendo que va a ser un movimiento hipnótico para él.

—Te necesito. Necesito tu calor —susurro pasando la mano por mi vientre y por mis pechos.

—Becca… No voy a querer parar —me advierte.

Veo lo duro que está desde aquí, y la tensión que recorre todo su cuerpo. Es como un explosivo de mecha corta.

—¿Y crees que te lo voy a pedir?

—Estás loca. —Se relame los labios.

—Y tú eres un gallina. ¿Me lo vas a dar o te rajas?

—¿Rajarme? —repite mientras entra en la habitación como un tornado.

No sé cómo, pero ya lo tengo enfrente, cogiéndome la cara con sus manos y obligándome a ponerme de puntillas.

—Tú lo has querido.

13

 @colacaosmatutinos @quemalasuerte
@eldivandeBecca #Beccarias Becca, ¿el médico puede
decirme que confundo los colores con los números?
#carvayfea Por el culo te la hinco @quemalasuerte

La fuerza de la naturaleza es como la madre de este hombre
cuya energía lo mueve todo hasta cambiarlo de lugar. Uno ya no
vuelve a ser el que era cuando algo tan poderoso le pasa por
encima. Como me está sucediendo a mí.

No es suave. Ni siquiera es tierno.

Necesita desahogarse de toda la cólera que le provoca saber
que tiene que comportarse así para protegerme; que haya gente
como esos tres infelices que solo se dediquen a robar y a hacer
daño a los demás; o que yo contemple el horror del que es capaz.

Sea como sea, todo ese arrebato lo está focalizando en mí y
en mi cuerpo. Y estoy que ardo por devolverle cada beso y cada
caricia dolorosa que me da.

Mientras él se saca la camisa salpicada de sangre, yo le desa-
brocho el cinturón de los pantalones y se los bajo, desesperada
por acariciar cada centímetro de su cuerpo, una percha destina-
da a embellecer el entorno, no a aniquilarlo. Pero Axel es poli-
facético, y sirve lo mismo para un roto que para un descosido.

Me muerde el labio inferior con inquina y juega con él a
placer.

Me duele y me gusta al mismo tiempo; es fascinante experimentar la fuerza que Axel contiene dentro de sí, liberada solo
para mí.

Nos enzarzamos en una pelea de intenciones, mordiscos y besos. Si tuviera el pelo largo, se lo agarraría y tiraría de él. Pero está demasiado corto para tomarlo entre mis dedos, por eso le araño la piel de la espalda como puedo, mientras damos vueltas sobre nuestro propio eje, y nos movemos como dos bailarines enfadados cuyos pasos dejan de ser armónicos.

Necesito eso. Quiero tener el poder. Quiero la ilusión de poder llevar el control y agarrarme a ello, como me agarro a la esperanza de ser lo que él necesita para dejarse llevar.

Axel me da la vuelta y me estampa contra la pared. Doy un golpe a una figura etrusca que reposa sobre la cómoda blanca de la habitación; esta cae y se rompe hecha añicos.

¿Y le damos importancia? Qué va. Solo queremos despedazarnos, como hienas sexuales.

Quiero darme la vuelta, pero él se pega por completo a mi espalda y hunde su nariz en mi melena, a la altura de la oreja.

—Yo soy así. Dime si puedes con esto —me desafía.

—No eres así —replico por encima de su hombro—. Por eso me has pedido ayuda esta mañana. Porque estás cansado de ti mismo.

—Puede que sea eso, psicóloga... Pero si me sacan de mis casillas es por tu culpa.

—Y una mierda.

—Sí, es por tu culpa. —Me muerde el cuello clavándome los dientes lo justo como para dejarme la marca y demostrar que él es el alfa—. Te dije que eras un imán de problemas. Y esta noche me lo has vuelto a demostrar.

—Aaargh... —gimo presa del placer—. No es culpa mía que haya purria suelta por las calles.

—Sales del coche con ese vestido —coloca su fibroso y velludo muslo entre mis piernas y me las separa bruscamente, sin permitir que pueda mover ni un milímetro de mi cuerpo—, tu melena roja al viento, las piernas al aire, y esa cara que despierta la libido hasta a un muerto.

—No digas tonterías.

—Tú no te ves. Pero yo sí. Tienes a un tío obsesionado contigo que te pisa los talones, el ex de Lolo te quiso hacer daño, y tres cabrones te querían llevar con ellos para follarte. Es tu culpa por estar tan buena.

—Axel, eso es una estupidez…

—Y después está Roberto —continúa—. Me he tragado el vídeo que grabasteis ayer por la mañana. No sé qué bicho le ha picado con Marina ahora, pero lo que sí sé es que, hasta ayer, Roberto quería follarte de todas las maneras. Por todos lados.

—¿Y qué? ¿Que él lo quiera quiere decir que yo también lo quiero? ¿Es culpa mía? Eso son memeces de hombre inseguro.

—Que todos los hombres que posan sus ojos en ti te quieran llevar a la cama, Becca, no es una inseguridad mía; es la cruz de los tíos posesivos como yo —gruñe, enfurruñado—. Porque cuando te conocen, quieren follarte como salvajes y después ponerte un anillito en el dedo —asegura. Toma uno de mis pechos con una mano, y con la otra hunde los dedos en mi sexo—. Y me jode hasta un punto que no te imaginas.

Estoy tan mojada que me da vergüenza. Hay algo primario en el modo en el que nos hablamos y nos tocamos. Es un fuego que aviva los nervios y el miedo. Es poderoso, adictivo y no tiene aditivos. La excitación pura sin máscaras.

Queremos follarnos, y no hay más.

—¿Y te da rabia eso, Axel? ¿Te pones celoso?

De pronto agarra mi melena con su mano y tira de mi pelo lo suficiente como para le mire fijamente.

—¿Tú qué crees?

—No lo sé. Dímelo. ¿Te molesta?

—Estás conmigo ahora, ¿no?

—¿Lo estamos? ¿Estamos juntos? —lo animo a que lo diga en voz alta para que se lo empiece a creer.

—Claro que sí. Ni lo dudes. —Me da un beso que me pone los ojos en blanco y borra todas mis dudas al respecto.

Eso me hace feliz. Me hace feliz tenerlo de esta manera, aunque no sea la adecuada. Pero menos es nada. Y yo ya he decidido que de Axel quiero lo que me pueda dar, hasta que esté dispuesto a dármelo todo.

—Odio que crean que tienen derecho a flirtear contigo —reconoce.

—Solo es trabajo.

—Sí, lo sé. Y porque es trabajo me he tenido que comer mucha mierda entre tú y él, como cuando te fuiste al Chantilly. Pero nunca he intervenido hasta el punto de interrumpir tu programa.

Mi ego de mujer crece al darse cuenta de que Axel es un hombre celoso y de que se ofusca cuando otros me rodean. Pero hay que tener cuidado, porque Axel no es solo celoso, es también desconfiado. Y si le hago daño, puedo perderlo para después no recuperarlo jamás, como cuando creyó que entre David y yo hubo algo más que un simple beso.

Sé que la ruptura con Victoria esconde más cosas de las que él me ha contado. Seguro que en esa historia subyacen las mentiras y las decepciones. Pero yo no soy ella. Tiene que darse cuenta de eso.

—Y no debes intervenir jamás, Axel. Porque no debes dudar de mí —le susurro besándole, rodeándole el cuello con mi brazo. Quiero calmarle—. Te prometo que jamás te haré daño.

—Eso nunca se sabe.

—No, Axel. —Le tomo de la barbilla como puedo—. Conmigo sí se sabe. Me dijiste que yo era diferente a todo lo que antes habías conocido. Que no era como las demás. ¿Lo sigues pensando?

—Por supuesto.

—Entonces, confía en mí. Me has salvado la vida tantas veces que ya las he dejado de contar. Mientras tú y yo tengamos lo que sea que tenemos, mientras me permitas estar a tu lado, no haré nada que pueda herirte.

No sé si lo nuestro es una relación, por eso no le pongo nombre, porque si lo digo, estoy convencida de que Axel cavará un agujero en el suelo y desaparecerá por él. Lo irónico de todo esto es que yo, que trato fobias, no tengo menos miedo que él. Nada me ha dado más miedo que saber que en cualquier momento este hombre puede aplastarme el corazón. Nunca antes había sido tan vulnerable y frágil.

Le temo igual o más de lo que él teme el dolor de ser rechazado. Sin embargo, estar con un temerario también me convierte a mí en una temeraria. Por eso me lanzo por un precipicio, sin colchoneta que absorba el golpe. Sea como sea, si caigo, me romperé.

Axel se queda inmóvil detrás de mí, con dos de sus dedos hurgando en mi entrada. Su respiración pesada agita mis rizos que golpean mi mejilla.

Ambos nos miramos a los ojos, hasta que él los cierra y apoya la frente sobre mi hombro.

—Becca… ¿Qué me estás haciendo?

—¿Yo? ¿Qué te estoy haciendo yo? ¿No es al revés? —le pregunto con voz trémula.

Él abre los ojos de nuevo, y sus caricias se intensifican sobre mi piel. Hunde los dedos en mi interior y niega con la cabeza.

—¿No te doy miedo después de lo que has visto en la gasolinera?

—No. Sé que eres cruel y violento, pero nunca lo serías con la gente más débil que tú. Solo lo eres con aquellos que se aprovechan de su poder para hacer daño. Eso es noble.

—No me pintes como un héroe, porque no lo soy.

—No lo hago. Solo señalo una verdad.

—Deberías huir de mí, y deprisa.

—Ya no puedo huir de ti —admito con sinceridad—. No quiero hacerlo.

—Becca —susurra nervioso, temeroso de decepcionarme—. Se acercan mis peores días…

—No sigas por ahí, Axel. Ya te dije en la playa que me quedaré a tu lado para arreglarte, como tú te quedas a mi lado para protegerme. No importa lo que vaya a ver o a escuchar. Me has pedido ayuda y voy a estar ahí en calidad de lo que tú quieras.

—¿Y por qué tiemblas? ¿Tiemblas porque tienes miedo?

Niego con la cabeza, vehemente.

—Nunca te temeré. A ti no. Tiemblo de necesidad. Necesidad por ti, porque soy yo la que te necesita ahora.

Le acaricio la nalga con la otra mano, y se la aprieto con fuerza.

—¿Y tomarías de mí lo que yo te diera? —Su voz suena rota.

—Sí.

—Sea lo que sea.

—Sí.

Durante unos largos e intrigantes segundos Axel no me vuelve a decir nada. Hasta que me agarra de la muñeca y me lleva con él al baño.

—Bien. —susurra algo más tranquilo, aunque parece igual de ansioso.

Entramos en la enorme ducha, cubierta por una mampara de cristal. Ahí caben al menos seis personas. Pero solo entramos dos. Axel y yo.

No tengo ni idea de lo que quiere hacerme, pero tampoco me importa, lo dejo en sus manos porque me fío de él, y porque todo lo que hemos hecho hasta ahora me ha provocado un tremendo placer.

Abre el agua caliente y deja que el agua corra sobre nuestros cuerpos, empapados, abrazados, sin dejar de besarme en ningún momento. Mucho mejor así. Prefiero tocarle y cogerme a él cuando ya no tenga sangre.

Me vuelve a dar la vuelta, y coloca su erección entre mis nalgas.

—Desde esta mañana que me he imaginado teniéndote así.

—¿Desnuda?

—Sí. Y de espaldas a mí, con ese maravilloso culo en pompa.

Se llena las manos de jabón con el dispensador empotrado en la pared, y lo esparce por mi trasero, haciendo masajes circulares.

—Sé que no te gusta esta posición —me recuerda, como pidiéndome disculpas por anticipado.

—No me gusta si estamos enfadados. No soporto que no quieras mirarme a la cara —puntualizo—. Pero si solo es por jugar y a ti te gusta, puedo jugar así.

Axel está concentrado, presionando con sus dedos, abriendo

mis nalgas para observarme mejor. No sé qué espera encontrar, pero sea lo que sea, ahí no está.

—Roberto te habló ayer del sexo anal.

Me quedo sin palabras.

—¿Qué?

—Me has dicho que quieres todo de mí...

—Sí.

—Pues esto es lo que quiero.

—Pero yo nunca lo he hecho.

—Lo sé. —Sigue acariciándome entre las piernas y entre las nalgas—. Por eso lo quiero.

—¿Esta es una de esas cosas posesivas de macho alfa? ¿No te gusta que Roberto haya hablado conmigo de esto y ahora tú me quieres marcar? ¿Como los lobos?

Él sonríe y une su pecho a mi espalda. Es curioso, porque el agua que emana de la alcachofa está caliente, pero la piel de Axel, e incluso mi propia piel, arden todavía más.

—No. Esta es solo una de mis cosas. Quiero hacerlo contigo, Becca. Quiero que me des algo que nunca has dado a los demás. Yo nunca he confiado tanto en una persona como para hacerlo sin condón —reconoce retirándome la melena de la nuca para posar sus labios—. Te he dado mi primera vez.

La punta de su pene está jugando con mi entrada delantera.

—Y te ha gustado tanto que ya no quieres usar condón conmigo, por lo visto...

—Si tú confías en mí, no quiero usarlos más. ¿Qué me dices?

¿Tengo que creerme que un tipo tan activo sexualmente nunca ha estado con una mujer sin condón, ni siquiera con su ex pareja? Es muy raro, y lo más extraño de todo es que me lo creo.

—Debo de estar loca... Pero sí confío en ti.

—No lo estás. Nunca te mentiría con algo tan serio. Joder... Maldita sea —susurra, satisfecho—. Adoro sentirte por dentro, rizos. —Adelanta sus caderas y se interna con lentitud en mi cavidad, gimiendo al mismo tiempo que yo—. Es tan bueno...

—Oh, Axel...

Yo confío en él. Y también en la pastilla anticonceptiva.

Me sostengo con las manos en las baldosas, y dejo que él me penetre hasta el final, como le gusta. Como a mí también me gusta. Sin dejar ni un centímetro fuera, de modo que pueda notar cómo los músculos internos se mueven, y cómo mi vientre se deforma a cada estocada. Se desliza con facilidad porque estaba húmeda desde que empezamos a desnudarnos.

Axel me agarra de las caderas e inclina mi cuerpo en un ángulo perfecto para poseerme.

Yo siempre creí que era un poco estrecha, y que mi útero no era demasiado profundo como para albergar según qué miembros. Ahora me doy cuenta de lo poco que conocía mi propio cuerpo.

Él me lo ha descubierto. Me ha demostrado que, cuando creo que no puedo seguir, aún tengo cuerda para rato.

Mientras me folla por delante, juega con dos dedos embadurnados de jabón sobre mi ano. Noto cómo resbalan y el modo en que mi agujero se dilata, poco a poco, cediendo a la sugestión. La sensación es extraña, pero placentera.

—¿Me vas a dejar que te folle por detrás, Becca? ¿Sí o no?

Nunca lo he probado. Nunca me apeteció, porque siempre pensé que la puerta de atrás es para expulsar cosas, no para que entren. Pero con Axel estoy dispuesta a lo que él quiera. Mueve su pene de un modo que frota el punto justo que me excita y me dilata.

—Me vas a engullir —murmura con gusto—. Cada vez es mejor.

—¿Para ti va a ser la primera vez? —pregunto, temblorosa.

—No. Pero será como si lo fuera al hacerlo contigo, preciosa.

Dos de sus dedos se internan en mi recto, suavemente y de manera insistente. El jabón, el agua y mi propia excitación ayudan para que pase el duro anillo inicial sin problemas.

Yo no sé si será lo mismo, pero lo que estoy sintiendo debe de ser parecido a cuando te lo hacen dos hombres a la vez, uno por delante y el otro por detrás. Mi vagina está tensa, y siento que mis paredes se ajustan a la invasión que tengo en mi trasero. Noto cómo se mueven los dedos, y cómo su pene los frota.

Me estoy mojando cada vez más, y no es por la ducha.

La sola idea de imaginarme que me la pueda meter entera por atrás me pone los pelos de punta, y que él quiera practicarlo conmigo también me hace sentir bien. No algo sucio o inadecuado, como pensaba que sería.

La punta de un tercer dedo hurga buscando sitio por el agujero ya no tan fruncido de mi ano. Axel no deja de penetrarme por delante. Y cuando ese tercer dedo entra y se mueve con los otros dos al ritmo de su polla, creo que estoy a punto de volverme loca. Me pongo de puntillas contra la pared, para darle mejor acceso.

—¿Te duele?

—Un poco —siseo—, pero me gusta.

—Más te gustará —asegura flexionándose y frotando la cabeza de su miembro contra un lugar muy, muy adentro de mi cuerpo.

Uf, ni siquiera sé describir lo que siento. Es tan rico… tanto, que sonrío y me muerdo el labio inferior, como una depravada, al mismo tiempo que muevo mi trasero para engullirlo como me gusta.

—No quiero que te corras —me ordena. Acaba de morderme el lóbulo de la oreja y no lo suelta. Un gesto que envía pellizcos de placer entre mis piernas.

—Sí, claro…

Él se ríe, pero insiste.

—Becca, lo digo en serio. Aguanta un poco más —me ordena—. Quiero que te corras por los dos lados, pero conmigo dentro.

Míralo, el listo. Y yo quiero máscaras de pestañas que no apelmacen… Y aún sigo buscándolas.

Axel saca los tres dedos de mi ano, y también extrae su pene de mi vagina. Siento que el recto me quema, pero no es nada comparado con lo que llego a experimentar cuando introduce el prepucio por detrás.

—Relájate.

—¡Oh, Dios! —Doy un brinco.

—Chis... Relájate, nena. —Axel me masajea los riñones con una mano. Con la otra está cogiendo la alcachofa de la ducha.

Y lo que hace es increíble. Se mete poco a poco en mi portal trasero, y coloca la alcachofa, con el agua a tope, en mi vagina.

—¡Oh..., mierda! —grito, consternada. No me da tiempo a valorar si me duele o no el sexo anal, porque los chorros de agua por delante son gloriosos.

Mis espasmos ayudan a empujarlo aún más adentro.

—Eso es, trágame —me anima—. Y cuando me tengas bien adentro... —exclama loco de gusto, aunque manteniendo el control—, verás qué bueno es... Mira, como ahora... —Baja la mirada hacia abajo y me obliga a hacer lo mismo—. Mira.

No veo nada, solo los testículos asomando por abajo.

—Por favor... —suplico y ni siquiera sé a quién. Apoyo la frente en las baldosas y abro más las piernas. Lo que daría por verle la cara ahora...

Increíblemente, parece que Axel lee mi mente. Me obliga a sostener yo misma la alcachofa, se sale de mi ano y me da la vuelta.

Estoy desorientada, tengo los labios hinchados de mordérmelos y el pelo pegado a la espalda... Él me observa con las pupilas dilatadas y los dientes blancos asomando entre sus labios. Y me besa con furia, tomando mi cara y apretando mis mejillas.

—Axel. Más —le pido, desesperada.

Él me sonríe y asiente.

—No pienso parar. Solo estaba recolocándote.

Me coge en volandas y me pone a horcajadas sobre su pubis, con sus antebrazos por debajo de mis rodillas, abriéndome.

No pierde el tiempo. Vuelve a meter su pene en mi ano, hasta el fondo, empujando sin demora, hasta quedar profundamente alojado.

Tengo la alcachofa de tal modo que está salpicando el techo, como las fuentes de Montjuïc. Axel me toma de la muñeca y planta la alcachofa de la ducha entre mis piernas.

—Date placer, Becca. —Une su frente a la mía—. Nos vamos a correr juntos.

—Sí... —sollozo—. Juntos...

Tengo los ojos vidriosos del gusto sublime que me da lo que me hace. El agua contra mi clítoris y mi vagina acelera el orgasmo y pronuncia la sensación del sexo anal.

Axel me besa y me mueve arriba y abajo, sujetándome por las nalgas con mucha propiedad.

Es como si mi culo fuera suyo.

—Tu culo es mío —espeta comiéndome la boca.

Lo que yo decía. No pienso llevarle la contraria.

El orgasmo nace muy adentro, detrás del ombligo, y se multiplica entre mis piernas, en el clítoris y la vagina. El agua me llena por todas partes, casi tanto como lo hace Axel por detrás.

Cuando empiezo a convulsionar presa del éxtasis, sé con toda seguridad que nunca más podré estar con alguien que no sea él. Axel se corre en mi interior otra vez, y me estampa contra la pared mientras se vacía, sin soltarme las piernas y gimiendo contra mi cuello, que mordisquea como un animal, lo cual me provoca un nuevo orgasmo.

Increíble. Esto es un desastre categoría «Fin del mundo conocido».

Solo espero, de corazón, poder echarlo a perder para otras, como él me ha echado a perder a mí para los demás.

Obviamente, después del maratón sexual nos ha tocado descansar.

Yo ya estaba dormida entre sus brazos, en la cama, sepultada en su olor a piel limpia. Pero Axel se ha movido abruptamente y me ha desvelado.

Ahora me encuentro con la vista clavada en el techo. La oscuridad nos cobija, ofreciéndonos un refugio para ambos en el que poder recuperar fuerzas. En el que ser nosotros mismos, en silencio, sin necesidad de mirarnos a los ojos ni descubrirnos lo que ya sabemos.

Porque hay dos cosas que yo sé: que yo estoy enamorada de él, pero él no siente lo mismo que yo.

Esas cosas las sabemos las mujeres, no hay por qué mentir. No puedo sentar unas bases irreales sobre mi relación con él. Axel se está ilusionando, sé que le gusto mucho, sé que tiene una necesidad abrumadora de protegerme, y es obvio que le atraigo demasiado. Pero el sexo… solo es sexo de por sí.

También sé que se está dando tiempo para recuperarse, porque no podrá amarme si antes no purga las pesadillas que acarrea su tormentoso pasado, las que le impiden ser libre y volver a confiar. Así que, mientras tanto, y aunque él no me lo diga, sé que tengo que competir con un recuerdo vaporoso pero altamente tóxico y nocivo. Victoria.

Su corazón está parcialmente ocupado con el recuerdo agrio y doloroso de esa mujer. Teniendo esos sentimientos, mi irrupción en su vida le ha desbordado. Porque es un querer y no poder.

Y lo único que puedo hacer mientras no consiga relegar a esa mujer al olvido es seguir disfrutando de él, de nuestro tiempo; ser paciente y esperar a que las cosas se muestren tal cual son. Eso, y seguir creyendo que acabará enamorándose de mí. Que me elegirá, por encima de todo lo demás, tal y como yo lo he elegido a él.

Al final, me he convertido en una romántica.

Me apoyo en un codo y lo observo con atención. Verlo dormir me cautiva. Respira acompasadamente, sus labios se entreabren y su ceño está relajado, lo que le da un aire juvenil que le cubre de inocencia. Tal vez nunca dejó de ser inocente. Puede que siempre fuera una víctima en manos de los demás, hasta que se rebeló.

Con la punta de mis dedos resigo su nariz y la forma de sus labios. Pero algo me distrae. Bajo su cabeza, debajo de la almohada, hay una tela negra que no armoniza para nada con el color de las colchas. Será una camiseta, supongo. Tiro de ella con cuidado de no despertarle. Le doy la vuelta a la tela y palpo algo duro, de goma, cosido a la tela.

La giro y lo que veo es una máscara.

Me quedo absolutamente paralizada, sin poder moverme ni gritar.

Es la máscara de Vendetta. La máscara de mi acosador, del hombre que ha intentado acabar con mi vida un par de veces.

Horrorizada, miro a Axel. ¿Qué hace él con eso? Pero está despierto y me sonríe, con los ojos semicerrados y un rictus amenazador en la boca.

—Pasará otra vez —susurra con ojos de loco.

—¿Qué? ¿El qué?

—Pasará otra vez.

Axel se me tira encima y me aplasta contra el colchón. Alarga el brazo hasta meter la mano debajo de la almohada y extrae una navaja.

Intento gritar pero no me sale nada. Miro alrededor buscando algo con lo que golpearle, con lo que poder detenerle. Pero al volver la cabeza hacia la izquierda, la cama parece mucho más larga de lo que es, tanto como para que otra mujer yazca dormida de espaldas a mí.

No sé quién es. No sé cómo es, ni qué hace ahí. Solo consigo ver su cuerpo de hombros hacia abajo, cuya piel pálida y mortecina me recuerda a la de los vampiros. Lleva un camisón negro que moldea su figura, y sus manos... Sus manos están manchadas de sangre.

Cuando miro a Axel pidiéndole clemencia, él ha desaparecido. En su lugar está Vendetta. Su sonrisa grotesca provoca un vacío en mi estómago. Me siento indefensa, mi vida está en manos de ese hombre.

—¡Axel! ¡Para! ¡Axel! —le grito.

Demasiado tarde. Siento el filo de la navaja traspasar la carne de mi estómago. Un dolor agudo y punzante me atraviesa la columna vertebral, señal de que se me va la vida.

—¡Becca! ¡Becca, despierta!

La alarmante voz de Axel me obliga a abrir los ojos.

Cuando lo hago, no sé diferenciar lo que es realidad de lo que no. Axel sigue ahí; sus ojos me miran con atención, preocupados. En sus manos no hay ningún arma blanca. Con la respiración agitada, vuelvo la cabeza al otro lado para comprobar que ahí no hay nadie más con nosotros. Y es cierto: no hay ni rastro de la mujer.

¿Entonces? ¿Ha sido una pesadilla?

Él me acaricia las mejillas con suavidad, asegurándose de que le veo, de que ya no sigo en el mundo de Morfeo.

—¿Qué…? —Mi desorientación me deja aturdida.

—Tenías una pesadilla, Becca. ¿Estás bien?

Niego con la cabeza. Me estremezco y mi cuerpo empieza a temblar cuando comprendo que lo que acabo de soñar es una expresión de mi miedo más profundo.

—He soñado con él… —susurro abrazándome al duro cuerpo de mi guardaespaldas.

Axel suspira, me lleva con él y me cobija con sus mimos. Besa mi coronilla y frota mis brazos helados.

—¿Con tu acosador?

—Sí.

Toma mi mejilla y me obliga a mirarle.

—Te he dicho que no voy a permitir que se vuelva a acercar a ti.

—Sí. Lo sé.

—Ahora, descansa.

—Axel.

—¿Qué, princesa?

Tengo necesidad de hablarle de mi sueño. A veces, nuestro subconsciente detecta e hila detalles que nosotros no podemos hacer conscientemente. Trabajo con los sueños conscientes, me gusta analizarlos. Esta pesadilla que he tenido está muy lejos de ser un sueño consciente, pero hay elementos en ella que intentan señalarme algo evidente.

No tengo ninguna duda al respecto: Axel, Vendetta y yo

formamos un triángulo lleno de máscaras, que influye directamente en nuestro comportamiento y en mi manera de afrontar mi relación.

Sin embargo, desde un lugar invisible, hay una mujer que no soy yo y que mueve también las piezas del tablero. La misma mujer con aspecto de vampiro que dormía en mi cama.

Necesito respuestas. Tengo que averiguar qué hace Victoria en la actualidad y saber por qué abandonó a Axel. Sé que en pocos días le va a tocar revivir con angustia el cuarto aniversario de su no boda. Tal vez ese día descubra más cosas. Porque hasta entonces, Axel será un búnker. Solo me mostrará sus heridas cuando sea su momento, nunca antes. Y veremos cómo de grandes son los cortes, porque puede que ni con alcohol ni hilo podamos cerrarlas.

También debo descubrir por qué en mi pesadilla Axel oculta la máscara de mi acosador debajo de su almohada. Hasta que no lo analice y no averigüe qué quiere decirme mi subconsciente, no podré estar tranquila de nuevo. Eli interpreta muy bien los sueños. Le daré un telefonazo para que me ayude.

—¿Qué, Becca? ¿Quieres decirme algo? —Me abraza con más fuerza—. Dímelo.

Me siento segura con él, no entiendo cómo he podido vivir una pesadilla así. Si se lo digo, puede ofenderse; confío en él ciegamente, y si le explico que en mi sueño él me decía «Volverá a pasar» y se transformaba en Vendetta, puedo decepcionarle.

Axel necesita que le quieran y que confíen en él a ciegas. Por eso, le miro y sonrío con tristeza para tranquilizarle.

—Solo ha sido un mal sueño.

—Sí. Lo sé. Duerme, rizos.

Me da un beso y me cubre con la sábana de un modo muy protector.

Axel es un protector. ¿Cómo he podido olvidarlo?

14

 @Lauranoestá @eldivandeBecca #Beccarias
¿Desearle a mi ex una necrosis en el ojete es
no superar mis fracasos sentimentales?
#Dioscreoalhombre¿peroquientecreoati?

La verdad es que amanecer con Axel es genial.

Aunque colean los rescoldos de mi pesadilla, es mirarlo a esa cara de pilluelo matutino y desaparecen mis inseguridades.

Le encanta vestirme.

A ver, me visto sola desde los cinco años, pero a este gigante le gusta ponerme las braguitas y acariciarme mientras lo hace. Me ayuda a colocarme el jersey ancho y azul claro CK, y después me pone los pantalones tejanos azul oscuro y me los sube. No sé si él disfruta tanto como yo de lo que me está haciendo, pero parece que sí, porque se aplica con tanto tacto y suavidad que se me cae la baba.

Abre el armario donde he dejado mi ropa y mi calzado. Se decide por mis Sneakers de colores de Marc Jacobs, con cuña interior. A mí el conjunto me encanta. Pero todo sea que me vea Ingrid y le dé una apoplejía.

Bajamos a desayunar con todos. Espero encontrarme a Ingrid y a Bruno locos por escuchar las noticias de la reunión con los productores… El caso es que sí me los encuentro, pero con los ojos como platos viendo las noticias de las Islas, junto a Gero y a André, que han tenido la delicadeza de traernos el desayuno.

Conozco a la mujer que está hablando por televisión. Es la

cajera de la gasolinera. Está narrando lo sucedido ayer por la noche.

—Ese hombre era muy fuerte —dice con los ojos brillantes—, y les dio una paliza como si fuera Bruce Lee —asegura—. Bien se la merecen, ¿sabe? A esos tres delincuentes ya los conozco. Me han robado dos veces ya. ¡Dos! —repite satisfecha por lo que vio ayer—. Y amenazaron a una mujer que iba en el coche negro gigante y tenía el pelo de color rojo... No sé de marcas de coche, no le sabría decir cuál era. Pero parecía muy caro.

En ese instante, los cuatro se giran y me miran pasmados. Ingrid y Bruno alzan los dos a la vez la misma ceja. ¡La misma! Sé lo que están pensando y no van nada desencaminados.

—Y él... A él no lo puedo describir. Y si pudiera, no lo diría —asegura la joven con una sonrisita—. A los superhéroes no se les desenmascara.

—¿A los superhéroes? —repite Gero mirando a Axel de reojo—. Hay que joderse...

—Os hemos traído el desayuno —comenta André—. Y de paso hemos llenado el depósito de gasolina y hemos limpiado el coche. El capó estaba manchado...

Señor... Y sé de qué estaba manchado. ¡De sangre!

—Diría que ahora es un peligro pararse en alguna gasolinera, ¿verdad? —insiste André.

Axel le devuelve la mirada y medio sonríe.

—Sí.

La mujer sigue con sus declaraciones, muy impactada.

—No tenemos cámaras aquí. Le he dicho a mi jefe por activa y por pasiva que las ponga. Y él no las pone. Y yo estoy indefensa ante agresores de ese tipo. Incluso nuestros clientes lo están. Esa chica estaba en serio peligro, pero ha tenido la suerte de ser la novia de Superman —dice, y suelta un suspiro—. Solo espero que esto sirva para que de ahora en adelante pongan más cámaras de seguridad en todas las gasolineras. No es la primera vez que pasa.

—¿Lo novia de Superman? —repito a punto de echarme a

reír presa de los nervios. Y es lo que hago. Me río como una posesa, con los nervios de punta, echándole un ojo a Axel. Él también me mira, hasta que los dos acabamos tronchándonos, igual que si hubiéramos tomado setas alucinógenas y nos estuviésemos riendo de una broma que solo entendemos nosotros.

—Vale, Lois. —Ingrid se levanta del sofá y se me acerca con el semblante asustado—. ¿Qué demonios pasó anoche?

Mientras comemos en la mesa redonda del salón, con videoclips musicales de fondo en la pantalla de plasma de cincuenta pulgadas, no dejamos de ingerir grasas saturadas y azúcares por un tubo y les explicamos por encima nuestra pequeña reyerta con los tres matones en la gasolinera. Bruno se lamenta por no haber podido estar ahí y grabarlo todo; Gero y André aplauden la actitud de su amigo, e Ingrid no deja de comer magdalenas como una gorrina, escuchando con cara de pasmo la aventura nocturna.

Es increíble que pueda comer así y tenga ese cuerpazo. Maldita sea.

Después, les contamos cómo fue la cena con los productores, y la condición que puse para firmar el contrato. Un contrato millonario.

—Becca… —Ingrid se ha cubierto la boca con la mano, no porque la tenga llena de comida, sino porque está sorprendida por lo que le he dicho—. ¿Me estás diciendo que nos contratan a todos?

—Sí. El programa es de los cuatro, no solo mío. Hemos pasado por mucho juntos, y sería injusto que solo yo me llevara el gato al agua.

—Es… Eres increíble. —Me coge la mano y la aprieta con cariño—. Sabes que mi sueño es trabajar en Estados Unidos en una productora importante. Me estás ayudando a conseguirlo.

—No. Yo solo reconozco tu trabajo, que es muy bueno. Lo demás lo consigues tú sola con tu talento.

—Dirás lo que tú quieras. Yo solo te maquillo y me encargo de tu imagen —afirma sin escucharme—. Pero mil gracias. —Se levanta de la silla y me abraza con tanta sinceridad que ambas nos emocionamos.

—¿Y tú qué dices, Bruno? —le pregunta Axel, que deja su café vacío sobre la mesa—. ¿Te apuntas a *El diván* americano? Necesito un ayudante de cámara.

El moreno se echa el pelo hacia atrás y suelta un suspiro por la boca, pensativo. Tiene muchas responsabilidades por ser hijo de quien es. Para que Bruno emprenda este proyecto debe romper con muchas cadenas, y no sé si estará dispuesto a hacerlo.

—¿Cuándo hay que dar una respuesta? —pregunta. Sus ojos oscuros adquieren un brillo de determinación.

—Lo antes posible —contesto. No se me pasa por alto la cara agridulce de Ingrid, que baja la mirada y toma asiento de nuevo—. Giant y Smart nos quieren en dos semanas allí para empezar a grabar. En cuanto firmemos, nos podremos poner manos a la obra.

—Entonces —se apresura a decir—, dadme un par de días.

—Sí —susurra Ingrid con animosidad—. El nene tiene que pedirle permiso a papá y a mamá.

—Ingrid…

Bruno le habla con los dientes apretados. Se gira hacia ella, se agarra al respaldo de su silla y pega la cara a la suya hasta que casi se rozan las narices. La maquilladora no se amilana, es como si ya le hubiese cogido la medida.

—¿Qué, Brunito?

—No sé qué te importa a ti lo que yo haga o deje de hacer.

—¿A mí? En realidad, nada —contesta fingiendo indiferencia.

—Me lo imaginaba. —Bruno se levanta de la silla y coge el café para tomárselo en otra parte y más en calma—. Al fin y al cabo, tienes un ejército detrás de ti que espera a que les des número para tenerte muy entretenida cuando yo no esté.

—Tú ya no estás, y la verdad es que no me aburro —replica, y sonríe con falsedad.

—Claro, te dan igual ocho que ochenta…

Bruno se aleja y nos da la espalda.

Observo a Ingrid, a ver cómo reacciona. Le acaba de llamar fresca en la cara. Los hombres suelen hacer eso cuando se sienten despechados. Atacan y su parte machista y posesiva florece, insinuando que estaremos con otros en menos de lo que canta un gallo.

Los ojos castaños de Ingrid se entelan de ira. Focaliza su rabia en la angosta espalda y la camiseta gris que marca cada uno de los músculos de Bruno, que se mueven como los de un felino.

El chico es muy atractivo. No está fuerte como Gero y André, no es el colmo de la belleza masculina como Axel, pero tiene su propio encanto, y pone tontas a las niñas.

—Bruno, ¡reconoce que estás enfadado porque tú ya no tienes número! ¡Toma fresca le ha soltado la pelicastaña!

Él ha desaparecido por la puerta de la entrada, y ella se ha levantado con brío, pero se dirige en la dirección opuesta que ha tomado él.

Gero y André silban asombrados por la beligerancia de los actos de ambos.

—Si alguna vez tengo novia —dice Gero sonriéndome—, recordadme que nunca la traiga a tu *Diván*.

—¿Y eso por qué?

—Porque aquí las chicas tenéis muchos humos… Demasiado carácter. Los hombres os habéis afeminado —añade dejando caer sus mirada sobre Axel, riéndose de él—. Se os suben a la chepa.

—Bruno e Ingrid tienen sus dificultades —interviene mi jefe editor.

Su respuesta me llama la atención. No reconoce nuestra relación, no se ha metido en el mismo saco. No sé qué soy para él.

—Y no todo se soluciona con dos cachetadas en el culo, orangután —continúa.

Gero niega vehementemente.

—El hombre es el fuerte de los dos. No puedes mostrar señales de debilidad. En mi relación, mandaré yo.

—Dios mío, lo que hay que oír. —Bizqueo y pongo los ojos

en blanco—. Ya entiendo por qué no tienes novia. La buscas donde no toca.

—¿Ah, sí, ricitos?

—Sí, madelman.

—¿Y dónde debería buscarla, según tú?

—En el Neolítico.

—¿Y no hay nada que me pille más cerca?

—Síii… La España del siglo diecisiete. Casi a la vuelta de la esquina.

André se ríe y le da una colleja a su hermano.

—Te lo mereces por lerdo.

Me levanto de la mesa con una sonrisa y dejo que los tres amigos estén un rato a solas. No es muy difícil imaginárselos en el M.A.M.B.A., ocultos bajo la carpa militar, sentados alrededor de una mesa con una copa de coñac, hablando sobre la vida, la guerra, las mujeres y el vino. Estos hombres están hechos para otro estilo de realidad, una en que las balas y las explosiones dictaminan quién vive y quién muere. Parecen peces fuera del agua en ambientes sosegados como el de hoy.

—¿Adónde vas? —me pregunta Axel, que tira de mí y me sienta sobre sus piernas.

—Uy…

Es tan repentino y me coge tan de sorpresa, que me pongo roja como un tomate. A sus amigos les debe de parecer normal. A mí me descoloca y hace que coja esperanzas respecto a lo nuestro. Si no tiene claro qué soy, no debería comportarse así.

Parece que no le da vergüenza mostrar nuestra relación delante de sus amigos, y me alegra saberlo.

—A preparar la maleta —le contesto—. Tenemos que ir a ver a Marina y a Roberto, grabar el cierre de su terapia y después…

—¿Qué haremos después, señorita rizos? —me pregunta rodeándome la cintura con sus brazos. Me mira como si fuera todo lo que quiere, y a mí las rodillas se me deshacen.

—Nos iremos —contesto en voz baja—. Tenemos dos semanas de vacaciones por delante antes de viajar a Estados Unidos y… —Sus dedos se enredan en mis rizos, y parece gustarle—. Y tendré que dejar algunos asuntos cerrados, y hablar con mi familia y…

—¿Y…?

—Debería hablar con tu hermano Fede para comprobar que el contrato está todo ok y…

—¡Meeec! ¡Error! —me corta al instante.

—Eh, ¡eso lo digo yo!

—El contrato está bien redactado. Yo mismo lo revisé.

—Bueno, pero habrá que hablar con él, ¿no? ¿O vamos a dejar de grabar y ya está? Ya sé que a Fede le gusta la autogestión, pero no hasta ese punto…

—Por eso no te preocupes. Tiene material para todo un año de emisión de *El diván*. Si después de nuestra aventura americana vuelve a grabar otra temporada, tendrás que renegociar tu contrato, porque para entonces ya habrás adquirido fama internacional.

—Axel…

—Becca, en serio. Céntrate en grabar el cierre y después ya hablaremos sobre qué hacer con todo lo demás. —Me da un beso fugaz en los labios y me acaricia el trasero disimuladamente.

Es puro fuego para mí, por eso tengo que alejarme antes de que me queme.

Asiento, me levanto de sus rodillas y mi mente divaga sobre las mil posibilidades que alberga ese «todo».

¿Qué hará Axel en esas dos semanas de vacaciones que tenemos por delante? Si le digo que se venga conmigo, ¿aceptará? ¿Y si aceptara, lo haría porque tengo que ayudarle en estos días tan duros y señalados para él? ¿O lo haría porque no quiere separarse de mí y le apetece mucho mi compañía?

Esa es, sin duda, la razón por la que me encantaría que se viniera conmigo.

Antes de cerrar la puerta de la suite, oigo un intercambio de frases entre ellos que tienen que ver con Murdock y con la lista de personas hospitalizadas por heridas y fracturas en las manos el día en que Vendetta me atacó.

Todavía no hay una lista definitiva.

Eso es lo mismo que decir que aún no sabemos por dónde buscar.

Gero y André se han despedido de nosotros. Tengo que agradecerles el haberme protegido en ausencia de Axel. Se han portado muy bien con todo el equipo y les hemos cogido cariño. Incluso Bruno, que no ha soportado en ningún momento el flirteo de Gero con Ingrid, ha salido a decirles adiós.

Después de recoger las maletas y cargarlas en la caravana, nos hemos dirigido a Santa Cruz. Vamos a grabar la parte final de la terapia y a comprobar que Roberto y Marina siguen en esa inexplicable armonía.

Durante el silencioso trayecto en la furgoneta, Axel ha intentado editar trozos del programa de ayer. He tenido la oportunidad de ver varias secuencias con los sonidos y los efectos que él les pone, y he tenido más que suficiente con el momento en que Marina hunde mi cabeza en la tina. Es un escándalo esa secuencia. A Axel y a Ingrid les parece un espectáculo, incluso a Bruno, que asiente desde el asiento del conductor. Yo solo sé que mi aspecto al salir del agua es deplorable.

Ingrid se está riendo por lo bajini. Como me diga algo más...

—Te juro que creía que te morías dentro del agua naranja.
—Y se pone la mano en el centro del pecho con solemnidad.

—Tú recogiste una caca humana con un colador.

—¡Joder! —Cierra los ojos—. No me lo recuerdes.

Donde las dan las toman.

—Anda, ven. —Me agarra de la muñeca—. Necesitas base en esa cara chula.

Mientras me guía hasta el tocador, pienso en que a mí lo que me preocupa de ese vídeo es mi pelo y mi cara cuando consigo salir viva del intento de Marina por ahogarme. Ya lo decía mi abuela: rojo y naranja es pasarse de la franja.

Cuando llegamos a casa de Marina, Fayna, que parece que viva allí, sale a recibirnos y a repartir abrazos por doquier. Nos guía con su inquebrantable buen humor hasta el interior de la casa, y en especial hasta la delicada habitación de su mejor amiga, pintada en tonos pastel, con el mobiliario blanco de madera envejecida y unos cuadros maravillosos de flores, que penden de la pared como si fueran un rompecabezas.

—Son tan monos, los tres —argumenta, feliz—. Lo que te dije, amiga. Haces magia. —Y me guiña un ojo azul que dura más de la cuenta, hasta que se tropieza.

Vale. No me lo ha guiñado. Es que el collar le acaba de dar una descarga. Parece increíble lo bien que lo soporta. Casi no se nota.

Yo le quito importancia a su comentario, porque no sabría decir qué es lo que hago con mis pacientes. Pero sea lo que sea, parece funcionar.

Mis ojos, que siempre han sido muy observadores, ignoran lo que les rodea, porque hay solo una imagen hipnótica en esa suite, y es la que forman Marina, Roberto e Idaira juntos, sobre la cama, como una familia perfecta.

Marina está descansando de lado, de cara a Roberto, y él mece a la bebé de un modo que me hace pensar que ha nacido para eso. Para dar amor y para mimar.

¿Cómo demonios pueden cambiar las cosas tanto en cuarenta y ocho horas? ¿Será que, en el fondo, ambos tenían tantas ganas de cambiar que la metamorfosis se ha dado sola? ¿Acaso solo necesitaban conocerse y darse un empujón?

Sea como sea, no dejo de maravillarme por lo que han conseguido.

Roberto levanta la cabeza y nos saluda con un gesto de la barbilla. Va vestido con ropa de chándal, cómoda, de estar por casa. En ese hogar se siente relajado, porque nadie le juzga y puede ser él mismo.

Lleva el pelo rubio recogido en una coleta, y apoya la espalda en el respaldo de la cama, acomodado sobre los cojines, con la pequeña entre sus brazos, donde parece encajarse y perderse.

Está tan dormida que siento envidia de su paz.

—¿Roberto?

Axel ya está grabando, con Bruno revoloteando detrás de él, tomando otros planos.

El rubio me sonríe y me manda callar.

—Ahórrate los comentarios. Sé muy bien lo que parezco...

Yo no se lo voy a negar. Marina, que está despierta, los mira a ambos como si fueran un milagro.

—En todo caso, te diría lo que ya no pareces... —«Un adicto al sexo y un sodomita.»

—Eso ya se lo he dicho yo —tercia Marina—. Ya no queda nada del dueño del Chantilly.

Me siento en la cama con ellos. Enmudecida al saber que él le ha contado todo sobre su disoluta vida.

—¿Lo sabes?

Marina, cuyo cutis continúa siendo de porcelana, a pesar de las ojeras de rigor después de un parto, asiente a la vez que acaricia la manita de su hija. No le había visto esos ojos grises tan vivos.

—Ayer decidimos sacar toda la mierda a pasear, Becca. Tu terapia nos ayudó mucho. Ya sé quién es y lo que ha hecho, y él sabe quién soy y lo que he hecho. No necesitamos saber nada más. Hay que ser sinceros. No tenemos nada de lo que avergonzarnos. Al fin y al cabo, somos supervivientes, ¿no?

Es cierto. Ambos han sobrevivido a sus miserias como mejor han podido. Están acoplados, en plena concordancia el uno con el otro. Se aceptan al doscientos por ciento, porque al ser tan parecidos, si se quieren, es el primer paso para quererse ellos mismos.

Socorro diría que es una rueda de sanación; yo creo que es una retroalimentación emocional, como una cadena de favores entre dos personas. Como decir: «Si tú aceptas que montaba orgías, que era un rencoroso y un despechado, y que hace tiempo que no trato a una mujer como lo que es y por lo que vale, yo acepto que has sido una nazi con los hombres en general, una irresponsable con tu cuerpo y la vida de tu bebé, y una cobarde».

El uno purga los pecados del otro, para conseguir recuperarse juntos. Idaira será la medicina de ambos. Roberto amará a esa niña, y ella empezará a curar —como hizo desde que ayer nació— el pavor de Roberto hacia las mujeres y hacia los vínculos sentimentales. Esa bebé está atada a Rober, lo quiera él o no.

Y vaya si lo quiere. Solo hace falta ver sus ojos y admirar su brillo azul para darse cuenta de lo mucho que le gusta Idaira.

Marina, por su parte, sabe que su hija la ayudará a ser mejor y a curar esa relación disfuncional que tenía con su madre. ¿Cómo? Convirtiéndose en una madre mejor para ella.

La mente y el corazón tienen sus propios mecanismos, y uno nunca sabe qué se desbloquea primero en traumas de este tipo. Sin embargo, ¿a quién le importa el orden? Lo importante es que encuentren el modo de liberarse de sus obstáculos para empezar a sentirse plenos, como ellos dos han hecho al encontrarse.

—A ver, que yo me entere… ¿A qué acuerdo habéis llegado los dos?

—Yo quería criar a mi hija sola —me explica Marina medio incorporándose.

—No te muevas mucho, por favor —le sugiero—. Los puntos se te pueden…

—El parto acuático facilita que no hayan desgarros —me asegura con decisión—. Socorro me limpió y me dijo que estaba todo muy bien. Que parecía de goma.

—Ya lo creo… —susurro recordando cómo asomaba el cabezón de la niña por la vagina.

—Como te decía, mi idea era criar a la niña sola. Pero desde que conocí a Roberto y comprendí que buscaba lo mismo que yo, no lo pensé dos veces: le ofrecí la oportunidad de hacer el papel de padre en nuestra pequeña familia.

—¿Lo dices de verdad?

—Sí —responde Marina con convicción.

—Yo ni siquiera sabía que lo deseaba tanto hasta que me lo dijiste, Becca —me recuerda Roberto sin rastro de la frivolidad que le caracterizaba—. Quiero esto, quiero poder cuidar a Marina y a Idaira como se merecen. Quiero...

—Quieres que te quieran. Ya lo sé. —Sonrío satisfecha. Mi empatía me ayuda a entender a mis pacientes a la perfección.

—Y yo quiero lo mismo —asegura Marina.

—También lo sé —me reafirmo—. Esto... Perdonad que necesite tantas explicaciones, pero ¿el rol entre vosotros será el de marido y mujer? ¿Cómo lo vais a hacer? —digo, vencida por la curiosidad.

Marina pone cara de contar ovejas, y Roberto se encoge de hombros.

—Hemos acordado dejar el sexo a un lado —anuncia el rubiales—. Vamos a dar lo mejor de nosotros como personas. Si lo otro tiene que venir, vendrá...

Increíble que un tío que disfruta poniendo a las mujeres mirando para Cuenca, esté dispuesto a dejar en un apacible letargo la atracción que siente por Marina..., que la siente, no me cabe la menor duda. Eso habla de su necesidad de querer hacer las cosas como es debido.

«Muy bien, Rober, a las mujeres hay que conocerlas, mimarlas, tratarlas bien, y no follárselas sin decirles ni hola.»

—Bueno... —Me relamo los labios y doy una palmada—. Entonces, sois adultos los dos, independientes y autosuficientes. No os unís por necesidad. Lo hacéis porque es vuestro deseo.

—Quiero dejarlo claro ante las cámaras.

—Sí —afirman los dos.

—De acuerdo.

Solo me falta añadir: «Yo os declaro marido y mujer». Pero ni esto es una boda, ni yo soy cura.

A continuación, les doy algunas pautas para que continúen anulando sus respectivos miedos. Pequeñas estrategias que les ayudarán a depurar los residuos de los ataques de pánico de ella y del pavor a confiar de él. Como siempre digo, la terapia de choque ayuda en un noventa por ciento, pero el diez restante es cosa de ellos y de cómo empleen lo aprendido conmigo cuando yo no esté.

Cuando acabo, los abrazo a los dos, escucho con alegría todas las palabras de agradecimiento que me dedican, y yo les digo lo orgullosa que estoy por lo que han conseguido.

Una vez hechas todas las despedidas, me doy la vuelta para tomar un primer plano y hacer un discurso final mirando al objetivo de Axel. Y entonces me encuentro a Fay, agarrada a su brazo, llorando a moco tendido con un pañuelo en la mano.

—Becca, tía… —balbucea—. Me desalo. Esto es tan ideal…

En realidad no es ideal. Hay un cincuenta por ciento de probabilidades de que esta relación se convierta en un polvorín. No soy tonta. Es un riesgo. Pero mis dos pacientes quieren vivir su aventura juntos y no puedo prohibírselo, por eso acato sus decisiones sin montar un espectáculo. Esto se me ha ido de las manos, así que mejor retirarse con dignidad y después de haber hecho bien mi trabajo. Lo que salga de aquí ya no es responsabilidad mía.

Axel, por su parte, sigue grabando, pero esta vez no mira a la extraña pareja por el visor del aparato. Los estudia con sus propios ojos, como si no pudiera creer lo que está viendo. Y lo comprendo.

—Dime la verdad —me pide.

—¿Qué quieres saber?

—Tú no crees que esto vaya a funcionar.

Dibujo una mueca de duda con la boca.

—Lo único que creo es que todo el mundo puede cambiar, Axel —le digo por el pinganillo, sabiendo que eso mismo es lo que se le pasa por la cabeza—. Si hacen los cambios pertinentes, ¿por qué no iba a poder irles bien?

Él sigue observándolos, más a Roberto que a ella. Pensativo e incrédulo.

—Lo peor de todo —dice en voz baja— es que de alguna manera me creo el papel que está haciendo. Tus técnicas son sorprendentemente efectivas. Das miedo.

—No es ningún papel —refuto—. Sus ganas de mejorar y de dejar de sentirse culpable son más fuertes que las ganas de seguir haciéndose daño. Simplemente, hay personas que deciden avanzar y no seguir alimentándose del dolor.

No quiero recriminarle nada, solo que comprenda que se pueden tomar otras decisiones menos agresivas que las que él ha tomado en los últimos años.

—¿Y crees que puedes obtener los mismos resultados con todos?

Entrecierro los párpados y lo contemplo con tanto amor hasta que me duele.

—Si hay voluntad de trabajar, sí. Eso espero.

Nos perdemos el uno en los ojos del otro, inmersos en el vacío de no decirse nada y decirse todo a la vez. Hasta que Axel corta el hechizo de sopetón y comenta:

—Como sea. Felicidades.

—Gracias.

—¿Sabes qué es lo mejor?

—¿Qué? —pregunto interesada, contemplando la sonrisa maléfica de sus labios. Queriendo mordérselos aquí mismo.

—Que has ayudado a Roberto y a Marina. Pero has jodido a mi hermano.

—¿Cómo dices? —Doy un respingo.

—Su socio y relaciones públicas acaba de darse de baja del Chantilly. Ha entregado las llaves. —Sonríe abiertamente—. Sin Roberto, ese antro se irá al garete en menos de lo que canta un gallo. Me alegro.

—No.

—Sí. Que se joda.

—No. Que se joda no. —Siento terror cuando caigo en la cuenta de lo que me está diciendo—. Que se joda no *es* bien. Mierda, ¿y ahora qué?

Roberto aparece detrás de mí. Idaira está con su madre, que le va a dar el pecho. Antes de hablar, me mira fijamente e ignora del todo a Axel.

—Dile a Fede que, si le interesa, le vendo la mitad del Chantilly.

—Dios mío. —Es el fin del mundo. Soy una desgraciada.

Fede amenazó a Roberto con echarlo si no completaba la terapia, pero ahora es él quien se va. ¿Cómo soluciono esto?—. Díselo tú.

—No. —Axel nos corta—. Becca no le va a decir nada.

Roberto estudia a mi protector con gesto hastiado, como si le aburriera tanta rectitud en una persona.

—A ver, Kevin Costner, Becca hará lo que le dé la gana.

—Y yo te digo que no. —Sonríe soberbio.

Fay no deja de revolotear alrededor de los dos, admirando el pequeño combate. Mi gorda está imaginándose cosas raras. Como si lo viera. Ella el Frankfurt, y Roberto y Axel el pan. Es una perversa.

—Axel, déjame a mí. —Le pongo la mano en el pecho para tranquilizarlo—. Se lo tengo que decir. Si Roberto quiere abandonar el negocio…

Axel toma mi mano con suavidad y la mantiene sujeta, reposando al lado de sus caderas. Como una pareja. Me salen corazoncitos de la cabeza.

—Digo que no se lo va a vender a Fede —espeta con esa seguridad que me pone burra.

—Pero ¿por qué no? Tu hermano recupera el dinero, busca a otro relaciones públicas, y Sodoma y Gomorra sigue en pie. Todos ganan.

—Nadie gana si el Chantilly permanece abierto —declara—. Roberto me lo va a vender a mí. —Se encara al rubio y después añade—: Quiero hablar contigo.

15

@Melodydrama @eldivandeBecca #Beccarias
Yo también sería madre soltera como Marina. Le dije
a mi marido que estaba embarazada y le pregunté
qué quería que fuera y me contestó: «Un chiste»
#vendomaridoenelrastro

No entiendo a qué viene esto.

Axel y Roberto están hablando en el jardín, a solas, los dos muy concentrados en lo que se dicen a la cara.

No me dejan participar, y no me entero de nada.

Me parece sorprendente que Axel quiera comprarle a Roberto el Chantilly. ¿Por qué querría hacerlo cuando él sabe que un local así no es plato de su gusto? Eso implicaría, además, ser copropietario junto a Fede, ese hermano que tanto odia.

—Deja de desrizarte el *riso* —me pide Fayna apoyándose en el capó de su coche. Ella nos acercará a Axel y a mí al aeropuerto. Bruno e Ingrid tendrán que apañárselas con la caravana y viajar en ferry, como hicieron en la ida—. Te estás haciendo un alisado chino.

Dejo lo que hago y me echo el pelo hacia atrás.

—¿Tú lo entiendes? —le pregunto un tanto ofuscada, señalándolos en la lejanía—. Están los dos solos hablando sobre comprar y vender acciones.

—Sí. Lo veo —contesta bebiendo de su botella de agua con gas.

A Fay casi siempre la veo con algo en la mano que se pueda llevar a la boca. Me alegra que se esté acostumbrando al agua.

—Pero ¿lo entiendes?

—Hace tiempo que dejé de intentar comprender a los hombres, querida. Deberías hacer lo mismo.

—¿Por qué Axel iba a querer algo así? —insisto, ignorando su comentario—. ¿Cuál es su intención? No va a poder cerrar el local; Fede nunca se lo permitiría, él es accionista mayoritario. Entonces ¿por qué iba a querer involucrarse con eso?

—¿Por qué Roberto, que parece un copulador nato, iba a querer juntarse con Marina, que es como una Mantis con los hombres? ¿Por qué no se ha fijado en mí, que estoy dispuesta a que me haga todas las guarradas que él quiera? —Cierra los ojos y suspira—. Son misterios sin resolver, amiga.

—Hasta que se resuelven. Marina es la cura de Roberto, y viceversa.

—Exacto. Entonces, tú tendrás que emplear tus métodos para resolver el puzle de Axel. —Entorna su mirada—. Ese hombre necesita de ti casi tanto como tú de él. Pero es como un erizo de mar. No lo puedes pisar sin que te clave uno de sus pinchos. Por eso debes ir con mucho cuidado, Becca.

—¿Crees que no lo sé? —respondo, mosqueada—. Axel se pasa el día haciéndome quiebros. Parece que quiera provocarme una displasia de cadera, el cretino —gruño—. No sé por dónde me va a salir. Todo es tan confuso con él…

—Y tan misterioso… Y tan… apasionante. Y tú estás… tan y tan enamorada de él.

—¡Fay! —le recrimino alarmada—. Baja la voz.

—Bah, ese tío es tonto si no se da por enterado, Bec. Es como si creyese que no merece un amor como el tuyo. Por eso actúa como el Raid para los mosquitos. Conmigo es un cielo, porque yo no le supongo ninguna amenaza. —Enarca sus cejas y oscila sus pestañas largas y rojas—. Lo cual es obvio, porque no conoce mi potencial y no sabe lo que sé hacer con la lengua…

—Joder, Fay… —Me pongo la mano en la frente y me sujeto la cabeza—. A veces creo que tú, Eli y Carla sois almas trillizas.

—Pero tú —prosigue riéndose de mí y de mi cara—, tú sí le

das miedo. Y aun así, permite que te acerques sin gruñir y sin morderte. Habéis avanzado mucho desde que nos conocemos. Y en muy poco tiempo. —Asiente con un gesto de la cabeza—. Ojalá que esta historia que os traéis entre manos acabe todo lo bien que quiero que acabe.

—Eso nunca se sabe —digo en voz baja—. Yo también lo deseo, pero todo dependerá de hasta dónde quiera llegar conmigo y hasta qué punto quiera contarme sus secretos más oscuros.

Mi teléfono está vibrando en mi culo. Lo saco del bolsillo trasero y miro quién me llama. ¡Qué alegría! Es de la clínica del doctor Tabares.

—¿Hola?

—¿Becca?

—¿Eugenio?

—¿Es un chico? —pregunta Fay, interesada.

La obligo a callar levantando la mano. Ella me hace una burla.

—¿Cómo estás?

—¡Muy bien! —exclama—. Ya puedo hablar sin parecer un yonqui.

—Es maravilloso —admito con una risita—. ¿Qué tal las operaciones?

—Pues no dejo de tocarme los senos. Y la vagina genial. Parece muy real.

Me quedo en silencio, sin parpadear. ¿Qué *coños*?

—¡¿Qué has dicho?!

—Es broma. —Eugenio empieza a descojonarse. Me encanta escucharlo reír—. Creo que sigo siendo un poco feo, pero ya no tanto. Con los antiinflamatorios y los analgésicos el dolor remite día a día.

—¡Cómo me alegro, Eugenio! Tengo ganas de verte.

—Y yo de que me veas y ponerme a cocinar.

—Ya te queda menos. ¿Tienes ganas de retomar con fuerza el trabajo en tu restaurante?

—¿Es chef? —Las orejas de Fay se alzan cual perra. Alarga

el brazo y me arranca el teléfono de la mano—. Hola. ¿Con quién hablo?

—Fay… —Levanto la palma de la mano y le exijo que me lo devuelva. Pero tengo el poder de convicción de una marmota—. Dámelo ya.

—Ah, que te llamas Eugenio. ¿Y eres chef? —continúa diciendo mientras corre alrededor de su coche amarillo.

Comienzo a perseguirla como una loca.

—Yo soy Fayna. Soy de las Islas. —Suelta una carcajada y continúa—: ¿Que tú también tienes una prima en Mozambique? ¡Ay, qué gracioso!

Fay no puede dejar de reírse mientras habla con Eugenio por teléfono, huyendo de mí y de mis zarpas.

—No, cariño… No soy guapa, soy lo siguiente. —Fay me da un manotazo en la mano y me aparta como a una mosca—. ¡Tú también! ¡Qué suerte! ¿Y cuándo dices que vamos a vernos?

Paso por encima del capó del Citroën de un salto y placo a Fay hasta tirarla al suelo.

—¡Quita, flacucha! —me grita Fay doblándose de la risa—. ¡Eugenio! ¡Apunta mi número!

La tinerfeña pone su manota en mi cara. Es fuerte, y sabe protegerse muy bien. Le dicta su número entero, y después le dice:

—¿Lo has apuntado? ¿Sí? Me llamas, ¿eh? —Lo acaba de amenazar, la loca.

—Fay. —Me siento encima de ella y le quito el móvil de las manos, hasta que me lo vuelvo a poner en la oreja—. ¿Genio? —Lo retiro y miro el aparato anonadada—. Me ha colgado…

—Claro. A partir de ahora me llamará a mí. —Sonríe satisfecha.

Aprieto los labios y le pellizco un pezón.

—Mira que eres… ¡Ven aquí!

Nos enzarzamos las dos a pelearnos entre risas y pellizcos de la abuela que hacen que se nos salten las lágrimas como unas maravillosas bipolares.

—¡Me voy a sentar en tu cara! —me grita.

—¡Si no te puedes ni mover!

No es fácil reír y llorar a la vez.

—Ejem.

Ese carraspeo lo conozco perfectamente. Es de Axel.

Miro al frente y veo la punta de su calzado. Levanto la cabeza hasta encontrarme con su cara, que sonríe un poco extrañado de vernos así.

—Cuando queráis nos vamos.

Nos ofrece ambas manos para que nos levantemos del suelo. Busco un atisbo de revelación en su rostro, algo que me indique por dónde han ido los tiros con Roberto. Pero no veo nada, excepto la puerta que ha cerrado a cal y canto para que ni yo ni nadie entremos.

Fay toma su mano derecha y yo la izquierda. Nos levanta sin dificultad alguna. Limpia la pernera de mis pantalones del polvo del suelo, y después pasa las manos por mis nalgas. Sí, sí... Solo para limpiarlas, aunque se recree.

Fay levanta la mano.

—Eh... Mire, yo también tengo el culo *susio*.

Susio. Me encanta cómo lo dice, y se gira coquetona señalándose los tejanos claros que lleva puestos.

Axel sonríe y tira de su mano para que suba al coche y nos lleve de una vez por todas al aeropuerto.

Puede que en el avión, cuando estemos a solas, pueda interrogarle a mis anchas y explicarme a qué ha venido eso de comprar el Chantilly.

—¿A qué ha venido eso de comprar el Chantilly?

Le pregunto ya en el aire, mientras él está maquetando y editando las secuencias que quedaban por organizar. Tiene los iBeats puestos y no oye nada que venga del espacio exterior, solo su música. Levanto su auricular para escucharla y sonrío. Sonrío porque no tengo ni idea de lo que escucha; creo que es Calvin Harris, pero no estoy muy segura.

Semanas atrás, si le hubiera hecho eso, Axel se me habría tirado al cuello como un perro rabioso. Ahora permite que me acerque, que le toque, que le hable e incluso que le interrumpa.

Vuelvo a tomar el casco derecho, lo levanto y le repito la pregunta:

—¿A qué ha venido eso de comprar el Chantilly?

Axel continúa con su trabajo, sin dejar de mirar la pantalla.

—Lo quiero.

—¿Quieres el Chantilly? ¿Para qué? —Me da miedo lo que vaya a contestarme.

Pero su respuesta impersonal me tranquiliza.

—Me interesa. Es un buen negocio.

—¿Es un buen negocio? ¿Desde cuándo te interesa el dinero?

—No me interesa el dinero.

—Dame una razón para que lo entienda. Te da asco ese sitio. Roberto te cae realmente mal y te has prestado a negociar con él. Supongo que no se lo habrá vendido. Tú no eres el tipo de…

—¿Por qué lo supones? —Esta vez sí me presta atención, aunque no se quita los cascos.

—¿Cómo? Porque Roberto se lo vendería a alguien que le hiciera el mismo uso. Tiene muchos clientes a los que no puede dejar descontentos, y no deja de ser un excelente empresario. Ni va a perder dinero ni hará que otros lo dejen de ganar. El Chantilly es una máquina de facturar gracias a esas fiestas privadas que… —Me callo de repente ante su silencio, tan atronador que se me eriza la piel—. ¿Te lo ha vendido? —Mi cara es de pura estupefacción. Roberto ha accedido a negociar con él. ¿Será posible? No. No puede ser.

—*Sip*. Esta noche le haré la transferencia.

—Pero Axel… —Ni siquiera pestañeo—. No lo entiendo… Te pusiste como un basilisco cuando te enteraste de que íbamos a ir allí. Orgías, drogas… Conocías ese sitio. ¿Por qué ahora te interesas por él? ¿Acaso quieres el puesto de Roberto? ¿Tú? —espeto, furiosa.

Ni loca voy a aceptar eso. En un sitio así solo pueden trabajar hombres solteros y libertinos, y por ahora, Axel está conmigo. Si le gusta eso…, que se lo quede. Pero yo me iré de su lado. Sin arreglarlo.

—La razón no es importante por ahora, rizos.

—Sí lo es, no me fastidies. —Le cierro el portátil de golpe. Sonríe y eso me da más rabia—. Es de ser muy hipócrita criticar algo, como has criticado tú ese lugar, que luego uno quiere para sí mismo, ¿no crees?

Él está mirando el Mac cerrado con cara de asesino. Después, con sus ojos busca los míos y me suelta:

—Da gracias a que este ordenador guarda el trabajo y no se apaga, porque si no te llevaría al baño, Becca, y te dejaría el culo del color de tu pelo. Me habrías jodido todo el trabajo.

—Atrévete —le desafío, y ni siquiera sé por qué lo hago, porque eso a él le pone más cachondo—. Me da igual.

—¿Por qué te preocupa lo que yo haga con el Chantilly, Becca?

¿Me lo parece o está jugando a sacarme de mis casillas?

—No me preocupa, Axel.

—Cualquiera lo diría —replica intentando abrir el portátil de nuevo.

Pero coloco mi mano sobre la tapa metálica y se lo impido.

—No es preocupación. Es negación en banda, ¿comprendes? —le hablo con claridad—. No quiero que te quedes con el Chantilly. No quiero que tengas que ver con nada de eso… No voy a pasar por ahí. Puede que nuestra historia no signifique demasiado para ti, pero mientras dure, exijo total y absoluta fidelidad, ya te dije lo que pienso al respecto de los cuernos.

—¿Y si lo acepto? —Alza esa ceja diabólica con su cicatriz y focaliza sus ojos en mí—. ¿Qué pasaría?

Mantengo los labios sellados, pero aprieto los dientes hasta que están a punto de saltarse de las encías y mi mirada se convierte en letal. La sola idea de Axel dejándose toquetear por esas mujeres u organizando esos encuentros sexuales en la planta de abajo, me pone enferma. Y me rompe el corazón. ¿Por qué no lo entiende?

—Si te lo tengo que explicar, es que eres muy tonto.

—Dímelo.

—Lo que pasaría es que, en cuanto llegásemos a Barcelona, cada uno se iría por su lado. Para siempre.

Axel suaviza su expresión e inclina la cabeza a un lado. Da la impresión que la respuesta le ha agradado en demasía.

—¿Eso quiere decir que si no me hago cargo del Chantilly podré irme contigo estos días?

—¿Qué?

Mi mente visualiza una imagen mía en el programa del *Hormiguero*, y Pablo Motos preguntándome: «¿Y cuál es tu deporte favorito?». Y yo respondiendo: «Pues verás, Pablo. Me encanta que me rompan la cintura».

—Mira, Axel. No juegues con estas cosas —le advierto colocándome las gafas de sol encima de la cabeza y señalándole con el dedo índice—. Estoy haciéndome a la idea de pasar estos días en Barcelona, sola, y con un mosqueo que ni te cuento, imaginándome que te vas a hacer cargo de ese antro. Así que gracias por joderme las vacaciones.

—Por eso digo que, si no me hago cargo del Chantilly, ¿tú y yo podríamos pasar estos días juntos, hasta que viajemos a Estados Unidos?

—¿Juntos? Pero a ver, juntos ¿cómo? ¿Esto es un chantaje? No entiendo.

—Es muy fácil de comprender.

—¿Me lo estás preguntando? ¿Y qué respuesta tengo que darte? ¿Cuál es la pregunta? —Hablo como un circuito colapsado.

—Tú tienes casa aquí, en Barna, y yo tengo apartamento en Madrid —me explica tranquilamente—. En unos días tengo que ir a la capital. He pensado que si tú me acompañas a Madrid, yo podría hacerte compañía estos días en Barcelona. Y a cambio, yo prometo no hacer nada con el Chantilly. Tenemos las maletas hechas. Bajaría contigo en Barcelona y me quedaría allí en vez de coger el vuelo a Madrid.

—Pero... —Me entran ganas de pasarle los dedos por ese pelo pincho que tiene—. ¿Sabes que no tienes que hacerme ningún favor para que te deje quedarte en mi casa, Axel? Lo sabes, ¿no? Es solo que el Chantilly es una gran mierda y pasé un mal rato allí, y odio que tengas algo que ver con eso.

—Entonces ¿puedo pasar unos días contigo hasta que tengamos que ir a Madrid?

—Me encantaría. Tengo una habitación libre para…

—Los cojones —contesta relamiéndose los labios—. Dormiremos juntos. Nada de habitaciones, Becca. —Es como una amenaza—. Suficiente tengo con mantener las formas en este avión y no poder llevarte al baño para hacértelo como un salvaje.

Mi nuez se mueve arriba y abajo, y mi corazón está a punto de salírseme por la boca.

—Eh… Si insistes.

—¿Sí?

—Sí.

—Entonces… —se recoloca los cascos y se reacomoda en el asiento, orgulloso de haberse salido con la suya—, acepto tu invitación para quedarme en tu casa.

—Gracias —digo frunciendo el ceño.

¿Eing? ¿Qué mierda ha pasado aquí? ¡Becca, reacciona!

—Axel, verás…

—No quiero alejarme de ti, Becca. Quiero protegerte, y quiero estar contigo hasta que te hartes de mí. —Por Dios Santo, es lo más bonito que me ha dicho desde que nos conocemos.

—No me voy a hartar.

—Sí lo harás. Pero espero que tengas paciencia conmigo, porque para mí ya es demasiado tarde. No me puedo alejar, a no ser que me eches de tu lado.

—Yo tampoco me puedo alejar de ti —reconozco acariciándole la mejilla—. Aun así, podrías ser sincero y explicarme de dónde vienen esas ganas repentinas de adquirir un club nocturno como ese. Creo que empiezo a conocerte un poco y no me cuadra en absoluto.

Axel entrelaza los dedos de la mano que tengo en su mejilla y me besa el interior de la palma.

—Nacen de las ganas de joder un poco a Fede, quemar etapas y dejar el pasado atrás.

—¿Quemar etapas?

—Sí.

Sonrío con tristeza, y permito que me bese en los labios y después me acomode sobre su hombro. Es muy protector.

—Has prometido ayudarme —me recuerda dejando que me agarre a su brazo y tome su mano.

—Sí.

—Bien. —Axel cierra los ojos—. No lo olvides cuando las cosas se pongan feas.

—No lo haré —susurro besando su hombro.

Ambos estamos cansados. Aprovecharé y cerraré los ojos también, y esperaré a que el sueño me venza para no dejar de pensar ni en sus etapas ni en los días que estaremos juntos en Barna.

En mi casa. Mi espacio. Mi hogar.

El único que había compartido con mi ex.

Sant Andreu, Barcelona

Me parece realmente surrealista que Axel y yo vayamos a pasar unos días juntos en mi ciudad, después de haberlo decidido en el avión, sin antes meditarlo como se merece. La última vez que estuvo aquí, me recogió en el club de pádel y me llevó al Ibis para follarme como un salvaje y castigarme.

Esta vez, todo es diferente.

Nos han pasado muchas cosas, han comprado los derechos de *El diván* para Estados Unidos, y Axel ha accedido a abrirse y a contarme lo que le pasa, aunque él elija el momento de hacerlo. Lo he aceptado, porque le quiero, y porque con alguien como Axel no valen mis métodos. Estoy íntimamente vinculada a este tío. Mi cuerpo le pertenece, y también mi corazón. Por eso el trato que tenga con él no será el mismo que con cualquier paciente.

Por eso dormirá conmigo y yo seré su compañera mientras él lo desee. Axel cree que seré yo quien decida acabar con lo nuestro. Está equivocado. No me pienso alejar de esto ni de él, a no ser que me eche a patadas y me parta el corazón en trocitos diminutos imposibles de unir después.

A estas alturas, ya debe de saber que soy muy cabezona. No le voy a abandonar, y no le pienso decepcionar como han hecho aquellos que tendrían que haberle querido por encima de todo.

Yo le he elegido, sin importar lo profunda que sea su oscuridad. Le quiero.

Al meter la llave en la puerta blanca de mi casa, me sacude una estremecedora sensación de *déjà vu*. He abierto muchas veces esta puerta, y en todas ellas era David quien me seguía.

Supongo que estoy desacostumbrada a tener a Axel tan cerca. O puede que el hecho de que vayamos a pasar unos días juntos, en mi casa, sea demasiado insólito. Por eso tengo una bola de nervios en la boca del estómago y un poco de frío; o puede que sea que diciembre en Barcelona no es lo mismo que diciembre en Tenerife.

De repente, el helor me cala los huesos.

Al entrar, está todo ordenado, limpio y recogido; tal como lo dejé. O mejor dicho, tal como David lo dejó la última vez que estuvo aquí.

—Pasa. Estás en tu casa —le digo.

Me imagino que para él esto es tan anómalo como para mí; no obstante, ningún gesto nervioso lo delata.

Sí, ya sé que estoy hablando de Axel, que cuando quiere es menos expresivo que una piedra, pero aun así, me gustaría detectar un tipo de tic en él que demuestre que se siente inquieto y entusiasmado como yo. Aunque si lo hiciera, tal vez ya no sería él.

Cuando entramos en el salón, escudriña la estancia con ojos analíticos. Lo está barriendo todo con su mirada. El color de las paredes, el sofá de piel, los cojines, la tele de pantalla plana que cuelga de la pared, la cocina office...

—No sé si vale la pena que te la enseñe —digo mientras dejo la maleta en la puerta de la entrada y guardo las llaves en la cajita de madera, empotrada en la pared. En la puertecita pone la palabra «Home»—. Pirateaste mi cuenta de Phillips InSight y pudiste ver mi casa de arriba abajo a través de las cámaras. —Me dirijo a la cocina office y abro la nevera de doble puerta para tomar la jarra de agua y llenarme un vaso—. La conocerás como la palma de tu mano.

Axel hace un movimiento extraño de hombros, deja su maleta de ruedas al lado de la escalera que sube a la planta de arriba y camina hacia mí, con movimientos gráciles y marcados.

Sigo bebiendo de mi vaso de agua, pero lo controlo cuando se acerca a donde estoy. Axel me arrebata el vaso de la mano y se acaba el culillo de agua que queda, sin apartar los ojos de los míos.

—Conozco muy bien tu casa, rizos.

—Sí.

—Y por eso sé que fue aquí —afirma dejando el vaso apoyado sobre la encimera, detrás de mi espalda.

—¿El qué?

—Fue aquí donde David jugó a ser tu novio de nuevo; fue aquí donde te besó —dice, rodeando mi cintura con sus manos.

Tendré que desviar su atención. Lo que sucede es que Axel sabe desviar a las personas de sus objetivos; yo no.

—Eh… Sí. Voy a encender la calefacción. —Me aparto de él, pero entonces me agarra con fuerza y me besa; apenas lo he visto venir.

Ese es el alfa. El que marca lo que considera que es suyo. No hay duda. Es un claro ejemplo de demostración de poderío y territorialidad. Axel es más celoso de lo que aparenta, y supongo que quiere borrar de su mente las imágenes que vio de David y yo besándonos en la cocina.

—¿Sabes qué? —me pregunta deslizando sus palmas por mi trasero.

—¿Qué? —pregunto cogiendo aire tras el beso. Los besos de Axel son como la suma de dos más dos, que siempre da el mismo resultado. Me marea como lo haría el más potente de los elixires.

—Que me gusta tu casa —responde acoplando su sexo al mío.

—Me alegro. —Sonrío.

—Pero más me va a gustar lo que te voy a hacer en ella.

«Lo que te voy a hacer en ella» es igual a fornicación sobre la barra americana de la cocina... ¡Zas! Un centro de mesa de arena y piedra al suelo. Empotramiento contra la pared del salón... ¡Zas! Reloj de pared hecho añicos.

Después de hacerlo sobre la encimera, y luego sobre la lavadora, hemos acabado en mi precioso sofá, desnudos, sudorosos como animales en celo, y cubiertos con mi manta polar, que escondo bajo el cajón inferior para urgencias como esta, en las que las piernas no nos funcionan y no hay valor ni narices para subir a la habitación de arriba y meternos en la cama.

Tengo la nevera vacía, y sé perfectamente que debería avisar a mis Supremas y a mi madre para decirles que estoy aquí, porque se alegrarán de saberlo y querrán que les cuente cómo ha ido la cita con los productores, pero es que ahora no puedo; quiero disfrutar de este hombre que me cuece y me enriquece más que una pastilla de Avecrem.

Mientras lo abrazo y le acaricio su cabeza punzante que reposa entre mis pechos, medito sobre lo que ha pasado, y sé por qué se ha comportado así. Quiere estrenar toda la casa para borrar de mi mente cualquier recuerdo que pueda tener sobre David; es tonto, porque si supiera lo injusta que sería para mi ex cualquier comparación con él, no le haría falta tanta dominación.

A David le gustaba la cama. De hecho, solo lo hacía en la cama, pues veía incómodo e innecesario cualquier otro lugar para hacer el amor; Axel es un hombre de instintos, de impulsos, y si me ve y me quiere, va a por mí, no importa dónde estemos. De hecho, aún no hemos subido a mi habitación para nada.

Y eso no solo me gusta; me encanta.

Me siento deseada y poderosa, y eso en una mujer es mejor que regalarle un diamante o una entrada para el teatro. Saber que le gustas tanto al hombre que está contigo como para que él no se pueda controlar, es algo maravilloso. Y por primera vez en mi vida, estoy disfrutando de ello.

A pesar de las intrigas, disfruto de Axel de tantas maneras, que la sola idea de perder lo que tenemos me destroza el alma.

Le beso la coronilla y le paso las uñas por su musculosa espalda. Él se estremece y ronronea…

—Me tienes seco —dice llevándose uno de mis pezones a su boca. La sensación provoca en mí punzantes estocadas de placer que conectan todas mis zonas erógenas.

Si él está seco, yo estoy empachada. No me extraña que tenga el dique vacío. Ya no usamos preservativos, y tengo todo su amor en mi matriz. Con él hago cosas que nunca pensé que haría, que ni siquiera me las planteé; Axel me da vida, y esa certeza provoca que me haga una pregunta a mí misma con toda la honestidad de la que soy capaz.

¿Cómo es posible que durante veintiséis años haya tenido un concepto erróneo sobre el amor y la pareja? Creía a ciegas que David era mi media naranja, que era todo lo que buscaba en un hombre. Y ha tenido que aparecer «el hombre» para demostrarme lo errada que estaba con mis convicciones. Me compadezco de mí misma, aunque, por otra parte, me hace feliz haber descubierto otro modo de amar y de desear. Más vale tarde que nunca, ¿no?

—Dime que me vas a alimentar —murmura hambriento.

—Por supuesto que sí —contesto—. Dios no quiera que te comas mi pezón. Solo tengo dos.

Axel levanta la cabeza de golpe y me sonríe. Su erección está medio en guardia, y sé que si no le paro yo, él no se detendrá.

Su rostro, bello y sereno, está tan sosegado y refleja tanta paz, que la alegría tan potente que siento por saber que yo le provoco algo así roza el dolor.

—¿Qué te apetece comer? —le pregunto.

—Lo que sea.

—¿Pizza?

—Grande, muy grande —añade apoyando de nuevo la mejilla sobre mi pecho, quedándose relajado encima de mí.

—¿Dos?

—Pide tres.

—Entonces deja que me levante y... —miro alrededor, estupefacta por todo el estropicio que nos rodea, fruto de horas de sexo desinhibido— busque mi teléfono por... —señalo el montón de ropa que hay en el suelo— algún sitio de por aquí... y recoja esto.

—Ya lo recogeremos mañana —me dice apoyándose en un codo para disfrutar de mi desnudez.

—Sé que te parezco muy simpática y desenfadada... Pero hay cosas que no sabes de mí —le aclaro removiendo la ropa y cogiendo mi iPhone—. Odio el desorden.

—Claro que lo sé, eres como Beckham, estás igual de trastornada por el control y el orden como él —contesta cubriéndose el cuerpo desnudo con la manta.

—¿Ah, sí? —Me incorporo y me cruzo de brazos, en bolas. Siempre me creí pudorosa, pero con Axel me parece un delito serlo. De hecho, creo que pasamos más tiempo juntos desnudos que vestidos.

—Lo sé por cómo tenías la casa cuando llegamos, por lo estricta que eres con la organización de tu trabajo... Y sobre todo —se echa a reír como un sabelotodo—, lo sé por tus manías a la hora de comer.

Arqueo una de mis cejas y le animo a que continúe.

—¿Me has estado estudiando?

—Sí. Te gusta disponer los platos, los cubiertos y las copas de un modo que solo tú comprendes, como si siguieran unas leyes especiales. Los cubiertos tienen que estar muy rectos y alineados los unos con los otros; odias manchar el cerco del plato. Y siempre bebes de tu copa por el mismo lado que manchaste de carmín.

—Vaya... Sí que me has estado vigilando. —Estoy tan perpleja que no me salen las palabras.

—Carraspeas cuando te molestan y quieres zanjar el asunto con una de tus frescas —prosigue suavizando la voz y la mirada—. A veces, cuando estás muy nerviosa, te agarras el pulgar de las manos y también tienes un tic gracioso que hace que cierres y abras los párpados muy rápido.

—Eso es porque se me secan —aclaro mientras escucho con atención sus observaciones.

—Cuando estás muy concentrada, te muerdes el labio superior de lado, y lo haces con los colmillos inferiores. —Se ríe—. Me parece muy infantil y es muy gracioso.

Sonrío al verlo tan relajado y tan tierno.

—Y cuando estás muy enfadada o te dicen algo que no quieres oír, haces como si silbaras, como si entonaras una canción que no existe, para demostrar que lo que oyes no te importa, que no estás haciendo ni puto caso. Pero sí te importa.

—Sí me importa —añado yo.

—Porque luego carraspeas y pegas un corte. —Se encoge de hombros, resuelto y feliz por desgranar todos mis secretos—. Y otra cosa que haces mucho es playback.

Yo dejo ir una carcajada porque sé perfectamente a qué se refiere.

—Haces playback cuando no tienes ni idea de la letra de las canciones, pero te gusta creerte que te las sabes, y mueves la boca como un pez, aunque de tus labios no salga ni una palabra de un idioma conocido.

Ahora sí que carraspeo. Que él me haya estudiado tanto como para conocer mis manías y mis secretos, me deja muy loca.

—Vaya —susurro mirándolo con atención, poniéndole ojitos—. Te tengo que gustar tanto, pero tanto —insisto quitándole hierro al asunto para no asustarle— para que no puedas apartar tus ojos de mí...

—Eres magnética —me interrumpe, comiéndome con los ojos—. No he podido apartar los ojos de ti desde que te conocí —confirma sin pudor—. Eso tenlo muy claro.

Yo trago saliva, mi corazón se salta varios latidos, y trastabillo al pisar mis Sneakers, hasta casi torcerme el tobillo.

—Y eres otra cosa, Becca. —Axel se queda sentado en el sofá, alarga sus gadgeto brazos y me acerca a él para que recupere el equilibrio—. Eres adorablemente torpe. No torpe para cortarse las venas, sino torpe…

—Adorable.

—Sí. Adorable.

—Tal vez deje de parecértelo cuando le dé un golpe a tu Mac y lo rompa.

—No. —Niega divertido con la cabeza—. Eso no puede pasar. Soy precavido, guapa. —Me besa el vientre desnudo y frota la nariz contra él.

—Axel…

—¿Mmm? —Está concentrado en oler mi piel, como si se estuviera colocando con pegamento.

Tengo tantísimas ganas de decirle a la cara cuán profundamente me estoy enamorando de él, que desearía solo una pizca de valentía para soltarlo en estos momentos. Pero no me atrevo, no quiero presionarle… Me basta con que se fije en mí de tantas maneras y con que crea que mis defectos son tan divertidos y «adorables» como él dice.

—Yo creo…

—¿Sí?

«Suéltalo. Suéltalo, cobarde.»

—Creo que debería limpiarme.

Él niega con la cabeza y toma mi móvil con sus manos. Después lo deja sobre el reposabrazos del sofá y me coloca a horcajadas sobre él, sobre su miembro, que no tarda en deslizarse de nuevo en mi interior. Nunca pensé que el sexo fuera tan bueno, ni que los hombres tuvieran tanto aguante, pero Axel no es un hombre corriente. Ya debería saberlo.

—¿Sabes qué vamos a hacer?

—¿Qué? —digo sin resuello, aceptándolo muy adentro, dejándolo entrar hasta que estamos tan unidos que no se sabe quién es quién.

—Vamos a hacerlo otra vez, rizos. Y después… ya comeremos pizza. Ahora quiero comerte un poco más.

Me besa, y mi contestación se ahoga en su boca.

Ni siquiera sé qué le iba a decir.

Como los días que estemos juntos sean todos así, moriré por inanición.

16

 @fantoche @eldivandeBecca #Beccarias Eso no son problemas. Id a Ikea a comprar con vuestra pareja. Ya veréis lo que es un trauma... #ikearompeparejas

Gracias a Dios, todos los días no son así.

Después de estrenar todo el mobiliario de la casa, y entender que cualquier superficie llana sirve para un buen revolcón, además de usar la barra de la ducha para algo más que para sujetar la alcachofa, pedimos pizza, por supuesto.

Necesitábamos reponer energías.

Así que después de comernos dos carbonaras Bourbon Masa Pan y una clásica Barbacoa, nuestros ojos se cerraron, pero no en la cama, sino en el sofá. En el mismo sofá en el que amanecimos a la mañana siguiente.

Nos duchamos y después Axel se metió conmigo por haber sido capaz de irme a dormir sin lavarme los dientes. Me felicitó por haberlo hecho y conciliar el sueño en paz. El maldito conoce cada una de mis manías neuróticas.

Ese día lo utilizamos para poner en regla todos nuestros asuntos. Yo para deshacer la maleta y ordenar los armarios, además de preparar las fichas de los pacientes de *El diván* que estaban inacabadas y que tuvieron —menos mal— finales felices; y él para acabar de editar los dos últimos episodios del programa en Tenerife.

No pienso perder de vista a ninguno de mis pacientes. Especialmente a Roberto, porque quiero asegurarme de que se comporta con Marina. Y sobre todo, a Eugenio. Porque me muero de ganas de ver su transformación. Esa mañana recibí un Whats-App de él diciéndome que la semana que viene ya podría salir de la clínica y que podríamos vernos. Y eso haremos, en cuanto él esté disponible.

Fay no me preocupa, porque será una amiga para toda la vida, y me escribe hasta para enseñarme la laca de uñas que se ha comprado.

Lo único que sé de Francisco es que está enseñando a Aquiles a rastrear setas y otro tipo de olores característicos. Se ve que el chihuahua tiene un hocico de oro, y que la experiencia los está uniendo más de lo que ya están.

Y a Óscar lo tengo que localizar. Porque desde que cogió su avioneta y se fue, solo recibí una única foto de él en Madeira (Portugal) con una amplia sonrisa, un cubata en la mano y una mujer morena y pechugona en la otra.

La cuestión es que estábamos trabajando los dos, Axel y yo, en mi casa, él con su Mac y yo con mi iPad con teclado (más tarde volcaré todo el trabajo en el ordenador), y no nos sentíamos extraños. Era como si siempre lo hubiésemos hecho. Compartíamos nuestro espacio sin necesidad de sentirnos invadidos por ello.

Después nos fuimos a comer a Barcelona, no sin que antes Axel revisara la parte baja del Mini en busca de algún dispositivo explosivo.

Cuando me lo mencionó, todo el miedo y la zozobra regresaron a mí de golpe. Es culpa de Axel, hace que me sienta tan segura que no pienso en que hay un loco por ahí que quiere mi pelo para hacerse pelucas y cosas de esas… Con él a mi lado no me tengo que preocupar, porque sé que si alguien se acerca para hacerme daño, Axel simplemente le hará papilla y sacará sus puños de paseo, como Mazinger Zeta.

Después de la impresión de verle cómo procedía con el protocolo de seguridad antibombas y de comprobar que mi precioso coche amarillo estaba en perfecto estado, nos dirigimos al restaurante. Un restaurante llamado el Brown, en pleno Passeig de Gràcia. Me gusta comer ahí, y quería enseñárselo. Es muy chic y el menú siempre es delicioso. Ha quedado encantado.

Más tarde, después de tomarnos el café, pasamos por una bolera. Me dio una buena paliza; ni siquiera me dejó ganar, el abusón. Aunque tampoco tuvo que esforzarse demasiado, porque una de las veces tiré el bolo muy alto y, cuando cayó, por poco hace un agujero en la pista. Y en otra de mis tiradas invadí el carril de al lado, ocupado por un grupo de niños gritones, que además tenía vallas protectoras; imaginaos cómo lo lancé para que el bolo superase la barrera.

En fin. Axel se divirtió como un crío. No me imaginaba que le gustaran tanto esos juegos, pero comprendiendo lo competitivo que es, supongo que no es tan descabellado que quisiera superar todas las puntuaciones máximas de todas las máquinas del local.

De hecho, casi lo consigue.

Regresamos a casa felices como dos niños. Él conducía, y yo estaba enterrada en mi asiento de copiloto bajo una montaña de peluches horrendos que había ganado con todos los puntos conseguidos.

Esa noche dejamos la cena a medias. Pedimos tallarines y pinchos de pollo, y entre tallarín y tallarín, cual Dama y Vagabundo tailandés, Axel empezó a acariciarme la nuca con los dedos y a rozarme el lateral del cuello, y claro… Soy sensible y tengo un déficit de atención. Y si me hace eso, me pongo tonta. Ergo, acabamos sin ropa, sobre la mesa del comedor, comiéndonos el uno al otro.

Es superior a mí, y creo que también es superior a él. Cuanto más lo hacemos, más ganas tenemos de repetir. Por eso un polvo se convierte en dos, en tres… Y la cena se nos queda fría.

Obviamente, recalentamos los platos, y nos pusimos a ver *Orgullo y Prejuicio*, la versión de Keira Knightley.

—¿Qué tiene Mr. Darcy que a todas os gusta? —me preguntó en el sofá, concentrado en la imagen del protagonista.

—¿Cómo que qué? No comprendo —contesté con una palomita a medio camino de mi boca—. ¿No es evidente?

—Es muy rico, muy serio y muy estúpido, y además está lleno de prejuicios.

—Ah, ya… —Sonreí y agarré el cojín de colores del sofá para abrazarlo contra mi vientre—. Sigo sin comprender la pregunta —repetí, maliciosa—. ¿No crees que sea atractivo?

—No.

—¿Ni crees que es misterioso?

—No. Se ve a leguas que le gusta Elisabeth. No hay ningún misterio ahí.

—Puede que no lo haya, pero la gracia está en ver cómo superan todos los obstáculos hasta que deciden estar juntos. Esa es la gracia de las películas de amor.

—Menos las que acaban mal.

—Eres el rey de la fiesta, ¿eh? —gruñí lanzándole el cojín a la cabeza.

—No he tenido ni que esquivarlo.

Es evidente que no le di, por culpa de mi puntería trucada como una escopeta de feria. Al final, la albardilla se perdió debajo de una mesita que tengo al lado de la escalera.

—¿Sabes? Si no me gustase Mr. Darcy tampoco me gustarías tú.

Axel desvió la mirada del televisor y la fijó en mí, descolocado por mi cavilación.

—¿Y eso por qué?

—Porque esos adjetivos que has utilizado tan acertadamente, querido —digo con el mismo remilgo que una dama inglesa—, pegan muy bien contigo.

—¿Conmigo? ¿Qué dices? Yo no soy así. Jamás podría ser un caballero.

—Lo eres, a tu manera. La diferencia entre tú y él es que tú tienes más matices. Darcy se siente muy atraído por Bennet, igual que tú hacia mí, claro está —admití, pomposa y medio en broma—. Pero sus prejuicios y su orgullo le impiden re-conocerlo. Como tú, que estás lleno de prejuicios y por eso estás hastiado del amor, y no te dejas llevar del todo conmigo.

—¿Crees que no me dejo llevar? —Frunció el ceño—. ¿Todo lo que hemos hecho desde que estamos aquí no es dejarse llevar?

—No exactamente; no solo hablo de sexo, orangután. Sigues teniéndolo todo bajo control, y muestras de ti solo lo que te interesa. Exactamente como Darcy. —No me importa admitirlo. Lo tengo asumido. Axel se cierra a muchas cosas conmigo, y yo lucho por abrir cada una de las puertas de sus celdas—. Eres muy rico, aunque reniegas de tu fortuna; y muy serio, aunque eres capaz de reírte en según qué situaciones cómicas. Sobre todo cuando te ríes de mí.

—Yo no me río de ti —refutó. Me agarró un pie, me besó el puente y después lo retuvo entre sus palmas calientes, hasta que empezó a masajeármelo—. Me río contigo, que es distinto.

—Ya.

—Te encanta darme la razón como a los locos.

—Y también eres muy estúpido cuando quieres y te interesa, pero eres así para alejar a los demás, para que no vean quién eres en realidad. —Le solté todo eso sin despegar mis ojos de la pantalla. Era mejor no mirarle y no ver si lo que le decía era verdad o no. Prefiero creer que sí, porque eso me da esperanzas—. Cuando, en el fondo, tienes mucha bondad y ayudas a quien lo necesita siempre que puedes.

Axel se quedó en silencio, sin apartar sus ojos de mi perfil. Yo continué comiendo palomitas hasta que el sonido de mis dientes triturándolas se oía más que la película.

—O puede que no tenga matices, Becca, y sea un capullo tan integral como aparento, exactamente como tú no quieres que sea.

—No lo creo.

—Ya te dije que no insistieras en verme como algo que no soy, rizos.

En ese momento sí que le miré, y le sonreí con tristeza.

—O puede que estés tan convencido de estar tan acabado y tan jodido, que tú mismo has dejado de ver quién eres en realidad. —Me encogí de hombros y le guiñé un ojo—. Por suerte, no puedes obligarnos a los demás a ver lo que tú quieres que veamos.

—O puede que no, y lo que ves no es más que lo que es.

—Bueno… —Suspiro rendida, harta de la diatriba—. En ese caso, querido —digo sin reflejar lo mucho que me asusta y me deprime oír eso—, significaría que me he equivocado, y entonces dejaré de dedicarme a la psicología.

Eso fue ayer; por tanto, anoche, que la volvimos a pasar en el sofá, no dormí demasiado bien.

Y a tenor de las pesadillas que sé que Axel tuvo, él tampoco descansó. No gritó ni hizo nada que me despertara asustada, pero sí tenía espasmos y respiraba agitadamente.

Ojalá pudiera meterme en su cabeza. Ojalá llegue pronto el día en que vuelva a abrirse y hablarme de su pasado para montar por fin mi croquis y saber cómo echarle una mano.

Sé que llegará el momento. Él me lo dijo: «Estos días son duros para mí». Me pidió que lo arreglase, como si fuera un muñeco roto. Y eso me parte el corazón y me da miedo. Porque temo que, en mi intento por arreglarle, yo acabe rota también.

Y además sé que hay más de lo que él me ha insinuado. La cuestión es: «¿Sus relatos superarán mi imaginación?».

Ahora me estoy vistiendo, después de la ducha matutina que me he dado. Axel se ha ido a comprar el desayuno. Me está malcriando. Me gusta cocinar, la verdad; pero desde que he llegado, los únicos fogones que he encendido son los de mi cuerpo.

Aprovecho mientras le espero y llamo a mi madre, que está comunicando.

Vale. Probaré con mi hermana Carla. Es temprano. Son las ocho. Pero tienen que saber que estoy aquí. En Sant Andreu. Con Axel. No les he dicho nada y me siento mezquina.

Ya me imagino lo que va a pasar. Carla se pondrá como loca de contenta porque mañana es el cumpleaños de mi sobrino Iván, y seguro que lo celebraremos en casa de mi madre. Y me obligará a venir con Axel, y se liará parda.

Sea como sea, la tengo que llamar igualmente.

—¿Hola? —saludo nada más descolgar el teléfono.

—Hola, hermana fea —contesta Carla con su particular alegría.

—¿Por qué no sé nada de ti y de Eli desde hace casi cinco días?

—Porque estabas trabajando —contesta, relajada—. Y como nos llamaste de camino a Tenerife diciendo que ibas a reunirte con unos productores, no queríamos desestabilizarte con nuestras tonterías semibolleriles.

—Eso no son tonterías. Es una hecatombe.

—Sí. Lo sé. En fin, dejemos de hablar de mí. Espero que me estés llamando para decirme que has sacado un contrato millonario y que la mitad es para mí y tu sobrino.

—Y para madre también. —Me río.

—Obvio. No nos olvidemos de madre. Bueno, desembucha, trucha: ¿tenemos *Becca's Divan*?

Dejo ir una carcajada y me tiro encima de la cama, todo lo larga que soy. Mi pelo se esparce por el colchón y juego con mis rizos, caracoleándolos en los dedos.

—¡Tenemos *Becca's Divan*! Falta nuestra rúbrica, pero nos esperan en Estados Unidos en menos de dos semanas para grabar el primer piloto del programa.

—¡¿En serio?! —grita, eufórica.

—¿Qué es ese ruido?

—Me pillas en el coche, de camino al juzgado. Es el maldito manos libres que no me funciona… —Oigo dos golpes duros y seguidos—. ¡Bien! —exclama dando otro golpe—. A ver si Eli me lo arregla.

—¿Eli? —pregunto, un poco puñetera—. ¿Resulta que ella es el hombre?

—No, lerdita. Ella es la hábil. Tú y yo tenemos genes Ferrer. Somos torpes por naturaleza. ¿Y te van a pagar mucho, Bec?

—Sí —digo con la boca bien grande.

—¿Y no te da miedo?

—Desde que mi vida se retransmite por Twitter —contesto, pensativa—, pocas cosas me asustan ya.

—Menos mal que hablas inglés. No soportaría verte con

subtítulos. Quiero oír cómo te doblan. Como los programas de *Madre a los dieciséis* tan horteras de la MTV. Va a ser muy divertido.

—Sí. Ya veo cómo os lo vais a pasar de bien.

—¿Y vivirás allí?

—Bueno, solo lo que dure el rodaje de la primera temporada. El formato será el mismo, excepto que será todo más exagerado, como son los americanos. Por tanto, no creo que demore la grabación de la primera temporada más de un mes. Acabaré de grabar y regresaré aquí.

—Un mes —repite, meditabunda—. Es mucho tiempo sin verte.

—Lo superaréis. Además, tú tienes a Eli. Te hace compañía. ¿Has hablado con mamá de lo vuestro?

—No. Soy una miserable perdedora inmunda, ¿no crees?

—No te castigues tanto. Solo eres inmunda.

—Perra.

Me echo a reír. Cómo me gustan estas conversaciones con Carla.

—Madre tiene una mente muy abierta —le aseguro.

—Madre cree que todavía tiene alguna posibilidad con Miguel Bosé, Becca. ¿Cómo crees que reaccionará cuando le digamos que Eli y yo hemos decidido jugar a las doctoras juntitas?

—Pues yo creo que no se lo tomará mal. Yo no lo he hecho.

—Porque a ti hay que darte de comer aparte, *mijita*. Y porque eres mi hermana favorita.

—Soy la única que tienes.

—Entonces ¿tú ya has acabado con lo que tenías que hacer en Tenerife?

—Sí.

—¿Y han salido todas tus terapias bien?

—Sí.

—Entonces, ya puedes venir a Barcelona, ¿no?

Ya lo veo venir. Mis suposiciones con mi hermana, que es transparente y directa, nunca van desencaminadas.

—Sí. De hecho, ya estoy en Barcelona.

—He pensado que podrías hacer un esfuerzo y hacer un viaje relámpago… ¡¿Qué has dicho?!

—Carlo, no me grites.

—Soy Carla, *chingona*. ¿Estás aquí y no nos has avisado? ¡¿Tú tienes idea de cuánto necesitamos hablarte de lo nuestro?! ¡Vamos a morir de la tensión! ¿Por qué no nos has dicho nada?

—Porque no he venido sola y…

—Ya conocemos a Fayna.

Mi hermana ni se imagina que estoy pasando unos días en mi casa con Axel. No le entra en la cabeza que yo me esté dejando llevar tanto.

—No es Fay la que me acompaña.

—¿Y entonces? ¿Ingrid?

—No, tampoco.

—No entiendo.

—Piensa.

Unos segundos después:

—Joder. ¿En serio? ¿El humidificador con patas?

—Sí. —Sonrío orgullosa—. Ese mismo. Axel ha querido quedarse unos días conmigo aquí. En mi casa.

—Qué fuerte, en serio. No me lo puedo creer.

—Pues créetelo.

—Lo que creo es que al liarnos Eli y yo se alinearon los planetas y eso te enloqueció.

—Sí, lo que tú digas.

—Vale. Pues mejor me lo pones. Mira, te cuento el plan. Mañana…

—Es el cumple de Iván.

—Y quiero celebrarlo y que vengas a cenar a casa con Axel. Y, de paso, me facilites esas pastillitas que les das a tus chicos cuando tienen crisis de pánico, meterle un par a mamá en la bebida y soltarle que Eli y yo dormimos en la misma cama porque en su calle hay obras.

—¿Le has dicho eso? —Me quedo sin palabras ante la originalidad de mi hermana.

—Sí.

—¿Y se lo ha creído?

—Eso me hace creer ella.

—Madre mía, Carla, ¿y tienes que esperarte a que yo esté delante para decírselo? No. Ni hablar.

—Sí, Becca, es muy necesario que estés delante por si le da un chungo. Yo no sé distinguir el orfidal de la aspirina. Puede ser un desastre.

—Mañana iré con Axel a celebrar el cumple de Iván, pero nada de revelaciones de ese tipo. No me puedes meter en ese lío.

—Oye, si Axel va a formar parte de la familia, tiene que saber lo que hay.

—Para el carro. Axel no va a formar parte de nada. Solo nos estamos conociendo y disfrutando del día a día. Nada más.

—Ya, claro. Y ahora pretendes que me trague eso de que tú, de repente, estás de parte de las historias esporádicas sin final feliz. Tú no te lanzas de cabeza si no ves que hay futuro.

Tiene razón. Quiero creer en Axel y en mí, y en que puede funcionar. Creo que tengo suficiente amor para los dos, y que yo haré que nos sostengamos hasta que él por fin se libere de sus miedos. Pero tal vez pida demasiado.

—Pues te equivocas —le miento descaradamente—. Estoy... dejándome llevar.

—Sí, sí... Lo que tú digas, hermana. —No se lo cree—. Bueno, lo que quiero es que estés. ¿Estarás, no?

—Sí.

—Bien. Mañana a las nueve en casa de mamá, ¿de acuerdo?

—Vale. Pero Carla, por favor, evita hablar de lo tuyo con Eli. Ya se lo dirás a mamá en otro momento, en uno que no estemos ni Axel ni yo.

—Uish. *¿Ecca? ¿ca?*

—No. No lo hagas.

—*No te go... da... de na... da. A... os...*

Agarro el móvil con fuerza y me siento de golpe sobre el colchón.

—¡Carla, no hagas como que se te corta!

—¿*Eh? No... Hay... fer... en... cias... maña... che... sitos.*

—¡Sé perfectamente que estás fingiendo!

Pi. Pi. Pi. Pi.

Genial. Mi hermana me acaba de colgar, la muy *carbona*.

No será capaz de soltarle algo así a mi madre, ¿no? Y menos cuando no podamos divisar salidas de emergencia.

Joder. Sí. Sí será capaz.

Si hay alguien con el poco tino y la osadía de liarla en una comida familiar, esa es ella.

La idea de llevar a un tipo como Axel a una cena en mi casa, con mi hermana tarada, mi mejor amiga que si se muerde se envenena, y mi madre de ideas fijas y lengua rapaz, me pone la piel de gallina.

El único cuerdo y razonable es Iván, mi sobrino, que pese a ser todavía pequeño, es el más maduro y sensato de todos nosotros. ¿Y eso qué sugiere? Pues que todos, en general, estamos muy mal.

Ahora lo que necesito es relajarme, y no adelantar acontecimientos. ¿Que mañana puede ser un día funesto que acabe con todas mis esperanzas? Sí, es una realidad, y una debacle muy probable.

Pero me tengo que centrar en el aquí y en el ahora y mantenerme ocupada para no confeccionar en mi mente una amplia lista de leyes de Murphy que mañana podrían darse una detrás de la otra. Que ya sabemos que soy propensa a ello.

Bajo a la planta inferior de mi loft. Es allí donde tengo una habitación enorme que utilizo como oficina, decorada completamente a mi gusto, con tonos blancos y pasteles, un sillón de masaje completo de color crema, y una chaise longue que adquirí en los encantes de Glorias y que tuve que restaurar. Es parecido al diván fucsia y enorme que hemos utilizado en varios planos del programa, mientras entrevistaba a mis pacientes, aunque el mío perteneció al castillo de una duquesa. Eso me dijo el vendedor que me lo ofreció. Pero, claro, ¿cómo creerle si después intentó colocarme un bolso de un importante diseñador llamado *Luis Bultón*?

Tomo asiento en mi silla ergonómica y enciendo el Mac de mesa, que es casi tan grande como el televisor del salón.

Hace muchos días que debería haber hecho algo, pero como no piso mi consulta de la Diagonal desde que acepté el trabajo en *Gran Hermano*, tampoco he pensado en ello. Soy una maniática del control, pero mucho menos que Axel, que conste; como tal, tengo un sistema de cámaras en la consulta. Un programa diferente al InSight que mantengo en mi casa. El problema es que el software de estas cámaras se debía actualizar mediante un correo electrónico, y como no iba a ir a trabajar allí, lo he ido dejando, y no recibo ni mails de aviso ni nada ya que tengo el sistema obsoleto hasta que no lo ponga al día.

Me da aprensión abrir el correo, por si me encuentro otro mensaje de ese pirado de Vendetta. Ha llegado a suponer un problema para mi día a día, hasta el punto de que, por miedo, me entran ganas de dejar de hacer cosas que antes hacía. Los traumas funcionan así.

Axel me ha dicho que lo que debo hacer a partir de ahora es ser precavida; precaución no quiere decir que le dé cancha a mis temores, ni que el psicópata esté condicionando mi vida. Solo quiere decir que debo tener más cuidado. Axel me está ayudando a conseguirlo. Además, sé que ha colocado un filtro en el mail de manera que solo reciba correos de la gente que conozco o de las empresas con las que estoy en contacto. Así me ahorro el disgusto de encontrarme un correo con letras en plan *Sé lo que hicisteis el último verano*.

Y eso he hecho. Por suerte, al abrir mi bandeja personal, el filtro de Axel ha funcionado de maravilla.

Más tranquila, me pongo en contacto con la empresa del sistema de seguridad de mi consulta, pago con tarjeta la actualización del sistema y espero a ver en directo mi despacho. Es casi como un día normal.

La pantalla me muestra *in situ* cómo luce mi dependencia de la calle más espectacular y cara que atraviesa toda Barcelona. Está tal y como la dejé.

Todo en orden, recogido y pulcro: la alfombra de color fucsia sobre la que descansa mi poltrona de psicoterapeuta es la nota más discordante de color en toda la oficina, cuyos avíos decorativos mantienen el color blanco de mi casa. Sí, soy de blancos.

Junto con la alfombra, también da un chispazo de color más fuerte el cojín en forma de corazón rojo con brazos que sigue recoleto sobre mi sofá orejero de piel color berenjena.

Me costó mucho conseguir esta dependencia, y todavía estoy pagándola, aunque con la suculenta suma que me ha aportado *El diván* español y lo que van a pagarme del americano solo en calidad de derechos, podría comprarme cinco apartamentos más si quisiera.

No soy de esas personas que se obsesionan con el dinero. Puede que por ese motivo, el hecho de que ahora esté tan valorada tampoco me impresione demasiado. Prefiero que me respeten en el trabajo, eso hace que me sienta mucho mejor. Y si el fastuoso contrato que me han ofrecido Giant y Smart quiere decir que me justiprecian, entonces, bien está.

En mi mail acaba de llegar un correo de Fede. Son los contratos. Nos avisa de que ha enviado uno a cada uno del equipo para que los firmemos y los enviemos por fax o escaneados.

Los imprimo para acabar de leerlos y repasarlos con Axel, y después ya los firmaremos. Los originales tardarán más días en llegar a la productora americana, pero mientras tanto ya dispondrán de nuestra conformidad y acabarán de prepararlo todo para nuestra llegada.

Estoy a punto de llamar a Fede para preguntarle cómo está. A pesar de todo, me cae bien y me preocupa, aunque Axel intente pintármelo como un ogro. Pero en el último momento cambio de opinión y decido no llamarle. Creo que es un hombre que, si necesita algo, es el primero en llamar. Así que voy a dejar que sea él quien se interese por mí y por su hermano. No sé si está al tanto de que Axel y yo estamos juntos en mi casa... Sea como sea, puede que tampoco quiera llamar porque sabe que son nuestros días de descanso antes de nuestra aventura americana. Pero él es el que inició esta aventura. Es a él a quien han hecho un poco más millonario al comprar los derechos de *El diván*. ¿No debería llamar al menos para hablar sobre las cláusulas que hemos puesto?

Os juro que estoy a punto de dejarlo por imposible. Puede que los empresarios sean así, incomprensibles. Solo preocupados por los ceros que puedan sacar, y que las personas en sí somos solo unos números para ellos, totalmente prescindibles. Pero él sabe que no soy como las demás. Me ha dejado a cargo de Axel, sabiendo de las complicaciones que eso conlleva en estos días. Es como si fuera de la familia para él, ¿no? Lo que sucede es que su familia está más rota que la sandalia de un misionero; por tanto, no sé por qué tengo la absurda esperanza de que el trato conmigo sea distinto. A los Montes no les van las vinculaciones emocionales. Todo lo contrario de los Ferrer, que somos pura emoción. Somos tan incompatibles como el agua y el aceite, y con todo, estamos más relacionados de lo que quisiéramos.

Después de dejar los contratos en orden sobre la mesa, recibo un mail del programa recién actualizado de mi despacho anunciándome que la transacción se ha realizado con éxito. Y, a continuación, llegan a mi bandeja de entrada dos nuevos mails del programa, con dos vídeos registrados. Uno el día uno de noviembre, y el otro apenas seis días atrás.

Los avisos del programa son parecidos a los de InSight, solo que este graba las veinticuatro horas y las guarda en un programa de almacenamiento que va con el mismo mail. Tiene espacio para grabar un mes entero, sin detenerse. Al cabo del mes, si no hay nada nuevo o especial que guardar, los vídeos se eliminan automáticamente.

Pero en esta ocasión hay un aviso.

Lo abro para ver qué sucede. Sé que el del día uno muestra a Juanita, la mujer de la limpieza, a la que pedí que en mi ausencia fuera a limpiar una vez al mes. La veo y sonrío mientras la escucho cantar al mismo tiempo que mueve el plumero.

Lo elimino y paso al segundo vídeo.

Consternada, contemplo lo que sucede en la grabación. Un hombre encapuchado acaba de entrar. No se le ve el rostro en ningún momento. Cierra la puerta tras él, y con movimientos poco armónicos y renqueantes, se arrodilla de espaldas a la cámara. Ni siquiera da un vistazo al pequeño habitáculo. Es como si ya lo tuviera estudiado.

Mientras se pone a silbar una canción de Santana, la de «Maria Maria», deja en el suelo la bolsa negra que llevaba colgada al hombro y saca una pequeña palanca. No sé muy bien cómo lo hace, pero la clava en la junta de las láminas del parquet y lo levanta entero hasta casi arrancarlo. Después, mete las manos enguantadas dentro de la bolsa y observo en la derecha parte de un vendaje blanco.

Sí. Es él. No hay duda.

Vuelve a sacar un aparato circular de unos cinco centímetros de grosor y tan ancho como una lámina del suelo. El individuo se asegura de colocarlo bien bajo la lámina, y a continuación vuelve a colocar la plancha del parquet en su lugar, con tiento y suavidad, encajándola por los laterales y evitando presionarla en el centro.

Se levanta, guarda la palanca en la bolsa y la cierra de nuevo con cremallera. Después de incorporarse, rodea esa parte del suelo en la que ha trabajado, abre la puerta y la ajusta con lentitud, desapareciendo de mi vista y dejando mi consulta como si nadie hubiese entrado.

Le doy al pause, porque no puedo concebir lo que he visto.

En ese momento, Axel pica al timbre. Acaba de llegar.

Mis rodillas apenas aguantan el peso de mi cuerpo, pero salgo de la habitación y voy a recibirle. Cuando abro la puerta, Axel me sonríe levemente, con una bolsa de cartón llena de magdalenas a un lado y unos cafés del Starbucks al otro.

Lleva un abrigo de cuello alto azul oscuro y sus gafas de sol. Tan moreno como es y con ese pelo tipo de corte militar, es sobrecogedor darse cuenta de lo atractivo que es. Sé que verle me tranquiliza, pero no ahora. En estos momentos, ni siquiera su visión rebaja parte de la ansiedad y la mella que ha hecho en mí darme cuenta de que ni siquiera en mi consulta podré estar segura.

El semblante de mi guardaespaldas cambia en un abrir y cerrar de ojos.

—¿Becca? ¿Qué ha pasado? —pregunta asustado, tomándome de los hombros.

Seguro que estoy más pálida que la clara de un huevo duro.

Entra con brío en el loft y deja el almuerzo sobre la cómoda de la recepción, al lado del búho que sostiene las llaves de mi coche y de mi casa.

—Él ha estado en mi despacho —musito dejándome abrazar por él, llorando como una niña.

—¿Él? ¿Quién? —me pregunta intentando que me tranquilice.

—¡Él! Vendetta.

La cara de Axel mientras observa el vídeo da miedo.

Estoy sentada sobre su pierna, intentando ver lo que él ve.

Ahí sentado, en mi despacho de casa, entre tanto tono pastel y objetos decorativos femeninos, tengo a todo un G. I. Joe. Su sola presencia tiene un efecto sedante en mis nervios crispados.

Lo hago muy mal. Mi seguridad no debería depender de él, pero nunca me habían acosado ni intentado asesinar, y solo Axel sabe por todo lo que estoy pasando, porque es él quien me protege. Es mi muletilla.

Está concentrado y sé que sus ojos verdes reflejan la determinación a la que está llegando. No sé cuántas veces ha visto el vídeo, ni sé qué espera encontrar, pero estoy convencida de que advierte detalles que cualquier persona normal no podría detectar jamás.

Sin embargo, una vez ha pasado el mal trago, y ahora que estoy protegida y acurrucada entre sus brazos como una cría, sentada sobre sus piernas, mi mente de psicoterapeuta se abre y empieza a analizar el perfil del hombre que va tras de mí. Aunque puedo llegar a algunas conclusiones precipitadas después de ver el vídeo tantas veces, no creo que me equivoque excesivamente.

—Este tipo que me quiere hacer daño no tiene verdadera obsesión por mí —digo en voz alta sin darme cuenta.

—¿Cómo que no? —pregunta Axel al tiempo que revisa todos los detalles por enésima vez.

—No, mira. —Lo señalo con el dedo índice—. No ha tocado mis cosas, ni ha olido mis libros ni los cojines, nada que pueda hacerle experimentar lo que yo huelo, o mejor, nada que le haga creer que en realidad me huele a mí; no se ha sentado en mi butaca ni en la silla de mi escritorio, ni tampoco ha encendido el ordenador para ver con qué trabajo o con qué dejo de trabajar. No ha echado una ojeada al historial para averiguar qué páginas visito y cuáles son mis gustos. No ha entrado al baño para robarme ni los perfumes ni los jabones, ni tampoco se ha apropiado de mi cepillo de dientes… No está especialmente emocionado al entrar en mi consulta, ¿no te das cuenta?

Yo sí me doy cuenta de ello, y a mí que me encanta estudiar todo tipo de comportamientos, y ahora que puedo observar a Vendetta sin que él lo sepa, estoy cien por cien segura de mi afirmación.

—¿Por qué estás tan segura?

—Si te fijas, se ha puesto a trabajar nada más entrar, como un robot. Y en cuanto ha acabado lo que tenía que hacer, se ha ido. Sin más.

Axel frunce el ceño, absorbiendo cada una de mis palabras. Así que yo continúo.

—No me quiere pegar ni golpear…

—En Tenerife intentó sacarte de la carretera y te lanzó por un puente.

—Sí. Pero su propósito era acabar rápido conmigo. No se comporta como hizo el ex de Lolo en la furgoneta, que sí actuaba ciego por vengarse de mí, ¿te acuerdas?

—Claro que me acuerdo —asiente con desagrado—. No me voy a olvidar de algo así.

—El modo de comportarse de Vendetta solo quiere decir una cosa: no quiere emplear la violencia conmigo, ni quiere recrearse en hacerme sufrir demasiado.

—Ha intentado matarte, Becca. Dos veces ya. Y con esta, si no llega a ser por estos vídeos, sería la tercera vez.

—Sí, es cierto. Quiere que sea rápido y certero. Borrarme de un plumazo. Este comportamiento solo me da a entender que yo no le importo realmente como objetivo. Soy como… —hago aspavientos con las manos porque no sé encontrar la palabra correcta—, no sé… Como una transacción. No ha desarrollado un comportamiento obsesivo-compulsivo ni tiene los tics habituales de alguien perdido entre los trastornos de las fijaciones y las sociopatías.

—No deja de ser un psicópata. Te envía mensajes.

—No digo que no. Pero sea quien sea Vendetta, creo que para él soy como un daño colateral. Lo que no sé es… ¿por qué?

Axel sube el volumen del vídeo. Tengo el silbido melódico de Vendetta como una canción siniestra grabada en la cabeza. Es de los que silban mientras trabajan.

De repente, Axel deja caer la cabeza hacia abajo. Es un gesto que no me gusta, porque da a entender mucha contrariedad en su interior. Y me gusta ver a Axel seguro. Después de un larguísimo e incómodo silencio, levanta la cabeza, exhala agotado y anuncia:

—Vendetta está lesionado.

—¿La mano?

—No solo la mano. También le cuesta bajar la espalda, y creo que cojea de la pierna derecha.

—¿Crees que son secuelas del accidente del puente?

—Son las secuelas que yo le dejé al impactar contra su coche para alejarlo de ti —murmura entre dientes—. Me jode que alguien impedido físicamente nos tenga en jaque. Debo hacer un par de llamadas. Sobre todo a Murdock.

—¿Al Loco? ¿Para qué?

Axel señala la pantalla con una mano y con la otra sostiene el móvil.

—Vendetta tiene una marca en la mano lesionada. Bajo el vendaje y el guante, si lo observas bien, hay tinta negra. Se adivina un tatuaje.

—¿Ah, sí? —pregunto con interés. No me había dado cuenta de eso. Ni siquiera me había fijado en el centímetro de piel que quedaba descubierta de su antebrazo.

—Si Murdock ya tiene la lista de personas que ingresaron en los hospitales de Tenerife durante esos días con heridas en las manos, podríamos estrechar el cerco sacando de la ecuación a aquellos que no tengan tatuajes en los brazos que les lleguen como mínimo hasta las muñecas.

—Que no serán demasiados —presumo.

—Solo habría que eliminar sospechosos, y después consultar las fichas. Aunque eso no nos asegura que este tipo, sea quien sea, no esté utilizando identidades falsas para moverse.

—¿Y qué podemos hacer para dar con él? Axel, Vendetta sabe dónde trabajo, ha entrado allí sin ningún problema. ¿También sabrá dónde vivo? ¿Y dónde vive mi familia? —Mi voz suena aguda, asustada—. ¿Y si se le ocurre hacerles algo a ellos? No —me respondo a mí misma—. Quiere acabar conmigo tal vez por una venganza, porque sabe que… —levanto el dedo índice—, haciéndolo, consigue acertar en la diana de su enemigo. Pero solo podría hacer mucho daño a mi familia, y nadie tiene rencillas con nadie… —Sacudo la cabeza—. No entiendo nada.

No me doy cuenta de que Axel está observándome fijamente, sin parpadear, hasta que caigo en lo que he dicho. Parece que le he ofendido. Sus pupilas se han dilatado, y en su barbilla palpita un músculo sin cesar. No obstante, rápidamente cambia el rictus, y vuelve a centrarse en la pantalla, congelada.

—¿Pasa algo? —pregunto.

—No. Becca, no quiero que te preocupes por nada, y necesito que seas como vienes siendo hasta ahora. Cauta y precavida. De todo lo demás me ocuparé yo. —Me da un beso tranquilizador en los labios y a continuación busca en la agenda de su teléfono—. Tengo que llamar a Noel.

—¿Noel?

—Él nos puede ayudar a desconectar lo que hay bajo la lámina del parquet de tu consulta. Hay que entrar allí y desactivar la mina casera antes de que entre alguien como la mujer de la limpieza y salga volando en mil pedacitos.

Dios mío, la imagen me revuelve las entrañas. Pobre Juanita.

—Y ese Noel… ¿Es otro amigo del M.A.M.B.A.? —Me levanto de la silla y lo sigo como su sombra.

—No —contesta, mientras espera a que contesten al otro lado de la línea; luego se detiene en el recibidor.

—Pero sabe inutilizar explosivos —argumento como si fuera obvio.

Axel se pone el aparato al oído y responde:

—Noel es mi mejor amigo.

—Oh.

Genial. Noel es su amigo gay.

Bueno, por fin nos conoceremos, aunque sea en circunstancias tan desagradables como esta.

17

Starbucks, Avenida Diagonal

No sé cuál es la razón, puede que sea por el inconsciente colectivo, pero una siempre piensa que un hombre al que le gusten los hombres debe de tener mucha pluma. Los gais, la mayoría, están muy estigmatizados como si fueran locas que se hartan de gesticular y de poner voz de pito. Y luego están otros que envidio porque aletean sus pestañas interminables y sonríen coquetones cada vez que pasa un maromo a su alrededor. Presumen y ligan sin ningún pudor, aun sabiendo incluso que el otro es heterosexual y no tienen ninguna posibilidad con él. Está en su ADN, adoran flirtear y se jactan de ello.

Lolo, mi chico favorito de *Gran Hermano*, y también el favorito del público, es un gay buenorro pero muy femenino, a pesar de sus músculos, su altura y su físico tipo Lobezno. La gente se divierte con él porque no deja de soltar comentarios ocurrentes y llenos de chispa, típicos del ambiente. Pero si gana esta edición no será por cosas así, sino porque es un pedazo de hombre y de persona.

Sin embargo, jamás me había encontrado con un gay como Noel. Rompe totalmente todos mis esquemas preestablecidos.

Cuando lo veo entrar por la puerta del Starbucks, con su cazadora de piel, su jersey de lana marrón, su pelo negro y rizado que se le caracolea en la nuca, y unos ojos grisáceos de infarto, nos mira y nos sonríe de tal modo que mi mandíbula se desencaja y mi lengua se desenrolla sobre la mesa, como en la película de *La Máscara*.

En serio. No tengo palabras. Lleva barba de varios días sin afeitar, lo que le aporta un grado más de virilidad, por si le faltaba alguno al chico. Camina con seguridad, mirando al frente, y su pose me recuerda mucho a la de Axel. Nunca es relajada, excepto cuando duerme, y en ocasiones ni así.

Noel se planta delante de nuestra mesa. Mira a Axel, sonríe y se funde en un abrazo con él cuando mi guardaespaldas se levanta.

Es un abrazo de los de verdad. Uno auténtico y sincero, que habla de muchas experiencias compartidas juntos, de secretos que pesan como losas, pero que solo la amistad verdadera puede mantener a buen recaudo. Y sé, sin ninguna duda, que Axel está en buenas manos con él y que siempre lo ha estado. Porque mi morenazo es un protector, pero incluso los protectores tienen ángeles guardianes, y Noel es uno de ellos.

Me ha ganado, y ni siquiera ha abierto la boca todavía.

—¿Qué pasa, chaval?

—Hola, Ene.

¿Ene? Lo llama por la inicial de su nombre. Siguen abrazados, dándose golpecitos en la espalda como si fueran bebés y tuvieran que eructar en algún momento.

—Ene, te quiero presentar a Becca. —Axel se aparta y me mira con una semisonrisa que me arrebata la razón.

Noel inclina la cabeza a un lado, se relame los labios y entrecierra los ojos.

—Ah, no, tío... —Niega con la cabeza—. Con esa cara de limón que tienes —le da una palmada en la cara—, esta sí que es demasiado guapa para ti.

Noel tiene una voz ronca y muy masculina. Nunca. Jamás. Para nada, me hubiera atrevido a decir que es gay. Con lo cual, acaba de echar por tierra la teoría de que no hay machos gais. Al menos, Noel es uno de ellos.

Visto con una chaqueta Lacoste verde con relleno y capucha con pelo, unas botas de agua Hunter y unos tejanos ajustados. Está lloviendo en Barcelona.

—Hola, yo soy Becca. —Le doy los dos besos de rigor, y después me aparto para mirarlo a esos ojazos plata—. ¿Te quieres casar conmigo? —le pregunto, emocionada.

—Ya estoy casado, hermosa.

—No soy celosa —replico llevándome la mano al corazón.

—Ah, pero mi marido sí. —Me guiña un ojo, y yo decido mantenerlo para siempre en mi memoria como mi amor platónico—. Y seguro que Axel también —añade señalándolo con un pulgar—. Hacía años que no me presentaba a una mujer.

—No empieces, capullo —le recrimina Axel, que vuelve a sentarse a la mesa, relajado y feliz.

La sola presencia de este hombre le hace bien, como si de verdad se sintiera en casa. Inmediatamente, me invade un profundo agradecimiento hacia Noel y deseo que también sea mi amigo.

Él se sienta a mi lado, en los sofás, y me mira de arriba abajo sin cortarse un pelo.

—Joder. En la tele sales muy guapa, pero al natural eres un bombón. —Y mirando a Axel, suelta—: ¡Es un pivonazo, tío! —Acompaña el piropo golpeándole el hombro en señal de felicitación.

Axel sonríe con satisfacción. Parece satisfecho de yo le agrade a Noel.

—¿Seguro que no quieres una mujer en tu vida? —lo tanteo.

Él se ríe, y me enseña con orgullo el anillo dorado que luce en el anular, señal de una promesa eterna a su marido.

—Lo siento —admite sin sentirlo.

—Y yo, créeme. —Reniego de él. Me cuesta, pero reniego.

—Cuando dejéis de flirtear —apunta Axel sujetando su café *tall*—, avisadme.

Noel pone los ojos en blanco y musita:

—Es un aguafiestas, como siempre.

—Y que lo digas —le secundo.

—Bueno, a ver. —Noel se frota las manos con emoción—. Cuéntame. ¿Para qué me necesitas?

Para mi sorpresa, Noel ya está en antecedentes sobre todo mi caso con Vendetta. Parece que Axel se lo ha contado con pelos y señales. Incluso sabe lo que pasó en la Sierra de Guadarrama y el ataque que sufrí en el Barrio de Salamanca por parte del ex de Lolo. Se interesa por mi estado y yo le digo que estoy bien, parca en palabras al ver que está tan bien informado.

—Con Axel no debes tener nada que temer. Lo sabes, ¿no?

—Sí, lo sé —contesto, confiada—. Si no llega a ser por él, yo no estaría aquí hablando con vosotros. Me ha salvado tantas veces que las he dejado de contar.

—Becca tiene la irritante manía de ser un imán para los problemas. —Me mira con solemnidad, pero sus ojos sonríen, y eso me tranquiliza—. Además, ha desarrollado una extraña tendencia a hacer cosas peligrosas.

—Vaya, ¿de qué me suena eso? —Noel pone cara de pensativo—. Ah, sí. Me recuerda a ti, Axel.

—¿Ves? —Increpo a mi jefe de cámara dándole golpecitos en el pie con la punta de mi bota—. Si al final va a resultar que somos almas gemelas.

Axel bizquea y se hace el loco.

—La cuestión es que su acosador —prosigue Axel a la vez que enseña las fotocopias que hemos imprimido de las imágenes del vídeo— ha estado en su consulta y ha instalado un pequeño objeto circular debajo de una de las láminas del parquet.

—¿En serio tengo un juguetito? —Noel abre los ojos con asombro y mira a Axel por encima del folio—. Joder, creía que era una falsa alarma.

—Coño, no —refuta Axel—. ¿Crees que te molestaría para nada?

—No. Pero pensaba que me molestarías para tomar un café,

presentarme a tu chica, y cosas de esas… —Hace un gesto de darle poca importancia—. No pensaba que ibas a darme trabajo de verdad.

Axel no ha negado la primera parte de la frase de Noel, ni ha dicho nada parecido a «Becca no es mi chica», por eso disfruto de cómo suena en la perfecta boca de este guapetón, y me hago mis propias fantasías. Soy tonta, lo sé.

—Sé que te encanta desconectar cosas, Ene. Esto es un regalo para ti.

—Por eso eres mi mejor amigo. Sabes perfectamente lo que me gusta —asiente Noel, excitado al observar lo que tiene entre las manos—. Me encanta.

—¿Puedo preguntarte de qué trabajas? —Lo hago con interés pero sin pretender ser entrometida.

—Soy policía, miembro de la unidad Tedax.

—Perdona mi ignorancia —me disculpo de antemano—, pero ¿eso qué es?

—Soy Técnico Especialista en Desactivación de Artefactos Explosivos. ¿El capullo no te ha hablado de mí? —Lo mira con desaprobación.

—Uy, ya sabes cómo es Axel… No calla. En el coche le he tenido que decir que quería un minuto de silencio o me iba a estallar la cabeza —ironizo.

Noel sonríe con mi comentario, y aprieta los labios para no soltar una carcajada.

—Sí. Sé a lo que te refieres. Yo me hice adicto al gelocatil por su culpa.

—Es insufrible.

—Me caes bien —admite, sorprendido—. En la tele pareces una tía maja.

—Es el maquillaje.

—No, no… De forma de ser, digo. Me alegra darme cuenta de que eres tal cual. Es… genial. —La verdad es que el chico suena convincente.

—¿Dónde estabas todo este tiempo, Noel?

—Posiblemente persiguiendo a hombres.

—Yo también —le aseguro—. ¿Y por qué no hemos coincidido en nuestras noches de cacería?

—Hola, sigo aquí. —Axel levanta la mano, entretenido con nuestra conversación.

—Bueno, ya hablaremos de Axel y de mí, más tarde. Colega, hoy nos vas a invitar a comer.

—¿Ah, sí? —pregunta Axel.

—Sí, cretino. La última vez te invité yo. Así que te toca. Y ahora quiero ver dónde está esta preciosidad —dice sacudiendo las fotocopias.

—En mi consulta. Aquí, en la Diagonal. A cincuenta metros de esta cafetería —le indico.

—Entonces, no nos demoremos más. —Noel se levanta del sofá y con su energía nos arrastra a los dos—. Vamos.

Llevo tres cuartos de hora esperando a que bajen. Estoy sentada en el banco del rellano de la señorial portería del edificio donde tengo la consulta.

Medito sobre lo mucho que me encantaba mi trabajo, cuando mi vida era muy normal. Llegaba siempre una hora antes de mi hora de entrada. Adoraba abrir la puerta del despacho cada mañana, cargada con mi termo lleno de café y mis sándwiches. Subía las persianas y dejaba que la luz iluminara toda la estancia. Siempre me gustó ver cómo el sol reflectaba en los lomos de los libros de mi librería técnica, y cómo aquellos que tenían unas letras impresas brillantes reflectaban contra la pared con destellos luminosos. No pedía nada más en mi vida, solo mantener eso todos los días.

Encendía el ordenador y leía el periódico online, o cotilleaba el blog de Pau, o alguna web de recetas, y esperaba a que mi primer paciente hiciese acto de presencia.

Sabía en todo momento lo que tenía que hacer en mi día a día. Era dueña de mi barco y capitana de mi destino, o como sea la frase de Mandela.

Sin embargo, ahora que Axel y Noel han subido a desconectar ese aparato de mi consulta, y me han ordenado que no me moviera del rellano de la escalera hasta que ellos no bajaran, no puedo sentirme más perdida y más desubicada de lo que me siento.

De esa Becca de hace unos meses, firme e inocente que tomaba el ascensor hasta la segunda planta, ya no queda nada. Incluso ahora puedo visualizarme a mí misma, entrando en la escalera, saludando a Juan el conserje, y abriendo mi buzón para ver si he recibido alguna carta.

No me reconozco. Lo que sabía entonces y todo aquello en lo que creía, hoy solo son sombras desdibujadas en mi mente. Siluetas borrosas de ideales y conceptos que quise anclar en mi consciencia para sentirme a salvo. Para crearme una idea de mí y de cómo veo el mundo que no era real. Bendita ignorancia la mía, entonces.

Pero ya no puedo volver a ser esa Becca, aunque me pese. Porque en estos días he aprendido que no hay nada seguro en la vida. Que somos excesivamente frágiles y que corremos el mismo peligro en una montaña rusa que en el cine viendo una película, y entendiendo eso, ¿cómo vas a vivir tu vida haciendo planes de futuro? Antes me encantaba hablar con David sobre lo que haríamos en el día de mañana. ¿Tendríamos hijos? ¿Nos compraríamos una torre en la montaña? ¿Debíamos pensar en un plan de pensiones? ¿Moriríamos juntos?

Ahora hay un jodido explosivo en mi despacho, y de no haberlo visto en la grabación de las cámaras, habría entrado un día en mi consulta y todos mis planes de vida se habrían esfumado juntos con los cachitos de mi cuerpo mutilado.

Por tanto, ¿por qué voy a volver a pensar en nada de eso? La vida es imprevisible. Y estoy aquí, eso es lo único que importa.

Las puertas del ascensor se abren, y aparecen Noel y Axel con semblante severo. Me alegro de verles e intuyo que han conseguido desconectar el aparato. Me levanto del sillón y los miro esperanzada.

Noel se detiene justo delante de mí, con su mochila negra de piel CK colgada a la espalda. Axel no dice nada.

—¿Qué ha pasado? ¿Está todo bien?

El del pelo rizado niega con la cabeza.

—No lo hemos conseguido.

—¿Ah, no? —Dios, la mina sigue ahí.

—La consulta ha explotado por los aires, Becca.

—¿Eh? Sí, claro… Y por eso vosotros estáis aquí. Venga ya.

—Hemos muerto.

¿Qué demonios dice este tarado?

—Señorita, Becca. ¡Cuánto tiempo! —Juan, el conserje que solo está de lunes a viernes, me saluda con efusividad cuando aparece por el rellano—. ¡Felicidades por su éxito en televisión! Me alegro mucho.

—Gracias, Juan.

—¿Viene a trabajar? Pensaba que con su programa no necesitaría volver aquí más.

—No, bueno… Solo he venido para asegurarme de que está todo igual. ¿Qué tal su mujer?

—Muy bien, gracias.

Prosigo con Axel y Noel, que van de humoristas ahora.

—Entonces ¿dices que habéis muerto? ¿La mina tenía crack o algo que hayáis esnifado? —Vuelvo a mirar a Noel y a Axel, que sigue muy callado.

Juan el conserje entra en su cuartito y me mira de reojo, extrañado. Advierto su gesto.

—¿Con quién está hablando, señorita?

Qué metomentodo, el señor.

—Son unos amigos —me explico, y los señalo con la cabeza—. Han venido a ayudarme a mover unos muebles de la consulta.

Juan deja unas cajas con productos de la limpieza en el suelo y las empuja con el pie hasta el ascensor.

—¿Y son transparentes?

—¿El qué?

—Que digo que los verá usted sola, porque con usted no hay nadie.

Parpadeo un par de veces.

Noel y Axel parecen ausentes, inmóviles. Noto cómo mis mejillas pierden color y mis manos empiezan a congelarse. Tengo la piel de gallina y un estremecimiento me recorre de arriba abajo. ¿Qué? «Hemos muerto», había dicho Noel. Y Juan no los ve.

Me cago viva. Ni siquiera recuerdo cómo respirar.

De repente, Axel agacha la cabeza y sus hombros empiezan a sacudirse con fuerza. Noel me señala con el índice y se descojona en mi cara. Los dos se apoyan el uno en el otro para no irse al suelo, muertos de la risa como están.

No entiendo nada. Juan también se está riendo y pidiéndome disculpas con las manos abiertas mientras entra de nuevo en su cuartito.

—Discúlpeme. Me dijeron que me sumara a la broma...

¡Qué hijos de puma! Me acaban de tomar el pelo.

—Joder —murmuro disgustada, y me llevo una mano al pecho, doblándome para coger aire. Por un momento me he visto como Jennifer Love Hewitt en *Entre fantasmas*, y que conste que odio los anticuarios—. ¿Os divertís?

—¡Sí! —exclaman Zipi y Zape.

—Axel, te prefería cuando no tenías amigos —le suelto cuando mi rostro recupera el color.

—Tendrías que haberte visto la cara, rizos. —Axel ríe con tanta despreocupación que se ilumina y se quita años de encima. Me gusta verlo así, aunque sea a mi costa. Se me acerca y coge mi mano para darme un beso en el interior de la muñeca—. Tonta.

—Voy a comprar velas negras ahora mismo —le aseguro.

—Vamos, preciosa. —Noel me pasa un brazo por encima, y sigue pitorreándose de mí—. Te hemos desarmado más rápido que el explosivo.

—No me hace ninguna gracia.

—Reconoce que es una broma muy ocurrente.

—No pienso reconocer nada. —Tengo mi dignidad—. Bueno, ¿está todo bien ahí arriba? ¿La has desactivado?

Noel me guiña el ojo y me susurra.

—¿Acaso lo dudabas?

Menudo ligón y coqueto está hecho. Y qué macizo.

—¿Y estás seguro de que eres gay? —insisto—. ¿No hay posibilidades de que te hayas equivocado? Tal vez no hayas encontrado aún a la chica de pelo rojo Minimoy adecuada para ti.

Noel se ríe, y los tres salimos del portal, decididos a comer en algún restaurante de la Diagonal.

Tiki Kahala, restaurante hawaiano

Para mí, quedar con las Supremas o disfrutar de la compañía de alguien que aprecio, supone felicidad y liberación de estrés. No importa si lo hago a menudo o si me veo con mis amigos una vez al año, los disfruto al máximo cuando estoy con ellos. Con mis amigos soy más yo, estoy más a gusto conmigo misma, porque me siento totalmente aceptada, a pesar de todas las taras que sé que tengo.

Juraría que Axel se siente igual con Noel. Es hipnotizador observarlos juntos, lo cómplices que son, lo fácil que es para ellos hablarse con los ojos. Sus gestos y sus sonrisas están totalmente limpias y son aplastantemente transparentes y puras.

Me gusta estudiarlos al tiempo que saboreo con placer los platos hawaianos que nos han traído. El Tiki Kahala no es un restaurante demasiado grande, pero todo lo que tiene de pequeño lo tiene de cálido y acogedor y sus platos son realmente buenos, exóticos y diferentes a todo lo que estoy acostumbrada a comer.

Además, han dispuesto una sangría que echa un humo que recorre toda la mesa de lado a lado. Me parece realmente original. Creo que es nitrógeno. Lo vi una vez en *TopChef*.

La cuestión es que cato los platos que nos han servido: la refrescante ensalada hawaiana, el delicioso Diablo Rojo y una especie de alóctono y abrumador yakisoba. Me encantan sus sabores, cómo se adhieren a mi paladar, cómo resbalan por mi garganta, acompañados por la fría sangría. Y me dejo llevar, porque me siento distendida en su compañía. Después de los nervios siempre llega la calma, más aún cuando todo ha salido bien y mi consulta y yo seguimos vivitas y coleando. No sé qué habría pasado si no llego a ver el vídeo y de repente me da un aire por ir a echarle un vistazo a mi oficina. Bueno, sí sé lo que habría sucedido: Becca D.E.P.

Por eso me dejo llevar por la compañía de estos dos hombretones protectores, que cuidan de mí y que se preocupan por mi bienestar. Ambos comparten un pasado nostálgico con un potente vínculo que me propongo desentrañar.

Y quiero saber tantas cosas que no sé por dónde empezar.

Me han prohibido hablar del explosivo que ha desconectado Noel: se ha refugiado en su ética profesional, asegurándome que no dirá nada hasta que realice el correspondiente peritaje. En todo caso, sea lo que sea lo que descubra, se lo dirá a Axel y no a mí, porque soy una negada para los explosivos y nada que tenga que ver con juguetes de hombres.

Pero en cambio soy muy buena en mi trabajo, por eso voy a hacer mis indagaciones, al ritmo de la música de fondo que suena en el restaurante, «Cheerleader» de Felix Jaehn.

—Entonces, Noel, ¿cómo te va la vida de casado?

—Muy bien, gracias —contesta guiñándome el ojo.

—¿Cómo se llama tu marido?

—Janson.

—¿Janson? ¿De dónde es?

—Austríaco.

—Oh, es extranjero.

—*Sip* —asegura pinchando la lechuga y la piña.

—¿Y es tan guapo como tú?

—Más.

Axel bizquea y se ríe de su amigo.

—El amor te ciega, tío. Digamos, Becca, que todo lo que no tiene de guapo Janson, lo tiene de buena persona. Y es un tío excelente.

—Entonces ¿es muy feo? —pregunto, divertida.

—Habla, trucho, que no te escucho —añade Noel—. Por eso Axel es tan capullo. Porque todo lo que tiene de apuesto, lo tiene de mala *presona*.

Axel sonríe orgulloso, y me dirige una de esas miradas elocuentes y «descoyuntasujetadores» que me deja fuera de juego.

Me repongo y continúo con mi interrogatorio. Voy a dirigir la conversación a donde yo quiero.

—Axel y tú os conocisteis en vuestra edad adulta —asumo llamándoles la atención—. No me miréis así, es obvio después de las batallitas que estáis rememorando como veteranos de guerra. En todo el rato que os llevo escuchando no habéis nombrado ni una anécdota de vuestra niñez, y sí alguna con instructores, no hace más de una década, en algún lugar parecido a un campo militar. Lo que me sugiere que os conocisteis realizando algún tipo de curso o módulo relacionado con la preparación física. —Sea lo que sea, podría cuadrar con la idea de Gero sobre el talento de Axel para el contacto cuerpo a cuerpo, entre otras cosas—. A ver si adivino... ¿Hicisteis la mili juntos?

—La mili ya no se hace, preciosa —sugiere Axel, pinchando un trozo de pollo y otro de piña de mi plato.

—Entonces... —Pongo cara de pensativa—. ¿Tal vez hicisteis juntos un curso de cheerleaders?

La ceja rota de Axel se dispara hacia arriba, y ríe por debajo de la nariz.

—No —contesta, escueto.

—¿Cheerleader? ¿Como la canción? Qué graciosa es esta chica —murmura Noel con cara de asesino.

—¿Ah, no? —repongo—. ¿Qué hacíais, entonces? ¿Lucha grecorromana? ¿Karate? Axel tiene unas habilidades físicas inapelables. —Le miro y él me mantiene la mirada. Sabe muy bien adónde quiero llegar, y no me va a poder detener—. Me intriga dónde ha aprendido todas estas cosas.

Noel frunce el ceño y mira a su colega de reojo.

—Deduzco que Axel no te ha contado nada de nada. Y estás intentando que su mejor amigo desembuche, ¿verdad, listilla?

—Bingo —admito sin ninguna vergüenza—. Y no será porque no me he interesado... Pero Axel lleva su adoración por el cine mudo al extremo —añado encogiéndome de hombros.

—Él es así. No gasta saliva jamás hablando del pasado —confiesa mientras da vueltas a la comida con el tenedor.

Puede que no gaste saliva, pero sí minutos de sus pensamientos atormentándose en algo que lo hirió de muerte.

Axel le sonríe y después continúa comiendo parte de su Diablo Rojo, conforme con la respuesta de su amigo.

—La cuestión —prosigue Noel, apoyando la barbilla en sus nudillos— es que a mí sí me apetece contarte algunas cosas, Becca. ¿Me das permiso, Axel? —le pregunta, demostrando con ello que es un tipo listo.

Axel se limpia la boca con la servilleta. Esos ojos que me tienen contando estrellas están sonrientes, disfrutando de ese momento entre los tres. Y a mí me sorprende que deje que Noel me cuente nada, por eso me quedo descolocada cuando mi protector asiente con un gesto afirmativo a la proposición de su mejor amigo.

—Axel y yo nos conocimos en Ávila.

—¿Ávila?

—Sí.

—¿Haciendo qué?

—Opositando para convertirnos en oficiales de policía.

La estoy oyendo. Oigo a la perfección cómo la maquinaria de mi cerebro trabaja colocando ideas y pensamientos en orden, intentando darles sentido y lógica.

Y la tiene. Ahora entiendo por qué Axel se siente responsable de la seguridad del grupo y sobre todo de la mía; entiendo también por qué ha sabido sobrellevar el tema de mi acosador y se ha metido en persecuciones propias de películas; también me queda clara la razón por la que sabía zanjar los temas con los policías en Cangas, y por fin puedo darle la razón a Gero y decirle que no estaba para nada equivocado: la capacidad de Axel para actividades con su cuerpo y con armas de fuego no era innata; la aprendió y la profesionalizó.

—¿Eres policía? —le pregunto a Axel directamente.

—Ya no. Me retiré —contesta hundiendo el pan en el plato.

—Eso no es cierto —le corta Noel—. Axel seguirá siendo policía de vocación toda su vida. Además, no era un policía cualquiera. ¿Sabías que es maestro de goshindo y budo kai?

—¿En serio? —No sé lo que son, pero suenan muy peligrosos—. A ver… —Alzo la mano como si tuviera poderes para poner en pausa ese momento—. Empieza desde el principio —le pido a Noel.

—No hay mucho que contar —responde mientras llena las jarras de sangría—. Queríamos ser oficiales, y compartimos habitación en Ávila durante nuestra formación él, Nico y yo.

—¿Nico? ¿Quién es?

—El tercero en discordia. Los tres hicimos un buen trío y ese año nos lo pasamos en grande juntos.

—Sí, pero de los tres, solo pasamos los test psicológicos Noel y yo.

Axel no me mira a la cara. Supongo que teme que le recrimine que no me cuente algo así. Y tal vez lo haga, o tal vez no, porque le he prometido darle tiempo para escucharle, solo a cambio de que no me haga daño. Así que mientras las revelaciones no me duelan ni me rompan la ilusión, permitiré que me cuente las cosas a su ritmo. Tampoco me ha sorprendido demasiado, porque con el tiempo que hace que le conozco, ya he deducido que Axel tiene un vínculo muy fuerte con el control y la protección, como un ex agente de la ley. ¿Se supone ahora que ya no es policía? ¿Ya no tiene ese título o lo que sea?

—¿Y ya no eres policía?

—No —contesta—. Me aburrí.

—Cuéntaselo bien, joder —interviene Noel—. No te aburriste. Necesitabas otro tipo de acción…

—¿Qué tipo de acción? —Esto se pone interesante.

—Resulta que a nuestro amigo Nico le jodieron al no aprobarlo, y decidió probar suerte con la seguridad privada. Axel y yo ya éramos policías por aquel entonces; yo me especialicé en explosivos, y Axel quería opositar para subinspector, porque en

287

menos de un año se había sacado el título de oficial, y puesto que tenía las carreras de derecho y ciencias criminológicas y de la seguridad...

—¿Qué? —pregunto atónita, con la boca desencajada, observando a mi jefe de cámara barra protector barra repentino policía—. ¿Tienes tres carreras, Axel?

—En realidad, son solo dos —puntualiza sin darle demasiada importancia—. La de criminología y derecho es una combinada.

—No entiendo nada —susurro un tanto perdida—. Eres una lumbrera...

—Para que veas —asegura Noel, burlón—. Es mucho más que un cuerpo y una cara bonita.

Ni afirmo ni niego. Me quedo callada procesándolo todo. Que Axel es mucho más de lo que se ve ya lo sé desde hace tiempo, aunque él insista en negarlo. El problema es que no permite que los demás lo descubran. Se encierra en sí mismo y oculta su pasado como si hubiera algo horrible y turbio de lo que se quiere librar. Algo que no desea que nadie revele.

—¿Y qué pasó? ¿Dejaste la policía?

—Lo dejó justo después de titularse como subinspector. —Noel parece que sigue enfadado con él por eso—. Hace siete años.

—¿Por qué? ¿Solo porque estabas aburrido? —Eso no es propio de un tío tan responsable como él. No me lo creo. Aquí hay gato encerrado—. ¿Qué pasó para que lo dejaras?

—Nada en realidad. Nico lo llevó al lado oscuro de la seguridad privada —responde Noel, hablando por su amigo—. A Axel le atrajo la idea y probó suerte. —Dibuja un mohín con los labios—. Pero la cagó.

Tomo mi copa y desisto de añadir nada más. No me lo trago, no le compro la moto. Un tío no deja la policía así sin más solo porque se aburre. Bebo comedidamente y elijo mis siguientes palabras.

—Presumo que fue allí, en esa división, donde conociste a Victoria.

288

Noel se envara y su gesto cambia abruptamente. Ya no hay nada del buen tío en él. Ahora solo hay suspicacia en su rostro.

—¿Conoce a la vampira? —Noel está realmente perplejo.

—No, tranquilizaos, por favor. —Sonrío intentando calmar el ambiente chisporroteante. Es como pronunciar el nombre del demonio. Joder, qué grima—. Axel solo me contó que acabó con ella hace cuatro años. ¿Por qué la llamas vampira? —pregunto aprovechando la ocasión que Noel me ha brindado—. ¿Debo tocar madera o algo?

—Si tocas madera, que sea para hacer una estaca.

—Noel... —le advierte Axel de golpe, haciéndolo callar.

Su amigo refunfuña, pero respeta el reclamo de Axel. De pronto, este se levanta de la silla, se limpia la boca con la servilleta y la deja sobre la mesa, perfectamente doblada.

—Perdonad. Voy al baño —se disculpa.

Nos deja a Noel y a mí solos, un poco cortados, la verdad.

Me clavo las uñas en las palmas de las manos. Axel no siente dolor cuando se habla de ella, lo que siente es un vacío tan profundo que me salpica y me deja totalmente helada.

—Becca.

Me alejo de las sensaciones y aparto mi vista de Axel, que acaba de entrar en el cuarto de aseo. Cuando las centro en Noel, no puedo disimular el dolor que ha dejado en mí esa reacción por su parte. Es como si Victoria todavía siguiera con él.

—¿Qué? —susurro.

Noel toma mi mano y se inclina hacia delante.

—¿Cuánto sabes de Victoria?

—Lo suficiente como para comprender que le rompió el corazón y que es una zorra insensible. Lo suficiente como para reventarme cada vez que la oigo nombrar.

Al principio Noel frunce el ceño, pero luego ladea ligeramente la cabeza y sus ojazos se cubren de complicidad.

—Entonces, no sabes demasiado.

—No me digas. ¿Se puede saber por qué le cuesta tanto hablar de lo que le pasó? —pregunto, impaciente—. Esto ya raya lo absurdo.

—No es absurdo. Es un hijo no reconocido de quien es y lleva el apellido que lleva. Eso supone ser el heredero de una de las fortunas más importantes de nuestro país. Si lo que sucedió se supiera —niega con la cabeza—, su vida se convertiría en un infierno. Y lo último que él necesita es salir en los medios. Está bien como está.

—Pero ¿por qué iba a salir en los medios, a ver? ¿Por su ruptura? ¿Y a quién le importa eso? —Pierdo la paciencia por segundos. Se me escapa de las manos—. A todos nos han abandonado. A mí me dejó mi novio hace dos meses, y mira…, aquí estoy, sintiendo cosas que nunca me había imaginado que podría sentir por otra persona. ¿Por qué él no?

—Porque puede que no sea solo eso, Becca. —Sostiene mi mano y la aprieta—. Créeme. Soy el mejor amigo de Axel. El único que sabe lo que pasó. El que lo recogió cuando su mundo se fue a la mierda. Mi amigo es mucho más de lo que ves.

—Lo sé.

—Y le quiero, y le protegeré siempre que pueda. Mira, estamos en este restaurante, y hay solo cuatro personas comiendo detrás de nosotros. Te miran a ti, Becca, porque eres conocida, porque eres una celebridad. ¿Sabes lo que supone eso para Axel, cuando él rehúye todo el famoseo y lo que comporta? Si se descubre que Axel es el hijo pequeño de Alejandro Montes, ahora que el viejo ha muerto, muchas cosas de su pasado se desenterrarán. Le investigarían y él no quiere eso. Pero, en cambio, está aquí por ti. ¿Qué crees que quiere decir eso?

—Tiene un contrato que le obliga a protegerme.

—Eso es una chorrada. Axel puede romperlo cuando lo desee. Tú le has hecho algo. Tiene brillo en los ojos.

—Estoy enamorada de él, Noel —reconozco sin tapujos—. Mucho. Como nunca —asumo—. Y tengo tanto miedo como él de que esto se desborde y me haga daño.

—Me gustas —asiente satisfecho y se cruza de brazos—. Y él te necesita mucho, y más en estos días.

—Sí, ya me he percatado. Pero estoy dándole tiempo, de verdad. Gracias a mi profesión, sé que Axel tiene activadores mentales que le recuerdan esos momentos traumáticos. Está acostumbrado a reactivarlos en fechas señaladas, como si fueran aniversarios.

—Créeme que esos días Axel no tiene nada que celebrar —apunta con amargura.

—Noel, créeme que lo sé. He comprobado muy de cerca el poco autocontrol que tiene cuando está emocionalmente tullido. Pero me refiero a que entiendo que estamos en el ojo del huracán de esos recuerdos. Axel necesita pasar por ellos para mostrarme todo lo sucedido, porque está acorazado. Es como si no supiera conectar con ellos de otro modo que no sea reviviéndolos. No permite que esas historias tan dolorosas emerjan, y menos cuando son los días señalados. Y por eso estoy aquí, con él. Pero tengo que ver todo el conjunto, no solo una parte. Y hasta ahora solo veo lo que él me ha querido mostrar.

Noel aprieta los labios, como si con ese gesto pudiera impedir que las palabras salgan solas. Sin embargo, parece que se lo ha pensado mejor.

—En dos días, Becca, Axel querrá estar en Madrid —dice—. Seguramente te lleve.

—¿De aquí a dos días? —repito con interés—. Me dijo de pasar unos días allí antes de viajar a Estados Unidos. Pero no hemos puesto fecha para ir.

—Atiéndeme —prosigue, clavándome en mi silla con la mirada—. Dentro de dos días, si su trauma es como dices, Axel necesitará estar en la capital. Lo que pase allí y cómo acabe todo, dependerá de ti.

—No dependerá de mí —replico quitándome responsabilidad de encima—. No estoy con él en calidad de terapeuta, sino de amiga y de persona que quiere estar a su lado cuando se derrumbe.

—Axel está contigo porque quiere confiar en ti, se está esforzando para sacarse todas las máscaras. Solo está esperando el momento correcto para abrirse. Y lo hará, Becca. Creo que puedes ayudarle.

—Lo intentaré —le aseguro.

—Eso espero. Y también espero que cuando sepas toda la verdad y la mierda os explote en la cara, seas valiente y la encares. No le abandones. No te eches atrás. No le des por perdido.

¿Por qué todo el mundo insiste en eso? Nunca me he rendido con nadie, y ni mucho menos lo haré con la persona que más quiero ayudar en el mundo.

—Axel puede confiar en mí, yo nunca le traicionaría. Le quiero, Noel. Sé que hace poco tiempo que él y yo nos conocemos, y debe parecerte una locura. Yo misma considero que esto no es sano. Amar a alguien y necesitarlo de este modo, no es... No es...

—Se llama amor —contesta él mirándome con empatía. Sí, Noel de eso tiene mucho—. Yo me enamoré de Janson el primer día que lo vi, en Ávila.

—¿También es policía como tú?

—Sí. Es inspector. Cuando lo miré a los ojos, tuve la sensación de que mi vida no había sido completa hasta que lo encontré. Pensé: «Este hombre tiene que ser mío». Y así ha sido —asiente orgulloso.

—Como para resistirse a tus encantos...

—No te creas. Me costó lo mío. Janson no quería líos. Estaba muy centrado en su carrera. Pero cuando el lío más verdadero de tu vida se presenta ante ti, no lo puedes ignorar, por muchos problemas que te vaya a causar dejarte llevar.

—Y que lo digas —confirmo. Ambos chocamos nuestras copas, como dos almas desgraciadas y afines.

—Quiero muchísimo a Axel y le debo tanto que pasarán varias vidas hasta que no estemos en paz. —Menea el culo de la copa. El líquido rojizo se mueve en círculos. Noel parece un lector del destino de las hojas de té, pero en ponche y vino—. Cuando en Ávila descubrieron que me gustaban los hombres, no me lo pusieron nada fácil. Incluso estuve a punto de desistir y abandonar. Pero Axel me apoyó y me animó a seguir adelante. Él hizo que no me trataran como a un paria. ¿Sabes lo que hacía?

—No, ¿qué? —Mi Axel siempre fue un héroe. Yo ya lo sabía, porque lo lleva en el corazón.

—Daba palizas a los compañeros de promoción que se metían conmigo. —Bueno, no es un modo maravilloso de ser un héroe, pero me vale—. Teníamos que entrenar todos, y Axel era un atleta, más hábil y mortal que el resto. Nadie podía sacar a Axel del tatami, y todos teníamos que enfrentarnos entre todos. Se las arreglaba para golpear a esos capullos y hacer ver que les hacía daño sin querer. Rompió muchos tabiques nasales.

Sonrío con solo imaginármelo.

—Pero les daba a propósito.

—¡Ya lo creo! —Suelta una carcajada—. Con el tiempo, mis acosadores dejaron de increparme. Axel los tenía acojonados. —Suspira con regocijo—. En fin, Becca. Lo que te quiero decir es que… es un buen tío, y se merece lo mejor. No permitiría que nadie le hiciera daño otra vez. Por eso, si no es sincero tu interés y no vas a cuidarle, mejor te levantas de la mesa y te largas. Porque mi amigo ya ha conocido a una mala, y conocer a dos le destruiría de por vida.

Arqueo mis cejas con sorpresa y lo observo con ojos de «no tienes ni idea de con quién estás hablando».

—¿Y se supone que ahora tengo que levantarme e irme? No, guapo. Me quedo con él hasta el final.

Noel se echa a reír.

—Me hace feliz saberlo, pelirroja. Axel te mira como nunca le he visto mirar a nadie. ¿Qué le has hecho? ¿Brujería?

—Los hechizos se me dan tan mal como la bebida. —Me toco las mejillas, que ya las noto calientes—. Me encantaría creer que se está enamorando de mí, tanto como yo lo estoy de él —murmuro hablando con Noel como si fuera una Suprema.

—No sé qué es lo que Axel siente por ti. El problema es que se niega a volver a sentir nada por nadie, porque ha habido muchos hijos de puta que sí le han herido a conciencia. No lo hagas tú, por favor te lo pido —me suplica con responsabilidad—. Dame tu palabra.

—La tienes, Noel. Solo quiero ayudarle y animarle a que se atreva a confiar y a ser feliz, conmigo o sin mí. Por encima de todo, quiero lo mejor para él.

—Ojalá lo consigas —me dice con sinceridad. Luego me coge el móvil que tengo encima de la mesa y me graba su número—. Me gustaría tenerte como mejor amiga.

Sonrío de oreja a oreja, agradecida por escuchar algo así. A mí Noel también me encanta. Me gustaría tenerlo como amigo.

—Llámame cuando lo necesites. —Y me lo entrega de nuevo. Sonríe convencido de que lo haré.

—Gracias.

Justo cuando guardo el móvil en mi bolso Marc Jacobs, Axel, que ya ha salido del baño, aparece detrás de mí y apoya sus manos calientes sobre mis hombros. Mi cuerpo ya sabe que está ahí antes de que me toque. Es mágico.

—¿Y si tomamos unas copas después en el bar hawaiano? —propone.

—Por mí perfecto —se anima Noel.

Y por mí también. Que Axel me permita estar ahí con él y su mejor amigo me da a entender que quiere que conozca su mundo.

Y su mundo me gusta.

18

Starbucks, Avenida Diagonal

Resulta que en el Tiki, en su salón colindante que hace de sofisticado bar, realizan cursos para aprender a hacer cócteles.

—La rodaja de limón le dará el puntito ácido que requiere esta bebida —dice el coctelero.

Es todo una estrategia.

Quieren que no me sienta insegura en mi propia vida, por eso me mantienen ocupada con esta actividad. Me sumergen en una burbuja en la que nada me puede hacer daño, en la que no pueda pensar en nada más que en lo que hago aquí y ahora. Lo hacen para que crea que en realidad mi situación no es tan grave como parece. Y funciona.

En resumen: me quieren matar, pero aún sigo viva, ¿no? No es tan malo, y yo tengo espíritu de superviviente nata. Esa es la actitud.

El curso de cócteles es entretenido, y pone en evidencia mi nula capacidad para conseguir contrastes de colores, incluso con las copas. Lo que a los demás les queda rojo, a mí me queda color charco-camino de cabras.

Así como a Axel y a Noel se les da muy bien mezclar bebidas, yo soy un poco inepta. En mi familia, las que son especialistas en empinar el codo cuando salen de fiesta son Carla y Eli. Y en nuestras cenas caseras, la que se encarga de proveernos de bebida es mi madre con sus sangrías que nos dejan noqueadas al primer asalto. Por tanto, yo no tengo ninguna habilidad como «barwoman» ni ningún futuro en las destilerías, por eso solo soy la encargada de catar todo lo que preparen, que no es tarea fácil, que conste.

Mi cóctel sabe a aguarrás, porque me he olvidado de añadirle grosella. El de ellos está buenísimo.

Después de tres copas que solo he probado mojándome los labios, y de ver cómo Axel y Noel se reían constantemente y competían por ver quién quedaba en mejor posición a tenor de las votaciones del experto coctelero, ha llegado la hora de despedirse. El cursillo ha durado tres horas y ya son las diez. Y me da pena, porque el día, a pesar de todo, se acaba con buen sabor de boca.

Noel le ha dicho al oído a Axel que en cuanto tenga los resultados del peritaje, le llamará. Se han fundido en un abrazo, y después Noel se me ha plantado delante y ha hecho lo mismo conmigo.

—Confío en ti, Becca —me ha recordado en un tono de voz que solo yo podía escuchar—. Saca a mi amigo del agujero.

Eso intentaré, que no le quepa duda.

Me ha dado un pico en los labios, y yo he fantaseado con que era hetero y estaba loquito por mis huesos.

—Me amas —espeto con contundencia.

Noel se echa a reír y abre los brazos encogiéndose de hombros.

—No me culpes. No es difícil enamorarse de ti. —Posa su mano sobre el hombro de Axel y se lo aprieta—. Espabila, tío. O me la pido para Reyes.

Y él no replica más que con un «Que te den».

Axel no me ha dejado conducir el Mini, porque dice que puedo tener algún grado de alcohol en mi cuerpo, y que si cuando no bebo conduzco como una kamikaze que aparca sin hacer maniobras, prefiere no ver lo que soy capaz de hacer cuando sí he bebido. Yo creo que tengo varios grados encima, pero no los suficientes para ir bolinga. Axel quizá lleve los mismos que yo, incluso más, pero puede que ese cuerpazo los queme del mismo modo que quema calorías.

El trayecto ha sido muy interesante. Al parecer, compartir tiempo con Noel relaja a mi guardaespaldas, y lo hace un poco más accesible. Me había jurado no preguntarle nada más, y esperar a que fuera él quien quisiera contarme las cosas, pero no ha hecho falta romper mi solemne decisión. Para mi sorpresa, ha sido él quien ha roto el hielo.

—¿No quieres preguntarme nada sobre mi verdadera profesión?

Hago un gesto de desentendimiento, como si en realidad no fuera conmigo, pero como no sé fingir, me sale verdaderamente mal.

—Eres poli. Vaya sorpresa —murmujeo.

—Era poli —me corrige—. Ya no lo soy. Dejé la placa.

—Sí, por otra de la seguridad privada. He escuchado toda la conversación, créeme.

—¿Y?

—¿Cómo que y?

Lo miro, sabiendo perfectamente adónde quiere ir a parar. Y me muero de ganas de ir hasta allí, pero sin parecer una ansiosa.

—¿No quieres preguntarme nada más?

Me vuelvo hacia él y me paso la lengua por los dientes superiores. Lo veo con otro ánimo, como más predispuesto.

—¿Quieres que hablemos de tu pasado?

—Solo si tú…

—Perfecto —le corto—. Me mata de curiosidad entender por qué escondes esas cosas. ¿Por qué ocultas al mundo que eras policía?

—No es que lo oculte. Es que a nadie le interesa. Soy anónimo, ¿recuerdas?

—No. No es por eso —niego con énfasis—. Pero da igual,

no estoy para adivinanzas. Lo que sí quiero saber es por qué un tío con un futuro en las telecomunicaciones tan prometedor como tú, hijo del magnate Montes, se saca una carrera de criminología y se hace policía.

—Porque nunca me interesó el mundo de Alejandro Montes. Y porque, de algún modo, era pasarle por la cara que ni él me intimidaba, ni a mí me interesaba su dinero.

—¿No sientes nada de agradecimiento hacia él por acceder a quedarse contigo cuando tu madre murió?

Aprieta los dedos sobre el volante, y sigue impertérrito.

—No hay nada que agradecerle. Pagué de muchas maneras el que me diera un techo, Becca. Mi padre nunca me quiso. Le recordaba a mi madre, la única mujer que no podía tener. ¿Sabes lo que eso supone para un hombre con un ego tan inmenso como el que él tenía?

—Pero eso no es lo que dice Fede.

—Fede dice muchas cosas, y la mayoría no son ciertas. Yo estoy muy jodido, rizos, pero también lo está Fede, que no deja de autoengañarse. No sé por qué motivo se repite tantas veces que él nos quería a su manera. Supongo que para mi hermano, que le regalase coches y dinero, era una razón para olvidar todo lo demás. Es un materialista.

—¿Y si tu padre no era tan duro como creías?

—Te he dicho que no —sentencia, inflexible—. Solo se quería a sí mismo. Por suerte, yo sí recibí amor por parte de mi madre, y sé la diferencia entre que te quieran y que no te quieran, Becca.

—Entonces… Si Fede se miente a sí mismo, tampoco es una razón para odiarle, sino para tenerle compasión. Puede que sea muy duro saber que el hombre que idolatras no te quiere, ¿no crees? Y con la madre de Fede ¿cómo te llevabas?

—No me hablaba. Me trataba como a un trapo —explica sonriendo con pena—. Y no creas que con Fede era distinto. Cuando lo veía, lo llevaba por la calle de la amargura. Pero él siempre intentó ser complaciente con todos, nunca protestó por nada. En cambio, en cuanto me recogieron y entré en la familia, jamás me callé una. Cuando veía que algo estaba mal, lo decía. Tenía un sentido muy estricto de la justicia y de lo que era correcto. Se llaman valores.

—Todavía los tienes.

—Sí. Por eso me hice policía. Para que mi padre recordase que en su propia familia tenía a alguien que siempre que quisiera podía pararle los pies. Sangre de su sangre —susurra—. Sangre no corrompida.

—¿Pararle los pies? ¿A qué te refieres?

—A que no era un buen hombre. Y a que hacía todo lo que los malos hombres hacen. Mentir, abusar de su poder, golpear, vender y manipular. ¿Me has entendido ahora?

Ahora sí. Ahora empiezo a intuir de dónde nace el odio de Axel hacia su padre.

—¿Te pegó? —pregunto, preocupada.

—Sí. Hasta que me hice un poco más fuerte y crecí. Con doce años le sacaba dos dedos a mi padre y podía plantarle cara. A quien siempre pegaba era a Fede, pero yo me ponía en medio para que se detuviera, y me llevaba la peor parte.

Los maltratos tienen graves secuelas, pero nunca habría dicho que Axel hubiera sido víctima de ellos.

—Tú eras mucho más pequeño que Fede. Era él quien tenía que protegerte, no al revés —comento con horror.

La elocuente mirada de Axel me dice todo lo que tengo que saber. Su hermano mayor nunca movió un dedo por él. Y en cambio Axel se partió la cara por defenderle. Fede era un cobarde, sometido por el poder del padre que lo crió. Axel tenía los valores de Ginebra, su madre, y chocaban demasiado con los que no tenía Alejandro.

Estudio sus cicatrices, la de la ceja y la de la barbilla, y barajó la sobrecogedora posibilidad de que esas marcas se las hiciera su padre. Ni su trabajo en la policía ni la guerra a la que viajó voluntariamente; fue el peor de todos: Alejandro Montes.

—Sí —asiente mirándome de reojo—. Las señales son de una paliza de mi padre. La semana después de llegar a su casa, exactamente. Supongo que quería demostrar quién mandaba.

—Dios... —bisbiseo, impactada. Coloco mi mano encima de la suya, que sostiene el cambio de marchas automático—. Axel, de verdad, lo siento mucho.

—Y yo. Pero eso ya es pasado, ¿sabes? Llevo mucho tiempo odiando a mi padre, mucho, y estoy cansado de esto. Su muerte me ha sacado una losa de encima —asegura con tanta honestidad que me pone la piel de gallina—. Pero necesito comprobar que está muerto de verdad.

No me atrevo a decir nada más. ¿Qué puedo añadir después de escuchar un ruego tan descarnado?

—Puede que ese no sea el mejor modo de redirigir tus emociones, Axel.

—Puede que no. Pero no conozco otra manera. Son demasiados años permitiendo que las semillas del odio arraiguen en mí.

—Y lo entiendo. Por eso no quieres nada de él.

—Entre otras cosas, sí. Lo poco o mucho que tengo, me lo he ganado con mi esfuerzo. De él no quiero ni el apellido.

—Pero tienes que cerrar el círculo, Axel, porque tus heridas siguen abiertas —le sugiero—. Alejandro ha muerto. Deberías ir a despedirte de él y liberarte de todo el odio que sientes, no solo para asegurarte de que no se levantará de su tumba. Deberías enterrarlo todo junto con su cuerpo. El rencor prolongado hace mella en nosotros, nos hace más daño que bien.

—Tengo pensado ir a verlo —me confiesa—. Pero cuando a mí me dé la gana.

—Claro.

—Y me gustaría que ese día me acompañaras.

—¿Seguro? ¿No prefieres estar solo?

—No. Tengo que sacar toda la mierda, rizos. Y necesito un ancla de esas. —Arquea las cejas y me medio sonríe—. No voy a parir, pero tengo una bola de veneno tan grande en mi interior que cuando la eche será como un parto.

Desde luego, le hará daño igual. Me hace gracia porque ha utilizado el término que Marina me dio para que no la perdiera de vista durante el parto. El ancla: una persona fija de apoyo.

Me gusta que escuche a los que hablan a su alrededor. Y más me gusta saber que cuenta conmigo.

—Está bien, Axel. Estaré ahí si me necesitas.

Me he quedado muerta al escuchar de su boca lo que vivió con el señor Montes.

Ahora puedo entender alguno de los comportamientos de Axel. Él retiene, calla y esconde muchas cosas, pero eso no quiere decir que no las sienta; es más, todo indica que en realidad puede padecer hipersensibilidad emocional. Pero no, desecho esa opción desde ya. Un hipersensible no tiene el autocontrol del que él hace gala. Lo único a lo que Axel es hipersensible es a las situaciones de peligro, en las que se descontrola por completo y se vuelve todo furia para protegerme a mí y a los demás. Esa furia nunca va dirigida a los más débiles. Pero es duro e inflexible con quien cree que se lo merece. No tiene misericordia.

A esa conclusión llego nada más bajar del coche y notar cómo su enorme mano engulle la mía para caminar juntos. Él jamás me lastimaría.

Lo cierto es que ahora sí le creo cuando me habla de Fede en esos términos: un tío interesado solo en los negocios y en el dinero, inestable emocional y mujeriego como lo fue su padre. Cobarde al permitir que su hermano pequeño se llevara los palos. Sin embargo, también he de decir que Fede quiere a su hermano, porque se ha preocupado por él para que encuentre un modo de sanarlo. Ha movido los hilos para que ambos nos conozcamos. Y eso es un punto a su favor.

Miro el perfil de Axel y pienso que no es justo que le hicieran eso. Y sin embargo, nunca he conocido a nadie más fuerte que él.

Caminamos por la calle, en silencio, como una pareja. Dios, ni se imagina lo bien que me sienta que me tome de la mano. En estos momentos es cuando más percibo lo poderoso que es, lo enclenque que soy y lo increíblemente reconfortante que es tenerlo a mi lado.

Estoy agotada por el día que hemos tenido. La tensión, el miedo por pensar que la bomba estallaría, los nervios, los cócteles y la bomba que sí ha estallado en el coche en forma de palabras me han sumido en un sopor difícil de ignorar.

Estoy deseando entrar en mi casa y meterme en la cama, y eso que no son ni las once. ¿En qué me he quedado?

Abro mi bolso, saco las llaves y se me caen al suelo. Es Axel quien me las recoge y abre la puerta por mí, como un caballero.

—¿Estás mareada? —me pregunta.

—Estoy muerta —le respondo.

Entramos los dos en el loft y él se pega a mi espalda y retira mi melena roja para darme un beso en la nuca. Cálido, pero nada exigente.

—¿Tienes hambre? Puedo prepararte algo —le sugiero luchando por que no se me cierren los ojos.

—No, rizos. Entre las copas y las tapas que nos han puesto para acompañar, ya estoy lleno.

—¿Y un vasito de leche con galletas? —Me encanta tomarle el pelo, porque cuando me sigue el rollo, nuestros intercambios son ocurrentes y me río mucho. Pero cuando no lo hace, como ahora, es como si hablara con *Rainman*. Axel tiene la capacidad de desconectarse, y pensaba que ese era mi especial y único don. Ahora ya sé que hay más como yo.

Él niega con la cabeza y se queda abrazado a mí, en silencio, con sus labios todavía posados sobre mi piel. Es como si no me quisiera soltar. Disfruto de ese instante, me muerdo el labio inferior y cierro los ojos. Tengo miedo de que sea él quien al final me obligue a dejarlo ir. Pasan demasiadas cosas a nuestro alrededor, y seguimos al pie del cañón.

—Mi pequeño gran hombre misterioso... —digo sin apenas ser consciente de que pienso en voz alta.

Pero él parece no advertir mi tono cariñoso ni posesivo. Permanece callado, sumido en su mundo interior.

—¿En qué piensas, Axel? —le pregunto—. ¿Te sientes mal por lo que me has explicado?

—No. Al contrario. Me siento mejor.

—¿Entonces?

—Pienso que estarías mejor fuera de España. Lejos de ese hijo de puta que quiere hacerte daño.

—Bueno, lo estaremos pronto. En apenas una semana iremos a Nueva York a grabar el piloto de *El diván*.

Adoro que me rodee la cintura con los brazos y apoye su barbilla en mi hombro, de un modo tan mimoso. Poso mis manos sobre sus antebrazos y le acaricio arriba y abajo.

—Me jode que ese tipo pueda saber a través de Twitter dónde estás o dónde dejas de estar en cada momento. Es como si siempre tuviera una pequeña ventaja.

—No puedes detener a las personas que me ven, ni puedes prohibirles que cuelguen nada en internet. Estoy expuesta a eso. Pero yo también tengo ventaja respecto a él.

—¿Cuál?

—Te tengo a ti. —Le señalo orgullosa—. Eres mi pitbull comemalos.

—Te encanta bromear sobre estas cosas —murmura, incrédulo.

—Sí, ya. No lo puedo evitar.

—La idea de que… —Se detiene y toma aire por la nariz—. Voy a matar a ese cabrón. Lo juro.

Me doy la vuelta entre sus brazos y le tomo el rostro con mis manos. Ni siquiera he encendido la luz del salón; nos alumbra la iluminación de la calle que se cuela a través de mis cristaleras.

—No, Axel. Matar no *es* bien.

—Tú tampoco estás bien así. Se lo merece por hacerte sufrir.

—Pero lo estaré. Estaré bien cuando tú y tu ejército de amigos lo cojáis para meterlo entre rejas —le aseguro para tranquilizarlo—. Tú vas a estar conmigo, ¿no?

—Sí, rizos. Mientras me dejes.

—¿De verdad crees que te voy a soltar? —pregunto, asombrada. No ve lo loca que estoy por él; no se lo quiere creer, el muy mendrugo. Mi sonrisa es incrédula. Relamo mis labios y le inclino el rostro—. Axel, ¿de verdad lo crees?

—Quiero creer que no —contesta mirándome fijamente a

los ojos—. Me gusta estar contigo, rizos. Y odio imaginarme el momento en el que...

—Dios... —Suspiro—. Nene...

—¿Nene?

—Sí.

—Dime, nena.

Sonrío feliz. Me gusta cómo suena.

—Todavía no tienes ni idea, ¿a que no?

—¿A qué te refieres?

«Pues a que estoy loca por ti, pedazo de pardillo de las montañas, y preferiría cortarme lo que fuera antes que dejar de estar contigo.»

—Te comería a besos, Axel.

Él parpadea, y no es la primera vez que contemplo cómo sus ojos esmeralda se iluminan de esperanza para luego oscurecerse de deseo.

Y todo eso lo provoco yo. ¡Un hurra por mí!

—Me arden las manos por las ganas que tengo de desnudarte —dice como si le costara articular las palabras.

Trago saliva y parpadeo lentamente, de un modo que creo que es seductor.

—¿Y por qué no empiezas?

—Porque se te cierran los párpados.

—Es un aleteo de pestañas para atraer al líder de la manada.

Él se echa a reír y niega con la cabeza.

—No, preciosa, no lo es. Tienes sueño. Estás agotada.

—Vale, tal vez me cueste abrirlos del todo —reconozco sin poder detener el bostezo.

—Y yo soy tan bruto que solo pienso en montarte como un bestia. Soy un insensible.

—Vaya... —Me cuesta acostumbrarme a tanta franqueza sexual—. Lamento «desmontarte» el plan. Pero... —juego con su jersey entre los dedos—, si me voy a dormir, ¿te vienes conmigo?

Axel echa un vistazo a las escaleras que conducen a la planta de arriba. Sus ojos valoran las posibilidades de subir y solo dormir conmigo. Sin sexo ni nada. Únicamente él y yo, y las ganas de descansar abrazados.

—Becca. No sé si…

—Eh. —Lo tomo de la barbilla para que me preste atención—. ¿Crees que no sé que no quieres dormir en mi cama? Llevamos dos noches seguidas durmiendo en el sofá. Y eso si me dejas dormir… —El rostro de Axel revela sorpresa—. No solo porque no dejemos de fornicar como conejos ni seamos incapaces de levantarnos. No me llevas a la cama porque sabes que la he compartido muchas veces con David, ¿verdad?

—¿Por qué no te sales de una puta vez de mi cabeza, loquera? —gruñe con asombro.

—Porque te leo, Axel. Y ya puedes dar gracias, porque si tengo que esperar a que tú me cuentes las cosas, me dan las uvas. Sé cómo piensas. Eres celoso y posesivo…

—Nunca lo fui —aclara—. No sé por qué lo soy ahora.

—Yo sí. Además, te has vuelto inseguro y desconfiado en las relaciones. Pero tenemos que dejar algo claro: no soy yo la que te ha hecho así. Y eres tú quien está aquí conmigo, no mi ex. Nada contigo puede recordarme jamás a nada de lo que haya podido vivir con David en esta casa. No creas ni por un segundo que te comparo o que estando contigo pienso en él, porque no es cierto.

—Eso espero.

—Eso es imposible porque me comes toda la cabeza, Axel —digo tocándome la sien—. Quemas todo mi tiempo y no tengo el corazón tan grande como para compartirlo con alguien más. Tengo sitio solo para uno. Soy así de simple. —Me encojo de hombros. Joder, esto es lo más cerca que he estado de decirle que le quiero—. Eres un acaparador y solo puedo pensar en ti. ¿Te vale esto?

Él aprieta los dientes y asiente, como si hiciera un esfuerzo titánico por controlarse. Vuelve a mirar hacia arriba, al descansillo que lleva a mi suite.

—Quiero que duermas conmigo, ¿no lo entiendes? Esta noche solo te necesito a ti en mi cama. —Le acaricio el pectoral con mi dedo índice—. Que me abraces. —Me pongo de puntillas y le beso en los labios—. Y que alejes mis pesadillas. Y yo, a cambio, intentaré alejar las tuyas. Por favor —le suplico en voz muy baja.

Vuelvo a besarle, hasta que Axel responde a mi beso. Me apresa los labios como solo él sabe, con toda su intención y esa alma contusa que lo flagela. Y yo lo abrazo, porque lo acepto todo, tanto lo bueno como lo malo.

De repente, me coge en brazos, como a una princesa. Le rodeo el cuello y apoyo mi mejilla en su hombro, para darle besos en el cuello y en la barbilla. Vamos como Richard Gere y Debra Winger en *Oficial y caballero*.

—Tú no eres tan duro como quieres aparentar.

—Ni tú tan valiente, princesa.

—Soy valiente porque estás conmigo, tonto.

—¡Mira! Yo estoy duro por lo mismo.

—Eres tan poeta… Voy a llorar —añado con sarcasmo.

Entramos en mi habitación y él mira alrededor, como si buscara residuos de David por las esquinas. Pero no los encuentra. Solo ve mi enorme cama con la colcha de plumas lila, con cojines llenos de búhos de colores; un vestidor, mi baño, mi tele y algunos elementos decorativos con toques femeninos, como el centro de flores artificiales y cañas de bambú que decoran una de las esquinas de mi suite. Detrás de la cama, cuyo cabezal es blanco y simula las raíces de un árbol, no hay pared, solo un enorme mirador de cristal en forma de arco, a través del cual se puede contemplar la calle. Afuera, los reflejos de las luces de las farolas brillan en el suelo húmedo por la lluvia.

Axel me deja en tierra firme y me mira fijamente.

—No sé si te lo he dicho —empieza a desnudarme con parsimonia y lentitud; me apostaría un riñón a que disfruta desvistiéndome—, pero me gusta mucho tu casa.

—¿Por qué?

—Porque es como tú.

—¿Riza el rizo?

—No.

—¿Y cómo soy?

Me saca el jersey negro Guess de cuello de cisne por la cabeza, y después dirige sus dedos a mi sostén, para tomar un desvío en el último segundo.

—Luminosa, original... De líneas elegantes. —Desabrocha el botón de los tejanos y los desliza por mis piernas, hasta dejarme en braguitas—. Suave y cálida. —Hunde la nariz en mi ombligo y me besa el vientre. Poso mi mano sobre su cabeza y le acaricio—. Y con destellos de locura que me descolocan y me provocan tensión y adicción a partes iguales.

—¿Te estás volviendo adicto a mis taras? —Qué tierno.

Él asiente. Me quita las Hunter, me libera de los pantalones sacándomelos por los pies y observa mi desnudez, como un escultor admiraría su propia obra. Pasa las manos por mi piel, haciéndome entrar en calor, y sin darme cuenta, me libera del sujetador.

Posa sus manos sobre mis pechos y yo cojo aire por la boca. Le arden las palmas y me encanta.

—¿Dónde tienes el pijama?

La pregunta provoca el nacimiento de una carcajada en mi garganta. Pero se queda a medio camino. Hemos dormido desnudos la mayor parte del tiempo, ¿y ahora me quiere poner el pijama?

Supongo que al pobre diablo le hará ilusión.

Le señalo la almohada y él obedece, sacando mi conjunto nada sexy de Mafalda de debajo del cojín.

Lo mira con curiosidad y arquea una ceja.

—No vas a ponerte esto.

—¿Cómo que no? —Estoy inmóvil como una figura en el centro de la habitación.

—Aún recuerdo lo que me pasó en Cangas con el pijama de Mickey Mouse. Si te pones esto, solo tendré ganas de quitártelo —me dice, y sin mediar palabra, lo tira al suelo, sobre la alfombra blanca y extrapeluda que hay debajo de la cama.

—Oye... Pero...

Axel me hace callar cuando se desnuda, como yo.

Nos quedamos los dos en prendas menores.

Jolines… Es hermoso bajo la luz de la lluvia exterior. Bueno, Axel es Axel bajo el prisma de cualquier luz, inalcanzable y medio divino.

El sonido de las gotas repiqueteando contra el cristal nos envuelve, anegándonos de paz y de una sensación extraña, que ni es deseo ni tampoco locura sexual… Solo necesidad de estar en contacto el uno con el otro.

Por eso, cuando me abraza y me coge en brazos para meternos en el sobre, me siento tan plena y jubilosa. Es justo aquí donde quiero estar. Es esto todo lo que ahora necesito.

Axel me abraza y yo me estiro encima de él. Su calidez me arrulla, y permito que el silencio y el ritmo hipnotizador del aguacero se conviertan en nuestra nana para dormir.

El mundo desaparece en brazos de mi ángel.

19

 @lajusticiera @eldivandeBecca #Beccarias
@elcosaco prueba a darte un cabezazo contra
la pared. Eso también te hará llorar, capullo.
#hombrescapullosaltrullo

Al día siguiente

Despierto con los brazos de Axel rodeando mi cuerpo por completo. La sensación es tan maravillosa que no me quiero mover con tal de disfrutar de unos cuantos minutos más de paraíso.

Observo sus manos: una reposa en mi vientre y la otra sobre la almohada, delante de mi cara.

¿Quién es Axel en realidad? Día a día, al ritmo que me permite, voy descubriendo sus facetas más secretas, su indudable bondad y, paradójicamente, su más que evidente oscuridad, provocada por una infancia demasiado dura y toda una serie de desengaños en su edad adulta.

Punto uno: su madre, una mujer belga llamada Ginebra, murió cuando él tenía diez años.

Punto dos: le recogió su padre, Alejandro Montes, hasta ese momento desconocido para él, un magnate de las telecomunicaciones, que resultó ser un nazi autoritario y agresivo que le maltrató.

Punto tres: la animadversión hacia su padre alimentó su deseo de no parecerse jamás a él, de no recibir nada suyo, y por eso renunció a su apellido, a sus privilegios, y se hizo policía, para meter a gente mala como Alejandro entre los barrotes de una cárcel.

Punto cuatro: sin embargo, cuando ya lo tenía todo hecho, espoleado por su amigo Nico, al que no conozco todavía, se pasó a la seguridad privada, donde conoció a su compañera Victoria.

Punto cinco: y tres años después, Victoria le rompió el corazón.

Punto seis: el palo fue tan descomunal, que como ya no podía volver a la policía, decidió meterse de lleno en una guerra con la que poder lidiar con sus monstruos y sus fantasmas, y poder emplear, con justificación, la violencia que nacía dentro de él, la rabia que le provocaba todo su sufrimiento; en definitiva, curar su horror interior con el horror exterior de un conflicto bélico.

Pero el remedio fue peor. Axel no exterminó ningún demonio; al contrario, sus demonios se lo comieron. Y aun así, su inquebrantable bondad y sus arraigados valores pugnan por sobreponerse a todas sus sombras.

Eso es lo que más admiro de él. Que luche por seguir siendo bueno, cuando probablemente esté aún más jodido de lo que él cree que está.

Los tormentos de las personas, las cruces que llevamos a cuestas, son mayores o menores dependiendo de la capacidad que tengamos para soportarlas. Recuerdo que una vez en catequesis, una monja llamada Catalina, que tenía una verruga en la punta de la nariz y aseguraba que el demonio estaba dentro de mí (sí, tal y como os lo cuento), me dijo algo que se me quedó grabado: «Dios no nos envía pruebas que no podamos superar».

No sé si creer o no creer en Dios —y más después del milagro de que yo aún siga viva— sea responsabilidad de la providencia o no; pero sí sé que el ser humano tiene en su interior la voluntad de sobreponerse a todo, aunque algunos la desarrollan más que otros, y al final esos que la desarrollan más son los supervivientes.

Axel es uno de ellos.

Lo que no sé es si sobrevivirá a lo que va a pasar esta noche.

Tendré que despertarle de buen humor, que su día empiece lo mejor posible para convencerle.

Me doy la vuelta entre sus brazos, cuelo una de mis piernas entre las suyas peludas, y con un atrevimiento que ya sí es digno de mí, y más con la de cosas que hemos hecho juntos, introduzco mi mano entre sus calzoncillos.

Me encanta verlo dormir, pero más me gusta contemplar el color caribeño de esos ojos calientes y latinos. Más aún cuando toda su atención se centra en mí.

Axel está calidito ahí abajo. Lo tomo y lo rodeo con mis dedos.

Él ronronea aún con los ojos cerrados.

Me muerdo el labio inferior y sonrío. Me gusta mucho tener el poder de despertarle así, en todos los sentidos.

—Eh, hombretón —susurro besándole en la nariz. Lo acaricio arriba y abajo, deleitándome al ver que pasa de un estado lánguido a uno que empieza a alegrarse de verme—. Has dormido toda la noche. Felicidades. —Y es cierto; ni desvelos ni malos sueños. Tal vez estábamos demasiado cansados como para tener esas inquietantes pesadillas que de vez en cuando sufrimos simultáneamente. Pero esta noche no. Esta noche nada de nada—. Qué orgullosa estoy de ti.

Sus labios se estiran ligeramente y se coloca de espaldas en el colchón. Entonces, abre un poco las piernas para que yo pueda maniobrar con mayor facilidad.

Sin soltar su miembro, me froto contra su cuerpo como una gata. Mis pezones se endurecen al contacto con su pectoral. Le beso por la cara, la mandíbula y el cuello… Me embebo de él y de su olor, un perfume natural que reconozco como mío.

Continúo por sus hombros y desciendo hasta sus pezones, pequeños y oscuros, que succiono y muerdo hasta que se endurecen. Cuando levanto la mirada, Axel me mira con concentración. Tiene la boca medio abierta, los dientes blancos y rectos asoman a través de sus labios, y esos ojos rasgados y claros están cercados por sus espesas y largas pestañas negras. Su atractivo es incontestable.

Y es todo mío.

—Buenos días. —Le sonrío y paso la lengua por su abdomen, sin dejar de mirarlo, hasta colarla en su ombligo.

—Buenos días —me saluda él con voz ronca.

Miro hacia abajo, y está totalmente empalmado en mi mano. Sobresale entre mis dedos, grueso y duro, potente. Quiero toda esa potencia para mí, para quedármela, albergarla en mi cuerpo y disfrutarla. Pero antes voy a hacerle disfrutar a él.

—Becca... —Me agarra toda la mata de pelo con una mano, y despeja mi cara para observarme bien cuando me lo coma. Y tengo tantas ganas de comérmelo... Nunca me había pasado algo así—. ¿Me vas a chupar?

—Sí... —Bajo mi cabeza y mientras lo masajeo con mis dedos, empiezo a lamer la punta de su cabeza roma.

—Joder.

A los hombres les encanta mirar, es algo innato en ellos, y no sé por qué. No sé qué le verán de bonito, porque nuestra cara se deforma de maneras poco ortodoxas cuando succionamos, y ya no hablemos de cuando casi nos ahogamos cuando eso te da en la campanilla y se te saltan las lágrimas más que cuando pelas cebolla. Una vez, cuando a Eli le gustaban más los hombres que mi propia hermana, me dijo algo que es bien verdad: «Si lloras cuando pelas cebolla, verás cuando peles una polla». Pero, en fin, no voy a divagar ahora con eso.

Al principio lo chupo suavemente, pero después me dejo llevar por sus gemidos y por el modo en que levanta las caderas. Lo introduzco todo lo que puedo hasta volverlo loco. Me siento tan poderosa como una diosa del sexo cuando noto cómo tira de mi cuero cabelludo, perdiendo el control.

Es lo que quiero.

Que Axel pierda el control ahora, y no esta noche, cuando conozca a mi familia adorablemente desestructurada, tiernamente adorable e irremediablemente desquiciada de la cabeza.

Pero la mejor. Al menos, para mí.

En realidad, no me ha costado nada convencer a Axel para que venga conmigo esta noche. Para mi sorpresa, le ha parecido bien.

Tampoco debe extrañarme mucho porque Axel es bueno con la gente, es algo que me ha enseñado al trabajar juntos en *El diván*. Habla, conversa y se interrelaciona a su manera, pero siempre es para bien. Lo he visto con Francisco, con Óscar, con Fayna y con Eugenio... Menos con Roberto, ha echado una mano a todas las personas que nos han rodeado en todas estas semanas. Eso quiere decir que se preocupa y es sociable, pero en cambio se siente incómodo cuando otros se preocupan por él. Es muy característico de aquellas personas que se han hecho fuertes a base de palos.

Después de haber ido a ver las fuentes de Montjuïc, donde me cargó como una bolsa de patatas y por poco me lanza al agua en una de ellas, y después de dar un paseo por el Palacio Real de Pedralbes, en el que nos hemos dado alguna que otra carantoña entre los arbustos, nos hemos dirigido a comprarle algo a Iván en el Centro Comercial de la Illa, en la Diagonal.

Ha sido un poco de chiste, la verdad. Yo iba a comprarle a mi sobrino lo típico que sé que le gusta: los pokémons, los digimons y esas cosas que le fascinan. Pero Axel fruncía mucho el ceño hasta que me los ha quitado de las manos.

—No puedes regalarle a un niño monstruitos luchadores que se convierten en pelotas del amor como la que llevas colgada al cuello. Le estás enviando un mensaje contradictorio —me ha dicho, incrédulo—. Nadie gana una guerra lanzando besos.

En ese momento he contemplado la caja enorme con todos los cromos y monstruitos que mencionaba Axel.

—No entiendo por qué no le puedo regalar esto. Le gustan.

—Regálale algo de *Frozen*, ya que estamos.

La idea no me ha parecido mal, y he sonreído ilusionada, pero Axel me ha cogido del cinturón del pantalón para retenerme a su lado, y con una sonrisa de «lohedichoenbromatonta», me ha recordado:

—¿Tú crees que Spiderman o Batman, o algunos de estos

superhéroes, se van a convertir en bichos bolas del amor antes de liarse a mamporros con los malos?

—No, pero tampoco se les puede exigir a los niños que sean de hierro, tengan superpoderes y que salven al mundo disfrazados de murciélago o de araña, ¿no crees? Voy a por mis pokémons. A Iván le encantan, y los estudia; ha montado todo un bufete de psicología a su alrededor. Después los juzga como abogado del diablo, como hace su madre en el juzgado.

—Todo un personaje, este Iván…

—Te va a encantar. —Le sonrío abiertamente.

—Seguro. Pero no voy a ir a su cumpleaños con una cajita de pokémons. Es el único hombre que tendré cerca. Tenemos que apoyarnos.

—Axel, déjalo. No tienes que regalarle nada.

—Ven. —Me agarra de la mano y me lleva por los pasillos de la juguetería hasta plantarse delante de unos helicópteros voladores con muchas hélices. Los observa con la misma cara de un crío que ha encontrado un tesoro. Satisfecho y orgulloso, coge uno de color rojo y negro.

—¿Qué haces? —Miro el precio anonadada—. ¡Eso es muy caro!

—Me da igual, es un dron.

—No sé qué es eso.

—No importa, yo sí. Se lo voy a regalar yo.

—No, por favor. Déjalo, no es necesario…

—Ese crío está rodeado de progesterona. Le enseñaré a utilizar el dron, a hacerlo volar por donde él quiera y a grabar cosas con su cámara. Así podrá espiar a su madre y a su amiguita y enviarle los vídeos al tito Axel…

—¡Eres un guarro! —Y le doy un puñetazo en el brazo.

Axel se ríe y me pone la mano en la frente, extendiendo el brazo de modo que no puedo alcanzarle ni quitarle el dron de las manos. Doy bofetadas en el aire como un molinillo de viento. Desisto, me ignora, y al final se dirige a la caja con el dichoso aparato teledirigido.

Él lo ha pagado todo. Mis pokémons y su dron. Desde que

estamos juntos y salimos, nunca me deja pagar. Dice que es algo que no puede permitir, y yo ya le he dicho que esos códigos machistas no se llevan.

Pero le entra por un oído y le sale por el otro.

Mis nervios están a flor de piel cuando me planto delante de la puerta de casa de mi madre, esperando a que algún miembro de mi familia me abra.

El olor a comida casera golpea mi nariz y la de Axel, que sonríe con gusto y cierra los ojos con aprobación.

—¿Alguien de tu familia sabe que soy belga?

Lo miro con un gesto de disculpa.

—Sí. Mi hermana. ¿Te molesta?

Él niega con la cabeza, clava los ojos en la puerta de la entrada y sonríe delicadamente.

—Tu madre es una gran anfitriona. Ya me cae bien.

—¿Por qué dices eso si aún no la conoces?

Me mira de reojo y se encoge de hombros.

Yo le observo por encima de los dos regalos que cargo. No ha querido llevar ninguno. Quiere que se los entregue yo a Iván.

Da la casualidad que es mi pequeño y adoradísimo sobrino, el niño de mi vida, morenazo y de ojos claros como su madre, el que abre la puerta y grita a pleno pulmón:

—¡Es mi tita famosa! —Y se lanza sobre mí para rodearme la cintura y achucharme.

—¡Enano! —exclamo besándole la cabeza—. ¡Felicidades en tu treinta cumpleaños!

Iván se burla de mí enseñándome la lengua.

—Te has pasado, tita. La vieja eres tú.

—Has sacado el sentido del humor de tu madre querida —le digo entre dientes—. Te abrazaría pero me he encontrado en la escalera este par de cajas envueltas en papel de regalo y las he tenido que recoger. —Pongo cara de pena.

—Pobrecitas… —Iván me sigue el juego—. Dámelas, yo las cuidaré y les daré un hogar —asegura, malicioso e interesado.

Entonces, mira al lado y tiene que inclinar mucho su cabeza hacia atrás para estudiar a Axel. Se acaba de dar cuenta de que vengo con acompañante.

—Hola —lo saluda Iván, impresionado por su altura y su complexión.

—Hola, tío. —Axel cierra el puño y lo extiende.

Mi sobrino lo mira un poco desconfiado, pero al cabo de los segundos se echa el pelo hacia atrás con un gesto chulesco y choca su puño con el de Axel. Idioma de hombres, claro está.

—Me han dicho que es tu cumple.

—Sí.

—¿Cuántos cumples?

—Seis.

—Los suficientes.

El pequeño frunce el ceño y busca en mí la respuesta a esa adivinanza, pero como yo estoy tan perdida como él, acaba preguntándole a Axel:

—Suficientes ¿para qué?

—Para conducir tu primer helicóptero.

No sé cómo lo ha hecho. Ni comprendo qué es lo que hace que Axel acabe conectando con la gente como lo hace, pero Iván lo lleva cogido de la muñeca, arrastrándolo por el pasillo como si fuera un trofeo, para dejarlo directamente a la cocina, donde, ahora sí, se encuentran las tres jinetes del Apocalipsis, trincándose media jarrita de sangría asesina por eso de entrar en calor.

Mi madre lleva sus rizos cortos graciosamente peinados alrededor de su cabeza. Está maquillada, y viste unos modernos leggins negros con unas botas planas Geox que le regalamos el año pasado para su cumple. Su blusa morada apenas se ve, cubierta por un delantal pistacho que luce un tomate en cada pecho y un trozo de sandía entre las piernas. Una de esas maravillosas ideas de Carla.

Eli está guapísima, como siempre; me recuerda a la Elsa de *Frozen*, vestida con un pantalón ancho que se ajusta a la rodilla, unas botas altas de tacón y una camiseta ajustada y fina de color marrón. Lleva el pelo rubio suelto sujeto con una diadema fina de piedras brillantes negras. Sus ojos oscuros se ríen nada más ver mi cara. Sé lo que está pensando. La puedo oír perfectamente diciéndome: «*Mijita*, se te ve en la cara que estás enamorada».

A su lado, mi despampanante hermana se acaba de estresar al advertir la ansiedad con la que su hijo se agarra al primer hombre que entra en esa casa después de su desastroso marido y de mi amable ex. A ver cómo le dice al crío que su futuro padre se va a llamar Eli.

—Mira, mamá, ¡un hombre! —Así es como presenta Iván a Axel a mi familia, como un mono de feria.

La cara de Eli y Carla es de puro chiste. Ellas ya lo han visto antes, y ya lo conocen, pero mi madre no.

Mi querida madre deja su copa de sangría a mitad de camino de sus labios, y sus gafas se deslizan cómicamente por el puente de su nariz. No puede tener los ojos más abiertos, fijos en ese monumento que traigo conmigo.

—Me he muerto y estoy en el cielo… —musita, estupefacta.

Dios, yo sí que me quiero morir. Son unas descaradas, y mi madre, cuando está con ellas, también se contagia un poco, hasta el punto que se convierte en otra Suprema deslenguada y más salida que el canto de una mesa.

Carla y Eli se acercan a Axel entre risas cómplices, lo saludan, y después me sepultan en un abrazo.

Mi madre acaba de darle dos besos a Axel y está como nunca la he visto: roja como un tomate y con una sonrisita tonta que ni con mi padre en sus tiempos mozos. Con eso lo digo todo.

—Es un placer conocerla.

—*Tutétame* —le pide—. ¡Qué digo, por Dios! —se corrige, azorada—. Tutéame, Axel.

Mi guardaespaldas tiene el tacto suficiente como para no dar mayor importancia a la esquizofrenia de mi madre. Le sonríe encantador, como el ángel que todas sabemos que no es, y asiente como un niño obediente.

¡¡Es un truhán!! En la juguetería me ha tocado una teta (*tu-tetado*, como diría mi madre) y aquí finge que nunca ha roto un plato.

Sin embargo, el que parece más fascinado con él es mi sobrino, que enseguida lo secuestra para llevarlo al salón y desenvolver los regalos juntos. Cuando los dos desaparecen de la cocina, espero la avalancha de preguntas. Y lo primero que oigo es a Eli diciendo:

—Axel se acaba de posicionar como padre platónico de Iván. Qué bien. —La idea no le gusta nada, pero la acepta, qué remedio.

—Tengo tres cosas que decir —apunta mi madre. Demasiadas, pienso yo—. La primera: ¿qué es eso de no darle un beso a tu madre? —Y me señala con la cuchara de madera manchada de salsa roja.

Arrastro los pies embutidos en mis preciosas botas altas Guess y permito que mi madre me bese, al tiempo que añade:

—Segundo: ¿este chico es de verdad o es alquilado, Becca?

—Por supuesto que es de verdad. Hola, mamá. —La abrazo con fuerza.

—Hola, hija.

—¿Y la tercera?

Mi madre me sigue abrazando cariñosa y le suelta a mi hermana:

—¿Cuándo vas a buscar un padre para tu hijo, Carla, cariño? Te sugiero que lo hagas antes de que ponga un anuncio en internet o en alguna revista.

—Ya la has oído —susurra Carla en voz baja—. Ni siquiera sospecha que Eli y yo estamos liadas.

Nos hemos encerrado en mi habitación un momento. Sé que es de mala educación dejar solo a un invitado, pero Iván lo está cuidando muy bien, y solo me ausentaré unos minutos.

Eli está apoyada en mi armario empotrado, mirándonos a mí y a mi hermana, que estamos sentadas encima de la cama.

—Mamá está obsesionada con que me eche un novio. Empecinada con la idea de que tiene que tener algo que le cuelgue entre las piernas.

—Llámala rara —murmuro mientras pongo los ojos en blanco.

Eli se ríe mientras sujeta su copa de sangría con una de sus elegantes manos y mantiene esa pose de mujer fatal.

—Ya le he dicho a tu hermana que no tiene que tener prisa. Que estas cosas son delicadas para soltarlo así como así. No quiero que Mama Tina se sienta violentada. —Así llama Eli a mi madre desde que la conoció. Fue mi madre quien le dijo que la llamara de ese modo, porque la quiere como a una hija. Y porque la madre de Eli murió cuando ella tenía diez años. Cuando mi madre lo supo, decidió que sería una segunda figura materna para ella. Y en cierto modo, lo es, porque Eli quiere a mi madre con todo su corazón.

—Para ti es muy fácil. Claro, como tú ya se lo has dicho a tu padre... —dice Carla con ironía.

—Yo se lo dije, sí —asiente, orgullosa.

—Eli, tu padre es medio sordo —le recuerda Carla—. Le dijiste: «Salgo con Carla. Soy lesbiana», y entendió que salías conmigo a vender lana. Y le diste la razón como a los locos.

Eli se echa a reír. Tiene una gran capacidad para reírse de sí misma y de las situaciones que vive.

—¿En serio? —pregunto sin podérmelo creer.

—¡No! —Eli sonríe cuando lo dice—. No fue así. Le dije: «Papá, salgo con Carla». Y mi padre me contestó: «Muy bien, cariño. Pásalo bien».

Ya entiendo. Su padre no entendió el significado de «salir» como el que era, en plan pareja. Y se lo tomó como siempre.

—A ver —me paso la mano por la frente—, ¿qué vais a hacer? ¿Os iréis a vivir juntas o qué?

Podrían si quisieran. Ambas tienen cada una su casa, pero mi madre adora tenerlas pululando por aquí, aunque no lo quiera admitir. No sé si pensará lo mismo cuando se entere de que son pareja.

—No corras tanto. —Carla levanta la mano para detenerme—. Ahora nos estamos conociendo, ¿verdad, gorda?

Eli bizquea y resopla.

—Como si no lo hubiéramos hecho ya en todos estos años…

—A ver, yo tengo el chip de amiga contigo en algunas cosas… Lo estoy reseteando para dejarlo en modo pareja. Necesito un tiempecito.

—Yo no tengo prisa. —Eli sonríe como esa persona que sabe que al final se va a quedar con el premio gordo—. Tanto tú como yo sabemos cómo va a acabar esto, guapita de cara.

Carla arquea su ceja derecha y le dirige una mirada divertida y también un poco soberbia.

—Menos lobos. Debí ponértelo más difícil.

—¿Os hacéis una idea de lo raro que se me hace esto? —intervengo, un poco desquiciada—. Estáis flirteando en mi cara. ¿Seguro que sabéis dónde os metéis? Sois muy parecidas y… muy guapas —protesto—. ¿Vais a cerrar el universo hombres para siempre? ¿Con quién voy a hablar yo de tíos buenos?

Eli está que se dobla de la risa, al igual que mi hermana, a la que robo la copa de sangría para echar un trago y ver si yo encuentro esta situación igual de divertida.

—No te confundas, Becca —me dice Eli, sentándose a mi otro lado—. A mí no me gustan las mujeres. Pero me he enamorado de tu hermana. Además, el universo Carla y Eli nada tiene que envidiar al universo pucio, pospucio y prepucio. Se puede encontrar el mismo placer, incluso mejor, en los brazos de la mujer adecuada.

—Demasiada información. —Sacudo la cabeza y ruego que no sigan por ahí.

—A mí me sucede lo mismo —comenta Carla, más relajada, suspirando como si ya no hubiera remedio para lo suyo—. Me gustan los hombres. Mucho. Joder, Becca, tú lo sabes. Pero la atracción que siento por ellos no se convirtió jamás ni en amor real ni en compatibilidad, ni en vida feliz y plena; sí en sexo loco y desmedido. Desgraciadamente, el sexo nunca es suficiente, tiene que haber algo más.

—Yo siempre busqué esa historia de amor con final feliz en un hombre —me cuenta Eli—. Me gustaban, me acostaba con ellos, después lo intentaba más en serio, hasta que acababa agotada de tanto esforzarme por que saliera bien, y al final todo fallaba.

—Lo vuestro ha sido un claro caso de atracción por desgracias en común —señalo con la boca pequeña—. Vuestra mala suerte con los hombres ha creado lazos irrompibles. Habéis tomado la decisión de estar juntas, porque juntas sois más felices que estando en pareja con un hombre cada una.

—No. No es solo eso —replica Eli—. A ti te quiero como a una hermana, Becca. Eres mi mejor amiga. Tú también has tenido una vida amorosa muy acomodada y sin chispa. Y tengo lazos contigo que no tengo con Carla, pero no estoy enamorada de ti. De hecho, a mí las mujeres no me atraen. Pero supongo que el amor no tiene ni género ni color. Por mucho que me gusten los hombres, por mucho que me atraigan, me he cansado de probar, y te aseguro que el amor que siento por tu hermana es nuevo, completamente diferente... Y me hace feliz, como nunca lo he sido.

Las dos se miran con esas caritas de ver el cielo en los ojos de la otra; cuando Eli se expresa de esa manera no puedo enfadarme, pero tengo mi derecho a pataleta, ¿no?

—¿Y ahora qué? Siempre erais las primeras en venderme la moto de que debía lanzarme a la aventura con un hombre que me pusiese la cabeza del revés. Que debía dejar la estabilidad y la seguridad y luchar por mi historia de rosas y espinas.

—Claro. Nosotras hemos elegido el camino más difícil. ¿O crees que estar juntas es fácil? Lo sencillo es encontrar a un tío de los muchos que hay por la calle y están dispuestos, y vivir con él, aunque solo sea compatible conmigo al cincuenta o sesenta por ciento. Seguro que tendría más porcentaje de lo que tienen las demás parejas.

—O no. Hay parejas heteros muy felices..., ¿no? —Elevo mis cejas, incrédula ante lo que oigo.

—Por mi consulta no pasa ni una —me deja claro Eli.

—¡Pero eso es porque haces terapia de pareja! ¡Y cuando una pareja hace terapia es porque ya está muy mal!

—Seguro que las hay. Sea como sea, Becca —Eli entrelaza los dedos con los míos—, tú tratas fobias. Y estarás de acuerdo conmigo en que hay que ser valiente para amar a corazón descubierto. Tu hermana y yo lo vamos a hacer. Como tú lo estás haciendo con Axel.

Dios. Por supuesto que sí. El ser humano es inconsciente y generoso por naturaleza, porque entrega su amor a destajo, sin medir nunca las consecuencias. Es tan grande nuestra necesidad de amar y de ser amados, que en ocasiones forzamos las situaciones para engañarnos a nosotros mismos, para convencernos de que estamos enamorados y de que nuestra pareja es la definitiva y la mejor para nosotros. Y eso nos acaba destrozando.

Con *El diván* he aprendido que es tan valiente el que decide amar y lanzarse a la piscina, como el que admite que se equivocó y que en realidad aún no ha amado.

Yo he sido de las segundas, y ahora me he metido en el grupo de las primeras. Y Carla y Eli están haciendo lo mismo.

Somos valientes. La seguridad es para los que no aman.

Y creo que ahora mismo, las tres, amamos demasiado. Si es que hay demasiado en el amor.

Cuando regresamos al salón, me encuentro a un Iván emocionadísimo sentado en el sofá con Axel, escuchando atentamente cómo funciona el dron. El aparatito está suspendido por encima de sus cabezas morenas. Axel le muestra lo que está grabando el dron en la pantalla del dispositivo que sostiene en las manos.

—Mira, ¿ves? Si giramos el dron así, podemos grabar a esas tres brujas que están en la puerta. Le das al botón de los misiles y las eliminas.

Obviamente, esas tres brujas somos nosotras. La imagen es tan especial, que parece que el juguete favorito de Iván no es el dron, sino Axel. El crío se parte de la risa con sus bromas. Veo que me ha salido un duro competidor para ganarme sus atenciones. Obviamente, mi sobri es un ángel, así que ganaría él sin ninguna duda.

—Vale, ya sé cómo se hace —asegura Iván—. ¿Ahora yo?

—Sí. Ahora tú. Tienes una misión que completar.

—¿Ah, sí? —pregunta emocionado, abriendo los ojos hasta que le ocupan toda la cara—. ¿Qué misión, A?

Madre mía. Axel le ha dado permiso al crío para que lo llame A. Y caigo y sigo cayendo en su red.

—He escondido en un sitio secreto el otro regalo que traía Becca. Sin moverte del sofá, y solo con la ayuda del dron, tendrás que encontrarlo. Si lo consigues, es tuyo.

—¡Vale!

—No acerques el dron a las estanterías donde haya cosas delicadas —le advierte—, no vaya a ser que les des un golpe y se rompan.

—No.

Después de eso, Axel levanta su metro noventa de altura y se dirige a nosotras, que no dejamos de contemplar anonadadas la escena.

Mi mente conjura todo tipo de imágenes lujuriosas, pero es mi corazón el que se expande cuando veo que pasa de nosotras y se mete en la cocina con mi madre. O sea, con mi madre. ¿Y para qué?

Como si él fuera el flautista de Hamelín y nosotras sus ratas, lo seguimos y nos quedamos clavadas bajo el marco de la puerta, como unas viejas del visillo.

—¿Te ayudo en algo, Tina?

Mi madre se gira hacia él y deja la cuchara de palo suspendida en la olla negra, como si estuviera viendo una visión.

Axel sonríe y parpadea solícito. Sus ojos verdes se impregnan de simpatía instantánea hacia mi madre, y yo ya no sé qué hacer para que no se me caigan al suelo las braguitas.

—¿Ayuda? —repite ella—. Majo, hace siglos que no veo a un hombre en la cocina.

—¿No ves a Chicote? —le pregunta al tiempo que huele, muy interesado, lo que hay en la olla.

Mi madre lo mira de arriba abajo y suelta:

—Cariño, si todos los cocineros fueran más como tú y menos como Chicote, montaría un bar y lo hundiría en la miseria solo para que vinieras a echarme una mano.

Qué astuta. Nos ha dejado a las tres sin palabras.

Axel se toma sus comentarios a guasa.

—Tina, ¿estás preparando los mejillones belgas?

Ella se siente cazada y asiente. Primera noticia. No tenía ni idea.

—Te lo agradezco mucho.

Por eso Axel ha dicho que mi madre es buena anfitriona, porque le ha preparado un plato de su tierra. Es por eso que la adoro. En la olla negra que hierve hay como un kilo de moluscos.

—¿Les has dado ya la vuelta? —pregunta Axel, ilusionado.

—Sí. —Hay que verle el rostro. Está tan ilusionada como él—. Bueno —lo mira de arriba abajo con satisfacción—, por fin un hombre que no usa la alarma de humos como temporizador. ¿Sabes cocinar?

—Me gusta. Antes cocinaba más, pero ahora no tengo tanto tiempo.

Sí. A Axel le gusta cocinar, eso ya me lo dijo. Aunque le gusta más darme de comer.

—Pero no los estás haciendo a la marinera —advierte mientras vuelve a meter el hocico en la cazuela negra.

—No. Me imaginé que así los comías tú. Y puesto que estarás harto de mejillones, los he querido hacer a la diabla.

—Uf, qué ricos —murmura.

—Deliciosos. Les he echado cebolla, tabasco, apio verde, tomate y bacon ahumado. Mira, prueba. —Mi madre toma un mejillón, coloca la mano debajo para que no gotee, y se lo ofrece a Axel—. Cuidado no te quemes.

Axel sopla, abre la boca y lo engulle como un niño bueno.

—Está riquísimo, Tina.

—¿Pica?

—Sí. Pero a mí no me importa.

—A Axel le encanta el picante —digo yo desde la puerta.

—Entonces, estos le encantarán —sentencia mi madre, y le guiña un ojo a mi jefe de cámara mientras continúa dándole vueltas a la cazuela.

Increíble.

Axel se ha quedado en la cocina con mi madre, hablando de un montón de cosas de las que apenas ha hablado conmigo. Mi madre, que siempre ha sido correcta y buena con los hombres que las descarriadas de sus hijas le han llevado a casa, tiene una conexión especial con él. Le trata con mucho cariño, como si supiera que es justo lo que Axel necesita. Y sé, sin ninguna duda, que igual que hizo con Eli, mi madre Tina, tan buena ella, también querrá adoptarle a él.

Aunque sea para alegrarse la vista siempre que venga.

20

@marikatumarikayo @eldivandeBecca #Beccarias
Becca, tengo fobia a las relaciones. A mi ex le
preguntaba siempre: «Cari, ¿te importo?»,
y ella me contestaba: «¿Adónde?». #comoyomeamo

Bajo la atenta mirada del dron volador de Iván, que no lo ha podido dejar estar ni siquiera mientras cenaba, la velada transcurre con una normalidad y un buen humor que nos está sorprendiendo a todos.

Es como si el duro de Axel tuviera un lugar perfecto en el que encajar. Como si siempre hubiese estado aquí y formado parte de mi familia. Y eso me da miedo. Porque si se encariñan demasiado, no quiero que luego Axel, en caso de que quiera alejarse de mí, les rompa el corazón; con que me lo rompa a mí, será suficiente.

—Axel, ¿vas a proteger a mi cabeza loca con todo tu empeño? Desde el accidente en Santa Cruz estamos muy preocupadas por ella.

—Me imagino. Pero no tenéis nada que temer. Está en buenas manos —asegura transmitiéndole tranquilidad.

—Piensa que tendrás que esforzarte mucho. Que mi hija se mete en líos sin quererlo. —Lo mira por encima de la montura de sus gafas mientras saborea un mejillón.

—Créeme —carraspeo entrecerrando los ojos—, ya lo sabe...

No puedo decir mucho más. Los mejillones pican tanto, que estoy continuamente dando sorbos de sangría y comiendo patatas fritas a lo belga.

—Sí, ya lo sé. —Me mira fijamente, hablándome en un lenguaje secreto que solo él y yo conocemos.

Mi madre es una excelente cocinera, como ya os habré dicho, y si vienen invitados, da lo mejor de sí misma. La mesa luce impecable, y de protocolo.

Esta noche no solo ha preparado mejillones a la diabla, sino sus correspondientes patatas, además de un variado de sushi que ella misma hace con sus propios condimentos y que está delicioso. También ha dejado listo un surtido de canapés para los más exigentes. Sé que Axel valora lo que ella ha cocinado, porque le gusta comer bien. Igual que a nosotras. Pero al estar más acostumbradas, engullimos como los pavos, sin apenas masticar. No como él, que come con paciencia y gusto.

—¿Cómo llevas que tu hija sea un personaje famoso, Tina? —le pregunta de golpe.

—Pues bien, mientras no haga cosas malas que nos puedan avergonzar, como participar en un reality en una isla y meterse la braga del biquini entre las nalgas.

—Uy, sí, mama… Qué horrible —murmura Carla jactándose de su comentario.

—Ni tampoco concursar en el karaoke ese de locos que te electrocutan mientras cantas. Mi hija canta muy mal, ¿sabes?

—Claro, no te preocuparías por mí, si no por lo mal que canto, ¿verdad? —le echo en cara, ofendida.

—¿Ah, sí? ¿Cantas mal? —pregunta Axel, interesado.

—Dios, sí —asiente Eli—. Doy fe. Una vez fuimos a un karaoke y…

—¡Eli, cállate! —le ordeno, saltando como un resorte—. Esas cosas no se cuentan.

—¿Por qué no? —Ya se está riendo. Eso es mala señal—. Te diré, Axel, que bajaron los plomos para fingir que su fue la luz.

—Qué vergüenza, señorita Becca —me reprende.

—A mí al menos el agua bendita no me quema, Satán —le contesto.

Iván se ríe mientras sigue toqueteando las hélices del dron, ahora en reposo, al lado de su vaso de Coca-Cola sin cafeína.

—Satán. Te ha llamado Satán, A.

—No seas chivato, niño —le digo a Iván en el tono propio de una tía mayor.

Seguimos cenando entre bromas, recuerdos bochornosos y demás, hasta que llegamos a la zona cero. La zona cero es el tema de mi padre.

—No, eso no. Mi padre... —digo yo pasándome el índice por la garganta, en plan: «Abortar tema».

—¡Jorgito maricón! —exclama nuestra cacatúa desde el balcón.

Axel está a punto de escupir la bebida y yo intento disculpar a nuestro pájaro.

—Lo siento. Tiene malos vicios adquiridos —le explico—. Oye la palabra «padre» o «papá»...

—¡Jorgito maricón!

—¿Ves? No lo puede evitar.

—Sí —confirma mi madre—. Mi ave tiene el síndrome del tuareg.

—No, mamá —la corrijo yo, mirándola como si nos tomara el pelo a todos, que es lo que hace—. No tiene el síndrome de Touré. Le enseñaste así por resquemor.

—Bueno, sí. —Se envara orgullosa y se remueve inquieta en la silla—. Jorge se lo merece. Mi ex... —comienza a explicarle en confidencia. Obviamente, nos estamos enterando de todo—, te puedes imaginar... Como la mayoría de los de tu especie, es infiel.

—Yo no —contesta Axel—. Yo soy de una sola mujer.

Carla y Eli ponen cara de póquer.

Pongo los ojos en blanco y desencajo la mandíbula. Lo dice tan serio que parece una verdad universal. Axel hace tiempo que no es de una sola mujer. Ha ido trotando de cama en cama solo por distracción. Y si ha sido así es porque una vez quiso muchísimo y le hicieron daño. Le decepcionaron. Ahora, soy yo la que espera poder revertir la situación. Al menos ya tiene muy claro que, mientras esté conmigo, no puede tocar a nadie más.

—Jorge...

—¡A los leones! —grita la cacatúa.

—… no podía tener el pajarito escondido más de dos semanas seguidas —prosigue mi madre—. Le gustan las mujeres demasiado. Son su perdición.

—Te engañó.

—Muchas veces —asegura haciendo un mohín—. Al principio llevaba las infidelidades como las almorranas, en silencio. Yo era joven y lo quería. De lo simple y tonto que era me parecía hasta gracioso… Una vez, fíjate si era paquete el hombre, me regaló un bolso de marca de esos de los que me gustan a mí y son muy caros. Era supuestamente un Carolina Herrera que había visto en una tienda de la Diagonal. Cuando abrí el paquete, me encontré con un bolso que no era CH. Era marca CHO. Y ese CHO estaba estampado continuamente por todo el bolso. Se lo compró a un gitano.

Yo rompo a reír, porque me imagino la cara de mi madre al ver que le había regalado un bolso con la palabra «CHOCHO» grabada por toda la tela.

Axel también se muere de la risa.

—Sí, mi padre es así de zoquete —apoyo la moción.

—Al final descubrí que no podía estar con un hombre que me tenía tan poco respeto. —Mi madre parte una hogaza de pan y muerde la rebanada, meditabunda.

—Claro que no. Tina, nadie se merece estar con una persona que no la valora y no la respeta.

—Eso digo yo… —Suspira.

—Pero ¿él tiene pareja en estos momentos? —A Axel le interesa mucho la ruptura de mi madre.

—Claro. Después de mí tuvo a muchas. Ahora está con una mujer llamada María Sonsoles, que tiene tantos cuernos como todas las que hemos formado parte de su vida.

—¿Y tú has conseguido rehacer tu vida con alguien, Tina?

—¿Yo? —Se pone la mano en el pecho, asombrada—. Qué va, cariño. Con uno ya tuve suficiente. Además, mi desgracia es que yo sí lo quise mucho, y a pesar de todo, fue mi primer hombre y el último. Y ya sabes lo que dicen: los primeros amores nunca se olvidan. En mi caso, es verdad. Para mí el amor sucede solo una vez.

Axel se queda pensativo y a mí el siguiente mordisco de canapé me sienta fatal. ¿Creerá Axel también en eso como mi madre? Yo misma pensaba que David era mi primer y único amor, que después de él no habría nadie más. Pero la entrada de Axel en mi vida me ha demostrado que estaba equivocada respecto a lo que yo creía que era amar a alguien. A David lo quise, nos compenetrábamos, éramos muy afines. Pero a Axel… lo amo hasta el punto del dolor.

—Yo creo… —digo con cautela—, que puedes creer haber amado a alguien, porque a todos nos encanta estar enamorados y buscamos sentirnos así en todas las relaciones que podemos emprender. Puede que papá, al ser el primero, despertara esas emociones en ti. Pero no has conocido otra cosa. ¿Quién te dice que de repente no puedas encontrar a otra persona que te haga sentir cosas increíbles que nada tienen que ver con lo que sentías con tu primera pareja?

Mi madre enarca las cejas y me mira anonadada.

—¿Y eso me lo dices tú, que querías a David con toda tu alma y que pensabas que era tu media naranja? ¿Qué ha cambiado, Becca, hija? —insiste. Ella lo sabe. Me conoce perfectamente. Sabe que Axel, el hombre que tengo al lado, es justo lo que ha cambiado en mi vida. Y me está poniendo a prueba—. ¿Has decidido ser valiente y dejar de controlar las cosas? ¿Por fin te estás dejando llevar?

—Yo… idealizaba lo mío con mi ex, ¿vale? —contesto con amargura. A veces me encantaría ser griega para partirle el plato en la cabeza a mi madre—. Pero piénsalo bien, mamá: sería muy triste que no pudiéramos tener la oportunidad de ser felices con otra persona y de amar locamente, por haber cometido el error de quemar el cartucho que no tocaba, ¿no crees? Sería injusto.

—Yo creo que el primer amor, haya salido bien o mal, no lo olvidas, y los demás son solo sucedáneos. —Mi madre es cabezona y se cierra en banda—. ¿Tú qué opinas, Axel?

Él traga lo que tiene en la boca y se limpia después las comisuras de los labios con la servilleta.

—Creo que hay personas que te marcan y que condicionan tu manera de actuar de cara al futuro. Y también creo que nos podemos equivocar en nuestras elecciones. Pero a veces no podemos controlar nuestro corazón. Elige a quien elige, y no hay nada que hacer.

¡Zasca! En toda mi boca. ¿Quiere decir con eso que solo ha amado y amará a una única mujer? ¿Victoria?

—Discrepo —murmura Eli con una gran calma, pero en total desacuerdo—. Amar es de por sí una decisión. Lo que no puedes detener es la atracción química hacia una persona. Somos animales instintivos y eso no lo podemos frenar. Pero para amar debemos abrirnos y estar accesibles, y nosotros decidimos cuándo lo queremos estar. La persona nos tiene que atraer, nos tiene que gustar mucho y después hay que decidir confiar, y es ahí donde todos nos equivocamos al tomar esa decisión a la ligera. Hay que escoger bien, no dejarnos cegar por la luz de los primeros días de relación donde todos mostramos nuestra mejor cara, porque es una decisión que marca nuestra vida para siempre, porque involucra nuestras emociones y nuestro corazón. —Eli mira de reojo a Carla, y mi hermana no le quita la vista de encima.

En mi caso, Axel me ha enseñado tanto lo bueno como lo peor de sí mismo. No me ha cegado ni con sus mejores galas ni con sus mejores sonrisas. Desde el primer día me ha mostrado su cara demoníaca, y también su sombra angelical. Y aun así, a pesar del peligro que entraña quererle, estoy perdidamente enamorada de él, y ya no hay vuelta atrás.

Carla se remueve inquieta y medio sonríe.

—Mamá, no puedes cerrarte en banda solo porque tu primera aventura en el amor fuera un fiasco. Tú has decidido no volverlo a intentar, pero eso no quiere decir que no haya una persona adecuada para ti. La hay. Tal vez ahí fuera haya muchas posibilidades de volver a ser feliz, y te las estás perdiendo.

—Cariño —contesta mirándola como si fuera aún una niña pequeña—. Amar también es una decisión, como dice Eli, y para esos flechazos también tienes que estar dispuesta. Y yo ya no estoy dispuesta para nadie. Me siento bien como estoy.

—Yo me quedaré contigo, yaya —le asegura Iván con adoración.

Mi madre sonríe y después vuelve a centrarse en mi hermana.

—¿Y tú, Carla? ¿Cuándo vas a rehacer tu vida? —dice para picarla—. Una mujer de éxito, guapa, joven, con un niño increíble a su lado...

—Eh, bueno, de eso quería hablarte...

Dios. No. Espero que no sea capaz de decírselo ahora. Me lleno la copa de sangría y se la lleno a Axel también, que me observa de reojo con diversión.

—Bebe —le pido en voz baja.

Mi hermana me mira, pidiéndome que le eche un cable, pero no voy a ser yo quien le diga a mi madre con quién está. Esto tiene que hacerlo ella sola.

—Mamá, tengo algo que decirte —anuncia Carla.

Mi madre asiente y toma su copa para beber desenfadadamente.

—Tú te enamoraste de un hombre infiel que te regaló un bolso con la marca CHOCHO estampada. Es una realidad, no me miréis así. Es mi padre, y es un desastre, pero le quiero a pesar de todo. Y yo me enamoré de un pringado muy guapo que quería hacerse millonario sin levantar el culo de la silla de su escritorio, jugando con su joystick a esos juegos de rol... Y tuve un hijo con él. Un hijo que es lo mejor que he hecho en mi vida —asegura mirando a Iván con puro amor—. Después de eso... —Traga saliva y levanta la barbilla sin vergüenza—. Me he liado con un sinfín de hombres, y no me arrepiento. Es todo experiencia, y me encantan.

—Qué golfa eres, hija —susurra mi madre, volviendo a beber.

—Pero no me he enamorado de ellos, puede que porque

ya no espere nada, o porque mi corazón ya esté ocupado hace tiempo sin que me haya dado cuenta.

Mi madre sigue bebiendo y frunce el ceño.

—Me he enamorado de una persona increíble, mamá —espeta Carla, seria y emocionada—. Una persona bondadosa, leal, divertida y muy inteligente.

La cara con la que Eli mira a Carla es un verdadero poema. Me siento muy feliz por ellas dos, porque sé que cuidarán lo que tienen, sea lo que sea.

—Que me apoya, me escucha y sabe qué necesito en todo momento.

Mi madre deja la copa sobre la mesa, sin perderse ni una palabra sincera que emana de la boca de mi hermana.

—¿Y dónde está ese hombre? —pregunta mamá.

Carla suspira como si retuviera el aire. Sonríe a Eli, y entrelazan la mano sobre la mesa. Mi madre sigue el gesto, pero no lo pilla.

Me entran ganas de reír, pero me muerdo el interior de la mejilla.

—Es Eli. Estamos juntas, mamá. —Carla parpadea para aclarar su mirada un tanto aguada—. Hemos decidido probarlo juntas.

Se hace un profundo silencio en el salón, que solo se rompe cuando Iván enciende el dron de nuevo y lo hace volar sobre nuestras cabezas.

—No comprendo —dice mi madre sin cuadrar un solo fragmento de la historia. No le entra en la cabeza. Su hija Matahari y la golfa de su amiga están liadas.

—Tina —le dice Eli con una risita nerviosa—. Carla y yo salimos juntas desde hace más de un mes.

—¿Salís juntas? ¡Claro que salís juntas! Al cine, a comprar, a comer, a bailar…

—No. Salimos juntas… juntas —aclara Eli.

—Sí —confirma Carla.

—¿Como pareja? —incide mi madre.

—Sí —contestan las dos a la vez.

—Pero… sois dos chicas.

—Sí —asentimos las tres a la vez.

—Pero no lo entiendo… ¿Sois lesbianas? ¿Desde cuándo?

—No. No somos lesbianas. Sé que es difícil de comprender. A mí me gusta Eli —explica Carla—, y a ella le gusto yo. Pero no nos gustan las mujeres en sí. No nos fijamos en ellas. Siempre nos gustaron los hombres. Es que… ha pasado y punto.

—¿Y ahora qué? ¿Os vais a cortar el pelo a lo chico, vais a compraros un camión y vais a dejar de ser femeninas?

—¡No! —exclaman las dos a la vez, tocándose sus melenas como si fueran lo más preciado del mundo—. ¡Mamá, no digas burradas!

La situación me hace gracia.

—Y aunque si así fuera, también daría lo mismo, ¿o no, mamá? —pregunta Carla, temerosa—. Porque estamos enamoradas la una de la otra. Y tú nos querrías igual, ¿verdad?

—Pero ¿qué tonterías estás diciendo? Yo os querría incluso si no fuerais mías. Pero…

Está muy perdida, como si después de un tiempo en coma, hubiera despertado en un mundo que desconoce.

Axel llena la copa a mi madre, y de paso nos las llena a todas.

Uf, me empiezo a marear. Mis ojos intentan controlar a mis cejas para que no se escapen. ¡Nati Abascal, sal de mí o acabaremos todos diciéndonos lo mucho que nos queremos!

—El amor no tiene género, Tina —le dice él.

—¿Tú también lo sabías? —le pregunta, sorprendida.

Axel asiente con obviedad, pero no le da más importancia de la que tiene.

—Mira, mamá —apunta Carla alzando su copa—. No se puede decir nunca de esta agua no beberé y este cura no es mi padre.

—Señor… Deja de parafrasear a tu abuela —susurra mi madre, que vuelve a llevarse la copa a los labios.

—Además, no pasa nada. Es ley de vida. Al final —señala Carla más relajada; suelta la bomba, y se quita todo el peso de encima— acabaremos las chicas con las chicas y los chicos con los chicos, porque solo nos entendemos entre nosotras. Y luego se acabará el mundo y explotará.

Sí, sin lugar a dudas, un digno final de conversación.

Después de la revelación de Carla, mi madre sigue dándole a la sangría. Sí, sé que esto parece una familia de borrachos, pero nada más lejos de la realidad.

Esta noche, excepcionalmente, mi madre se ha dado a la bebida para olvidar. Su hija mayor acaba de decirle que ha perdido la esperanza con los hombres, que mantiene una relación con su mejor amiga, pero que no es lesbiana. Tócatelos...

En realidad, mamá no se lo ha tomado a mal. De hecho, ha reaccionado mejor de lo esperado. Lo que más le preocupa es cómo lo va a llevar Iván. De repente, su mamá va a estar con otra mujer, que a la vez es Eli, una de sus dos tías favoritas; la otra soy yo, claro.

Creo que mientras lo lleven con naturalidad, y explicándole lo que pasa con tacto, no habrá problema. Porque Iván es un niño increíblemente inteligente y sensible, es como un viejo en el cuerpo de un niño y sabe lo caprichoso que es el amor, y si no que se lo pregunten a sus pokémons.

Después del susto inicial, hemos acabado todos en la terraza, sentados en el balancín. Mi madre lleva un cebollazo importante, pero está bromeando con Eli y Carla. Le he oído reconocerles en plan confidente, que estar juntas es lo más sensato, que no se pierden nada nuevo ahí fuera. Bien mirado, somos tres veces más mujeres que hombres y no nos vamos a pelear, mejor nos llevamos bien y nos apañamos entre nosotras. Si Dios se expresa en las matemáticas, nos lo dice bien claro. Ha llegado a la aceptación a una velocidad que solo facilita el alto grado de alcohol en sangre.

Y yo solo hago que mirar a Axel, que escucha atentamente las descripciones que hace Iván de todos sus muñecos nuevos, y no hago más que discrepar con mi madre. Este hombre me ha licuado la cabeza y el corazón, y jamás me hubiera perdonado el hecho de habérmelo perdido.

Una vez Iván se durmió, Axel lo cargó para llevarlo a su cuarto. Eli, Carla y mi madre han acabado sentadas en el sofá, contándose secretos, en un ambiente conciliador y lleno de cariño y aceptación. No podía ser de otra manera, nos queremos mucho y no vamos a juzgar lo que hagamos con nuestra vida sexual o privada.

Eli ha acabado frita sobre el hombro de mi madre, que contaba una anécdota a mi hermana del día que mi padre se disfrazó de mujer en Carnaval y no se puso medias ni bragas, y cada vez que se agachaba, aquello le hacía tolón tolón.

Mientras llevábamos a mi pequeño Iván en brazos, el crío murmuraba algo sobre encontrar las bolas de dragón y pedir la inmortalidad para su madre y también para Messi. El comentario ha hecho sonreír a Axel con ternura. Lo ha dejado sobre la cama y lo ha descalzado para después arroparlo.

El gesto ha sido tan dulce que he querido meterme debajo de la colcha con mi sobrino solo para poder disfrutar de esa gentil atención exclusiva.

Al incorporarse, he estado a punto de decirle que le quería, de reconocerle mis sentimientos. Él me ha mirado en silencio, como si quisiera leerme la mente. Y al final me ha dicho:

—¿Quieres que te lleve a tu casa?

—Sí. Por favor —le he contestado, obligándome a acallar una vez más todo lo que siento dentro.

Será allí, esta noche, cuando me declare.

Y aquí estamos.

En mi casa. Yo bolinga perdida, sin control alguno sobre mis emociones ni mi corazón, subiendo los escalones que dan a mi habitación, guiada por la mano de Axel.

Es extraño, porque he hecho miles de veces este recorrido

y nunca he sentido lo que siento en estos momentos, como si todo fuese nuevo. Y lo es, porque cuando estás enamorado, la realidad que te envuelve adquiere otros colores, otro aspecto. Antes pensaba que eso era mentira, fruto de las canciones y de los versos de los poetas. Ahora sé que es verdad.

Axel me desnuda con una serenidad que esconde una agitación interior que solo reflejan sus ojos tormentosos.

Me paso la lengua por los labios resecos cuando me deja completamente desnuda frente a él, vestido todavía de pies a cabeza.

No soy capaz de mirarlo, y eso que se supone que el alcohol te libera de los miedos… Pero conmigo pasa algo extraño. Soy frágil y vulnerable cuando estoy tan receptiva a su toque.

—Me encanta tu familia, *chéri.*

¿*Chéri*? Olvidaba que Axel es belga, y que su idioma es el francés. Nunca me había hablado en su lengua, aunque sí me había besado a lo francés, que conste, pero todavía no le había oído hablar en su idioma materno, y me da rabia que no lo haya hecho antes, porque la verdad es que me fascina.

—Me alegra… Estamos un poco locos —intento disculparla, queriendo parecer serena y cabal.

Él niega con la cabeza y me retira varios rizos rebeldes de la cara.

—Es una locura muy sana, rizos.

—Ya…

—Tu madre me ha tratado tan bien… Era como si… Como si quisiera hacerme sentir a gusto de verdad, y no por educación.

—En mi familia no se lleva el postureo.

—Parece que quiera que vaya más veces a verla. Me ha recordado a mi madre —reconoce liberando parte de su armadura.

El caliente relajo que recorre mis venas espolea mi valor y me anima a dar el primer paso.

—Axel, a mi familia le gustas. Somos cálidos, generosos… Todas quieren verte de nuevo. Les gustaría que te acostumbraras a visitarles, que fueras también parte de nosotros. —Tomo su rostro entre mis manos. «Que no estés solo»—. A Iván le has fascinado.

—Es un gran chico. Tu hermana tiene que sentirse orgullosa de lo que ha conseguido.

—Sí —susurro poniéndome de puntillas, deseando besarlo—. Axel...

—¿Qué?

—Necesito que me hagas el amor. No quiero que me folles —le aclaro rozando sus labios con los míos—. Quiero todo el amor que esta noche me puedas dar. Lo necesito.

Su reacción es como espero. Se tensa. Pero no estoy dispuesta a que se aleje. Ni tampoco a silenciar más a este corazón loco.

Por eso, antes de que se vaya, lo retengo y lo engatuso como puedo con un beso que no me puede rechazar. A Axel le gustan los besos tanto como a mí, es adicto a ellos, y quiero que se centre en lo bien que encajamos juntos. Quiero que se deje llevar solo por esta noche.

Nuestro beso se vuelve profundo y soy plenamente consciente del momento exacto en que abre algunas de las cadenas que lo mantienen preso.

Me permite que lo desnude, que mis manos vaguen por su cuerpo... Si hay algo de lo que estoy segura es del poder que tengo sobre él. Nuestra atracción es brutal e incontestable, por eso me aprovecho.

Adoro cada centímetro de su cuerpo, su tacto suave como la seda y duro como el acero. Todo contrastes. Es un hombre creado para proteger y dar placer. Y me sorprende que alguien tan fuerte sea capaz de tocarme con la delicadeza con la que me toca en estos momentos. Con miedo de que me pueda hacer daño.

—No me voy a romper —le digo abrazándolo y hablándole al oído. Tengo la necesidad de sosegar su alma, un caballo desbocado que cuesta amansar—. Ni me voy a asustar. —Le acaricio la nuca con mis dedos y le lleno la mejilla y el cuello de besos—. Ya no me das ningún miedo. Solo quiero que me dejes hacerte el amor. Quiero amor.

—Becca... —sisea, contrariado—. Me pides cosas que no sé dar y que...

—Chis —le hago callar y le obligo a estirarse desnudo y gloriosamente duro sobre la cama.

Camino a cuatro patas y me coloco abierta de piernas sobre su cintura, encarcelando su cabeza con mis manos. Quiero reclamarlo, que sea mío, pero ¿cómo se hace eso?

—Me dijiste que no tienes amor para dar. Pero eso no es cierto. Ahora te tengo —le digo mientras me inclino para darle un beso en la boca—. Estás en mis manos. ¿Quieres escaparte?

Él niega con la cabeza y traga saliva, tan nervioso e inseguro como yo.

—Puedes hacerlo. Te doy una última oportunidad para irte. Porque si te quedas, tendrás que aceptar la verdad. —Agarro su verga con las manos y me coloco en posición para guiarlo a mi interior.

Maldita sea, la sensación de su invasión me provoca tanto placer que dejo ir un quejido al tiempo que me empalo lentamente, encima de él y por completo.

El sexo con Axel me ha ayudado a acostumbrarme a su tamaño, y aunque su penetración es intensa, ya no es tan dolorosa como al principio.

—No quiero hacerte daño —me asegura, preocupado. Sé que no me habla del sexo.

—No me lo hagas. Tú decides —contesto meciéndome.

—Becca... —Axel agita sus caderas a mi ritmo, como si bailáramos, y es extraordinario.

¿Cómo no va a ser para mí? ¿Por qué razón? No me dan miedo sus traumas. Todos tenemos nuestras taras, ¿o no?

—Deja de marcar distancias conmigo —le ruego mientras me inclino hacia sus labios. Los apreso y los muerdo, luego entrelazo los dedos con los suyos y coloco sus manos por encima de su cabeza.

—Joder... —bisbisea—. *Chéri...*

—Nunca me has hablado en francés.

—No. Nunca he hablado en francés con nadie —contesta, aturdido.

—¿Por qué no? Me gusta tanto… —Sonrío feliz y tan ebria que todo me parece maravilloso.

Lo noto endurecerse y agrandarse dentro de mí. Ya no sabría hacer el amor de otro modo que no sea este: profundo, intenso y duro. Solo con él. Con mi ángel protector.

—Axel, mírame.

—No lo hagas. No lo digas, Becca —me pide, desesperado.

—¿Crees que puedo controlar esto? ¿Crees que puedo guardarlo más por tiempo? —Ni Axel ni yo nos detenemos en nuestros movimientos. Marcándonos el uno al otro—. No puedo silenciar a mi corazón. —Mi melena cubre nuestros rostros, ocultándonos de un mundo que fue demasiado duro para él, creando un microcosmos en el que solo existimos los dos—. No puedo —repito cerrando los ojos al sentir el placer entre mis piernas y la más pura verdad en mi alma—. Y no quiero.

—No, Becca…

—Estoy enamorada de ti. Te quiero y no me da miedo decírtelo.

—*Ma belle…*

Axel gime, cierra los ojos con fuerza y se deja ir en mi interior, contemplándome fijamente, leyéndonos el uno al otro sin atrevernos a parpadear cuando el orgasmo nos sacude a los dos durante interminables instantes.

Me desplomo sobre él, abrazándolo y hundiendo mi rostro en el hueco que hay entre el hombro y el cuello.

Sudorosos, abatidos y rendidos, nos falta el aire para añadir nada más.

Sé que estoy llorando porque mi sentimiento por él me rebasa como el puente de un río bravo, y porque mi empatía está en un punto álgido, de simbiosis con la persona a la que le acabo de servir mi corazón en bandeja de manera tan espontánea e inconsciente.

Y a pesar de que Axel no ha contestado a mi declaración, he sentido en cada gota de mi sangre que sus emociones, para bien o para mal, también le superan.

Mañana, cuando le mire a la cara de nuevo, comprobaré hasta qué punto acepta que yo le quiera. Y si está dispuesto a creer y a confiar en mí.

Mientras tanto, disfrutaré de sus caricias sobre mi espalda y mis nalgas desnudas, y de sus dulces y tranquilizantes besos en mi sien, y me imaginaré que me responde que él también me quiere.

21

 @Namasteydrogas @eldivandeBecca #Beccarias
Trastorno de personalidad es pensar que hasta los
cinco años creía que mi nombre era «Bájate de ahí».

Una persona como Axel es completamente imprevisible. Imprevisible del tipo: me levanto muy temprano, como esta mañana, cuando aún no han puesto las calles, y te digo que nos vamos a Madrid, así sin más.

Esperaba ir a la capital, que conste. Noel me dijo que esto iba a pasar, que en un par de días iríamos a Madrid, como si estuviera planeado. De hecho, entraba en nuestros planes también. Pero así, de la noche a la mañana como quien dice, hacer las maletas en tiempo récord y plantarnos en el Ave, sin apenas darnos los buenos días como nos merecemos, ha sido todo un poco precipitado.

Sin embargo, *El diván* me ha hecho adicta a este ritmo endiablado de acontecimientos y viajes, y no he tardado en hacerme a la idea de que estábamos viajando juntos, y de que, según él, también íbamos a pasar juntos la semana que me queda de vacaciones antes de grabar el primer piloto en Estados Unidos. Él y yo en su casa. En Madrid.

Juntos de nuevo. Como una pareja.

Se han cumplido los vaticinios de Noel. «En dos días Axel querrá estar en Madrid.»

Sentados, el uno al lado del otro, con nuestras manos entrelazadas, nos sumimos en un apacible silencio, uno muy cómodo para él, y no lo voy a negar, también para mí. Porque me ahorro el mal trago de mirarlo a los ojos y aceptar que ayer noche, cuando le dije que le amaba, él no me contestó. Me pesa darme cuenta de que no quiere volver a tocar el tema.

Y por su parte, teniendo en cuenta mi estado beodo, evitará mencionar nada, para convertir mi declaración en palabras expresadas en una noche de borrachera, de esas frases que se las lleva el viento y que pasan sin pena ni gloria por el recuerdo.

Y me duele que sea así. No obstante, ni él ni yo podemos borrar lo sucedido. Obviar y silenciar, no es lo mismo que eliminar.

Le amo. Y es mi máxima. Mi axioma. No puedo esconderlo.

Es una sentencia en mi corazón, y espero que no se convierta en una losa entre nosotros.

Además de imprevisible, Axel es un tío muy rico, aunque su fortuna no le interese en absoluto. Vive en una finca de la señorial Gran Vía, en un loft de diseño más pequeño que el mío, pero perfectamente equipado.

Es curioso, porque me imaginaba que viviría en un lugar así. Funcional, céntrico, en un hogar con todas las prestaciones que él necesita, pero sin ser demasiado grande, porque el espacio vacío da más sensación de amplitud, pero también acrecienta la soledad.

Tiene unos ventanales que rodean toda la estancia, y me recuerda un poco a la Batcueva, pero en más pequeño.

Me gusta, porque dice mucho de quién es él. Solitario, reservado, pero con chispazos de vida que demuestran que no está vencido, sino que todavía alberga mucha energía en su interior, solo que está en tiempo muerto.

Parte de sus paredes son de ladrillo visto y otras son muros lisos de colores ocres y plateados. Para que el loft tenga más luz, hay paneles de cristal opaco que dividen las estancias en cocina office, salón muy amplio, baño y habitación con doble altura.

En definitiva, una casa muy chic, de no más de setenta metros cuadrados, y muy cómoda y pragmática. Un loft que no necesita demasiado mantenimiento. Una vivienda muy práctica que puede abandonar siempre que vea la señal del murciélago en el cielo y tenga que ir a impartir justicia.

Dejo las maletas en la habitación y busco detalles y fotografías que puedan llamarme la atención, o que me digan si esa maldita mujer que lo ha convertido en un tullido emocional sigue ahí, de alguna manera, como un pesar imborrable en el tiempo.

No hay ni una foto. Nada.

Axel luce absorto y pensativo. Percibo sus sensaciones y su estado anímico y juraría que hoy, más que nunca, está de bajón. Hoy algo pesa sobre sus espaldas. Me pica la curiosidad —y, al mismo tiempo, me aterra— saber qué hemos venido a hacer a Madrid exactamente.

Él observa a través de las ventanas cómo luce la Gran Vía, admirando el movimiento en sus aceras, la gente que va y viene con bolsas de tiendas de marcas exclusivas. Esconde sus manos en los bolsillos delanteros de sus pantalones y hace girar los hombros para destensarlos.

—¿Cuál es el plan, Axel? —le pregunto intentando relajarme, aunque fracaso estrepitosamente en mi propósito.

—Esta tarde quiero que me acompañes a San Isidro.

Caramba. Se encienden todas mis alarmas. San Isidro es donde está enterrado su padre. La noticia me ha tomado por sorpresa, y me halaga que quiera que vaya con él.

Las despedidas son siempre dolorosas, haya habido o no una buena relación en vida.

—Bien.

—Tengo un círculo que cerrar. Y necesito hacerlo ya.

—Me alegra saberlo —reconozco mientras estudio con atención su pose rígida. Lo ayudaré en todo lo que pueda. Hoy por fin podremos enterrar su dolor, si lo consigo comprender, y puede que pongamos la primera piedra para poder estar juntos de verdad—. Axel... ¿Te puedo preguntar algo? —Me siento en el brazo del sofá de piel situado frente a la enorme televisión de plasma.

—Dispara, rizos —contesta sin mirarme.

—¿Hace mucho que vives aquí?

Esta vez sí que tuerce la cabeza y fija sus ojos atribulados en mí.

—Ocho años. Lo compré después de sacarme las oposiciones para policía. Lo vendían muy barato, y yo tenía unos ahorrillos... —Se encoge de hombros—. Es mi pequeño santuario en la ciudad. Fede me pagó toda la reforma. Dijo que era un regalo por haber conseguido llegar a inspector.

—Te hizo un buen regalo.

—Fede es espléndido con el dinero. Es su mejor lenguaje —dice sin demasiada emoción.

Bueno, como sea. Es suficiente para atar cabos y llegar a la conclusión de que disfrutó de este piso con Victoria. Bajo la cabeza, pesarosa al saber la verdad. Ella estuvo aquí, y aquí disfrutó de él. En este sofá vieron películas juntos, hicieron planes... Paso mis dedos por la piel que parece nueva, y los aparto disgustada.

De repente, mi inseguridad me abruma. Yo, que nunca me he sentido insegura con ningún hombre, que soy una mujer inteligente y cabal, estoy a punto de claudicar ante el miedo y la tristeza. A no sentirme ni la mitad de mujer que esa tal Victoria, y eso que ni la conozco.

—¿Cómo te sientes con que yo esté aquí, en un santuario que compartiste con...?

—Eres la primera mujer que traigo a mi casa, rizos.

—Sí, ya... —murmuro, incrédula—. Estuviste tres años con Victoria, Axel. De verdad —me levanto fingiendo que le resto importancia—, no pasa nada. Seguro que vivisteis aquí juntos cuando...

—¿Aquí? ¿Victoria? —pregunta atónito, girándose por completo.

—Sí. Aquí —recalco—. En tu casa, en este sofá, en tu cama... —Tengo un tono de enfado muy revelador. Uno de esos que denota celos. Y como no sé lidiar con ellos, me siento muy estúpida.

Axel hace uno de esos movimientos medio animales. Inclina la cabeza a un lado y me observa, intentando analizar mis puntos débiles. Y además, con una sonrisa de medio lado.

—No conoces a Victoria, preciosa. Ella tenía gustos más... caros. Era difícil de satisfacer.

—Pues no, no la conozco, porque no has tenido el gusto de presentármela —replico, chinchorrera—. Ni siquiera me has enseñado una mísera foto de ella. Y no es que la quiera ver...

Sonríe con tristeza.

—No te gustaría Victoria. Ella no es como tú.

—¿Eso es bueno o malo, Axel? —pregunto, cada vez más enervada.

Axel se acerca. Se mueve como los vampiros, y en un visto y no visto lo tengo delante de mí. Niega con la cabeza y chasquea la lengua.

—Los celos te hacen increíblemente atractiva, ¿sabes?

—No juegues —le advierto marcando las distancias con mis manos y empujándolo levemente por el pecho—. No quiero competir con ella. No me gustan las comparaciones.

—No os puedo comparar. Sería injusto para ti —asegura.

Madre mía. Si cree que eso me va a tranquilizar es que tiene el tacto de un cactus.

—¿Por qué sería injusto? —Lo miro de frente y muy seria—. ¿Saldría perdiendo yo?

—Tú no. Ella sí.

Me pellizco el puente de la nariz y agacho la cabeza.

—Mira, Axel, no tienes que mentirme. Sé que estamos en proceso de conocer tus fobias y tus traumas, pero... no tienes que adularme falsamente ni engañarme. Ambos tenemos relaciones pasadas que nos han marcado. La tuya, por lo visto, ha sido muy traumática, y yo estoy ocupando un espacio aquí y ahora que...

Él me agarra de la cara con ambas manos y me acerca a su rostro.

—Becca, mírame bien —me ordena.

Yo clavo mis ojos desconfiados en los suyos decididos.

—¿Qué?

—No voy a adularte. Si te digo que entre tú y ella no hay color, es que no lo hay. Si te digo que ella sale perdiendo, es porque es la verdad. Y si te digo que Victoria jamás pisó esta casa, es porque nunca lo hizo. Nuestra relación era difícil y complicada, no la podía traer aquí porque ella jamás quiso venir. —Admitir esa verdad en voz alta parece liberarlo de una carga invisible—. Tú eres la primera a la que se la enseño. Y es contigo con la que quiero estrenarla. —Me acerca a su cuerpo y me da un beso que me arrebata la razón y elimina todos los argumentos—. Y la quiero estrenar ahora, joder. Me pone caliente cuando sacas las uñas conmigo.

—Tú tienes un problema.

—Sí. —Hunde su nariz en mi garganta—. Uno gordo y grande.

—¿Quieres hacerlo ahora? —Me río. Me hace cosquillas en el cuello con su barba de varios días.

Sus manos no pierden el tiempo y empiezan a quitarme el jersey de cuello alto. Axel tiene prisa por desnudarme, y yo tengo prisa por que me demuestre que no se siente incómodo conmigo aquí. Quiero que me desee, que me necesite.

—Ahora, Becca. —Me levanta en brazos. Yo le rodeo las caderas con mis piernas y me lleva caminando conmigo a cuestas hasta su habitación—. ¿Te parece si te llevo a mi cama y no te dejo salir hasta que te demuestre que no la conozco tan bien como tú crees? ¿Hasta que sepa cómo podemos movernos dos personas a lo largo y a lo ancho de ella?

Me echo a reír de mí misma y de mis dudas.

Lo beso, y ya no nos decimos nada más hasta que nos quedamos desnudos en la cama, para compartir el anhelo que sentimos el uno por el otro.

Quiero que me valore a mí por encima de ella. Porque ella, esa mujer, tuvo su oportunidad y la echó a perder, pero yo no voy a hacerlo.

Hombres como Axel son difíciles de encontrar.

Y voy a luchar por él. Hasta que pueda encontrarme un día con Victoria y decirle lo imbécil que fue por hacerle daño, por rechazarle.

Después le daría las gracias por su mal hacer, gracias al cual pude acceder a Axel.

Cementerio de San Isidro, Carabanchel

Visto de negro por respeto al padre de Axel.

No había estado antes en este cementerio, el de mayor prestigio de Madrid. Aquí, aristócratas, políticos, militares, familias adineradas, toreros y demás recibieron santa sepultura, como se dice.

A Eli le encantan los cementerios. A mí me ponen la piel de gallina, pero he de reconocer que es enigmáticamente hermoso y tristemente evocador. Con siete patios repletos de sobrios nichos, este cementerio romántico está plagado de misteriosos detalles, de panteones, tumbas, cruces y estatuas que dotan al conjunto de una lúgubre belleza.

Alejandro Montes reposa en el patio de San Andrés, junto con otros ilustres hombres poderosos como Miguel Boyer. Aunque me temo que el señor Montes era más poderoso que el ex ministro.

Hace frío en Madrid. Estamos a comienzos de diciembre, y el cielo está encapotado y blanco. Llevo un abrigo negro Armani que me llega a la mitad del muslo, unos tejanos azul oscuros y mis Hunter. Axel viste igual que yo, menos por las botas de agua. Él calza unas botas militares Mustang de color negro con el talón recubierto por una chapa metálica.

Caminamos cogidos de la mano y en silencio, con aire respetuoso.

Percibo su tensión, lo incómodo que se siente, lo duro que aprieta la mandíbula.

Odia estar ahí. Si pudiera, saldría corriendo, pero no lo hace porque quiere ponerle punto y final a todo.

Una ira inhumana anega sus preciosos ojos y los convierte en demoníacos. Sus dedos, entrelazados con los míos, están helados. Pasa de largo por los nichos y las tumbas, como si no los viera, como si no le diera importancia a la muerte.

Debe dar este paso definitivo. Tiene que plantarse delante de la tumba de su padre y decirle que, a pesar de todo, le perdona. Y que ahora es libre.

No sé si será capaz de conseguirlo. Pero estoy ahí para reconducir su situación si se siente sobrepasado por los nervios, pues sus emociones son poderosas y llenas de inquina hacia su progenitor.

—Es aquí —dice con los dientes apretados.

Me detengo y asiento cuando leo el nombre de su padre junto al año de su nacimiento y el de su muerte. No hay ningún mensaje tipo: «Amado padre», como era de esperar.

Lo miro de soslayo y me mantengo callada, esperando a escuchar lo que tenga que decir. Pero permanecemos en silencio durante más de cinco minutos.

Y Axel sigue sin articular palabra.

Le aprieto la mano para que note un estímulo que le haga reaccionar, y cuando me mira, lo veo perdido, extraviado en su mente, como si ya no estuviera aquí conmigo, sino en otro lugar. Esos comportamientos son típicos de los que sufren crisis de pánico y de ansiedad. Se sienten superados por su poca disposición a afrontar el miedo.

—Axel…

—Échame un cable —me pide—. Estoy completamente bloqueado.

Como suponía que podía pasar algo así, de camino al cementerio he hecho una lista de preguntas mentales que puedan ayudarme a resolver todo el misterio que le envuelve. Que pueden ayudarle a centrarse.

—¿Cómo te sientes?

—Vacío. No siento nada.

—No es verdad. Dijiste que vendrías a verle cuando a ti te diera la gana. Por eso no lo hiciste ni cuando murió ni cuando le enterraron. Esa era tu manera de demostrarle que no tenía poder sobre ti.

—Sí.

—Has querido venir aquí hoy por una razón. ¿Cuál?

—He venido a asegurarme de que está bien muerto.

Dios. Son palabras increíblemente duras, incluso para él. Alejandro Montes debió de ser un tipo monstruoso para despertar tales sentimientos en su hijo pequeño.

—¿Por qué has querido venir hoy? ¿Qué día es hoy para ti?

Axel frunce el ceño y vuelve la cabeza hacia mí. Leo perfectamente en su rostro que no sabe si contestarme o no. Está angustiado.

—Joder, me gusta más tu trabajo cuando solo tengo que grabarte con la cámara y ver lo guapa que estás.

—Tú has querido que viniese contigo, y yo estoy a tu lado en calidad de amiga y también de psicoterapeuta. Te conozco, Axel, y no eres un hombre que elija un día al azar para hacer las cosas, y más cuando estas son fechas señaladas en tu calendario. Tu pánico es recurrente. Te encontré en las playas de Troya porque esa noche celebrabas el aniversario de la pedida de mano a Victoria. Después, me llevaste a los Lagos Marciales porque ese día querías celebrar allí mismo el aniversario del día que Victoria te rechazó la oferta de casarse contigo. ¿Por qué hoy has decidido venir aquí para encontrarte con tu padre? —le insisto—. ¿Qué aniversario se cumple? Dime la verdad.

—No te la dirá.

Detrás de un panteón que hay a varios metros del nicho de Alejandro Montes aparece la figura de Fede, vestido de riguroso negro de los pies a la cabeza.

La sorpresa no es agradable para ninguno de los dos hermanos. Que se vean en un lugar tan delicado no es nada bueno y puede propiciar una situación mucho peor.

—¿Fede?

No tienen nada que ver. Fede es distinto a Axel en todos los sentidos. Es cierto que es un hombre que sigue manteniendo su atractivo; es alto, con el pelo canoso, y sigue llevando ese sello, al estilo Camorra italiana, que no le pega en absoluto. Pero para ser honestos, su cara tersa y su pelo bien peinado hacia atrás, además de su mirada velada por una vida de excesos y muchas exigencias, se desmarca totalmente de la belleza natural y salvaje que sí tiene Axel.

En otras palabras: prefiero el salvajismo de Axel, porque es espontáneo, a la apariencia milimétricamente cuidada y asesorada de Fede, porque no deja nada a la ventura.

Tiene la clásica apariencia de un vividor. Antes no lo veía así, porque me caía bien y porque no sabía ni la mitad de cosas que sé ahora. Hasta le hice terapia... Ahora me sigue cayendo bien, pero empiezo a ver su verdadero rostro. A veces dudo de que necesitara realmente mi ayuda. ¿Y si lo hizo todo solo para que Axel y yo nos conociéramos? ¿Y si todo fue una artimaña?

—¿Qué coño haces aquí? —le suelta Axel sin moverse un centímetro de mi lado.

Yo le cojo la mano, apretándole los dedos. Es mi aviso, una advertencia de que no quiero peleas en tierra sacra.

—Sabía que hoy vendrías —contesta Fede desde su posición, apoyado en el panteón de una familia cuyos apellidos desconozco—. Si sabías dónde estaba enterrado padre, al final vendrías. Por eso se lo dije a Becca.

Hace bien en no aproximarse. No se puede provocar a las fieras. Axel está guardando la distancia de seguridad, pero dudo que aguante mucho.

—Becca —me mira amablemente—, ¿cómo estás? ¿Se ha portado bien mi hermano contigo? Es un hombre muy complicado.

—Estoy bien, Fede. Creo que... no deberías estar aquí en este momento —le sugiero—. Tu hermano...

—Mi hermano está aquí hoy porque celebra un cuarto aniversario. Ya sabes lo dramático que se pone él con fechas tan señaladas de su pasado...

A mi lado, Axel sigue sin mover un solo músculo. Solo contempla a Fede, como el tigre que está a punto de zamparse un conejo.

No me gusta nada cómo están yendo las cosas. En su encuentro veo mucha inquina, una malquerencia prolongada en el tiempo. Axel protegió a Fede de las palizas de su padre, él ocupó su lugar como si fuese un saco de boxeo. ¿Qué sucedió para que dejara de protegerlo? ¿Qué ha pasado para que ya no le interese su hermano lo más mínimo?

Fede, en cambio, sí muestra interés por él. Insiste en acercarse, en ayudarle... Pero Axel lo rechaza constantemente.

—¿Se lo has contado ya, Axel? —Fede desafía a su hermano y sonríe sin ganas—. ¿Sabe Becca cuánta mierda hay en los Montes? ¿Sabe ya quién era Victoria?

Esa última frase me pone la piel de gallina. Axel irradia una energía helada que me deja fría, bajo cero. De repente, me da miedo lo que vaya a decirse delante de la tumba de Alejandro Montes.

—Fede, aléjate ahora si no quieres que te arranque la cabeza. —La amenaza traspasa los blancos dientes apretados de su boca—. Ya no me queda paciencia contigo.

—Mira, en eso coincidimos —responde, y se cruza de brazos—. A mí también me agota tu actitud. Por eso he venido a hacerte un favor.

—No quiero tus favores.

—Yo creo que los necesitas, tío. Aquí y ahora, sobre la tumba de padre, vamos a enterrar también nuestras diferencias, y toda la porquería que llevas cargando sobre tus espaldas. Tienes a una psicoterapeuta contigo —me señala—, puede que sea la mejor. Becca puede ayudarnos a los dos.

Madre mía. Tengo el corazón encogido y el estómago en la garganta. Estoy aterrorizada pensando en lo que voy a escuchar.

—Lo intentaré —digo—. Pero podemos hacerlo en otro lugar...

—Mira, Becca, la historia es esta. —Fede se apoya en el muro de piedra del panteón y exhala tenso—. Hoy es el cuarto aniversario del día que mi hermano descubrió que la pequeña y ambiciosa Victoria le estaba engañando desde hacía más de dos años.

Axel afloja los dedos de mi mano, pero yo no le suelto. Ni hablar. Es como soltar a un perro rabioso. Si lo dejo, irá derecho a morder a Fede.

—Lo engañaba con mi padre, ¿lo sabías? No, por tu cara, por supuesto que no.

Ni siquiera parpadeo. Cojo aire por la boca, e intento absorber el dolor que siente Axel, hacerlo mío.

—Se veían en el Chantilly. En mi local —asegura, contrariado—. A mi padre le encantaban los juegos que tenían lugar allí, y Tori era una mujer con gustos especiales y muy exigentes.

Miro a Axel, que sigue serio, observando a su hermano, como si nada de lo está diciendo fuera con él. Pero sí va con él. Y ya no lo puede obviar.

Por eso Axel no quería ir al Chantilly. Por eso sentía una aversión tan profunda por Roberto y su mundo. Y por ese mismo motivo, Fede me pidió que trabajara con su socio. Para hacer una terapia de choque directa con Axel.

—Eres un pedazo de cabrón, de los grandes —susurro mirando a Fede con odio—. ¿Roberto conocía a Axel? ¿Sabía quién era?

—No, joder. ¿Quién conoce a Axel? Mi hermanito se ha esforzado en vivir en las sombras…

—Cállate ya, Fede —le reprendo—. ¿Por eso me pediste que trabajara con Roberto en su adicción?

—Te lo pedí porque necesitaba que mi hermano supiera que tú no eres como Victoria. Conozco a Roberto, sé lo mucho que le gustan los caramelos prohibidos y honestos como tú. Sabía que te iba a echar el lazo en cuanto te viera. Y no me equivoqué. Te llevó al mundo subterráneo del Chantilly para tentarte. Para follarte, como hizo con Victoria, acompañado de mi padre.

—Dios mío… —susurro, consternada. Están todos enfermos.

—Pero tú lo rechazaste —me recuerda con aire soberbio y, a la vez, extrañamente orgulloso—, como sabía que iba a pasar. Quería que mi hermano confiase en ti, que comprobara que no todas las mujeres son como su caprichosa ex. Que algunas se niegan al reino del dinero y la oscuridad.

Axel ha sido víctima de alta traición. Su padre no solo era un hijo de puta que les daba palizas y los menospreciaba, también se metió en la relación de su hijo y la destrozó.

—¿Tú lo sabías, Federico? ¿Sabías que tu padre tenía una relación con Victoria a espaldas de Axel y lo permitiste? —le pregunto.

—Por supuesto que lo sabía —contesta Axel en su lugar—. Pero mi padre le hacía callar con dinero. Compraba su silencio. Después de las veces que me partí la cara por él, traicionó mi amistad solo por un puñado más de acciones.

Eso es horrible. Hay personas cuya alma sí tiene precio. Y Fede, que ha sido un hombre que nunca recibió cariño, está acostumbrado a comprarlo todo con dinero. Para él, eso es lo más importante.

—Soy así, Axel. No creas que no me arrepiento, que no me avergüenzo de tener unos valores tan mezquinos. Pero este es mi mundo —añade abriendo los brazos—. Mi padre me corrompió desde muy pequeño, y no he sabido salir de ese círculo vicioso. Yo ya estoy metido de mierda hasta el cuello, no hay salvación para mí. Sin embargo, tú... —Intenta acercarse dando un paso adelante, pero yo se lo prohíbo deteniéndolo con la mano.

—No te muevas, Fede. Mantén las distancias —le ruego mientras controlo a Axel con el rabillo del ojo.

—Está bien. —Fede se detiene y vuelve a fijarse en su hermano—. Tú tienes que salir de ese agujero.

—A ti sí que voy a meterte en un agujero. —Axel vuelve a amenazarlo.

—Por favor —le ruego sujetando su mano con fuerza—. Quédate aquí conmigo. No hagas nada.

Fede estudia mi gesto y su rictus se vuelve complaciente.

—Me alegra saber que lo tienes domado y que a ti te escucha, Becca.

—¡Fede, maldito seas! —le grito perdiendo los nervios—. ¡No provoques! ¡¿O es que quieres que te dé una paliza?!

—Puede que me la merezca —dice encogiéndose de hombros.

Y entonces lo comprendo. Fede ha venido a recoger su castigo. Él mismo necesita purgarse de todo su mal, y quiere que Axel le dé su merecido. Pero no lo voy a permitir. Axel me hará caso a mí. No se va a dejar llevar por la ira. Lo va a superar.

—Axel, mírame. —Me coloco delante de él, para que solo pueda verme a mí y a nadie más—. Lo que te ha pasado ha sido terrible... No me imagino cuánto dolor has tenido que soportar...

—No. No te lo imaginas —asegura, compungido.

—¿Cómo? Pero si la historia aún no ha acabado... —dice Fede—. Tienes que escucharla por completo.

¿Todavía hay más? ¿Qué puede haber más horrible que eso? No sé si quiero escucharlo. Axel lo va a arrollar; yo no tengo fuerza para detenerle, solo mis palabras, y me temo que no serán suficientes.

—Mira, no me interesa oír más —le digo mirándolo con rabia por encima del hombro—. Vuestro padre está muerto, y ya no os puede hacer daño. Espero que Victoria también se haya ido muy lejos de aquí... Axel —le tomo de la barbilla—, tienes que sacarla de tu vida y ser fuerte...

Fede se echa a reír y niega con la cabeza.

—Axel no te ha contado nada sobre ella, ¿verdad?

—Fede, espero que te merezca la pena lo que haces —dice Axel con voz glacial—, porque te voy a dar una paliza de la que no podrás levantarte en años.

—Perfecto. Aquí estoy —responde, desafiante—. Por supuesto que Victoria se ha ido muy lejos de aquí, Becca —dice Fede, asegurándose de que sus palabras me llegan altas y claras—. Está en el Infierno. De donde nunca debió salir.

—¿Es una metáfora? —le pregunto frunciendo el ceño.

—No es una metáfora. Victoria está muerta. Y seguro que sabes muy bien quién es, porque su muerte fue lo más visto en las televisiones de todo el mundo durante más de dos semanas.

—No entiendo. —Por el amor de Dios, ¿quién era Victoria?

—Victoria era Tori Santana. La diva del pop, la cantante internacional de más éxito de la última década, muerta en un fatídico accidente de coche.

La sangre deja de circular por mis venas. Por un momento, lo que me rodea deja de ser seguro, y siento como que muero. Menos mal que estoy en un cementerio, porque es el lugar perfecto para que me dé un patatús.

Tori Santana, La Bella. Así era conocida. No hace falta que diga nada más, ¿no? Era morena pero se teñía el pelo de caoba. Tenía unos ojos oscuros enormes y rasgados, llenos de embrujo. Era una cara de ángel en un cuerpo de diablesa. La envidia de muchas mujeres. De hecho, yo, que soy pelirroja, admiraba su belleza latina.

Dios, no me lo puedo creer. ¡Tierra trágame! Si hasta tengo su discografía completa. Yo misma he bailado sus éxitos en las discotecas, y he tarareado sus canciones mientras iba a correr.

Pero no era la única que lo hacía. Porque a mí, y a algunos millones más, nos encantaba su música.

La noticia de su muerte fue una tragedia. Porque la muerte de personajes tan mediáticos y con tanta influencia en el mundo siempre nos afecta de un modo u otro. Se muere alguien que conoces y recibes la noticia con tristeza, aunque jamás lo hayas conocido en persona.

Y esa mujer archiconocida, espejo de muchas, era Tori Santana, la mujer con la que Axel se iba a casar.

Joer, estoy en shock.

¿Por qué no me lo dijo? ¿Acaso porque no quería humillarme? ¿Porque no quería hacerme daño? ¿O tal vez temía que fuera con la historia a los medios de la prensa rosa, como una soplona cualquiera? ¿Acaso no le he demostrado que puede confiar en mí?

Como sea, el dolor que siento no me duele menos ahora que sé quién era ella. Me duele más. Muchísimo más. Porque a su lado, al lado de ese recuerdo…, soy muy poca cosa.

—Pensaba… —digo renqueante, recuperando la voz—. Pensaba que Victoria era tu compañera de la seguridad privada.

—Estoy tan aturdida y me duele tanto el corazón…

—Yo no dije eso —añade Axel con sequedad, sin mirarme—. Nunca he dicho eso. Dije que la conocí allí.

Fede sigue riéndose.

—Joder, Axel, cómo la lías… —murmura—. Cuéntaselo bien.

—Cuéntamelo tú, pedazo de cínico, ya que estás disfrutando con esto. —Mi tono ahora es más despectivo que nunca. Odio a Fede por divertirse con todo este embrollo que tan incómoda me hace sentir.

Mi jefe da un respingo y tiene el tacto de avergonzarse y de agachar la cabeza.

—No disfruto con esto. Pero es necesario. La mierda tiene que salir a relucir para que pueda limpiarse.

—Que te den. Cuéntamelo.

Fede desvía la mirada hacia su hermano, que sigue con los ojos clavados en la tumba de su padre. Axel permanece mudo, casi tan en shock como yo.

—Fue su amigo Nico quien le pidió que lo acompañara a una entrevista privada para hacer de escolta para una persona famosa —empieza a explicar Fede—. Axel aceptó ir con él, y en la entrevista Victoria le echó el ojo. ¿Verdad que fue así, Axel? Mi hermanito se quedó tan deslumbrado por la superstar que no podía quitarle la vista de encima. Cuando acabó la audiencia entre Victoria y Nico, la cantante le dijo a su representante que quería al segurata, siempre y cuando Axel también fuera en el pack. Axel jamás debió de dejarse llevar por la bragueta, pero lo quiera o no, tiene sangre Montes en las venas, y el tonto abandonó su puesto en la policía para poder hacer de escolta a La Bella.

—Entonces… —murmuro mirándolo decepcionada—. ¿Eras su guardaespaldas? No te fuiste de la policía por aburrimiento, ¿verdad? Te fuiste porque te encaprichaste de Victoria. Dejaste tu cargo de inspector por una mujer… —susurro. Casi no me puedo controlar. La congoja oprime mi voz y los ojos se me llenan de lágrimas—. Tuviste que estar loco por ella.

—Becca, no quería… —balbucea Axel.

Antes de que siga, hago que se calle con mi indiferencia. Luego animo a Fede a que lo suelte todo y por fin sepa cómo de bajo estoy en la escala de Axel.

—Y tu hermano y Nico se convirtieron en el tándem protector de Victoria —resumo.

—Sí. Pero Axel además de ser su guardaespaldas, era también su pareja.

Estoy horrorizada. Me clavo las uñas en las palmas y soy incapaz de controlar mi temblor. Axel ha estado repitiendo conmigo sistemáticamente lo que hizo con Victoria. Se erigió en mi protector y ambos mantenemos una relación sentimental, si es que se puede llamar así.

—Lo que no entendí nunca era cómo la soportaba —musita Fede, contrariado—. Era una diva; estaba muy buena, pero era insoportable. Nada que ver contigo…

—Fede, al grano —le ordeno.

—Victoria estuvo con mi hermano tres años. El primer año seguramente por diversión; los otros dos, porque le encantaba jugar a dos bandas: tenía a mi hermano comiendo de su mano como un perro faldero, mientras se aprovechaba al mismo tiempo de los beneficios de tener al magnate de la comunicación compartiendo su cama. Mi padre cerró para ella muchos contratos y apariciones en televisión. La tenía muy mimada. Tori solo pensaba en ella, en ganar más dinero, en tener visibilidad en los medios… Y mi padre tenía un grandísimo problema: demostrar que él estaba por encima de los demás; sobre todo, de sus hijos. Ambos eran egos con patas, y les gustaba jodernos. Pero de eso Axel, que tenía una venda en los ojos con Tori, no se daba cuenta.

La idea que tengo de Axel no es para nada compatible con la imagen que me explica Fede de su hermano. Y eso solo quiere decir una cosa: que, por amor, se convirtió en una persona que no era. La otra lo sometió.

Las rodillas pierden toda su fuerza, y si sigo en pie es solo por inercia.

—¿Cómo los descubriste? —le pregunto a Axel directamente—. ¿Me vas a contestar o no?

Él reacciona, alza la cabeza y se enfrenta a mí, con el rostro sombrío, colmado de recuerdos y pesadillas del pasado. Tan atormentado que a veces temo que no hay salvación para él.

—Cuando Victoria me dejó, dejé mi puesto de guardaespaldas porque no podía estar cerca de ella. —Carraspea, incómodo—. Así no la podía proteger. Cuando estábamos juntos, la había cazado hablando con el móvil a escondidas y mintiéndome, cuando yo nunca lo había hecho. Así que sospeché que había algo más, y le pedí a Nico que la vigilara —resume con un tono de voz sin alma—. Dos semanas después, mi compañero me llamó y me dijo que Tori había quedado esa noche para ir al Chantilly, el local de Fede. Esa noche Nico me esperaba para hacerme un aclarado para que yo pudiera entrar. —Habla como un robot, sin emociones—. No quería decirle nada a Fede, quería aparecer por sorpresa. Y eso fue lo que hice. Con la ayuda de Nico, que habló con el de seguridad, me dejaron entrar en el local. Él me condujo hasta la planta inferior, donde había desaparecido Victoria. Solo sé que me colé después de quitarme de en medio a los gorilas del subterráneo. Entré sin máscara ni antifaz, a cara descubierta... Entonces llevaba el pelo largo y barba como los llevan hoy los hipsters. Y me la encontré... —Enmudece de golpe y se relame los labios.

—La guarra de Tori estaba abierta de piernas —interviene Fede—, contemplando con agrado y lascivia la orgía que había en la pista central, mientras el hijo de puta de nuestro padre la estaba degustando entre las piernas. Axel agarró a mi padre y por poco lo mata. Fue un escándalo. Como nadie lo conocía ni sabía quién era él, pensaron que era un loco... Pero Tori, mi padre y yo sí sabíamos quién era.

Santa madre de Dios... Intento reaccionar ante la imagen que monta mi cabeza. Ya sabéis que soy muy gráfica.

—¿Y qué hiciste tú, Fede?

—¿Fede? —repite Axel, regresando de la amargura del pasado—. Fede no hizo nada, como siempre. Callar, ver y otorgar.

Él sabía que mi padre se veía con Tori en su local. Y lo permitió, porque mi padre amenazó con retirarle la herencia si decía algo. Calló a cambio de acciones y más dinero. Así era como Alejandro compraba a los que tenía alrededor, incluso a sus propios hijos. Al menos, a los que se ponían un precio.

—No te dije nada porque sabía que si te enterabas harías una locura, Axel —se defiende Fede—. Además, todos, incluso Noel y Nico, sabían que no tendrías futuro con Tori. El único que no lo veía eras tú, que estabas obnubilado. Cuando ella te dijo que esperaba un hijo tuyo...

—¡¿Qué?! —exclamo, pálida como la nieve—. ¿Estaba embarazada de ti, Axel? —Las lágrimas se deslizan descontroladas por mis mejillas y mi corazón late arrítmicamente. Iba a ser padre. Había dejado embarazada a otra mujer. ¡Que alguien me despierte de esta pesadilla!—. ¡Me has mentido otra vez! —le suelto, completamente abatida—. Así que era yo la única con la que lo habías hecho sin condón, ¿eh?... ¡Capullo!

—No, espera —aclara Fede intentando romper una lanza en favor de su hermano—. Tori le dijo que el hijo era suyo. Por eso Axel, a pesar de sus dudas, le propuso matrimonio y ella no supo decir que no, para alargar la mentira y también porque había entrado de lleno en el juego de mi padre. Pero después, al descubrir el engaño, Axel empezó a sospechar que el hijo no era de él, sino de mi padre. Iba a hacerse las pruebas de paternidad el día que Tori tuvo el accidente. Desgraciadamente, ese día Nico iba con ella en el coche... Estaba solo, porque Axel había abandonado su cargo. Él sufrió algunas heridas, sobre todo en el rostro, pero quien se llevó la peor parte fue Tori, que murió en el acto. La autopsia dejó claro que el hijo no era de Axel.

—¿Te ibas a casar con Tori solo porque estaba embarazada de tu hijo? —le pregunto, incrédula—. No sabía que eras de esos.

—Y no lo soy —contesta Axel—. Pero sé lo que es crecer sin un padre, Becca. Y no soportaría que un hijo mío, en caso de tenerlo, sufriera lo que sufrí yo.

—¿Y de quién era? ¿De tu padre?

—No. Resultó que tampoco era de él. —Fede arquea las cejas canosas y sonríe—. De hecho, el padre sigue siendo desconocido. Podría haber sido incluso mío, en caso de que hubiera aceptado la proposición indecente que Tori me ofreció.

Esto ya ha sido demasiado.

Entonces todo se precipita a mi alrededor. Dejo de sentir la mano de Axel, que desaparece de mi lado. No me acostumbro a la manera tan rápida que tiene de moverse, como un felino.

Solo oigo el quejido de Fede y cuando me doy cuenta, veo que Axel lo ha tirado al suelo de un puñetazo y que no deja de golpearlo con rabia.

—¡No! ¡Axel!

—¡Mírate! —le grita Fede intentando protegerse. Pero no puede, no es rival para Axel. Su hermano pequeño es un curtido guerrero entrenado para luchar contra el mal. Él, en cambio, se puso de su parte para que nunca le hicieran daño—. ¡Eres como papá!

—¡Detente, Axel! —le suplico.

—¡No soy como él! —grita con los nudillos en carne viva. Las venas del cuello se le marcan como si le fueran a explotar. Sus ojos vidriosos y desorientados buscan una salida alrededor, y entonces reparan en mí.

Soy incapaz de moverme. Hay tanta rabia, tanto descontrol en sus movimientos y tanto dolor sin sanar, que las oleadas de su cólera me golpean hasta casi dejarme sin respiración, impelida por su violencia.

Aparta su mirada, porque no quiere ver el miedo que reflejan mis ojos. Ojos que no ven, corazón que no siente.

Toma a Fede del cuello de la camisa blanca, manchada de su propia sangre, y lo levanta a peso. Cuando un hombre tiene tanta furia en su interior, es puro nervio, y eso triplica su propia fuerza. Lo estampa contra la pared de piedra caliza del panteón, y lo sujeta ahí para pegar su nariz contra la suya.

—¡Tú y Alejandro me habéis jodido la vida! ¡Hubiera sido más feliz si nunca me hubiera encontrado! ¡Esta familia me da asco!

Frunzo el ceño. No entiendo nada. Fede me dijo que fue la madre moribunda de Axel quien se puso en contacto con Alejandro para que se encargara de su hijo. Va a ser que todo era mentira. Otra más.

—Padre era así —musita Fede con el labio partido. El ojo se le está cerrando por la hinchazón—. Un puto controlador. Ya lo sabes. Incluso ahora, desde la tumba, nos controla, Axel. Se está divirtiendo al ver en lo que nos hemos convertido, en dos completos desconocidos.

—Yo no pedí esta familia.

—No importa lo que tú quisieras. Él no iba a permitir que sangre de su sangre campara libre por Europa sin estar sometida a su poder. Tenía ínfulas de rey.

—Y tú eres un soberano mentiroso —increpo a Fede, sin moverme de mi sitio, abatida por toda la falacia que rodea a los Montes.

—Solo quise adornarte un poco la verdad, Becca. Nunca negué que éramos unos desgraciados —aclara respirando agitadamente, degustando la sangre de la comisura de su labio—. Pero necesitaba que te hicieras cargo de Axel, y que aceptaras trabajar con él, porque estaba convencido de que podías ayudarlo.

—¿Ayudarlo…? —susurro sin dejar de llorar—. ¿Sabes lo que nos has hecho? ¿Sabes lo que me has hecho a mí? —«Has modificado toda mi vida.»

—Mi padre aún seguía vivo, sus tentáculos son muy largos, Becca… Si te hubiera dicho que Ginebra huyó de él y de sus malos tratos, tal y como hizo mi madre…

—¿Tu madre también fue maltratada?

—Bueno, mi madre estaba harta de sus infidelidades y de su mano suelta…

Es decir, que sí.

—Ginebra estuvo muchos años con Axel a cuestas cambiando de lugar de residencia para que Alejandro no la encontrara. ¿Qué habrías pensado si te hubiera contado la verdad? ¿Habrías aceptado seguir adelante con mi hermano y con *El diván*?

—No sé lo que habría hecho. Pero sí que pensaría exactamente lo que pienso ahora. Que estáis jodidos, llenos de traumas y de sombras, Fede —replico con pesar—. Y que teníais un padre que era un nazi y un maltratador, unególatra de tomo y lomo que nunca supo querer. Pero vosotros tenéis la oportunidad de cambiar vuestra historia. Y no os da la gana.

—No hago tratos con capullos. Fede es igual que él —afirma Axel sin rodeos.

Luego levanta el puño, a punto de golpear de nuevo a Fede en la barbilla, pero yo corro para detenerlo y me planto entre ellos, de escudo, llorando azorada, porque sé que Axel no es capaz de detenerse, y que esta vez tampoco lo va a hacer por mí.

El puño de Axel me roza la mejilla, y es como un latigazo. Cierro los ojos con fuerza y caigo al suelo, al tiempo que me golpeo la rodilla contra una piedra.

Me quedo doblada en el suelo, intentando incorporarme sin demasiado éxito. Por Dios, solo me ha rozado, ni siquiera me ha dado de lleno, y me duele tanto que me cuesta hasta abrir los ojos.

Cuando levanto la vista, Axel y Fede están muy quietos, examinándome con ojos desolados. Axel se lleva las manos a la cabeza, y corre a socorrerme, consciente de lo que acaba de suceder. Pero yo no quiero ni que me toque.

—¡No! ¡Ni se te ocurra ponerme una mano encima, bestia! —le grito para alejarlo, entre hipidos de llanto que no puedo controlar.

Ha llegado un punto en que San Isidro me come, y en el que los Montes acaban de quemar todo el oxígeno a mi alrededor. No soporto estar ni un minuto más cerca de ellos.

Me duelen los secretos de Axel. Me duele saber que Tori Santana era su novia, porque aunque creo tener otros valores diferentes a los de ella, no me puedo comparar al recuerdo de una estrella de fama mundial, tan hermosa y tan codiciada por todos los hombres. Me siento pequeña, insignificante… Y utilizada. Es más, ahora me siento ridícula al comprender que si Axel iba con ella en calidad de guardaespaldas, también lo hacía en sus conciertos, entre ellos los que dio en Tenerife, en las playas de Troya y en los Lagos Marciales. Donde él la lloraba, semanas atrás.

Por Dios... La cabeza me va a estallar.

Me siento utilizada por Fede para salvar del hundimiento a su hermano y purgar todos los pecados cometidos contra él, como si ese acto de buena fe limpiara su currículum pernicioso.

Y también me siento utilizada por Axel, porque se ha pegado a mí para borrar la memoria de una mujer que no solo le dejó huella en su alma, sino también cicatrices por todo el cuerpo.

¿Cómo he podido imaginar siquiera que Axel podría enamorarse de mí? ¿Cómo he llegado a creer que empezaba a caer en mis redes como yo he caído en las suyas?

Soy tan patética que me dará vergüenza hasta mirarme en el espejo.

Me levanto tambaleándome un poco. La rodilla aún me duele y no me sostiene bien. Voy cojeando.

—Becca, por favor... —me suplica Axel, avergonzado de su propio comportamiento, y porque es la primera vez que no ve ni un gramo de compasión en mis ojos azules. Ni uno.

—No hay por favor que valga, Axel. ¿Te has visto? ¿Has visto cómo te comportas? He estado dispuesta a ayudarte. Te dije que si venías aquí para enfrentarte al desgraciado de tu padre, debías adoptar una actitud redentora, a pesar del daño que te había hecho, que es mucho. No quería que acabaras de hundirte en la autodestrucción y el odio. Y es justo como has acabado, porque no estás dispuesto a dar tu brazo a torcer...

—Lo siento. Lo lamento mucho... —Tiene la garganta seca y la voz le oscila ligeramente—. Jamás te levantaría la mano. Me la cortaría antes que lastimarte. Es solo que te has cruzado y...

—¡Ya sé que nunca me pegarías, Axel! ¡Sé que ha sido un accidente! ¡Pero eso no cambia nada! —grito para despabilarme y salir de la insensibilidad que ahora me envuelve. Yo no soy como Axel. Si algo me duele, quiero que me barra. Que me barra como nunca, que deje salir todo lo que me hiere para que no gangrene mi corazón. Por eso estallo y pierdo el control, porque sé que los muertos no se levantarán de sus tumbas para pedirme que baje la voz y me calle—. ¡Porque hay muchas maneras de hacer daño a una persona! ¡Muchas! ¡Y cuando pierdes el control y te dejas llevar por la ira, me estás destrozando! ¡A mí! —Me golpeo el pecho a la altura del corazón.

Dios, voy a explotar. Mis emociones acaban de poseerme, y de paso se arremolinan con la desesperación que percibo en él. La utilizo a mi favor. La empatía sirve para conectar con los demás, para entenderlos. Pero esta vez me nutro de ello, por eso me acerco y lo empujo, alejándolo del más débil, que es Fede, y que ya tiene suficiente con tener que aguantarse a sí mismo.

—Yo no quiero hacerte daño, Becca. —A Axel le tiemblan las manos. Está muy nervioso. Asustado ante la posibilidad de perderme—. Nunca lo he querido. Por favor, deja que eche un vistazo a tu mejilla...

—¡Mi mejilla está mal! ¡Yo estoy mal! ¡Claro que me he hecho daño! ¡Tú me lo haces! ¡Me destrozas y me alejas porque Victoria te ha dejado secuelas, al igual que tu padre! ¡Porque sientes tanta rabia por no haber podido tenerla que necesitas romper cosas y herir a los demás! ¡Necesitas hacerte daño a ti mismo para sentir algo, aunque solo sea inquina! ¡Y en ese intervalo de odio y confusión, no miras lo que tienes a tu alrededor, imbécil! —Lo vuelvo a empujar hasta hacerlo trastabillar—. ¡Para ti soy invisible! ¡¿No te das cuenta?! ¡¿Cómo vas a verme si estás cegado por el recuerdo violento y tormentoso de esa mujer?! ¡¿Cómo?! ¡Siempre ha sido ella! ¡Incluso muerta ha estado interponiéndose entre nosotros porque tú no la dejas marchar!

—Becca... Por favor...

—¡¿Por qué no me has contado antes todo esto?! ¡¿Por qué me he tenido que enterar así por el caradura de tu hermano?! ¡Y encima tengo que dar gracias de que él esté aquí, porque, de lo contrario, tú nunca me habrías dicho la verdad!

—¡¿Por qué iba a contártelo, Becca?!

Esta vez Axel se cierne sobre mí, pero me da igual. Me siento como David contra Goliat. El gigante no me asusta.

—¡Porque soy yo! —No necesita más razones que esa.

—¡¿Sabes cuánto me cuesta aceptar que mi vida ha sido una mierda?! ¡Que todos se han reído de mí! ¡¿En qué me ibas a ayudar tú?! ¡Has aparecido de repente! ¡Desequilibrándome más de lo que ya estoy! Podía contarte unas cosas, pero no todas... ¡Nada de lo que sabes ahora puede salir a la luz!

—Pero ¿es que acaso crees que no sé lo que te pasa? —le digo, y esta vez lo veo en todo su esplendor—. ¡Sientes vergüenza de venir de donde vienes, vergüenza de no ser un hijo reconocido, vergüenza de tener el padre que tuviste, y vergüenza de haber sido una marioneta en manos de una mujer! ¡Por eso tenías tantos prejuicios conmigo al principio! ¡Pero he peleado cada hora a tu lado, demostrándote que no soy como ella! ¡Te he abierto mi corazón, Axel! ¡Te lo he dado todo y me he lanzado a la piscina por ti! ¡He sido franca y honesta, y nunca te he engañado! ¡Ayer te dije que estaba enamorada de ti!

Axel deja caer la cabeza y cierra los ojos con pesar. La verdad a veces enmudece hasta los cementerios.

—¡Mírame, joder! —grito para espolearle—. ¿Crees que iba a hacerme la loca? ¡No estaba borracha! ¡Te lo dije y tú no me contestaste!

—Becca, te lo ruego —me pide desesperado—. Esto es muy difícil para mí...

—¡Y para mí! ¿O acaso crees que me encanta estar enamorada de un tío duro y con alma de fortín como tú? ¿Por qué no me dijiste que era Tori Santana? ¡¿Eh?! —Lo vuelvo a empujar, dejando aflorar mi despecho libremente—. ¿No crees que me merecía saber cómo de inalcanzable era mi propósito contigo? ¡Contéstame!

—Te lo dije... Me cuesta confiar. —Mueve la cabeza apenado.

—¿Y ya está? ¿Me cuesta confiar? ¿Eso es todo? —repito, decepcionada—. Me has hecho el amor un centenar de veces en estos días —musito entre dientes— y he compartido más intimidades contigo que con cualquier persona en toda mi vida. ¿Y todavía te cuesta confiar en mí? Tú no solo estás marcado por lo que te ha pasado. Tú, además, eres un cobarde.

Esa palabra no le gusta. Lo sé por cómo se le abren las aletas de la nariz y por cómo presiona la mandíbula.

—¿Cobarde yo? Cobarde tú, que me dijiste que ibas a estar a mi lado pasara lo que pasase, que estabas preparada para todo. ¿Y qué haces ahora? ¡Te rajas!

Está a la defensiva, y eso complica la comunicación. Yo le he abierto mi corazón, he sido paciente, he estado a su lado… Pero, a pesar de amarlo con una intensidad lacerante, no puedo acompañarlo como su pareja, que es lo que realmente deseo, porque mientras él siga cometiendo los mismos errores y no se obligue a dejar el pasado atrás, una sombra alargada con forma de mujer se interpondrá siempre entre nosotros. Y no una cualquiera. Todavía suenan canciones de su gran carrera musical; ella todavía canta en las emisoras del recuerdo… ¿Cómo puedo luchar contra eso?

Victoria sigue ahí. Y él tiene que dejarla ir. Y también tiene que enterrar de verdad a su padre. O no vivirá nunca en paz.

Mis lágrimas son tan gordas y pesan tanto, que caen directamente sobre la tierra del campo santo. Odio hacer pucheros, y estoy convencida de que ahora estoy haciendo muchos por segundo, pero tampoco me importa. En estos momentos mi dignidad está bajo mínimos.

Estoy a punto de dejar ir al verdadero amor de mi vida. Esa es la única dolorosa verdad. Y no quiero. Pero es lo que debo hacer, para conservar los pocos trozos enteros que quedan de mi corazón.

Esta vez no es él quien me abandona, sino yo. Porque si ya es difícil competir con Tori Santana viva, hacerlo con su fantasma es imposible.

—Fede —digo sin dejar de mirar a Axel, enfrentándonos como titanes.

—¿Qué? —contesta, dolorido.

—Quiero que llames inmediatamente a los americanos y les digas que estén preparados para mi llegada de mañana. Ya firmamos los contratos anteayer, así que supongo que han recibido las copias…

—Sí.

—Bien. Que preparen mi apartamento, que llegaré en veinticuatro horas. Estos días que quedan antes de rodar los quiero solo para mí, para aclimatarme a la ciudad. Para prepararme.

—No te vas a ir a ningún lado, Becca —replica Axel, incrédulo—. Es innegociable. No estás en situación de tomar decisiones sola.

—¿Que yo no estoy en situación de qué…? Yo ya no negocio contigo, amigo —le replico limpiándome las lágrimas de las mejillas—. Tú y yo ya no tenemos nada.

—Los cojones.

Uf, ya ha aparecido el tipo soberbio y ofensivo, que se cree que tiene autoridad sobre mí.

—Lo digo en serio, Axel; si me sigues, te denunciaré. Ya no eres policía.

—¿Estás de broma?

—¿Crees que bromeo? —pregunto muy seria—. Voy muy en serio.

—Necesitas protección.

—Sí, de acuerdo. La buscaré. Pero por encima de todo eso, lo que necesito es protegerme de ti. Y otra cosa, Fede.

—Dime…

—No quiero que Axel sea el jefe de cámara de *El diván*. Renegócialo con los americanos. No puedo trabajar bien si él está cerca.

El rostro de Axel es un poema. Una mezcla de amenaza e impotencia. Sabe que no puede hacer nada contra lo que estoy pidiendo. Soy yo la que mando en los contratos, es a mí a quien quieren…

—Eso va a ser complicado… —responde Fede mientras se arregla los puños de la camisa en un vano intento por recomponerse, pero no puede, porque está hecho un cristo—. Hay que volver a redactar el contrato y preparar nuevas cláusulas y…

—Me importa un bledo, Fede —le suelto, harta ya de tantos inconvenientes.

—¿Así que es eso? —Axel se acerca a mí pero no osa tocarme—. ¿Te vas? ¿Sabes toda la mierda sobre mí, sabes por fin quién soy y qué me pasa... y te vas? ¿Tanto drama para esto? ¿Quién es el cobarde ahora?

—¿Drama? ¿Drama yo? ¿Cómo te atreves? —Lo miro con desprecio.

—Quédate y lucha, rizos. No seas gallina. —Me quiere provocar, golpeando mi yo competitivo. Pero no lo va a conseguir.

Sonrío con pesar. Incrédula ante lo que oigo.

—No. Lucha tú por mí, porque yo me he vaciado.

—Mentira.

—Vete a la mierda, Axel.

No quiero seguir escuchándolo más. No puedo. He acabado muy agotada de tanto rifirrafe, de tanta omisión y misterio... Y estoy muy dolida porque no me dijo la verdad desde un principio. Si no llega a venir Fede, tal vez nunca la hubiese sabido; por eso, de algún modo, tengo que estarle agradecida por su intromisión.

—Dame las llaves de tu casa, Axel —le pido.

—No. Te llevo yo.

—¡Te he dicho que no! —exclamo, muy cansada. Me cubro la cara con las manos y me desmorono ahí mismo, ante dos hombres que no van a ser capaces de hacer lo correcto conmigo, porque están de mierda hasta las cejas—. Por favor —le suplico entre lágrimas, literalmente descompuesta—. No me lo hagas más difícil. Pediré un taxi, iré a tu casa, cogeré mi maleta y me iré.

—No quiero que te vayas —dice, desmoralizado—. Quédate conmigo, Becca. Puedo... Puedo arreglar esto... —Alarga las manos hacia mí, pero yo me aparto antes de que me toque. Porque tiene ese poder, el de tocarme y debilitarme para que ceda a lo que me pide.

El nudo que tengo en la garganta es doloroso y punzante. Quisiera gritar y llorar como una histérica. Pero no quiero hacerlo delante de los Montes.

—Esto no puede acabar así, rizos —se lamenta Axel.

Espero palabras de amor, no órdenes. Por eso lo que acaba de decirme me enerva mucho más.

—¿Quieres que me quede? Entonces, convénceme. —Por fin me atrevo a ponerle entre la espada y la pared—. Esta mañana me dijiste que necesitabas cerrar un círculo. Ahora deseo ver si de verdad lo has cerrado.

—¿Qué quieres de mí? —pregunta, desesperado.

—No es difícil, solo espero unas palabras que salgan de ese corazón que dices que no tienes. Venga. Te digo, aquí y ahora, Axel —levanto las manos y lo tomo de las mejillas, ásperas y masculinas al tacto—, que te quiero. Que estoy enamorada de ti. —Nerviosa, me humedezco los labios—. Que en mi vida me he sentido como me siento estando contigo, y que estoy dispuesta a todo por retenerte y hacer que esto funcione. Pero necesito saber qué sientes. Yo te quiero. —Le sonrío con tanta pena que me hiere—. ¿Qué respondes tú a eso?

Axel mueve los labios, sin perder de vista mis ojos llorosos, pero no sale un sonido de su boca. Nada. Es como el vacío.

Hay sonidos que rompen objetos con estrépito, pero lo peor es ese sonido que provoca la ausencia de palabras que nunca son pronunciadas, y que rompen en silencio, como en mi caso, la esperanza de mi corazón.

Si me dice que me quiere, que me ama y me necesita, estoy dispuesta a dar carpetazo a todo esto y a luchar por lo nuestro cada día. Pero necesito que me confirme que vale la pena. No puedo seguir peleando contra un muro.

—Becca —me implora, pidiéndome con la mirada que le ponga las cosas fáciles. Pero ya no puedo seguir siendo tan flexible cuando siento tanto por él y me voy siempre de vacío.

—No puedes, ¿verdad? —Libero sus mejillas y dejo caer mis manos como un peso muerto. La impotencia de que las cosas no salgan por primera vez como yo quiero me envalentonan para ser un poco cruel—. Es muy triste lo tuyo…

—No me hagas esto, Becca.

Niego con la cabeza y lo menosprecio.

—Estás más jodido de lo que pensaba. Por eso es mejor así, de verdad. Necesito salir de aquí. —Abro la palma de mi mano para recibir las llaves—. Necesito espacio, Axel. Llego al loft, recojo las maletas y me voy. —Y dirigiéndome a mi jefe—: Fede, envíame los billetes por mail. Y coge el primer vuelo que salga de Barajas cuanto antes. Coge dos, mejor —me corrijo—. El otro es para Ingrid. Porque o mucho han cambiado las cosas, o creo que debe de ser tan desgraciada como yo en este momento.

—Eh… Vale. Como quieras.

El metal frío de las llaves reposa sobre mi palma. No las quiero ni mirar, ni tampoco quiero mirar a Axel. Es demasiado duro para mí decirle adiós, aunque haya sido una borde con él.

—Becca.

—¿Qué quieres, Fede?

—Siento que esto haya salido así.

Cierro los dedos alrededor de las llaves y me doy la vuelta para encarar a Fede, mostrando el carácter de víbora y Reina de las Maras que solo empleo con los que quieren joderme.

—Vete al cuerno, macarra manipulador. Lo que deberías hacer, si te queda algo de humanidad, es arreglar las cosas con tu hermano y dejar de jugar con las vidas de los demás. Porque tenemos sentimientos, ¿sabes? Sentimos dolor. Y mira cómo salimos de escaldados después de todo.

—Espero que puedas perdonarme, Becca —me dice, cariacontecido—. Eras mi última baza para ayudar a Axel. No he hecho nada de esto para herirte…

—¡Joder, los Montes sois lo peor! Nunca queréis herir a los demás, pero como os descuidéis, ¡cometéis genocidio!

Dirijo una última y fugaz mirada a Axel. No puedo verle la cara porque tiene la cabeza inclinada, en posición de derrota.

Y lo peor es que, después de todo, con las llaves de la casa de Axel en la mano, y la lluvia que acompaña mi huida no exenta de teatralidad y depresión (por lo del cementerio y eso…), he creído las disculpas de Fede, y también he confiado en que Axel lamente haberme dejado escapar, y se fustigue día sí y día también por no haber visto que aunque no soy una superstar de la categoría de Tori Santana, sí que lo quiero como ella nunca lo quiso.

Con toda mi alma y mi corazón, que ha roto con sus secretos.

22

 @carlotanopuededormir @eldivandeBecca
#Beccarias Como vuelva a recibir una invitación para
el Candy Crush empiezo una cadena de deseos por
móvil. Es una amenaza.

Nueva York,
Dos días después

Y no me equivocaba.

Cuando llamé a Ingrid esa aciaga tarde, desde el loft de Axel, destrozada y con menos sangre que un vampiro en ayunas, y le pedí que viajara conmigo a Estados Unidos y pasáramos unos días juntas para desconectar antes de empezar a trabajar, mi pelicastaña amiga se echó a llorar conmigo vía telefónica, en una escena *dramaqueen* digna para cortarse las venas, y aceptó mi proposición en un suspiro.

Si yo lo estaba pasando mal con Axel, ella lo estaba pasando peor, harta de hacerse la fuerte con Bruno.

Las desgraciadas y apaleadas emocionalmente tenemos que unirnos y hacernos fuertes, y ese ha sido nuestro lema desde entonces.

Todo fue muy rápido, nos encontramos dos horas después de la llamada en Barajas, porque Ingrid vive en Madrid, y cogimos el vuelo de última hora que nos llevaría a Nueva York.

He pedido un chófer y un escolta para las dos. Sí, como si fuéramos unas divas. No puedo arriesgarme a ponérselo fácil al pirado que me persigue, ahora que Axel no está para salvarme el pellejo, así que he decidido hacer caso a Satán y hemos pedido a la empresa de la productora que nos adjunte un escolta.

En estos dos días que llevamos hospedadas en la Upper East Side de Manhattan, en un apartamento de ciento cincuenta metros cuadrados, con balcones en cada habitación que dan a Central Park y un patio zen central al que da el sol todo el día, hemos ido de compras, haciendo de consumistas empedernidas, ahogando nuestras penas en largas charlas terapéuticas por el increíble parque urbano nuevayorquino y tomando smoothies y caffe moccas en cada Starbucks que divisábamos.

Harry, nuestro escolta, nos sigue a todas partes, y lo hace de un modo discreto, para que no nos sintamos violentadas. Es de agradecer.

Es alto, tiene la cabeza afeitada al cero y viste como lo haría un policía de paisano. Nunca nos sonríe. Antes de ir a algún lado tenemos que comunicarle a primera hora de la mañana el plan del día, entonces él se prepara su hoja de ruta para tenernos vigiladas de cerca.

Ingrid es una compañera magnífica, nos entendemos muy bien y estamos en la misma onda: jodidas por los hombres y enamoradas de quienes no debemos.

No le he explicado ni tampoco he entrado en detalles de lo que ha pasado con Axel y Fede. Jamás revelaré todo lo que he descubierto estos días sobre Axel, su pasado, su familia y demás. Nunca lo haría. Por eso me sorprende tanto que él haya tenido reparos en explicármelo todo, porque soy una tumba, y como psicoterapeuta no puedo mencionar lo que me cuentan mis pacientes. Es secreto profesional.

Sé que Axel no es mi paciente. Es el hombre que quiero, y también es mi amigo, pero le prometí echarle una mano para ayudarle a superar sus problemas, incluso él me rogó que le acompañara en esos momentos en los que la brecha entre el pasado y el presente se manifestaban en esas fechas señaladas y recurrentes de su mente. Y he estado ahí, dándole consejos, escuchándole, analizando cada reacción a esos estímulos ajenos que lo sumían en una espiral dolorosa provocada por los recuerdos y la falta de perdón.

No obstante, Axel me ha ocultado información como psicoterapeuta, me ha mentido en datos relevantes, e infravalorado como amiga y como persona al no confiar plenamente en mí. No juzgaré nunca su falta de control sobre sus emociones, porque a veces son incontrolables, sobre todo en traumas, ansiedades, fobias y un largo etcétera.

Pero no es tonto; sabía lo mucho que yo me estaba enamorando de él, tenía que notarlo, y sabe que no es fácil para una mujer descubrir todo lo que yo he descubierto y pretender que todo siga su curso, ni tampoco puede pedirme que continúe a su lado, cuando yo le digo que le amo y él no se digna a responderme.

Lo mejor es poner tierra de por medio para empezar a remendar los daños.

Ingrid no ha insistido en conocer los detalles escabrosos de nuestro distanciamiento, pero le he dicho que cuando hay el recuerdo de una tercera persona de por medio, es muy difícil retomar una nueva relación. No se puede empezar a amar a nadie con trabas y reservas.

Ni siquiera yo, que había roto una relación de cinco años buenos con David, puse trabas o impedimentos con Axel, porque me prendé de él nada más verlo. Yo, una controladora nata, he perdido las riendas del caballo desbocado del verdadero amor.

Verlo para creerlo.

La diferencia entre nosotros es que yo me he enamorado a pecho descubierto, y él, en cambio, ha encubierto la mayor parte de sí mismo.

Y no creáis que no pienso en Axel. Tardaré mucho tiempo en recuperarme. Cada vez que respiro le veo, y soporto el dolor que siento en el pecho al recordar que le pedí que me dijera lo que sentía, si me quería o no, y él me dejó ir, sin más, como un diente de león que se pierde en el aire.

Después de todo lo que hemos vivido juntos estas semanas,

Axel el Impasible dio la espalda a sus sentimientos y me dejó escapar. Esa es la única realidad. Por eso estoy aquí.

Es flagelante, un recuerdo que me llena de impotencia y negación, y ahora estoy de luto.

Mirad, es que pienso en Victoria…, la veo tan espléndida, atractiva y potente, y se me cae todo al suelo. Porque ¿cómo va a elegirme Axel después de tener a la Reina del Pop en su cama? Aunque esta haya sido muy cruel y muy puta.

Pero puta, puta.

En este preciso momento, después de pasar por todas las tiendas de moda de la Gran Manzana y comprar muchas golosinas y todas de exquisito gusto (tengo a Ingrid conmigo, que conste en acta) y dejar las bolsas en el apartamento, hemos ido a dar una vuelta por el parque por la tarde, como si fuera un hábito adquirido desde que estamos en Nueva York. No lo recorremos entero ni de broma, porque hay más de noventa mil kilómetros de senderos. A un lado del parque se encuentra la milla de los museos, y al otro, entre otros, el edificio en el que mataron a John Lennon, el Dakota.

Parecemos dos americanas, perfectamente ataviadas con ropa de abrigo, gorros de lana, leggins tupidos y nuestras Moon Boots para que la nieve no nos cale y nos congele los pies.

Sostengo un vaso de chocolate caliente que hemos comprado en una parada de gofres, y lo rodeo con mis manos enguantadas para percibir un poco de su calor. Lo saboreo y cierro los ojos con placer. Está delicioso.

Dejamos atrás praderas, cascadas y lagos artificiales al borde de la hipotermia, mientras seguimos uno de los caminos del parque. Las hojas de los árboles tienen esos tonos naranjas más propios del otoño que del invierno, aunque sus ramas ya empiezan a pelarse, desnudas por el frío y la capa de nieve que cubre el suelo del pulmón de la ciudad.

Unas ardillas revolotean alrededor de mis pies cuando nos detenemos a contemplar la Bethesda Fountain donde cantó y bailoteó la princesa de *Encantada*, o donde la mismísima *gossip girl* por excelencia, Serena van der Woodsen, medita cada vez que sufre un nuevo desengaño amoroso. Que sufre unos cuantos, la pobre desgraciada.

—¿Aquí se pedirá algún deseo? —pregunta Ingrid.

Me rasco el bolsillo y cojo un centavo. Lo miro, le sonrío y añado:

—Por si acaso. Ahí va el mío. —Lo lanzo al agua creyendo de verdad en las fuentes, la magia y los milagros, por muy difícil que lo tenga.

—Ahí también va el mío —dice Ingrid lanzando el suyo.

La moneda hace plof y se hunde en el fondo de la fuente ornamental.

Nos quedamos en silencio un rato, contemplando al ángel del agua.

Es curioso. Yo ya tuve un ángel que me salvó de morir ahogada en el agua, y se llama Axel. Sé que no debería pensar tanto en él, pero casi todo me recuerda a ese hombre.

Es exasperante.

—¿Sabes algo de Bruno? —le pregunto en tono confidente, intentando centrarme en algo que no sea mi propio dolor.

Ella niega muy seria, como si ya no le quedara esperanza.

—No.

—¿Desde cuándo?

—Desde que volvimos de Tenerife.

—¿Ni una llamada? ¿Ni un mensaje?

—No. Ni se ha puesto en contacto conmigo, ni ha firmado los contratos para venir a Estados Unidos... —Resopla rendida—. Nada. Creo que es el final.

—Brad Pitt le dijo a Julia Roberts en la película *El Mexicano* que mientras haya amor, nunca es el final.

—Ya, pero es una película. Y esta es la vida real. Supongo que su vida ya estaba decidida desde hace tiempo y yo no he sido suficiente como para romper esos lazos —hace el símbolo de las comillas con los dedos— aristocráticos.

—La aristocracia es muy jodida. Si no que se lo digan a Serena, que por poco se monta una tienda de campaña en esta estatua por culpa de su mal de amores de la nobleza.

Intento hacer sonreír a Ingrid, y lo consigo, pero no tanto como me gustaría. Ella es de esas personas que cuando se ríen contagian a los demás, como un virus.

Pero ni ella tiene las predisposición para reír, ni yo el talento para cambiarla de humor.

—Estamos jodidas —sentencia con un tono de verdad absoluta.

El ángel mira hacia el cielo, como una perfecta bailarina, ignorante de nuestras desdichas.

—Créeme, yo lo estoy más que tú —admito—. Me he pasado casi dos meses solucionando los problemas de los demás, ayudándolos a ser un poco más felices, y la que acaba al borde de una depresión soy yo. Es de chiste.

—Bueno, yo tampoco estoy en mi mejor momento anímico. Y sin embargo, aunque lo esté pasando mal ahora —me dice Ingrid para tranquilizarme—, no puedo estarte más agradecida, porque gracias a ti estoy trabajando en Estados Unidos para abrirme camino entre las grandes productoras.

—Eso ya lo veremos —digo entre dientes—. Te haré boicot, Ingrid. No pienso dejarte ir. Eres la única que sabe cómo tratar mis rizos hiperactivos. Si te vas, estoy perdida.

Esta vez sí se ríe, y eso ayuda a que la pena, la nostalgia y la triste cantinela de las despechadas se disipen.

—¿Crees que se cumplirá el deseo? —Ingrid enlaza su brazo con el mío en un gesto cariñoso y amable, como si fuéramos dos mujeres mayores.

Hago un mohín de duda.

—Pues no sé… Posiblemente, nuestro deseo tenga menos posibilidades de que se cumpla que Chewbacca de ser el protagonista de un anuncio de medias. Todo es probar, ¿no?

—Todo es probar —asiente tirando de mí para que sigamos caminando.

Apostaría un centavo y hasta dos a que sé muy bien qué deseo ha pedido, igual que también sé que ella conoce el mío.

Las mujeres con el corazón hecho polvo nos reconocemos y nos leemos como libros abiertos.

Al día siguiente

Ingrid ha ido a comprar gelocatiles y dormidina a la farmacia más cercana. Las dos estamos con un insomnio que hará que nos colguemos de la lámpara del salón como si fuéramos lechuzas. No es jet lag, es directamente pena.

Y como ahora tengo más sueño que un koala sedado, me he quedado ganduleando en la cama, leyendo un libro sobre relaciones tormentosas en el iPad, y después he hecho una lista mental de cosas pendientes que tengo que hacer cuanto antes.

Son tres:

La primera es una sesión de Skype con mis Supremas y con mi madre para contarles cómo estoy. No saben ni que me he venido a Nueva York sin Axel, ni nada de lo que me ha sucedido en Madrid. De hecho, no saben ni que me fui a Madrid.

La segunda es tener las narices y el valor de contactar con Noel, el mejor amigo de Axel, y esperar aclaraciones y segundas versiones. Noel me dio una confianza especial cuando le conocí, y sé que quiere mucho a Axel, tanto como a un hermano, por eso estoy convencida de que hablará conmigo de lo que yo quiera saber. («Me diste tu palabra, Becca, de que no le dejarías, de que no le abandonarías...»)

Y la tercera es hablar con David y decirle que estoy aquí, en Estados Unidos. Me gustaría verle, la verdad. Y no me perdonaría no explicarle qué hago ni dónde estoy ahora, porque, aunque sé que es mi ex, no hemos acabado mal, y eso me anima a que quiera ponerme en contacto con él y preguntarle cómo le va todo, como haría con un viejo amigo.

Decidida a ir paso a paso, estiro el brazo y saco el iPhone del cargador. Doy gracias a que tenía un kit de cargadores para todo tipo de países, de lo contrario el que compré en España se iba a partir de la risa al ver tres clavijas en vez de dos. Habría pensado: «¿Por qué no me pusieron polla?».

Marco el número de mi hermana y espero a que la pantalla del teléfono me muestre sus caras. Y me las muestra, al menos la de mi hermana y la mi madre, que entrecierra los ojos para centrar mejor la vista.

—Pero a ver, cabra loca —dice mi hermana, perfectamente maquillada para ir a su bufete—, ¿qué horas son estas de llamar?

—Uy, qué mala cara tienes hija... ¿Estás en la cama? —pregunta mi madre mirándome con ojos de chino madrugador.

—Buenos días —las saludo por la cámara—. Sí, mamá, estoy en la cama porque no duermo nada bien. Me cuesta conciliar el sueño.

—Axel es un máquina, ¿eh? —La perra de mi hermana sonríe como una guarrilla.

—No. Axel no está aquí...

—¿Qué cama es esa? —insiste mi madre subiéndose bien las gafas de ver—. Esa no es tu cama, cariño. ¿Dónde estás?

Mi hermana cambia el gesto por completo, y el interés que ha puesto previamente se convierte en preocupación y alarma.

—¿Qué ha pasado, Becca? ¿Dónde estás?

Sonrío con cara de circunstancias.

—¿Tenéis cinco minutos para mí?

En esos cinco minutos, que se convierten en diez, ninguna de las dos se atreve a interrumpirme. Parezco una metralleta, ni siquiera respiro. Hablar con ellas me ayuda a poder explicar las cosas y a desahogarme, hasta el punto que cuando acabo de contarlo todo estoy llorando a moco tendido.

Mi madre me mira compasiva, y Carla, siempre Carla..., niega con la cabeza desaprobando mi historia.

—Huelga decir que la familia de Axel me parece horrible... Pero ¿Tori Santana? —espeta, despreciativa—. Increíble. Nunca me cayó bien. ¿Qué hacía Axel con una mujer así?

—Pues a mí no me caía mal —aclaro sonándome la nariz—, hasta que me he enterado de que Axel estaba liado con ella.

—¿Y qué si era Tori Santana? —pregunta mi madre—. Tú eres Becca Ferrer, cielo. La dueña de *El diván*...

—No es suficiente, mamá —le digo con cariño—. Tori era un hito para cualquier hombre con testosterona en las venas... Y yo... Bueno, dejémoslo.

—Ay, amiga... —Carla pone su cara de Sherlock—. No me fastidies. Ya sé lo que te pasa.

—Sí, que estoy hecha polvo.

—No. Ya sé por qué lo has dejado. ¿No te das cuenta?

—¿Cuenta de qué?

—Becca, estás huyendo. Huyendo como una cobarde. Tienes miedo de que te compare, de que salgas perdiendo y de que vuelva a hacerte daño. —Carla nunca deja indiferente a nadie cuando saca suposiciones—. Huyes antes de asistir al juicio y de ser juzgada.

—Eso no es cierto.

—Y tanto que sí. Prefieres dejarlo tú antes de que lo haga él, porque sabes que si él acaba rompiéndote el corazón, de esta sí que no sales. Porque esto va muy en serio.

—Protesto —digo, indignada—. No es solo eso. Me ha ocultado información y me ha engañado. Además, llegó a las manos con su hermano a pesar de que yo le supliqué que se detuviera, y no es la primera vez.

Carla pone los ojos en blanco y mi madre hace lo mismo.

—¿En serio, Becca? Pues poco le ha hecho Axel a Fede después de lo mal que se ha portado. Lo vendió. Yo eso no lo perdonaría nunca.

—Como sea... —replico, sorprendida. No me imaginaba que la conversación iría por esos derroteros. Pensaba que se pondrían de mi parte.

—Te has hecho caquita, y te has alejado —insiste mi hermana—. Cuando tú nunca has dado a nadie por perdido. Y vas, como una iluminada, y desistes con el amor de tu vida. Pero ¿qué más tienes tú en la cabeza aparte de rizos, loquera?

—Con la venia, señoría, no me hables así o impugno todos los puntos señalados —le pido. Empiezo a sentirme realmente mal.

—No te estoy juzgando. Pero creo que tienes que darte cuenta de lo que estás haciendo. Te queremos, y aquí coincidimos en que, si queréis que vuestra relación avance, ambos tendréis que ponerle ganas, intención y mucho carácter para no dejaros vencer por las dificultades, que hay por lo visto muchas. Eli está harta de intentar arreglar los problemas de parejas que en su puñetera vida han sentido ni la mitad de la chispa que tú sientes con él, y deciden seguir juntos, aunque en el fondo eso no les merezca la pena y los convierta en un futuro no muy lejano en desgraciados, infieles o divorciados. Y tú y Axel, que estáis viviendo vuestra desgarradora historia de amor, una de verdad, ¿vais a tirar la toalla?

—Carla, no es tan fácil...

—No. Lo que no es fácil es ver a la Becca valiente, alocada y espontánea que he visto estas últimas semanas. Nunca te había visto tan feliz y tan llena de vida como con Axel, tata.

—¿Y crees que no lo sé? ¿Por qué te piensas que estoy así? No es por gusto —replico, enfadada.

—Escúchame, hermanita —dice mirando su propio reflejo en el móvil y recolocándose ese flequillo liso y recto—. Piénsate bien si quieres rendirte, porque hay un tipo de amor que no se puede dejar escapar, por mucho que nos asuste. Y a ti te acaba de llegar ahora mismo. Son los amores «bofetada», los que no puedes ver venir, ni tampoco esquivar, y cuando te das cuenta estás llorando y con la mejilla roja. Hay amores por los que hay que luchar contra viento y marea, y amores que no son ortodoxos ni demasiado aceptables —mira de reojo a mi madre. Está hablando de ella y Eli—, pero somos libres de querer vivirlos. No te quedes a las puertas de sentir esa experiencia. Es tu historia de amor, y te la mereces.

Mi madre se ha quedado de piedra escuchando a Carla. La estudia a través de los cristales de sus gafas, como si no reconociera a su propia hija. Y es así. Puede que Axel me haya cambiado de maneras que ni yo comprendo, pero Eli ha hecho lo propio con Carla. Le ha dado estabilidad, tranquilidad y sabiduría. Y me gusta.

—¿Quién eres tú y que has hecho con mi hija? —le pregunta mi madre.

Sonrío enternecida, y deseo poder estar ahí con ellas ahora. De hecho, me habría gustado que la noche del cumple de Iván hubiera sido eterna. Porque me sentía pletórica, con Axel a mi lado y cómodo en mi hogar.

Pero fue una quimera.

—Como sea, hija —dice mi madre mirando donde no toca, como siempre. Tiene problemas con los objetivos del iPhone, nunca sabe dónde están—. Lo que le ha pasado a ese muchacho es terrible. Y tampoco me parece bien que te haya tenido sujeta en este suspense hasta que al final ha explotado, porque no es plato de buen gusto enterarte de todo así.

—Mamá —me acerco el móvil a la cara—, Tori Santana y Axel estaban juntos. Axel se iba a casar con ella, iba a tener un hijo suyo... que luego no fue —remarco—. ¿No recuerdas lo que dijo en la cena? Él era hombre de una sola mujer. Y después estuvo de acuerdo contigo cuando dijiste que «los primeros amores nunca se olvidan». Creo que tengo derecho a la pataleta. Yo le pregunté, y él simplemente no me eligió, porque todavía tiene a Victoria en las venas. Eso es todo. —Mis ojos vuelven a inundarse de lágrimas. Decirlo en voz alta es aún más luctuoso para mí.

—Bueno, daos tiempo, cariño —me pide buscando esperanza donde no la hay para mí.

Intento aguantar estoica mi falta de ánimo, pero no quiero seguir deprimiendo a mi familia. Por eso me despido de ellos después de intercambiar algunas palabras cariñosas, camuflando mi depresión con sonrisas forzadas. Aunque sé que no ha colado.

Mi hermana y mi madre me conocen, a ellas no las podré engañar jamás.

Y si yo estoy mal, sé que a ellas también les salpica, por esa razón tengo que recuperarme cuanto antes.

Si este corazón mío me lo permite.

Ayer por la tarde visitamos el Zoo de Central Park, y por la noche nos fuimos al cine a ver *Fifty Shades of Grey*. Conclusión, yo dejo que Jamie me haga treinta nudos marineros si luego me empotra así.

Después nos fuimos a tomar unas copitas a un lugar recomendado por nuestro chófer llamado Please Don't Tell. Hasta que hemos descubierto cómo funciona no nos han dejado entrar. Resulta que es una coctelería de fachada verde muy oscura y aspecto muy americano en la que se entra a través de una cabina de teléfono que hay en el puesto de perritos calientes de al lado. Hemos entrado en la cabina, descolgado el teléfono y hablado con la encargada de la coctelería para que nos deje entrar, sin reserva ni nada.

Y lo ha hecho porque es nuestra primera vez y le hemos caído bien. Así que la pared se ha abierto y hemos entrado en una sala muy chic y señorial cuya barra de bar está repleta de botellas de licores de miles de colores. Lo único que no me ha gustado es la cabeza de ciervo que lucía en lo alto de la pared de ladrillos.

Ya me dirás qué gracia tiene adornar un local con trozos decapitados de animales.

Al día siguiente, desayunamos y nos dirigimos al Satia Beauty Parlor, un salón de belleza céntrico del que nos han hablado muy bien. Me han querido tocar el pelo y les he dicho que ni hablar, que hay humedad. Y las *curly girls* no podemos arriesgarnos a que suba el pan. Pero sí que he probado la manicura, la pedicura y la limpieza de cutis.

Ingrid ha salido de allí como si fuera una actriz de Hollywood, espectacular y perfectamente maquillada, con la melena castaña bien marcada y lisa y unos reflejos cobre maravillosos que le han dado más dulzura y encanto a su expresión.

Los hombres se giraban al verla y todo.

Y ella sonreía orgullosa a lo Eva Mendes.

Comimos en un restaurante vegetariano, y ahora mismo estamos reposando en el sofá, las dos estiradas, viendo a Oprah y reposando la albahaca que nos sale por las orejas.

Se me cierran los ojos sin querer.

Y sin querer, me duermo.

Por la tarde, llega a mi mail un correo de Smart. El productor norteamericano me adjunta un PDF con el funcionamiento del programa piloto que vamos a grabar de *El diván de Becca* versión USA. Le echo un vistazo y se lo muestro a Ingrid, que está estirada en el sofá, con un bol de palomitas, mirando *Bichos* por televisión.

No me equivocaba cuando sabía que Ingrid se iba a volver loca de la alegría al ver de lo que iba a tratar el piloto y lo que iban a montar para escenificarlo todo.

Además, para mi felicidad, van a traer a todos mis pacientes de *El diván* español —¡a todos!— para que graben en directo y hablen de mí y de cómo fue su terapia conmigo. Me muero de ganas de verlos. Sobre todo a Genio.

Grabaremos en las montañas de Catskill, a ciento sesenta kilómetros de la ciudad de Nueva York.

Allí se supone que trataré con un grupo de cinco personas que tienen bogifobia y nictofobia, fobias que suelen ir de la mano, porque la primera es miedo persistente a lo sobrenatural y a las leyendas urbanas, y lo segundo es miedo a la oscuridad. ¿Y cuándo salen los monstruos? De noche.

No contaré con ninguna información sobre mis pacientes ni sus expedientes, con lo que tendré que esforzarme al máximo para sacar a relucir mi empatía y mis conocimientos y hacerles un estudio exprés. Por suerte, dispongo de muchos ejercicios destinados a personas con ese tipo de miedos. Ejercicios que tienen la finalidad de descubrir cuál es el origen de esos temores, que pueden abarcar desde sustos impactantes en la niñez, bromas de los adultos, amenazas de los padres para moderar el comportamiento de cuando eran niños o traumas infantiles más severos y profundos que el inconsciente personifica en la imagen de un monstruo irreal.

Será emocionante trabajar con ellos. Esos temores se pronuncian más de noche, cuando se encuentran solos y a oscuras.

Parece ser que ese autocar por el que conduciremos a través

de Catskill hablando con mis pacientes, sufrirá una avería y se detendrá en medio de uno de sus bosques. Y entonces —aquí es donde Ingrid explota de la alegría— aparecerán Freddy, Bitelchús y Chucky. La especialidad de Ingrid es el maquillaje de efectos especiales, y se volverá loca cuando pueda echar mano de su estilismo.

Está tan emocionada que no deja de dar saltos encima del sofá. Yo aprovecho y le robo las palomitas, al tiempo que me doy media vuelta y me dirijo a la oficina donde he dejado mi iPad con teclado para preparar el desarrollo de este proyecto.

Tres horas después, estoy cerrando la aplicación Word de mi tablet y guardando toda la estructuración de mi lluvia de ideas sobre mis futuros pacientes. No sé si servirá de mucho, porque no conozco a ninguno, pero una buena psicoterapeuta tiene que estar preparada para todo y ofrecer varias salidas de emergencia en caso de ataques de pánico múltiples.

Recibo un mensaje de Whatsapp a mi móvil.

Intrigada, miro a ver quién es, y me paralizo al leer el nombre de Noel. No sé si Axel le habrá contado lo sucedido, o si en su defecto, al no contarle nada, quiere averiguar si sigo viva después de la visita a Madrid.

De Noelynopapá:
Hola. ¿Estás por ahí?

De Beccaria:
Hola, Noel. Tenía muchas ganas de hablar contigo.

De Noelynopapá:
Sí. Ya he visto todas las llamadas perdidas que tengo.

De Beccaria:
Jajaja. En serio. No encontraba el momento.

De Noelynopapá:
Pues no será porque Axel te agobia, porque ya sé que no estáis
juntos.

Bien. Asumo que Axel se lo ha contado. El tono de Noel no
es demasiado amistoso, para ser sincera. Creo que está enfadado
conmigo.

De Beccaria:
Estuvimos en Madrid tal y como tú dijiste. Y fue horrible. No me
imaginaba nada de lo que pasó.

De Noelynopapá:
Ya te dije que no iba a ser fácil. Pero me has demostrado que no tenías
tantos huevos como parecía.

De Beccaria:
Estás enfadado conmigo.

De Noelynopapá:
Por supuesto. He tenido que ver a mi mejor amigo hecho polvo y
destrozado como nunca, incluso más de lo que lo estuvo cuando lo de
Victoria, porque la mujer que quiere le ha abandonado.

De Beccaria:
Eso no es justo, Noel. Para empezar: Axel no me quiere. Puedo aceptar
una serie de cosas, puedo tragarme el orgullo en ocasiones. Pero lo de
Axel, su padre, su hermano y Tori me superó. Y ni siquiera fue por eso
por lo que le dejé.

De Noelynopapá:
Me diste tu palabra de que no le dejarías, de que no lo abandonarías.
Y es justo lo que has hecho.

De Beccaria:
¡No puedes juzgarme así! ¿Te dijo Axel que le dije que le amaba
con todo mi corazón y que si me contestaba me quedaba con él?
¿Te lo dijo?

Noel tarda unos instantes en responder. Me imagino que mi guardaespaldas demoníaco no le ha contado lo que pasó, o le habrá dado su propia versión.

De Noelynopapá:
Sí. Me lo dijo.

De Beccaria:
¿Ah, sí?

De Noelynopapá:
Sí, joder.

De Beccaria:
¡Fue incapaz de decirme nada! Axel no puede amarme como yo quiero porque está cegado de odio y de resentimiento por el recuerdo de una mujer que, aunque haya muerto, en su mente parece muy viva. Le intento alejar de esa rabia, pero él no me deja. Por eso he decidido dar un paso atrás y retirarme, porque no puedo competir con Tori.

De Noelynopapá:
Que Axel no diga que te ama, Becca, no quiere decir que no lo haga. Yo mismo tardé en escuchar esas palabras de la boca de Janson, y llevábamos ya dos años juntos. Porque hay personas que no se toman esas palabras a la ligera, y Axel es una de ellas. Y para colmo me he enterado de que has pedido que deje de ser el jefe de cámara del Diván.

De Beccaria:
Pues sí. Eso he hecho. No puedo trabajar con él. Me muero si lo tengo cerca, ¿comprendes?

De Noelynopapá:
Pues que sepas que has despertado a la bestia. Axel ha comprado a su hermano los derechos del Diván y los derechos totales del Chantilly. No solo es el jefe de cámara si quiere; además, es el jefe de todos los derechos internacionales a partir de ahora.

Necesito unos minutos para asimilar lo que acabo de leer. ¿Fede ha permitido que Axel se quede con el Chantilly y, además, le ha cedido todos los derechos de *El diván* cuando los ha vendido por una millonada? ¿Es que acaso han hablado por fin? Miles de preguntas se agolpan en mi cabeza, y ninguna tiene una respuesta fiable pero sí miles de divagaciones.

De Beccaria:
¿Fede y Axel han hablado?

De Noelynopapá:
Sí. Después de la paliza que le dio en San Isidro y de que tú te fueras, ambos quedaron para hablar y enterrar parte de sus diferencias. Axel no quiere nada de la herencia de Alejandro, se la ha dado toda a Fede, a cambio del Chantilly y el Diván. Y Fede, que está harto de decepcionar a su hermano pequeño, ha cedido para enterrar el hacha de guerra. Tienen muchísimo que solucionar, pero eso solo lo hará el tiempo.

De Beccaria:
¿De verdad?

De Noelynopapá:
Sí, Becca. Y no debería estar contándote esto, pero quiero lo mejor para Axel, y aunque me ha decepcionado que te hayas batido en retirada, también sé que eres la persona ideal para él. Y los ojos de un hombre loco por una mujer no engañan. Los he visto en Axel.

De Beccaria:
En todo caso, debe ser Axel quien venga a por mí, si es lo que quiere. No tienes que hablar tú por él.

De Noelynopapá:
Entonces, listilla, supongo que no te interesará lo último que tengo que decirte.

De Beccaria:
👂 👀 . Dime.

De Noelynopapá:
Ah, no. Ahora no.

De Beccaria:
Noel, no me toques las palmas… Dime.

De Noelynopapá:
Jajajajajajaja. 🐜 .

De Beccaria:
NOEL.

De Noelynopapá:
Axel teme que la historia se repita.

De Beccaria:
¿Que se repita? Sé que ese es su miedo. Pero no soy como Tori. Nunca me acostaría con su hermano, y mucho menos con su padre. No me va la necrofilia.

De Noelynopapá:
No me refiero a eso. No a esa historia.

De Beccaria:
¿Entonces?

De Noelynopapá:
Hay algo que trastorna muchísimo a Axel. Algo que le quita el sueño y que le revuelve las entrañas. No puedo hablarte de ello, porque sería traicionar a mi mejor amigo. Pero sí que puedo decirte quién te lo puede explicar.

De Beccaria:
Dispara.

23

 @risitas @eldivandeBecca #Beccarias ¡Lolo ganador de Gran Hermano! Becca, lo que tú no consigas...

Ingrid me ha dicho de ver con ella *Guardianes de la galaxia.* He declinado la oferta, excusándome de que me dolía la cabeza de escribir en el iPad y que estaba cansada. Que solo me apetecía cerrar los ojos y dormir.

Como ella también está en fase de decaimiento y desánimo, que va y viene como un yoyó, no ha querido insistirme demasiado. Pero me ha dicho que va a pedir pizzas por si me animo.

No sé si me animaré, pero lo que sí sé es que voy a ver una película a solas, en mi habitación. Una que no es ficción, sino realidad. Y es mi oportunidad, además, de volver a ver a Axel y espiarlo sin que él lo sepa.

Noel me ha mencionado que el día que desactivaron la mina y estuvieron en mi consulta, Axel se destapó. Me insinuó que la cámara lo tuvo que grabar todo, y me ha sugerido que le eche un vistazo a la grabación. Que al final descubriría qué es lo más importante para Axel, y lo que él no me dice.

Por eso he abierto mi correo y... *voilà!* Tengo el enlace de los movimientos que detectó la cámara en mi consulta hace apenas una semana, cuando estuvieron allí Noel y Axel.

Apago la luz de la increíble suite en la que me hospedo, coloco el iPad sobre mis muslos y le doy al link. Inmediatamente se me abre el reproductor de vídeos, y de repente ya no estoy en

Nueva York, sino en Barcelona, en la Diagonal; concretamente, en mi consulta, que aparece ante mis ojos en una imagen congelada del momento en que Noel y Axel abren la puerta.

Le doy al volumen todo lo que puedo, y como no quiero que Ingrid oiga nada, conecto mis cascos blancos.

—Tres, dos, uno… —susurro dándole al play táctil—. Allá vamos. Acción.

Axel y Noel entran en la consulta rodeando la lámina de parquet que señala el primero con un puntero láser. Le estoy viendo de cara, tan alto y con esas espaldas tan anchas, y todo mi cuerpo reacciona a él aunque no lo pueda tocar.

Los dos dibujan una estampa espectacular.

Noel cierra la puerta con el mismo cuidado que la ha abierto, y se arrodilla apoyándose en las láminas de alrededor, nunca en la que señala su compañero, que había visto tantas veces el vídeo en el que mi acosador entró en el despacho, que sabe el punto exacto donde colocó el dispositivo explosivo.

Tardan como unos diez minutos en tomar posiciones. Axel un poco más alejado que Noel. Se mueven con lentitud.

El miembro del Tedax abre su bolsa negra en la que guarda todo tipo de aparatos que le facilitan su trabajo, y saca una vara extrafina metálica con la punta un poco doblada, exactamente el mismo tipo de palanca que usó Vendetta.

Diez minutos después, la lámina se abre después de insertarla por todas las juntas.

—¿Estás seguro de que es una mina casera y no una de esas que sea activan a distancia? —pregunta Noel—. Porque si el capullo colocó una cámara por aquí para ver cuándo alguien entraba en la consulta… Tú y yo saldremos volando.

—Sí. Es una mina casera.

Noel asiente y lo confirma al divisar el dispositivo.

—Ven con papá —dice emocionado, cogiendo una especie de bombona metálica de la bolsa. Presiona la palanca y sale humo blanco que va directo a la mina. La rocía con ese gas durante unos diez minutos más—. El nitrógeno la congelará y no podrá ser detonada —explica mientras la manipula.

Unos momentos después, saca la mina y la coloca sobre un paño en forma de esponja gruesa. No es un paño, es plastilina. La mina ha quedado completamente acoplada en ella.

—Ya está —asegura colocándola en una caja térmica. Después la guarda en la mochila.

—¿Seguro?

—Sí. No te preocupes. La llevaremos a peritaje, la analizaremos y veremos qué explosivo ha utilizado.

—De acuerdo.

Noel agarra la lámina de parquet y la vuelve a colocar con movimientos ágiles, al tiempo que dice:

—Becca es una chica muy especial. Me gusta.

—Sí, lo es.

—Y entiendo por qué te gusta tanto a ti.

Axel no dice nada y se queda ausente, mirando cómo trabaja Noel, pero sin verlo en realidad.

—¿Por qué no me cuentas lo que más te acojona de esto, Axel? Porque no me puedes negar que algo te está comiendo la sesera… Soy tu mejor amigo. Estamos conectados.

Axel apoya una mano en la puerta y se pasa la otra por detrás de la nuca. Adoro cuando hace ese gesto tan humano.

—Está pasando otra vez —dice intranquilo, dejando caer la cabeza hacia atrás y suspirando agotado.

—¿El qué? —pregunta Noel.

—Lo de Tori. Hoy lo he confirmado.

Noel deja la bombona de nitrógeno dentro de la bolsa y levanta la cabeza para prestarle la máxima atención a su amigo.

—Explícate.

—Tú sabes la verdad de lo que le sucedió. No fue un simple accidente.

Arrugo la frente con preocupación y me inclino hacia delante, como si así estuviese más cerca de ellos para escuchar lo que Axel tiene que decir. ¿Que lo de Tori Santana no fue un accidente? Claro que sí lo fue. Los medios hablaron de un accidente de tráfico. Cosas que pasan.

—El tío que la perseguía se abalanzó sobre su coche en una carretera desierta de Madrid. Nico lo esquivó como pudo, pero chocó contra un muro de piedra. Cuando Nico y Tori estaban en el coche malheridos, el psicópata les asestó dos puñaladas. A Tori la puñalada la mató en el acto porque fue directa al corazón. Con Nico no tuvo tanta suerte por un par de centímetros.

¡¿Cómo?! ¡¿Cómo ha dicho?! Los medios no dijeron eso.

—Su accidente ocurrió cuando yo ya no la protegía —continúa Axel—. Tori había firmado un seguro con la empresa de seguridad privada en el que decía que si a ella le sucedía algo, la empresa indemnizaría a su familia con una multa millonaria. Ya sabes cómo son estas cosas… —murmura, asqueado—. Pagaron a quienes tenían que pagar, y el forense hizo un comunicado oficial diciendo que había sido un accidente de tráfico, para que la empresa saliera indemne. Pero no lo fue… Nico se quedó sin trabajo aquí, lo echaron alegando incompetencia, le pagaron su indemnización para que no hablara, y decidió buscar trabajo en Estados Unidos.

Corrupción y más corrupción. El cuento de siempre.

—Sí. A Nico se lo follaron pero bien —recuerda Noel, contrariado—. Da gracias a que tú ya no trabajabas con ella. Si no, estarías igual de jodido.

—Lo sé. La cuestión es que semanas antes, Tori me habló sobre unas cartas que estaba recibiendo de un fan loco desde hacía casi seis meses. Se sentía acosada, las amenazas cada vez eran más graves y ella estaba cada vez más preocupada.

—Continúa. —Noel cierra la bolsa con todos los bártulos y se la carga al hombro al tiempo que se levanta para mirarlo de frente.

—Me enfadé muchísimo con ella porque nunca me mencionó nada. «Como yo he hecho contigo, ¿verdad, Axel?»—. Un día, su acosador le mandó una foto por un correo móvil. La foto mostraba el tatuaje que se había hecho en su honor. Era una T con un cuervo posado sobre la barra horizontal superior.

—El símbolo de los toristas… —advierte Noel.

—Se lo hizo en la mano derecha, como todos los que le rendían pleitesía a la diva. Pero los toristas se lo hacían en la palma de la mano, no en el dorso. Él le aseguró que se lo hacía en el dorso para que viera que era diferente.

Dios. No sé si quiero seguir escuchando. Así como en la actualidad están los monsters de Lady Gaga, con Tori todos sus fans se tatuaban la palma de la mano derecha para mostrar orgullosos su predilección por la hermosa cantante. Se hacían llamar toristas.

—El acosador de Becca sigue los mismos procedimientos, con notas muy parecidas y correos privados espeluznantes.

—Los acosadores son de por sí espeluznantes —intenta tranquilizarle Noel.

—No —niega él, cabezón—. Noel, en el vídeo en el que aparece ese tío colocando la mina se ve que tiene un tatuaje en el dorso de su mano. No lo pudimos ver en la grabación que tenemos de él comprando en Tenerife porque entonces estaba muy bien cubierta. Pero en este vídeo sí se aprecia cuando la manga de su jersey negro se levanta. Entre el guante negro que lleva y el extremo de la manga se aprecia un trozo de piel. Piel tatuada.

—Pero eso no tiene por qué significar nada. Es un loco con una mano tatuada.

—Un loco con un tatuaje en el dorso, como el acosador de Tori, que mientras colocaba esta mina debajo del parquet canturreaba la canción que siempre presentaba a Tori antes de cada concierto. ¿Sabes cuál es?

—«Maria Maria» de Santana —murmuro hipnotizada, al mismo tiempo que lo dice Noel.

Claro. Darse cuenta de las cosas a bandazos la deja a una descolocada y destemplada. Tori siempre ponía esa canción antes de comenzar sus conciertos porque era un honor a su apellido «Santana», aunque no tuviera nada que ver con el guitarrista.

—Y si esto es así, si estamos ante un torista, dime tú —pregunta a Noel, totalmente deshecho—, ¿qué relación tiene con Becca?

Noel no le contesta, y Axel asiente con tanto pesar que me gustaría traspasar la pantalla para consolarlo.

—Yo. Lo único que Tori y Becca tienen en común soy yo —sentencia—. Y me jode saber que Becca está en peligro por mi culpa. Si este tío es el mismo acosador que acabó con Tori, ahora va detrás de Becca porque quiere hacerme daño a mí. Soy yo el que la pone en peligro. Es a mí a quien quiere joder. Becca, como ella ha adivinado esta mañana mientras veíamos el vídeo, es solo un daño colateral. ¿Entiendes ahora por qué me da tanto miedo que la historia se repita? —susurra, desasosegado—. Me temo que Vendetta es el mismo personaje que mató a Tori.

—Es una locura —musita Noel, muy serio.

—No lo es. Piénsalo. No le cogieron, el tío sobrevivió. Nico nunca lo pudo identificar porque estaba inconsciente por el golpe en la cabeza producto del accidente. Y ahora ese tipo sigue vivo, y va a por mis rizos. —Se pone la mano en el pecho.

¿Sus rizos? El corazón me da un vuelco. ¿Soy suya?

—Y me da miedo, Noel. Estoy cagado, me asusta que estando conmigo ese tipo la pueda alcanzar. Lo intentó en Cangas. Le encantan los jodidos explosivos.

—¿Le has pedido a Murdock que estreche el cerco de identificación? ¿Le has hablado de lo del tatuaje?

—Sí. Está buscando en la base de datos. No es fácil, todos los hospitales tienen sus propios códigos de seguridad y es muy complicado romperlos, pero ya sabe lo que tiene que hacer, y lo único que estoy esperando es una jodida foto. Una —levanta el índice— para darle caza.

—¿Y eres consciente de que esa foto puede ser falsa?

—Lo asumo. Pero también asumo que ese desgraciado se ha topado con quien no debía y ha molestado a la persona menos indicada. Voy a proteger a Becca con todo lo que tengo, Noel. No me puedo permitir perderla. A ella no.

Cojo aire con dificultad y cierro los ojos, tan asustada como incrédula ante todo lo que acabo de escuchar.

Mis pesadillas, esas pesadillas recurrentes en las que él me sacaba del agua y decía destrozado: «No puede pasar otra vez», tenían una razón de ser. Axel nunca me habló de ello, pero mi empatía es muy intensa y profunda. De algún modo, inconscientemente y en sueños, yo percibía su miedo. Ese miedo de Axel que le hace estar en guardia ante todo y ante todos.

Una vez fue guardaespaldas de una mujer famosa de la que estaba enamorado y esa mujer lo engañó mientras él la protegía. Cuando él dejó su labor de protegerla, la mujer murió, y es algo que pesa muchísimo en su conciencia, porque es evidente que se siente responsable de la muerte de la diva.

Incluso ahora, si tengo que dar sentido a la pesadilla que tuve con Axel en la que él tenía la máscara de Vendetta y me clavaba una navaja, no puedo evitar que la piel se me ponga de gallina y el vello se me erice al darme cuenta de que intuí la verdad incluso antes de saberla. No soy adivina, ni visionaria ni profeta. Pero la empatía a veces funciona a niveles cognitivos e inconscientes, y con Axel el lazo es muy fuerte, lo suficiente como para leer su mente a pesar de que él no se quiera abrir.

El sueño me hablaba de la relación de Vendetta con Axel. La mujer muerta en mi cama… La navaja.

—¿Estás enamorado de ella, Axel? —pregunta Noel.

Salgo de todos mis circunloquios y fijo mis seis sentidos (porque después de esto tengo seis, no me jodas) en la pose de Axel. Tensa, imperturbable.

—Solo sé —dice buscando las palabras correctas— que lo que tenía con Tori no es amor.

—Yo no te he preguntado por Tori, capullo —le espeta Noel—. Te pregunto por esa chica que está abajo esperándonos con ese pelazo rojo y esos ojos que parecen luceros de lo grandes que son. Es completamente diferente a Tori. Esta es auténtica, es de verdad. ¿La vas a dejar escapar por tus miedos?

—No quiero hacerlo. No quiero huir de ella, ni de lo que siento, sea lo que sea. Pero me equivoqué tantísimo una vez, que no quiero volver a pasar por lo mismo —asegura, afligido—. Además, puede que, cuando sepa toda la verdad, sea ella quien me deje de lado. ¿Cómo va a perdonarme que por mi culpa esté metida en este embrollo?

—No estamos seguros de eso.

—No hace falta. Es más que evidente. Cuando Becca se entere de quién era mi ex, de lo que me hizo mi padre, de que Vendetta es el asesino de Tori y ahora quiere también hacerle daño a ella…, se alejará. Le he jodido la vida.

—Eso ya lo veremos. —Noel le pone una mano sobre el hombro y abre la puerta de la consulta—. Ten fe en ella.

—Como sea, espero no tener que ver cómo toma distancia. No quiero perderla —replica siguiendo a su amigo y cerrando la puerta de la consulta a sus espaldas.

Me quedo en shock, en silencio.

No me viene nada más a la cabeza, excepto la angustia que siento en el centro del pecho y que apenas me deja respirar.

Axel está reviviendo conmigo lo mismo que vivió con Tori, punto por punto. Ese tipo empezó a enviarme mensajes en cuanto me nombraron directora de *El diván* y Axel fue elegido como jefe de cámara.

Por su manera de ser, al final Axel se adjudicó el papel de protector y guardaespaldas cuando se enteró de que alguien empezaba a acosarme. Cuando ambos nos vimos en el despacho de Fede y nos reconocimos por lo de la Caja del Amor, no nos lo podíamos creer.

No pudo darle la espalda a eso, y decidió cuidar de mí y de todos los miembros de mi equipo, muy a su pesar.

Pero ¿cuidó de mí porque veía en mí a Tori? ¿Se hizo responsable de mí por lo sucedido con la diva? ¿O cuidaba de mí porque le importaba?

Maldita sea. Yo no tengo nada que ver con Tori, no soy ni mucho menos tan famosa de lo que ella lo fue. No soy nadie. ¿Por qué iba el mismo acosador de Tori a perseguirme a mí si no es para atormentar a Axel? Y a todo esto, ¿qué le ha hecho Axel?

Me reconcome pensar que él creyera que yo sería capaz de tirarle algo así en cara. Y lo peor es que no me haya contado algo que tanto me atañe. Llevo mucho tiempo pasando miedo por culpa de Vendetta. Si Axel sabe desde hace una semana que Vendetta mató a Tori…, ¿por qué motivo me lo ha ocultado Yo no le he ocultado nada en absoluto. De acuerdo que no tengo una vida tan caótica ni tan ignota como para tener que esconderle nada, pero lo cierto es que he confiado en Axel de tantas maneras que hasta le he dicho a pleno pulmón que estoy enamorada de él.

Es indudable la atracción que ambos sentimos el uno por el otro, no lo voy a cuestionar. Sin embargo, ha reconocido a Noel que lo que sintió por Tori no era amor. ¿Y qué siente por mí, además de una necesidad irreprochable de protegerme y de mantenerme a salvo?

No me lo dijo a mí. No se lo ha dicho a Noel.

¿Se lo dice alguna vez a sí mismo?

Y por todos los demonios, ¿cuándo se va a poner en contacto conmigo para decirme a la cara todo lo que acabo de descubrir ahora mismo?

¿O cuándo se va a poner en contacto conmigo para preguntarme cómo estoy?

Yo le dejé. Sí. Pero es él quien, con su rabia, sus misterios y sus enigmas, ha roto mi esperanza y mi confianza.

Y con todo y con eso, soy yo la que estoy arrepentida por haberme ido de su lado.

Solo tengo clara una cosa: si Axel ha adquirido los derechos de El diván, y sabe que Vendetta va tras de mí, no es posible que se haya quedado en Madrid.

Con su acusado sentido de la responsabilidad, no me cabe ninguna duda de que estará revoloteando a mi alrededor sin yo darme cuenta.

O eso espero, porque entonces querrá decir que nunca le importé.

Dos días después

En estos momentos hay algo muy claro para mí: que Nueva York es una ciudad espectacular en la que dos amigas como Ingrid y yo gozamos como niñas de su ocio y su cultura. Estamos disfrutando hasta del vapor tan característico que sale de las alcantarillas y del olor de las hamburguesas y los perritos calientes. Todo a la vez.

Hemos atravesado el puente de Brooklyn andando desde el barrio judío hasta Wall Street y nos hemos hecho un montón de fotos con el Skyline de fondo.

También por la noche hemos paseado por Times Square y nos hemos maravillado con la cantidad de luces que tanta vida le aportan. Todo lo que hay en sus pantallas son anuncios subliminales de «¡Compra, compra, compra!», y nosotras compramos. Además, hemos encontrado al famoso cowboy en calzoncillos y nos hemos hecho unas cuantas fotos con él.

Y ayer cumplí uno de mis sueños. Ir a ver *El rey león* en Broadway. Sin palabras.

Mañana me pasan a recoger para llevarme al set de rodaje, en las montañas de Catskill, y empezar a grabar el programa piloto de *El diván*.

Por eso hoy no quiero hacer nada especial. Hoy solo quiero sentirme bien y recuperar viejas sensaciones. Como por ejemplo, reencontrarme con alguien que creí que sería el amor de mi vida y, en vez de eso, será un amigo para siempre. Porque lo ha sido durante los últimos cinco años que vivimos juntos y eso no se puede borrar así como así.

David ha viajado desde Chicago para visitarme.

Le espero en el Rockefeller Center, que es donde hemos quedado. Contemplo el espectacular árbol de Navidad que hay frente a la pista de patinaje y me imagino cómo habría sido mi vida con David de haber seguido juntos. Seguramente, nunca habría vivido todo lo experimentado en estos casi dos meses que han pasado desde que acepté *El diván*. Madre mía, parece que haya pasado toda una vida.

Harry no me deja ni a sol ni a sombra, me sigue a todas partes. Pero lo prefiero así. No me siento nada estable desde que supe que Vendetta está íntimamente ligado con la muerte de Tori Santana y que, además, tiene que ver, y mucho, con Axel.

Desde que vi el vídeo hace tres noches y me quedé tan afligida, llorando desconsolada y de rabia en la cama después de descubrir todo el pastel, me he hecho la promesa a mí misma de no volver a llorar por él. Si Axel quiere recuperarme, ya sabe dónde estoy.

Y si está vigilándome y cuidando de mí en la distancia, debería tener los... galones de acercarse a mí y hablarme. Por lo pronto, yo, que lo busco entre la multitud como el niño de *Solo en casa* a su familia, no lo he visto en ningún momento.

—¿Cómo estás, cabecita loca?

Cuando oigo su voz, sonrío al revelar mi propia emoción y mi propia verdad. No es que ya no sienta nada por David. Mentiría si dijera eso, porque le quiero mucho y le aprecio. Es que, cuando me doy la vuelta y le veo, no experimento ninguna de las sensaciones increíbles y plenas que me recorren cuando veo a Axel o escucho su voz.

El amor que siento por Axel nunca fue el que sentí por David. Puedo admitir sin vergüenza que yo fui de las que confundí el cariño y la amistad con querer a tu pareja.

Al menos, Axel me ha abierto los ojos y me ha enseñado que el verdadero amor es inconfundible.

David está tan guapo como el primer día que lo vi.

Tiene ese pelo entre castaño y rubio que se le riza en la nuca componiendo adorables formas. Se ha cubierto la cabeza con un gorro de lana como el mío, pero el suyo es de color negro y sobrio, nada que ver con el que yo llevo, que parece un arcoíris. Lleva una americana de piel, unos tejanos y unas Panama Jack marrones claras. Además, en sus manos enguantadas sujeta dos cortados humeantes que acaba de comprar en una de esas paradas ambulantes que hay por todo Nueva York.

Él siempre supo combinar y sacarse partido. Era una de las cosas que más me gustaban de él. Iba como un pincel.

Su rostro apuesto y atractivo refleja simpatía y bondad a raudales, aunque conmigo no se portara demasiado bien. Como sea, ahora que estamos sentados en un banco, riéndonos de las personas que se caen mientras patinan, no puedo sentirme incómoda como cuando me lo encontré por sorpresa en mi loft.

Ya no hay rencor. Ni despecho. Solo cariño.

Ha llovido mucho desde aquello, aunque no haya pasado demasiado tiempo. Pero ya no soy la misma y mis sentimientos ahora son muy claros y demasiado potentes por Axel como para sentirme confundida.

—Tienes guardaespaldas y chófer... —Silba sorprendido—. ¡Qué pasada!

—No es para tanto. —A él no le puedo contar lo que me pasa. De hecho, lo sabe muy poca gente, y me interesa que siga siendo así.

—Has adelgazado. —Me mira de arriba abajo y medio sonríe.

—Pues creo que aquí he ganado peso, porque Ingrid y yo no dejamos de comer como cerdas. Supongo que es el estrés.

—Tu vida ha cambiado mucho, ¿eh? —Choca su hombro con el mío—. Ahora estás en la cúspide.

—En realidad, lo único que ha cambiado ha sido mi cuenta corriente. Yo sigo siendo la misma. La fama como tal no me interesa, solo quiero hacer mi trabajo y ya está.

—Como sea. Estoy muy feliz por ti. Sabía que llegarías lejos.

—En realidad, a ti no te gustaba que yo estuviera trabajando en *GH*. Lo odiabas.

David se encoge de hombros. Ha ganado peso, está más fortachón. Por fin las horas que se pasa en el gimnasio le dan resultado.

—Odio ese programa. No creía que una profesional como tú necesitara de ese tipo de promoción.

—Todo el mundo necesita de promoción. Lo cogí como un trampolín, pensando que sería una baza importante de añadir en un currículum de cara a venir a trabajar a Estados Unidos contigo —explico con sinceridad—. Esa era mi idea. Pero mira, las cosas cambiaron para mí y he llegado más lejos de lo que nunca pude imaginar.

—Lo sé. Te sigo en el Twitter —admite, divertido—. Me parece genial todo lo que la gente te comenta.

—¿Te digo un secreto? —Arqueo las cejas y le miro de soslayo.

—Dime.

—No llevo mi cuenta de Twitter. Lo lleva una chica de la productora que se encarga de los temas de comunicación. Ni siquiera sé muy bien qué es lo que va poniendo.

—¿De verdad? Pues dice lo que vas a hacer. Ha anunciado que vas a estar en Estados Unidos, y añade un montón de comentarios sobre fobias que la gente no se cansa de retuitear. «*El diván de Becca* es todo un éxito y se va a Nueva York», «*El diván de Becca* ha vendido los derechos para...» bla bla bla...

—Ah. Pues qué bien.

—¿Ni siquiera lo miras? —pregunta, incrédulo—. ¿En serio? ¿No sigues @eldivandeBecca? Pero ¿tú de dónde has salido, bicho raro?

—No. —Me río—. Y eso que lo tengo en mi móvil y que si quiero puedo escribir lo que me apetezca porque compartimos clave... Pero prefiero que lo haga otro, porque yo estaría contestando a todo Dios, y ese no es mi trabajo real.

—Es porque nunca has sabido marcar distancias.

—No —asumo sin reparos. Exhalo y tomo un poco de cortado. Está en su punto, porque él sabe cómo me gustan: con tres sacarinas; dulce a rabiar. Siempre fue muy detallista con estas cosas—. Lo intento. Pero no me sale. Lo acabo dando todo. Es por culpa de mi empatía.

—Ahora tienes que aprender a protegerte, Becca —dice preocupándose por mí—. La gente es muy interesada y tú eres una persona famosa en tu país, y aquí también lo serás cuando empieces a grabar. Tendrás que hacer una criba y descubrir quién te quiere bien y quién no. No se lo podrás dar todo a todo el mundo.

—Lo sé, créeme. Ahora soy mucho más selectiva.

David chasquea con la lengua y cruza una de sus largas piernas sobre la otra.

—Supongo que, si tuvieras que volver a elegir quién quieres

que te rodee y con quién quieres compartir tu vida, no creo que me eligieras a mí.

—¿Sabes qué? —le digo con aire introspectivo—. Han pasado muchas cosas desde que me dejaste, y he pensado en muchas otras. Cuando decidiste romper, creí que se me acababa el mundo, David. —Bajo la cabeza y observo el humo que sale de la abertura del vaso de café—. Fue horrible. No me lo esperaba. Un día eras mi complemento perfecto y al otro me dabas pasaporte. Si no me hubieras dejado, habría seguido contigo, viviríamos juntos en algún país, el que fuera, y yo seguiría tranquila, relajada y feliz de la vida, sin tener grandes aspiraciones de nada.

—Lo dices como si fuera algo malo —musita, un poco amohinado.

—No. No lo es. Es otro modo de felicidad. A mí entonces ya me estaba bien. Tenía mi trabajo, te tenía a ti, y te quería, a pesar de que por aquellas fechas estuviéramos distanciados. No necesitaba más. Creía que el amor era eso. Pero me dejaste, y me abriste los ojos.

—Entiendo —asiente, cabizbajo—. Ya no me quieres... Te dije que quería una segunda oportunidad, y no me la vas a dar, ¿no?

—Sí te quiero, David. Te querré siempre. Pero no como debería para volver a compartir mi vida contigo. Ahora he descubierto lo que quiero, y ya no me puedo conformar con menos.

David me mira apenado con su cortado en las manos, y veo cómo se le apaga la esperanza de los ojos color miel. Seguramente, él vio eso mismo cuando me dejó, y odio hacerle sentir así de mal. Pongo una mano sobre su antebrazo y busco una mirada cómplice, como las de antes. Algo que mengüe su decepción.

Ha viajado hasta aquí creyendo que se iban a arreglar las cosas entre nosotros. Ha tenido el gesto de venir como amigo aunque su intención era recuperar a su novia. Y lo sé. No me puede engañar. Y él también lo sabe.

Pero en el fondo, cuando dos personas se han querido tanto, siempre queda el cariño y la amistad. Y yo quiero su amistad.

—Si pudiera regresar en el tiempo... —susurra haciendo negaciones con la cabeza—, volvería a ese chat y cambiaría lo que dije.

—Sabes que no lo harías. Porque en ese momento estabas muy convencido de lo que querías. Y no era a mí. No sé a quién era. Tal vez conociste a alguna ejecutiva guapísima que te giró la cabeza un tiempo...

Él se mantiene silente. Siempre fue discreto y la prudencia era su principal bandera. Pero el hecho de que no me conteste me da que pensar, porque él nunca mintió. Supongo que prefiere callar. Pero el que calla, otorga. David conoció a otra chica y se confundió.

—No voy a juzgarte. Lo pasado, pasado está.

—A veces las cosas no son lo que parecen —me dice, como si lamentase su actitud.

Que me lo diga a mí.

—Las personas pasamos por diferentes etapas en nuestras vidas en las que pedimos cambios inminentes. —Me pongo el chip «comprensión terapéutica»—. Tú lo pediste, y te fue concedido. Pero toda acción...

—... conlleva una reacción.

—Exacto, Einstein. Y yo tuve que adaptarme al cambio. Y cambié.

—Y lo has logrado —asegura con aprecio—. Se te ve distinta. Más fuerte, más espontánea.

—Y a ti también. Los batidos de proteínas te han dado resultado, ¿eh, macizo?

David se ríe, pero tampoco tiene el cuerpo para eso.

—¿Lo tienes claro, Bec?

—¿El qué?

—¿Que ya no quieres que nos demos otra oportunidad?

—Sí. No puedo hacerlo. Traicionaría a mi corazón —le aseguro dándole a entender que ya estoy ocupada al doscientos por cien.

—Joder, qué desastre... ¿A quién has conocido en tan poco tiempo? —pregunta, incrédulo.

—Eso no importa. Mira, no podemos volver atrás —le digo

para distraerle—. Así que asumamos lo que hay. Pasé unos años muy buenos contigo, pero si tú no me llegas a dar la patada, me habría perdido la mayor aventura de todas. —Le paso el brazo por los hombros y junto mi cabeza a la suya.

—¿Cuál, cabecita loca? —pregunta, algo melancólico—. ¿Enamorarte?

—Ser yo misma.

Los dos nos reímos y le doy un abrazo sincero para zanjar cualquier rencilla o problema entre nosotros.

—No sé quién te tiene ahora, Becca, pero me da rabia no ser yo. Sea quien sea, es muy afortunado —admite con resignación.

—Seré doblemente afortunada, David, si te puedo tener como amigo.

Él asiente y, abrazándome con fuerza y cariño, me dice al oído:

—No me perderás de vista. Cuando me necesites, aunque sea para hablar, ahí estaré.

Es la primera vez en estos días que me siento parcialmente a gusto y que consigo aplacar el dolor que me provoca lo sucedido con Axel, con el cariño y la comprensión de alguien que me conoce bien como para saber cómo distraerme: David, un amigo para siempre.

24

 @soysordonogordo @eldivandeBecca #Beccarias
Becca, dices que tenemos que perdonarnos.
Yo perdono a los que me han hecho daño. Menos
a mi tatuador, que le dije: grábame el It's my life.
Y a continuación puso «Jon Bovi».

He pasado todo el día con David, deambulando por Nueva York, recordando vivencias, preguntándonos por nuestras familias, él por la mía y yo por la suya.

No le he dicho nada de Carla y Eli porque no es por mí por quien se debe enterar. David e Iván siempre se llevaron muy bien y le he dicho que si en algún momento a él le apetece visitarle, que lo haga. Y si lo hace, será Carla quien le explique su nuevo cambio de vida, si lo cree ella conveniente.

Ha sido muy significativo para mí este encuentro, porque me ha abierto los ojos más de lo que los tenía.

Pudiera ser que al principio, cuando David me dejó y después conocí a Axel, a pesar de la fulminante atracción que sentí por Satán, todavía tuviera mis dudas sobre si alguna vez iba a querer a alguien tanto como a mi ex.

Fui tonta. Entonces, aún no me dejaba llevar.

Pero solo necesité un beso, un beso de Axel en la playa de Troya, para darme cuenta de que una no puede vivir sin pasión. Bueno, rectifico: se puede vivir, porque muchas personas viven así.

Pero ahora que conozco el frenesí, el delirio y la vehemencia entre un hombre y una mujer que se atraen, y que va más allá de la propia química de sus cuerpos, es decir, que sus corazones van de la mano con esa cohesión, ya no estoy dispuesta a vivir sin ello.

Quiero la historia de amor doloroso, porque a la larga son las mejores historias. Carla y Eli tenían razón.

No estoy dispuesta a conformarme con otro que no sea Axel. Esa es mi conclusión después de mi encuentro con David.

He cambiado mucho. Muchísimo. Porque me he dejado la seguridad y el control en casa, para vivir en una montaña rusa que un día me tiene arriba y otro abajo, pero sintiéndome más viva que nunca.

Puede que no fuera justa con Axel al haberme ido de su lado cuando el pastel se destapó por completo, pero ha habido cosas que me han sentado realmente mal.

Y me han dado miedo. Sí, en ese momento, la Becca cagona, como diría mi hermana, me poseyó. Porque me dio miedo no ser suficiente para él y perder la batalla contra una leyenda que copaba los sueños húmedos de los chavales, que cubrían las paredes de sus habitaciones con sus fotos.

Para que veáis: incluso yo, que puedo controlar muchos comportamientos, no he podido controlar la inseguridad que me provoca ser solo Becca.

Como sea, espero igualmente que sea Axel quien dé ese paso. Si me echa de menos, si me necesita, si le importo, vendrá en mi busca. Necesito ese gesto por su parte. Tal vez no sepa expresar lo que siente, o no quiera decirlo porque le asusta; a lo mejor tiene tanto miedo a que me pase lo mismo que a Tori, que estando cerca de mí no puede protegerme como él quiere. O sencillamente, está tan bloqueado que no sabe cómo empezar a caminar en la dirección correcta.

Sea por la razón que sea, necesito que me demuestre que me quiere.

Y si al final no viene, lamentablemente seré yo quien vaya a buscarle para decirle a la cara que ha sido el mayor fraude de mi vida.

Cuando al atardecer llego al apartamento, el olor a queso fundido y a verduras al horno invade todos mis sentidos. En la calle hace un frío horrible, pero aquí la calefacción es la reina.

No me puedo creer que a Ingrid le haya dado por meterse en la cocina en nuestra semana de vacaciones. Eso es delito. En vacaciones una tiene prohibida la vitro.

Dejo mi chaqueta, el gorro y el bolso en el perchero del vestíbulo y me dirijo a la inmensa cocina, donde me encuentro a Ingrid, con una sudadera de Paul Frank de color roja, un moño alto y despeinado, y unos tejanos bajos, cantando al ritmo de Paulina Rubio y «Mi nuevo vicio» y preparando la mesa sobre el islote que hay con taburetes de diseño. Lleva calcetines antideslizantes.

Entro siguiendo el olor a comida sana. Hasta ha hecho alcachofas al horno, cuando yo ni siquiera me imaginaba que en América vendieran alcachofas. Me invade la melancolía porque mi madre hace unas alcachofas espectaculares.

Un momento. Hay un plato de jamón. ¿Un plato de jamón serrano? Casi me echo a llorar. Por eso ni siquiera la saludo al entrar. Mis pies levitan sobre el suelo y me planto delante de la fuente de jugosas lonchas serranas.

Cuando Ingrid se gira y me ve, cuelga de mi boca el hilillo de grasa de mi víctima. Pero yo ni me doy cuenta, porque estoy con los ojos cerrados, dándole un gustazo a mi paladar.

—Te he pillado. —Me señala con la espátula de madera.

—¿Qué es todo esto? —pregunto mientras me siento en el taburete—. ¿Cena romántica para las dos? —Aleteo mis pestañas—. ¿Vamos a hacer guarradas esta noche?

Ingrid pone los brazos en jarras y bufa un mechón de pelo que le cae sobre la mejilla. Ya está acostumbrada a mis paridas y ni se inmuta.

—Mañana hará siete días que estamos en Nueva York, y empezamos a trabajar. He ganado un kilo desde que estoy aquí.

—¿Uno solo? Pues qué suerte. Yo me acabo de meter en el cuerpo un pizza masa pan y me aprietan tanto los tejanos que creo que voy a disparar a alguien con el botón. —Pero me da igual. No me lo tomo nada en serio.

—Además, he decidido dejar atrás la depresión —dice levantando su barbilla respingona—. Y lo primero que tengo que hacer es quererme, y no meterle a mi cuerpo veneno envasado cargado de azúcar para sentirme mejor. Si como bien, me sentiré mejor. Lo he leído en ese libro que compraste sobre las rupturas de las parejas.

—Me parece genial. Entonces, siéntate conmigo, que estoy famélica, y querámonos un poco.

Estoy agotada de caminar. Las avenidas de esta ciudad son interminables.

—¿Cómo te ha ido con tu ex? —me pregunta mientras llena su copa de vino.

—Bien. Seremos amigos y nada más —sentencio dando una vuelta sobre mí misma en el taburete.

Ingrid se ríe de mí.

—Yo no sé ser amiga de mis ex. Te admiro. Siempre hay uno que siente cosas por el otro.

—Puede ser. —Me encantan los espárragos a la plancha, y las patatas están deliciosas, y más si las enrollo con jamón. Dios… Echaba de menos comer así—. Entonces… ¿Has decidido cerrar el capítulo de Bruno?

—Sí. Con él he sentido cosas a las que no sé ni ponerle nombre. Fue todo muy rápido y raro. Yo estaba fascinada por él, sugestionada por su amabilidad y su encanto. Me impactó cuando lo vi en el despacho de Fede, y fue un flechazo. Nunca me había pasado.

—Sé de lo que me hablas. —Deshojo la alcachofa y la empiezo a saborear.

—Supongo que lo idealicé todo. Y no me di cuenta de lo diferentes que éramos.

—No idealizaste nada. Tú sentías lo que tenías que sentir. Te tiraste de cabeza a por él y no fue culpa tuya. Cuando uno se enamora —empiezo a filosofar con una hoja de alcachofa en la mano—, la mente y la razón se anulan por completo. Y te digo una cosa: el amor está por encima de los títulos y la sangre. Y si Bruno es tan tonto como para haber permitido que otros lleven su propia vida y dejarte perder, entonces es que no merecía la pena.

—Tienes razón. —Sonríe sin tenerlas todas consigo y alza la copa para brindar con la mía—. Ha dejado desperdiciar su talento. Y ha querido perderse esta nueva aventura aquí... No merece la pena.

—Eso es.

Ding, dong...

Acaba de sonar el timbre de la casa. Ingrid y yo nos miramos intrigadas e inmediatamente bajamos el volumen del iBeats que suena en la cocina.

—¿Has pedido algo? —pregunto.

—¿Yo? No.

La música estaba alta, y puede que estuviéramos molestando a los vecinos.

Nos levantamos de los taburetes y, alcachofa en mano, sigo a Ingrid para ver quién puede ser a estas horas.

Al otro lado de la puerta, escuchamos las voces de Harry y de otro más. Otra voz que ninguna de las dos esperábamos oír. Bueno, tal vez Ingrid sí, en sueños.

Ella abre la puerta, y el panorama que se encuentra es bastante violento y comprometido.

Harry impide que Bruno la alcance. El escolta le prohíbe airadamente y en inglés que no dé un paso más o le revienta la cabeza. Bruno le contesta que se meta la cabeza por el culo, que quiere ver a Ingrid. Es tan visceral y desafiante que me choca ver esa actitud en él cuando siempre ha procurado ser un chico correcto y educado.

—¿Bruno? —musita incrédula ante lo que ven sus ojos.

Harry mira a Ingrid por encima del hombro.

—¿Le conoce? —pregunta el de seguridad.

—S-sí —contesta Ingrid sin apartar sus ojos castaños de los de Bruno—. Está bien, Harry. Suéltelo, por favor.

Cuando al fin Bruno queda libre de los fornidos brazos de

Harry, ni siquiera se preocupa por recolocarse el jersey gris oscuro desmadejado sobre su cuerpo. Le da igual como esté.

—Gracias —le agradece Ingrid—. Déjenos solos.

Harry asiente y se retira hasta colocarse en el angosto rellano que da a la puerta de nuestro apartamento.

Solo quiere ver a Ingrid, se lo noto en su implorante mirada.

Ella se remueve inquieta, pero no se mueve de donde está. Se abraza a sí misma y espera paciente a que él le diga algo que le interese escuchar.

Y yo soy incapaz de retirarme. Quiero verlo todo como Sauron y su ojo que todo lo ve.

—Llevo días montando un discurso en mi cabeza para poder expresarte lo gilipollas que he sido contigo —reconoce Bruno, acercándose a ella—. Pero todo lo que me venía a la mente me parecía poco. Poco para pedirte perdón. Poco para merecer que tú me vuelvas a dirigir la palabra. Poco… —asegura tragando saliva, pesaroso—, para excusar mi cobardía.

A Ingrid los ojos se le humedecen, no parpadea. Su pose sigue siendo serena, cruzada de brazos para darse calor.

—Me educaron para seguir los pasos de mi padre, para continuar con la leyenda de mi apellido, para heredar todo lo que venga con él siempre y cuando sea yo el que prolongue el legado familiar. En esta sangre que corre por mis venas —se levanta la manga del jersey y señala su antebrazo venoso y musculoso— está escrito desde que soy pequeño el nombre de mi futura esposa, las propiedades que tendré y los negocios que habré de administrar. Pero estoy aquí para decirte que, a pesar de todo lo que se supone que tengo que ser y que estoy destinado a ser desde que nací, no seré nada si no te tengo a mi lado.

«Oh, por el amor de Dios… ¡Qué bonito!», pienso emocionada.

—Y si renunciar a todo eso es conseguirte a ti, Ingrid, entonces renuncio con los ojos cerrados.

—¿Qué? —pregunta con voz muy débil y consternada. No se atreve a creerse lo que está escuchando.

Bruno se acerca un poco más, hasta que sus cuerpos están a

punto de tocarse. Ingrid tiene la vista fija en su garganta, y al final cede para inclinar su cabeza hacia atrás y mirarle a los ojos.

—Lo he dejado todo por ti. Les he dicho a mis padres que no me interesa lo que me ofrece mi apellido. Que quiero trabajar como camarógrafo, que me voy a Estados Unidos y que ya he encontrado a la mujer con la que quiero compartir mi vida. Y esa mujer estaba demasiado lejos de mí como para poder decirle que la quiero y que quiero estar con ella, si aún me acepta... —La toma de las mejillas y se las acaricia con los pulgares—. Por eso estoy aquí. Ingrid. Te quiero. ¿Es demasiado tarde?

Por las comisuras de los ojos de mi maquilladora preferida caen lágrimas como diamantes que impregnan los dedos de Bruno.

—¿Ingrid, es demasiado tarde, preciosa? —repite, un poco angustiado.

La chica mueve la cabeza en señal de negación. No le sale la voz, por eso se cuelga del cuello de Bruno y une sus labios a los de él con unas ganas y una ternura que me llegan al alma.

Me sonrojo, y decido alejarme de ellos, tan acongojada como Ingrid.

La envidia sana me corroe. Me alegro tantísimo por ella... ¿Cómo Bruno iba a dejar escapar un pivonazo como este?

Mientras oigo a Ingrid llorar abrazada a él y recriminándole lo imbécil que ha sido, yo abro la nevera y cojo un bote de nata de espray.

Con el rabillo del ojo veo la cena sana que ha preparado mi amiga. Ya no me interesa. Ahora necesito azúcar. Además, prefiero dejársela a ellos, que tendrán su propia velada de reconciliación.

Mientras tanto, me meto la boquilla del espray en la boca y presiono sin ningún control. La nata me llega hasta la campanilla y me dirijo hacia mi habitación con solo un deseo en mente.

Que eso tan maravilloso que le ha pasado a Ingrid también me pase a mí.

Al día siguiente

A las seis de la madrugada, Harry nos ha llevado a los tres en un taxi tipo furgoneta hasta Catskill, donde nos esperan Giant y Smart para ponernos al día del primer programa piloto.

Durante el viaje, Bruno e Ingrid se han sentado uno al lado del otro, con los dedos de las manos entrelazados, dirigiéndose miradas cómplices y llenas de amor eterno.

Y Bruno me ha explicado muchas cosas que me han hecho sentir bastante decepcionada, la verdad.

Resulta que Axel está en Nueva York desde hace tres días. Tres.

Al adquirir los derechos de *El diván* en su totalidad tenía que reunirse con Giant y Smart para acabar de cerrar unos flecos que quedaban abiertos. Y de paso, les llevaba en mano el contrato firmado de Bruno.

Esto quiere decir dos cosas:

La primera es que, como suponía, Axel ha estado pendiente de mí desde la distancia. Sin embargo, así como Bruno fue en busca de Ingrid, él no ha venido en mi busca, y eso me duele... Me desinfla, porque estoy aguardando como una loca desesperada un gesto por su parte, algo que me diga que lo que siente por mí es fuerte.

Me duele que quiera verme de lejos, o que todavía necesite seguir controlándolo todo, pero que no haga esfuerzos por acercarse a mí otra vez cuando sabe cuáles son mis miedos... Por ahí no paso.

La segunda cosa es que me ha hecho caso y esta vez no vendrá como jefe de cámara, respetando mis deseos. Y eso... ¡todavía me jode más!

Es cierto que le pedí que no quería verlo como jefe de cámara porque así no podía trabajar, pero estoy en un momento en el que después del gesto heroico y romántico que Bruno ha tenido con mi amiga, necesito un gesto igual para mí. Necesito a ese hombre que lo tira todo por la borda con tal de estar conmigo.

Y parece ser que Axel no está por la labor.

Por eso ni siquiera puedo ver el increíble paisaje que mis amigos contemplan a través de las ventanas, de camino a Catskill.

Porque cuando una tiene el espíritu quebrado, no sabe apreciar la belleza a su alrededor. Lo único que puede animarme es ver a mis ex pacientes, estar con ellos, compartir todo lo que ha cambiado y mejorado en sus vidas.

Si los veo a todos felices, me contagiaré también de su felicidad.

Catskill, Condado de Greene

Al este del río Hudson se levantan, imperturbables e imperecederas, las montañas de Catskill, de indudable belleza por sus árboles frondosos. Dicen que estas montañas son mucho más bellas en otoño, porque las hojas de sus miles de copas tupidas ofrecen a su entorno una gran variedad de tonos y colores, que ahora en invierno solo monopoliza el blanco de la nieve.

En Catskill, pueblo que toma el nombre de las increíbles cordilleras que abarcan seis condados al norte del estado de Nueva York, se ha desplegado un grupo de personas para facilitarnos el equipo de trabajo, a Bruno, Ingrid y, por supuesto, a mí.

Tras ellos hay una caravana magnífica, exactamente igual que la que hicieron para mí en España, con sus tonos negros y fucsias y un diván estampado, aunque esta, además, luce la bandera de Estados Unidos. Los americanos y su patriotismo... En fin.

Giant y Smart han venido a recibirme nada más he bajado del coche. Parecen orgullosos de tenerme, y me honra que me valoren como lo hacen.

—¡Bienvenida, Becca! —me saludan los dos efusivamente.

—Gracias —contesto.

Estos dos no dan ni una. Hace un frío del demonio, hay un palmo de nieve por donde pisamos, y vienen trajeados y con unas bufandas oscuras que les cubren media cara. Como no lleven leopardos debajo del pantalón de ejecutivo, se les van a quedar los cataplines del tamaño de unas nueces.

Supongo que visten así porque en América es muy importante una imagen que te dé poder, y quieren dejar claro quién paga todo el despliegue. A quién hay que respetar.

—No pensaba que ibais a estar hoy aquí —digo, asombrada.

—¿Cómo que no? Tu programa es como un bebé para nosotros. Necesita muy poco para hacer grandes cosas como las que vimos en las Islas. Y queremos ver cómo empieza a caminar el piloto.

—Me parece muy bien. —Echo una ojeada a mi alrededor—. Pero ¿por qué hay tanta gente? Solo necesitamos al jefe de cámara y ya está, ya nos podemos poner en marcha.

—Bueno, están los tres actores que hay que maquillar —explica Giant señalándolos. Hay un enano. Supongo que el enano es para representar a Chucky—. Y necesitamos a un grupo de maquilladores para que Ingrid los dirija.

—¿Para que Ingrid los dirija? —pregunto anonadada, cerrándome hasta arriba la cremallera de mi abrigo Ralph Lauren color verde oscuro.

—Sí. Está especializada en maquillaje fantástico, ¿no es así? —me pregunta el japonés con tono incierto.

—¿Cómo lo sabes? Yo no os dije nada de eso.

—Nos lo explicó Axel. Ayer, cuando hablamos con él para dejar los contratos completamente cerrados y añadir sus ajustes.

No me lo puedo creer. Axel tiene detalles que me dejan descolocada y me demuestran que siempre se ha preocupado por los demás. Les ha hablado de Ingrid porque sabe que si lo hace bien aquí, los productores la recomendarán para otros trabajos. Es que en el fondo es un buenazo.

—¿Y dónde está ahora? —pregunto con palpable excitación.

—Pues no debe de andar muy lejos. Está preparando a los escoltas.

—¿A quién? —Me inclino hacia delante porque no creo haber escuchado bien.

—Dos escoltas. Axel nos ha explicado que la seguridad es muy importante para ti. Quiere tenerte bien protegida. Para ello, un coche seguirá tu travesía por carretera.

Claro, porque como ahora él no puede hacerse cargo de ello... «Si no te gusta, te jodes, Becca. Tú lo decidiste», me reprendo a mí misma.

—Igual que nosotros, Axel está muy emocionado por ver cómo empieza a caminar la caravana.

—Me imagino... —Lo busco entre los miembros del equipo. Pero no lo veo—. Está bien... —Suspiro—. Contadme cómo vamos a empezar.

Noto los ojos de Axel en mi nuca. Sé que me está mirando.

¿Por qué no se acerca?

Mi nuevo jefe de cámara se llama Roger, es tímido y callado pero parece que sabe lo que se hace. Mientras Bruno revisa el equipo de cámaras y sonido, Ingrid está hablando con el trío de maquilladoras que la esperan con una sonrisa de oreja a oreja.

—Fíjate —me susurra Ingrid caminando a mi lado, agarrada a mi brazo—. Voy a ser yo quien dé las órdenes para maquillar a los actores.

—Sí —la animo sonriente.

—Es increíble. Soy la jefa de maquilladoras.

—Lo harás genial.

—Eso espero. Pero primero tendré que maquillarte a ti.

—Perfecto. ¿Entramos ya en la caravana? —le pregunto—. ¿Voy bien así vestida? ¿O crees que debería de cambiarme?

Llevo el plumón Ralph de cuello alto y capucha de pelo de color verde, unos leggins polares negros que me levantan el culo como nunca lo he tenido, y en los pies unas Moon Boots que compré en Nueva York porque estaban rebajadas, y que son del mismo color que mi plumón.

Ingrid sonríe y me mira ufana.

—Estoy muy orgullosa de ti, Becca. Has evolucionado con tus gustos.

—Menos mal... —resoplo—. Lo he hecho sin querer, supongo. Me he puesto lo primero que he pillado.

Ingrid hace un mohín de decepción.

—Entonces ¿no se te ha pegado nada mío en esta semana?

—El kilo de más que has cogido, creo —respondo mirándome el trasero sin tenerlas todas conmigo.

Ingrid se ríe, me toma de los hombros y me atrae hacia ella para darme un cálido y enérgico abrazo.

—Gracias por todo, Becca. Por esta semana, por darme esta oportunidad —me dice al oído—. Gracias.

—Calla, tonta, o me harás llorar.

—¿Quién va a llorar aquí? ¡Que me apunto ahora mismo!

La voz de Fay hace que me dé la vuelta de golpe.

Cuando la veo, no sé por qué, se me llenan los ojos de lágrimas. Está acompañada de Genio, que la tiene cogida de la mano (eso ya lo analizaré luego), de Roberto, Francisco con Aquiles en brazos y Óscar con una chupa de cuero de aviador que ya quisieran los de *Top Gun*.

—¡Chicos! —exclamo cubriéndome la boca emocionada, y fundiéndome en un abrazo con todos ellos. Incluso Roberto sonríe y se deja abrazar—. ¡¿Cuándo habéis llegado?! ¡Me alegro tanto de veros!

Entre todos me contestan que están en Catskill desde ayer, que se hospedan en unos apartamentos de montaña maravillosos y que ayer grabaron unas declaraciones para el programa, hablando de mí y de mis métodos. Que se emitirán junto al piloto.

Mi enorme Francisco y su diminuto perro han limado todas las asperezas y ya no hay diferencias entre ellos. Aquiles no puede vivir sin él, y él tampoco puede vivir sin el perro. Le ha puesto orgulloso un jersey de lana en el que pone «RASTREATOR» en honor a su increíble olfato.

Óscar me ha contado que ha estado viajando mucho, y que aunque a veces le da miedo estar solo en el avión, con mis métodos y los ejercicios de respiración lo lleva mucho mejor.

Cuando me toca el turno para interrogar a Fay, le cojo la

mano que sujeta a Genio y la levanto para que todos la vean y me den una explicación:

—¿Qué es esto? —exijo saber, arqueando mis cejas rojas—. ¿Por qué estáis cogidos de las manos? —Miro a Genio y estudio su cambio—. Y tú... —susurro. Su labio está cosido y sus orejas se han pegado bien a la cabeza, aunque aún las tiene vendadas—. Gabino ha hecho un buen trabajo...

—Gracias, señorita Becca —contesta mi chef favorito. Al abrir la boca me doy cuenta de que lleva aparatos en los dientes—. Sigo siendo feo, pero no un adefesio.

—Ni tú eres feo, ni yo soy gorda —le replica Fay, mirándolo con adoración.

—Ay, Dios... —me paso la mano enguantada por la cara—. ¿En serio?

Fay asiente con una sonrisa de oreja a oreja, y para Genio parece que no exista nadie más en el mundo que ella. ¿Están liados? Pero ¿desde cuándo?

—No hemos dejado de hablar —me cuenta la tinerfeña—, desde que le di el teléfono en Santa Cruz, el día que te sentaste en mi cara. ¿Recuerdas, culo palo?

—Por supuesto. ¡Como para olvidarme!

—Pues como te dije: a partir de ese momento me iba a hablar a mí. Y eso es lo que ha hecho.

—Fay es genial, ¿verdad? —Genio no lo pregunta. Lo afirma.

Ella lleva el gorro polar con orejas de oso que se compró en Barcelona cuando fuimos de compras. Y tiene el valor de sonrojarse, y echarse a reírse en mi cara.

—Está loca por este cuerpo macizo —aclara señalándose.

Estoy pletórica; no, lo siguiente. Que dos personas a las que quiero mucho y con las que he conectado tanto, se hayan encontrado en el camino y estén tan cohesionadas entre sí, hace que todas las dificultades de mi *Diván* hayan valido la pena.

—Me alegro por los dos —les admito sin reparos.

Al abrazarlos a la vez, al larguirucho y a la rellenita, mis ojos se clavan en Roberto, vestido con ropa de abrigo de color negro, y un gorro de lana del mismo tono que no cubre su pelo rubio platino. Luce tan abrumador como siempre.

—¿Dónde está Marina, rubiales? —le pregunto, suspicaz.

—Mi chica y mi pequeña bebé descansan en Santa Cruz. Idaira aún es demasiado diminuta para viajar. Por eso Marina se ha quedado en tierra cuidando de ella. Pero igualmente ha mandado su vídeo para que lo pongan.

Cuando habla de ellas, esos ojazos azules que antes eran pervertidos y ahora parecen reformados e incluso puros, se llenan de un cariño y un amor indudable.

—¿Eres feliz, Roberto? —le pregunto honestamente.

—Empiezo a serlo, Becca —me asegura con sinceridad, asintiendo con una medio sonrisa arrebatadora—. Me has cambiado la vida.

—La bicho palo nos la ha cambiado a todos para mejor —asegura Fay.

Aquiles ladra en brazos de Francisco, y todos nos reímos al oír hablar al perro.

Puede que él piense lo mismo.

Lo que ellos no saben, es que mi vida también es mejor gracias a ellos.

25

 @eldivandeBecca #Beccarias Después de tanto estrés, necesito dos vacaciones al año de seis meses @fistulasman

Hago de tripas corazón, porque soy una profesional y me debo a este programa. Pero en realidad me apetece llorar e ir en busca del cobarde de Axel para que me dé un motivo de por qué todo el mundo ha podido verlo y estar con él en el staff menos yo. A mí, que me ha tratado como una paria y con quien no le apetece enfrentarse. Me creo que ha estado ahí porque todos lo han afirmado, pero se ha encargado de esquivarme como Neo esquivaba las balas en Matrix.

¿De verdad ha pasado de mí de esa manera? ¿Ni siquiera me quiere preguntar cómo estoy? ¿Nada?

Me encuentro literalmente en el bus escolar del atrezo, de esos amarillos que salen en las películas, con el que hemos empezado a circular por las carreteras de estas montañas nevadas y desoladas. Harry y Bruno me graban mientras hablo con mis pacientes con nigofobia. Tres adultos: dos hombres y una mujer. Cindy, Chandler y Sam.

La tarde ha caído sobre el condado de Greene y ahora me están contando cuáles son sus miedos principales y cuándo empezaron a sufrir los ataques de pánico y las fobias. Y yo intento escucharles, os juro que pongo todos mis sentidos en ello y en asimilar toda la información que me dan, pero me siento tan mal por la indiferencia de Axel que no dejo de imaginarme el momento en el que lo vea y lo persiga con una motosierra.

Se supone que en breve, cuando el bus haya recorrido setenta kilómetros exactos, se detendrá en medio de la carretera desierta, y el conductor, que es Harry, alegará que hay un problema con el motor.

Entonces, todo se llenará de humo y subirán al bus Freddy, Chucky y Bitelchús, que primero provocarán a mis pacientes para asustarlos, y después, poco a poco, se irán quitando el maquillaje siguiendo mis indicaciones y dependiendo siempre de la predisposición que hayan tenido mis chicos para colaborar y hablar de sus traumas. La escena está preparada al milímetro, al puro estilo americano, más exagerado y mejor logrado. *El diván* español, en cambio, era más natural. No hacía falta preparar montajes esperpénticos porque las cosas extravagantes sucedían por sí solas.

Ya les he dicho a Giant y a Smart que no soy nada rápida y que corremos el riesgo de que, en el primer programa piloto que se emite en riguroso directo, los pacientes huyan del autocar despavoridos y haya que ir tras ellos.

En fin, otra posibilidad disparatada que, considerando la suerte que tengo, podría darse sin problemas.

Bruno, que está grabando la carretera al lado de Harry, me acaba de avisar por el pinganillo que vamos a detenernos de inmediato. Que los tres monstruos están ocultos en el lugar indicado, detrás de una cabaña de madera abandonada, y que ya los divisa.

El autocar frena en seco y yo me sujeto al respaldo de uno de los sillines de plástico para no perder el equilibrio.

—¿Qué ha pasado? —pregunto fingiendo sorpresa.

Chandler, el más valiente de todos, responde:

—Habrá sido un lobo. Aquí hay muchos.

Cindy, que se parece a Cindy Lauper, palidece y apoya todo su cuerpo hacia delante señalando al frente de la carretera.

—¿Un lobo? ¡Y una mierda! ¡Mirad qué es!

La imagen realmente pone la piel de gallina.

Sam y Chandler gritan desaforados cuando ven lo mismo que su compañera. Freddy, Chucky y Bitelchús han detenido el bus.

—¡Vamos a morir! —grita Cindy.

—Mantén la calma, Cindy —le pido intentando transmitirle tranquilidad—. Obsérvalos bien.

—¡Vienen a por nosotros! —exclama Sam con el rostro desencajado, intentando escalar el cuerpo de Chandler, el más corpulento de todos, para intentar... ¿Qué demonios intenta? Cuando las personas pierden los nervios hacen cosas muy raras. Si Axel estuviera aquí, se partiría de la risa. Pero, claro, no está aquí, porque tengo la peste o algo parecido, y el cretino no ha querido pasear su palmito delante de mí.

Cuanto más lo pienso, más rabia me da.

La carretera se cubre de humo blanco que simula niebla.

Las puertas del bus se abren y suben, casi en procesión, los tres actores maravillosamente caracterizados por la habilidosa Ingrid.

—Quiero que los observéis bien. ¡Haced el favor! ¡No podéis escapar! —les pido a mis pacientes. Pero están en la última fila, intentando abrir las ventanillas para huir—. ¡Venid aquí! —les ordeno.

Entonces, Bitelchús saca un bote del bolsillo de su pantalón, lo abre y lo tira al suelo.

¿Por qué demonios ha hecho eso?

El humillo del bote cubre el interior del bus, y cuando intento acercarme a él para preguntarle qué es eso, los ojos se me cierran, el mundo me da vueltas y, repentinamente, pierdo el conocimiento.

Me cuesta una eternidad abrir los ojos de nuevo.

Siento la boca seca y pastosa, y el cuerpo me pesa como si tuviera una losa de doscientos kilos encima.

Entrecierro los ojos para acostumbrarme a la luz que me da de frente.

Madre de Dios. ¿Qué es esto? ¿Qué ha pasado?

Ya no me encuentro en el autobús y no hay ni rastro de Bruno, ni de Harry ni del resto de mis pacientes... Nadie. Estoy sola en una salita muy extraña que... No. Un momento. No es una sala. Es el interior de una amplia furgoneta, de color negro. Delante de mí hay cuatro monitores empotrados que emiten noticias de última hora.

Frunzo el ceño y compruebo mi situación. Me han sentado en una butaca, tengo las manos atadas con bridas, y si siento la boca seca es porque me la han cubierto con un pañuelo y lo han metido entre mis dientes.

La auténtica sensación del miedo es muy desagradable. En poco tiempo yo he experimentado varias. Pero ninguna como esta.

Intento despabilarme para que mi adrenalina se active, espoleando a mis sentidos para que estén más alerta que nunca y lean lo que pasa a mi alrededor.

Hay un silencio espeluznante fuera de la furgoneta. Un silencio que se ve roto por la cantidad de imágenes y vídeos que se ven en los monitores, emitidos como si fuera un bucle.

Mi nombre se repite muchas veces en ellos.

Abro los ojos y me centro en uno en particular en el que aparece Fay con los ojos llenos de lágrimas, mirando a la cámara:

—Becca, todos te estamos buscando. Todos. Axel está removiendo cielo y tierra para dar contigo. Estés donde estés, si estás viendo esto, solo te pido una cosa: tienes que aguantar, amiga. No tardaremos en encontrarte.

Parpadeo repetidas veces y lucho contra el sopor. ¿Me están buscando? ¿Desde cuándo?

Miro otro monitor en el que sale un periodista muy repeinado conectando en directo desde la caravana:

—La noticia saltó ayer por la tarde —explica—. Cuando el programa que se emitía en directo de *El diván de Becca* se vio interrumpido por esta imagen que veremos a continuación.

En el vídeo aparezco yo pidiéndoles a Sam y a los demás que se tranquilicen. Detrás de mí aparecen Bitelchús, Freddy y Chucky. Entonces, se ve claramente cómo Bitelchús abre un bote con humo y lo tira al suelo. Lo que sucede después es que yo caigo inconsciente, al igual que todos los integrantes del equipo, incluso Bruno, que deja caer su cámara al suelo; esta es precisamente la que graba cómo Bitelchús me recoge solo a mí y me arrastra hasta sacarme del bus.

Luego sale en pantalla uno de los actores que maquilló Ingrid. Abajo, en un destacado, pone: «Ernest Inger: Actor. El auténtico Bitelchús».

Ernest explica a cámara que cuando se dirigía a la furgoneta que les llevaría al lugar donde tenían que aparecer en medio de la carretera, un tipo disfrazado como él le golpeó en la cabeza y lo dejó inconsciente y abandonado en medio del bosque. Y que ese tipo ocupó su lugar.

El periodista vuelve a emitir un comunicado:

—Hace treinta y seis horas que Becca Ferrer, la presentadora y terapeuta de *El diván*, cuyo éxito en España lanzó su carrera para emitir el mismo formato en Estados Unidos, se encuentra desaparecida. En Greene todos se han movilizado para buscarla. Incluso sus antiguos pacientes se han organizado para formar grupos de rastreo.

¿Treinta y seis horas? ¿Cuánto llevo dormida?

La imagen de este reportero desaparece y entonces veo a Francisco con Aquiles en brazos.

—Esto es lo único que tenemos de ella. —Muestra el gorro negro que llevaba puesto cuando subí al bus—. Mi perro es un excelente rastreador y está echando una mano a los sabuesos de la policía. Ella nos ha rescatado, ha ayudado a muchas personas. Ahora ha llegado el momento de devolverle el favor —sentencia Francisco, muy serio—. Quien la tenga, que asuma que no descansaremos hasta encontrarla.

—Por ahora sabemos poco de su secuestrador —anuncia Axel en televisión. Cuando le veo, me quedo sin aire. ¿Por qué sale en los medios? ¿Y si le reconocen? Axel solo desea el anonimato, ¡no debería hacer esto! ¡Ni siquiera por mí!—. Excepto que tiene un tatuaje en el dorso de la mano derecha, tal y como se puede comprobar en los vídeos. Una T con un cuervo.

No hay duda. Bitelchús es Vendetta. Y Vendetta es el asesino de Tori, el mismo que va tras de mí por una extraña fijación que tiene con Axel.

—Los grupos que trabajan oficialmente en la búsqueda de la psicoterapeuta han declinado hacer declaraciones a los medios, ya que no quieren dar ninguna pista al secuestrador sobre cómo están procediendo en este caso, pues temen que esté viéndolo todo a través de la televisión. El fenómeno de Becca y su inesperada desaparición —dice de nuevo el periodista, ocupando el primer plano— han creado un movimiento en redes sociales inaudito hasta el momento. Los hashtag de #eldivandeBecca, #buscandoaBecca #todossomosBecca y demás, copan los primeros puestos de los trending topics internacionales. Encontrar a Becca se ha convertido en la prioridad de todos.

Dejo de observar los monitores porque las palpitaciones no me dejan respirar. Ahora necesito aceptar lo que está pasando y no desmoronarme. Las palmas de mis manos están frías, al igual que los pies. Tengo sudoraciones y me falta el aire...

Debo centrarme en algo que me saque de este bucle antes de que pierda el conocimiento por demasiado estrés.

«Axel está removiendo cielo y tierra para dar contigo», ha dicho Fay.

Axel está buscándome. Me lo imagino recorriendo las montañas con una linterna, gritando mi nombre, con tanto miedo como el que yo siento en este momento. Si hay alguien que puede salvarme, ese es él. Y Dios... Le necesito. Le necesito mucho.

Qué caprichoso es el destino. Que justo cuando le digo que no quiero que sea mi jefe de cámara y que no quiero que trabaje a mi lado, me secuestran en medio de un programa piloto en directo.

Debe de odiarme por haber sido tan estúpida. Si pudiera moverme, yo misma me daría un cabezazo contra la pared.

Me han secuestrado y me he convertido en la comidilla de todo el mundo. Pienso en mi madre, mi hermana, Eli, Iván, David... Todos aquellos que son importantes en mi vida ahora tienen que estar sufriendo por mi culpa. Y no se lo merecen. Aunque yo tampoco me merezco esto.

Mi desconsuelo es tal que siento que me han derribado con

una sola pedrada. Hundo mis hombros y me quedo abatida sobre la silla, sollozando hasta hipar, destilando mi desesperación en cada lágrima y cada gemido.

Nadie me va a oír.

Estoy sola.

—¿Qué se siente al ser una estrella internacional? —dice una voz en castellano, a mis espaldas.

Su tono hace que me suba la bilis por la garganta.

A través de los monitores consigo ver su reflejo. Es Bitelchús.

Me encantaba esa película, y ahora seguramente tenga pesadillas con ella, si logro salir viva de aquí... No sé por qué se tradujo en España como *Bitelchus*, porque en Estados Unidos era *Beetlejuice*, jugo de escarabajo.

Bitelchús afloja el nudo del pañuelo y me quita la mordaza.

—Tú... ¿Qué me has dado?

—Propofol —contesta, sonriente—. Es maravilloso. Se lo ponen a los caballos para anestesiarlos. Un pinchacito, y a dormir.

Su rostro pálido, maquillado de blanco, ese pelo rubio, loco y pobre a lo «acabodemeterlosdedosenunenchufe», y sus marcadas ojeras negras, consiguen añadir más dramatismo a mi situación. Estoy atrapada con un loco psicótico.

—¿Sabes? —sigue diciendo mientras me toca el pelo. Esta vez sí deseo que se le enganchen los dedos en mis rizos e inmovilizarlo para matarlo con mi propia melena—. Eres muy diferente de Tori. Pero eres igualmente hermosa, aunque no tienes ese halo divino que ella tenía.

Es Vendetta. No tengo ninguna duda.

—¿Acaso crees que no saben quién eres? —le miento descaradamente. Axel no sabe su identidad, pero sí sabe que es el mismo tipo que acabó con la vida de Tori—. No sé por qué utilizas tantas máscaras. Primero Vendetta, ahora Bitelchús...

—¿No es ideal este disfraz? Soy el exorcista de los vivos —afirma, petulante.

—Axel ya conoce tu rostro. Te van a coger —le digo por encima del hombro.

Bitelchús camina a mi alrededor y se pone de cuclillas delante de mí. Tiene los ojos completamente idos, pero cierra la boca como si se hubiera llevado una sorpresa por lo que acabo de decirle.

—Axel no sabe quién soy, guapa.

Sonrío. Él en cambio sí sabe quién es Axel. Se confirman las sospechas.

—Sí. Lo sabe por tu tatuaje.

Entonces se ríe como un demente.

—¿Eso es todo? ¿Mi tatuaje? Me dejas más tranquilo. Si cree que puede identificarme solo por el tatuaje, nunca sabrá mi verdadera identidad. Pero si quieres, a ti, que vas a cerrar los ojos para siempre en… —levanta su mano tatuada y mira su reloj de pulsera dorado— una hora exacta, te lo puedo contar. Te llevarás el secreto a la tumba. ¿Qué te parece, hada de los bosques? Tenemos tiempo.

En una hora. ¿Por qué tiene que ser tan puntual?

—Morirás el mismo día, y a la misma hora, que murió Tori cuatro años atrás.

De acuerdo. Ahí tengo la respuesta.

—¿Por qué quieres hacerme daño? —le pregunto.

—No es por ti. Es por él.

—Lo sé. Pero ¿acaso crees que haciéndome daño a mí lo alcanzarás a él? Yo no soy tan importante para él como crees.

—Discrepo.

—¿Por qué quieres hacerle daño a Axel?

Bitelchús me da un golpecito en la nariz, como si fuera un gesto divertido y cariñoso. A continuación, solo tengo ganas de vomitar.

—Qué ilusa eres —replica—. Conozco a Axel y sé perfectamente lo importante que te has vuelto para él. Lo he seguido durante mucho tiempo. Y por fin, cuando descubrí que se iba a encargar de dirigir la grabación y la edición de tu programa, os espié para ver cómo le iba. Y lo vi. Lo vi a la primera. —Se relame los labios con la lengua, cuyo color resalta entre tanta palidez—. Axel estaba enamorado de ti.

—Dices tonterías.

—Yo vi cómo se enamoraba de Tori. Estuve presente cada día, cada hora, a cada momento… Créeme, sé lo que me digo.

Frunzo el ceño, queriendo comprender la manera de pensar de este tipo. ¿Qué hay detrás de sus ganas de matar? ¿Envidia? ¿Rabia? ¿Despecho? ¿Qué es?

—¿A qué te refieres con que estabas ahí a cada momento?

—Trabajaba con él como miembro de seguridad de Tori Santana. De hecho, para que la cosa sea más divertida, se puede decir que fui yo quien los presenté.

Joder. No puede ser. Es imposible…

—¿Nico?

Bitelchús aplaude como el loco que es.

—¡Bingo!

—¡Jodido tarado! ¡Tú no puedes ser el asesino de Tori! —le grito, incrédula—. Estuvieron a punto de matarte, te clavaron un puñal casi en el corazón… Tú…

Bitelchús sonríe e inclina la cabeza a un lado.

—Sabes muchas cosas de mí… —murmura, impresionado.

—Sé cosas del que se suponía que era amigo de Axel, hijo de perra.

—Era su amigo. Pero yo estaba loco por Tori. Loquísimo por ella.

—No. Tú estabas y estás loco. Punto.

¡Zas! La bofetada que me acaba de dar en toda la cara llevaba tanta fuerza que me ha tirado con la silla hacia atrás. Pero con la misma velocidad que he impactado en el suelo, Nico me ha vuelto a levantar y a colocarme delante de él.

—¡No juzgues mis sentimientos tan a la ligera!

Tengo el gusto de la sangre en la lengua, y me duele tanto la barbilla que creo que me he fracturado algo.

—Pero… —me cuesta hablar—, ¿de qué sentimientos hablas?

—Le pedí que me acompañara para entrevistarme con ella. ¿Y qué hizo Axel? ¡Me la robó!

Decido mantener la boca cerrada, porque cualquier cosa que

diga y lo desequilibre un poco, provocará que me golpee de nuevo. Y cuanto más me hiera, menos posibilidades tendré de salir viva de aquí. Necesito que hable.

—¿Y qué… hi-hiciste t-tú? —empiezo a temblar tanto que los dientes me castañetean.

—Yo no soportaba la relación que ambos tenían. Por eso intenté ganármela por otro lado. Le escribía mails, le enviaba regalos, cartas de amor… ¿Cuántas cosas tiene que hacer un hombre para conquistar a una mujer? Pero Tori seguía con Axel, incomprensiblemente. Y yo la amaba tanto…

¿Incomprensiblemente? ¡Axel ganaría cualquier apuesta con cualquier hombre, pirado!

—Incluso, al final, me tatué su marca. —Levanta su mano derecha y me muestra el dorso—. Pero lo hice en el reverso, para que viera que a mí no me podía tratar igual. Era un torista. El único para ella. Y aun así, no me dio resultado.

—Pero ¿cómo es que ella no lo advirtió, si te hiciste ese tatuaje y trabajabas protegiéndola? ¿Nunca vio que tenías la misma marca que su acosador?

—¡Yo no era un acosador! —grita con la cara desencajada a un centímetro de la mía.

—No, por supuesto…

—Además, me cubrí la mano. Alegué una fractura para que el tiempo que estuve con ella nadie viera mi marca.

—Lo tenías todo pensado.

Bitelchús dibuja una mueca terrorífica que pretende ser una sonrisa.

—¿Y por qué, si la amabas, decidiste preparar un crimen perfecto? ¿Por qué la mataste?

Nico me mira como si no comprendiera mi pregunta. Para él la respuesta es muy obvia.

—¿Cómo que por qué? Porque, o era mía, o no era de nadie más. Y como nunca me tuvo en cuenta, decidí que nadie más la tendría. Yo la habría cuidado, le habría dado todo lo que necesitaba. Pero, en vez de eso, se follaba a todos… A Axel, al padre de Axel, a sus amigos… Menos a mí —contesta, todavía con mucha rabia—. La muerte sería su castigo por rechazarme tantas veces.

Este es un claro ejemplo de «la maté porque era mía».

—Fingí un accidente de coche. A Tori le gustaba provocarme. Se sentaba delante conmigo, cuando era yo quien conducía, y me enseñaba las bragas y sus increíbles piernas. Era una provocadora nata.

«Yo a eso lo llamo ser una guarra.»

—Esa noche la llevaba a su hotel para encontrarse con el hijo de puta de Alejandro y follárselo de las mil maneras que a ella le gustaba hacerlo. Yo no estaba dispuesto a pasarle una más. Aproveché una carretera desierta de los alrededores de Madrid para clavarle una puñalada en el corazón, certera y definitiva. Después, yo mismo me clavé el cuchillo en el pecho para fingir que a mí también me habían atacado. Y antes de perder el conocimiento, hice chocar el coche contra un muro.

—Y después… fue tu empresa de seguridad la que te encubrió. Sabías la que les caería encima si Tori moría estando bajo vuestra responsabilidad. Y como querían sacarse de encima el muerto, declaraste tu mentira, te creyeron y se encargaron de enviarte rapidito a Estados Unidos, eso sí, con un buen pastizal en el bolsillo. Y ya nadie quiso indagar más.

—Sí, chica lista. Así fue. Axel me arrebató lo que yo más quería. Me traicionó. Y me obligó a acabar con la vida de la mujer que amaba.

—Axel no te obligó a eso. Fue tu paranoia mental.

Nico me agarra del pelo con rabia y tira de él con fuerza hasta inclinarme el cuello a un lado violentamente.

—¡Y una mierda! ¡Fue su culpa!

Le miro desafiante, pero no puedo decir nada más. Me va a arrancar el pelo si sigue tirando tan fuerte, el condenado.

—Por eso ahora voy a joderle. Quiero que sienta lo que se siente cuando te quitan lo que es tuyo. Por eso he ido a por ti.

—Estás enfermo. Axel te encontrará. No saldrás vivo de aquí.

—Ya lo creo que sí. Hace cuatro años nadie supo lo que

pasó. Ahora tampoco. Ven, que te voy a preparar para la puesta en escena.

Nico me corta las bridas que me sujetan las muñecas y me privan de la circulación. Después, desata la cuerda que me retenía a la silla y me levanta de golpe. Las piernas aún no me responden por la anestesia esa que me ha dicho que me ha puesto. Me tiemblan las rodillas y tengo menos estabilidad que una matrioska.

—Será divertido verle la cara cuando te encuentre muerta —murmura enseñándome un cuchillo afiladísimo—. Y después, cuando se acerquen para ir en tu busca, todos saldrán por los aires. He rodeado el perímetro de la furgoneta con un cinturón de minas. Quien entre aquí, morirá.

Algo se mueve ahí fuera. Hace mucho ruido, como las hélices de un helicóptero.

Bitelchús arruga las cejas negras y despeinadas, y dirige su mirada demente al techo de la furgoneta. Las hélices siguen sonando con fuerza sobre nuestras cabezas. Y después se oye algo raro. Un peso muerto acaba de dejarse caer sobre el vehículo.

—¿Qué coño? —se pregunta Bitelchús, sosteniéndome—. ¡Andando!

Me empuja hasta la puerta de la furgoneta, la abre y salimos al exterior de un salto. El frío helado golpea mi rostro y me llena de conciencia. Ahora sí que estoy a un paso de morir en manos de alguien con el que no me une nada, ni le importo lo más mínimo. Me matará para hacer daño a Axel. Y no lo podré soportar, porque Axel ya no puede tolerar más traiciones. La de Nico será la última.

Entonces, cuando empezamos a alejarnos de la furgoneta, oigo a Axel gritar como un vengador:

—¡Becca!

26

Bitelchús y yo nos damos la vuelta para seguir el sonido de esa voz rebosante de cólera y desesperación. No miento cuando digo que un hombre volador, con la arrebatadora cara de Axel, impacta contra nosotros. Ha saltado desde el techo de la furgoneta.

Caemos los tres al suelo, y no sé cómo, Bitelchús ha logrado darse la vuelta y recuperar la posición dominante sobre Axel, al que ahora tiene debajo intentando clavarle el puñal que antes quería clavarme a mí en la garganta.

—¡No! —grito queriendo incorporarme.

Axel le agarra de la muñeca, y advierto el momento justo en que mira al monstruo a los ojos y reconoce a la persona.

—¿Nico?

—El mismo —asiente con cara de asesino.

Mi secuestrador aprovecha para darle un codazo en la cara, que de golpe le abre una herida en el pómulo.

Yo me levanto como puedo y busco una piedra entre la nieve, o algo sólido con lo que pueda defenderme y golpearle.

Sé que Axel está conmocionado, no solo por el impacto, sino por la revelación. Aun así, pelea para poder salvar su pellejo y el mío.

—¡¿Por qué?! —grita.

—Porque tú la tuviste toda, y no me dejaste nada a mí.

—¿Por Tori?

—Sí, capullo. Por ella. Ahora soy yo quien te arrebatará lo que más quieres.

Nico levanta el puñal, aprovechando la confusión de Axel, y antes de que se lo clave, soy yo quien le golpea por detrás con una piedra en la cabeza. No le doy todo lo fuerte que quisiera, por eso solo le desequilibro y al final le clava el puñal a Axel en el hombro.

Su grito me pone la piel de gallina.

Bitelchús se da la vuelta hacia mí, con el puñal ensangrentado en la mano y su rostro dominado por un rictus demoníaco de odio y desprecio hacia mí.

Se me echa encima y me tira al suelo.

—Maldita metomentodo…

Agarra el pomo del arma con ambas manos, lo levanta por encima de su cabeza, y dice:

—¡Mira, Axel! ¡Por Tori!

Yo quiero mirar a Axel por última vez antes de cerrar los ojos para siempre.

El tiempo se detiene y pienso en los dos últimos meses de vida que he tenido y que han sido un escándalo. Un escándalo de adrenalina, de tensión, de alegrías, de locura y, por encima de todo, de puro amor.

Y aunque no pudiera arrancar una declaración de amor del hombre del que estoy terriblemente enamorada, y aunque él no me quisiera como yo, sí siento que he tenido una vida completa. Una familia que me ha querido y unos amigos impagables.

Y lo mejor es que he experimentado ese amor loco y salvaje que merece la pena, aunque su salvajismo esté a punto de acabar con mi vida…

Sin embargo, Axel ya no está donde Bitelchús lo había dejado. Ni siquiera le puedo mirar por última vez porque ha desaparecido.

De pronto, una sombra enorme al estilo Batman aparece detrás de mi agresor y se cierne sobre él. ¡Es Axel! Le agarra de la cabeza y le arranca la peluca de cuajo, al tiempo que sujeta la muñeca que sostiene el cuchillo y la paraliza en el aire.

Después, lo levanta en volandas y lo lanza por los aires. Ni siquiera sé cómo lo ha hecho. Tal vez le ha picado una araña o un bicho similar y le ha dado superpoderes.

Bitelchús impacta de cabeza en la tierra cubierta de nieve. Axel se coloca encima de él y empieza a darle puñetazos. Uno, otro, y luego otro más, sin descanso.

Yo me levanto renqueante, llorando asustada. Todo el shock sufrido me está pasando factura.

—¡Te mataré, hijo de puta! —grita Axel, completamente ido.

Mi secuestrador solo puede gritar y quejarse por cada puñetazo encajado. Tiene la cara ensangrentada, el tabique partido, el labio roto... Puede que nunca más se pueda disfrazar de Bitelchús y tenga que hacerlo de Frankenstein.

Sea como sea, Axel va a acabar con él con sus propias manos.

—Axel... —susurro con unos espasmos que no puedo dominar—. Axel... Déjalo.

Milagrosamente, Axel detiene sus puños en el aire, y me mira. No está ido, está más que consciente de la situación y de todo lo que le rodea. Parpadea y sus ojos verdes, hermosos y teñidos ahora de desesperación, se clavan en mi rostro.

—Axel, te lo ruego... —le pido, abrazándome y cayendo de rodillas—. Ya no puede hacernos daño. Déjale.

—¡Ha intentado matarte! ¡Era mi amigo y... ha intentado matarte! —insiste sin dejarlo ir, dirigiéndole una mirada a caballo entre el asco y la decepción.

—¡Lo sé! —replico—. Pero mírame... Sal de donde quiera que estés ahora, y mírame. ¡Sigo con vida! —Mi cara es un poema, húmeda por las lágrimas.

Si le mata, Axel saldrá perdiendo. Y yo también. Porque no quiero que lo mate por lo que pasó con Tori. Quiero que deje el pasado atrás. Que se centre en lo que tiene ahora, que me vea a mí, que le quiero con locura y que sigo viva gracias a él.

Si le deja vivir, acabará por cerrar definitivamente el círculo. Sus heridas sanarán. Yo le ayudaré a conseguirlo.

Axel agarra del cuello a Nico y lo mira como si el solo hecho de dejarle con vida le matase a él. Su ex compañero no puede abrir los ojos. Está irreconocible. Percibo toda la furia que le barre, la que no le permite dejar que ese tipo que tanto daño nos ha hecho siga respirando, ni aunque sea tras los barrotes de una prisión.

Pero para mi sorpresa y mi alegría, al final lo deja en el suelo.

Se levanta con agilidad, a pesar de tener una herida abierta en el hombro, y centra toda su atención en mí.

—Becca…

Da un paso tras otro hasta llegar a un metro de mi cuerpo. Necesito abrazarme a él, necesito volver a decirle que le quiero, a pesar de que él no me responda como deseo. Quiero su calor y su protección y no despegarme de su lado jamás.

—Axel… —susurro, queriéndome acercar a él.

Axel me ofrece la mano, que yo tomo para apoyarme y poder levantarme del suelo.

—No os voy a dejar vivir felices —asegura Bitelchús, que ahora está de pie, renqueante, a varios metros de nosotros. ¿Cómo y cuándo se ha levantado?—. Mejor morimos todos.

Entonces empieza a correr en dirección opuesta a donde nos encontramos, alejándose rápidamente de la furgoneta. Axel se da la vuelta hacia mí, me agarra en brazos y corre conmigo en dirección contraria, con la intención de ocultarnos detrás de la furgoneta.

Lo último que oigo es:

—¡Abrázate a mí y no me sueltes!

Segundos después, quedo sepultada entre su cuerpo y la nieve, y escucho cientos de explosiones a nuestro alrededor.

Solo sé que la onda expansiva de una de ellas nos da un último impulso y nos lanza a una oscuridad que ya me resulta familiar. La he visitado varias veces cuando me he quedado inconsciente.

Después de eso, solo silencio.

Un pitido intenso y molesto martillea mis oídos. Y en la lejanía, como en un eco distorsionado débil y flojo, oigo las palabras de Axel, que me quieren arrancar de los brazos de la muerte.

—¿Becca? ¡Eh! ¿Becca? Preciosa… Abre los ojos, por favor. Pronto llegarán los refuerzos… Han, han tenido que oír las explosiones… —cavila él solo.

—¿Eh?

—¿Rizos? Estás bien, no tienes heridas… Solo rasguños.

Sé que no me lo dice a mí. Se lo está diciendo a sí mismo. Siento cómo me abraza contra su pecho y me mece. Me acaba de incorporar.

—¿Axel?

Noto que estoy sentada sobre sus piernas, protegida por él, rodeada por sus brazos.

Su hermoso rostro manchado de hollín, que está a un suspiro del mío, es lo primero que veo. Y hay miles de virutas doradas y flotantes que nos envuelven. Y humo. Mucho humo.

Mi conclusión es que Satán me ha llevado a su Infierno. Y estará bien siempre y cuando vivamos juntos. Porque no quiero una vida sin Axel. Ni tampoco una muerte separados.

—Hemos muerto.

Axel niega repetidas veces con la cabeza.

—No, nena. Nosotros no. —Me limpia la cara. Sus dedos helados están húmedos. O puede que sea mi cara la que está cubierta de nieve.

Tomo aire por la boca y se me entrecorta por la emoción. Si estoy ahí con él, si las virutas no son el Infierno y el dolor que siento en la espalda es la vida que corre por mis venas, entonces es que Axel me ha vuelto a salvar la vida.

Y ya van unas cuantas. A lo lejos veo la furgoneta volcada bocabajo, incendiada entre los árboles nevados.

A saber qué ha salido volando primero, si la furgoneta o nosotros.

—¿Y… Nico? —pregunto, todavía conmocionada.

—Ha activado las minas con intención matarnos y de inmolarse, creyendo que no nos daría tiempo a salvarnos. Que moriríamos los tres. Pero ha fallado.

—Axel... Lo siento mucho. Siento mucho que te hayas enterado de lo de Nico...

—No, princesa —me interrumpe—. Me alegro. Ya era hora de saber la verdad... Y aunque me duele, me he quitado por fin un peso enorme de encima. Noel es mi mejor amigo. Nico, al final, solo era un compañero —admite lleno de razón—. Y al final... ni eso. Sus minas han sido su perdición.

—¿Sabías que había minas? —le pregunto; quiero comprenderlo todo lo más rápido posible.

—Sí. Aquiles las ha detectado.

—¿Aquiles?

—Sí. —Axel sonríe igual de sorprendido que yo—. Noel me pasó el perito de la mina que encontramos en tu despacho. Utilizaba un explosivo con un olor muy característico. Si Vendetta te tenía en sus manos, volvería a protegerse con minas caseras, porque esa es su firma. Se lo dimos a oler a Aquiles... Y el chihuahua... —Se encoge de hombros con una media sonrisa—. Ese perro enano y gruñón lo encontró. Encontró dónde estabas oculta. Como no pesa nada, las pudo marcar con el hocico sin hacerlas detonar. Hicimos un cerco alrededor de las minas para marcar el perímetro y no pisarlas.

Aquiles es pequeño. Pero en el fondo es enorme.

—¿Y los demás policías?

—He venido yo solo, Becca —asegura con seriedad—. Francisco me trajo a Aquiles, Óscar se ha presentado voluntario para pilotar el helicóptero que me ha traído hasta aquí, y Roberto, Fayna, Genio, Ingrid y Bruno se han encargado de movilizar las partidas de búsqueda lejos de aquí para dejarme el campo libre. Todos me han ayudado para salvarte. Les pedí que no dijeran nada, que yo te sacaría de donde estuvieras. Confiaban en mí.

Por supuesto que confiaban en él. Axel es un seguro de vida.

—No has dicho nada porque no querías que los policías y los medios vieran lo que ibas a hacer —resumo—. No querías ser el maldito héroe que eres.

Axel no abre la boca, avergonzado de sí mismo, cuando en realidad debería de estar más que orgulloso por su forma de ser y por implicarse de esa manera con los demás.

Continúo en silencio, maravillada por tenerlo conmigo, pero esperando que me cuente su verdad. Al menos, todo lo que yo sé. Quiero escucharlo de su boca.

—¿Por qué no dices nada? —pregunta, asustado.

—Solo espero —contesto—. Espero a que me reconozcas qué día es hoy y a que cierres el maldito círculo que durante tanto tiempo has dejado abierto.

Él agacha la cabeza y traga saliva con inseguridad. Por un momento, temo que no vaya a poder reconocerlo en voz alta, como tantas otras veces le ha sucedido. Pero después alza la vista y me mira fijamente, con los ojos irritados y rojos por el humo y las lágrimas.

—Hoy se cumplían cuatro años de la muerte de Tori, Becca. Si Vendetta tenía que atacar, lo haría hoy. Porque yo ya sabía que estaba relacionado con la muerte de Tori y creía que...

Cubro los labios de Axel con mis dedos y, con mi mirada implorante, le pido que no continúe.

—Sé toda la historia, Axel. Vi el vídeo de mi consulta. Escuché toda la conversación entre tú y Noel.

—Joder —se lamenta, arrepentido—. Entonces ¿qué es lo que quieres que te diga?

—Solo la verdad. ¿Por qué ibas a dejar a Nico con vida después de tener en tus manos la posibilidad de vengar la muerte de la mujer que amaste tanto?

Él niega con la cabeza y sus ojos se tiñen de determinación.

—Iba a dejar a Nico con vida porque... porque tú me lo pediste —contesta sin más—. Cuando me dejaste en San Isidro, creí que me iba a morir de tristeza, y me sentí miserable por no poder expresarte entonces todo lo que sentía por ti. Necesitaba alejarme porque no me sentía digno de ti, pero sí soy muy bueno protegiéndote... Tú no querías a ese Axel destructivo, y respeté tu decisión de no quedarte conmigo, al menos hasta que atrapara a Vendetta. Desde la lejanía podía vigilarte mejor y cuidar de ti, porque cuando estaba contigo, estaba demasiado alerta y tenso por el miedo que sentía, porque me despistara y alguien viniera por la espalda y te arrebatara de mi lado. Yo...

—Saca aire, y con él, todo el peso de su alma y su conciencia—. No lo podía soportar. Así que acepté estar lejos de ti, solo para ser tu mejor protector. Pero el hijo de puta de Nico nos la jugó una vez más y se hizo pasar por Bitelchús... Y entonces me dije que era un cobarde y un gilipollas por haber creído que lo mejor era dejarte marchar sin haberte dicho todo lo que eres para mí. Porque, ¿de qué me servía protegerte si tú no sabías por qué lo hacía?

Dios mío. Mi corazón palpita a velocidad de vértigo. El pitido desaparece y es como si regresara a la vida.

—Axel...

—No, espera. Déjame acabar. —Une su frente a la mía y me sujeta el cuello con su mano, para que esté muy atenta a sus siguientes palabras—. Soy un bruto, a veces un insensible, y en ocasiones prefiero una acción a mil palabras. Pero te mereces escuchar lo que nunca jamás le he dicho a nadie en voz alta. Nunca te he protegido porque hubiera un contrato de por medio. Lo he hecho porque era una excusa para estar a tu lado. No iba a matar a Nico en nombre de Tori, ni tampoco en tu nombre —aclara, emocionado—. Tú no te mereces eso. En tu nombre jamás debería haber muerte ni destrucción. En cambio, si lo dejaba vivo, lo hacía por ti, para demostrarte que puedo dejar el odio y la venganza a un lado, y concluir esta etapa de devastación personal. Porque solo así podía estar contigo. Porque tú me has enseñado a valorar muchas cosas, Becca.

—¿Qué cosas, Axel? —Le acaricio la mejilla, muerta de ganas de abrazarlo.

—Me has enseñado a valorar el amor por encima de todo lo demás. Me has enseñado a confiar en ti. Desde que te conozco no he hecho nada en nombre de Tori, pero sí me he dejado llevar por el dolor de haber sido traicionado tantas veces. Sin embargo, gracias a ti me he dado cuenta de que jamás amé a esa mujer. A ninguna, de hecho. Y que lo que siento por ti es brillante y especial, como de otro mundo.

—¿Sí? —musito llorando de alegría.

—Sí, mi pequeña Minimoy. —Me hace sonreír, el muy tonto—. Me he enamorado de ti como nunca antes. Es la primera vez que me pasa. Estoy loco por ti, loca de rizos rebeldes. Enamorado de tu empatía y de tu sensibilidad, de tu falta de coordinación, de tus ojazos azules e inocentes, y de la capacidad que tienes para sanar a los demás solo con el don de escucharlos. Un don que únicamente tiene la gente buena y desinteresada, como tú. Te quiero por tantas razones que ni siquiera puedo enumerarlas, porque son demasiadas. Becca —toma mi mano y la posa sobre su pecho—, tú has salvado mi vida, te has convertido en mi principal razón para vivirla, y has sanado mi corazón. Te quiero. Y quiero una segunda oportunidad para demostrarte todo lo especial, hermosa y valiosa que eres para mí. Dame tu pokémon del amor y conmigo siempre estará a salvo.

Es increíble. Nunca imaginé que escuchar esas palabras tan claras, tan naturales y veraces, provenientes de un hombre con el corazón machacado y sin embargo todavía tan puro, pudieran alcanzarme tan hondo que no supiera qué contestar. Yo, que hablo por los codos, intento formar una palabra coherente, y no me sale.

—Axel… Estoy enamorada de ti. Te quiero y te he querido incluso cuando sabía que era peligroso hacerlo, o cuando creía que no tenía ninguna posibilidad. Te daré una segunda oportunidad y todas las que necesites, mientras me quieras como yo te quiero a ti.

Lo atraigo a mi cuerpo y él se acopla a mis labios dándome un beso sentido y profundo, que no solo cierra heridas; es un beso que enfrenta los miedos y los somete al poder de la aceptación y del amor verdadero, lleno de luz y también de aristas que el tiempo y nuestro esfuerzo limarán.

A partir de hoy vendrán más aventuras, porque este no es el final, es el inicio de la mayor de todas. No sé ni dónde ni cuándo seguirá *El diván de Becca*, pero estoy convencida de que a partir de ahora Axel, su único propietario, se volverá loco vendiendo más derechos audiovisuales en otros países a los que yo no pienso viajar. Espero que busquen otras Beccas fuera, porque no quiero pluriemplearme.

Ni sé cómo repercutirá este secuestro exprés tan mediático en mi carrera. No voy a ir a ningún programa a hablar de mi experiencia, no me gustan los sensacionalismos. Como siempre he dicho, me limitaré a trabajar y ya está. No pienso hacer declaraciones.

Lo que quiero es rodearme de mi gente, agradecer a mis pacientes toda la ayuda prestada para mi rescate, abrazar a mi familia y decirles lo mucho que significan para mí, y valorar cada minuto de vida que tengo.

Sé que mentiré por Axel y que jamás revelaré la identidad de Nico a los medios, porque eso sería reabrir casos pasados y relaciones tóxicas que después podrían llevar a que descubrieran la verdadera identidad de mi héroe. Y, como todos sabéis, la identidad de los héroes nunca debe ser revelada. De hecho, él está muy conforme con la idea de que haya solo un Montes reconocido, y ese es Fede, con el que espero que, pasado el tiempo, arreglen su situación. Así que en este caso creo que el pasado está mejor enterrado.

Además, de Nico no hay ni rastro. El fuego y la explosión se han encargado de hacerlo desaparecer por completo. Nico pasará a la historia como un fan loco que quería una atención especial. Ya está. No estamos dispuestos a darle más protagonismo.

En fin, lo que tengo claro cristalino es que quiero esta historia de amor tormentosa con este hombre que besa como los demonios, aunque tenga un corazón de ángel, porque es verdad que son las que merecen la pena.

Me abrazo a él y decido que quiero al héroe y al villano, porque amo al hombre imperfecto que es.

Le quiero a él.

Y nunca me cansaré de sus besos.

Eli y Carla, incluso mi madre, estaban en lo cierto sobre mí.

Yo, que soy especialista en tratar fobias, nunca traté la mía. Tenía fobia al verdadero amor. Estaba convencida de que manteniendo una relación amable, que no arriesgara ni mi cordura ni mi corazón, sería feliz.

Menos complicaciones. Todo bajo control. Pura patraña de cobardes.

Pero Axel ha volatilizado cualquier opción que no sea la de apostar al rojo con todo.

Y estaba equivocada. Es imposible controlar un amor tan arrollador como el nuestro. Y ante eso solo hay dos salidas:

Ser vencida por las inseguridades, darles la espalda y batirse en retirada.

O, como yo he hecho, hacer frente a los miedos y superarlos. Porque no es más valiente el que no tiene ningún miedo, sino el que, aun teniéndolos, decide enfrentarse a ellos.

Definitivamente, os animo a que siempre hagáis lo segundo.

No os conforméis. Una vida sin haber conocido el verdadero amor no es una vida plena, es una vida a medias. Y no debe darnos miedo no arriesgarnos por él; lo que debemos temer es no encontrarlo jamás.

Que viva el amor, #Beccarias.